社會／教育／民俗／經濟／政治／法律／歷史／地理／文化／遊記／傳記／考古／語文／文學／新聞／美學／書畫／娛樂

國學／群經／哲學／邏輯／心理／倫理／宗教／神話／數學／天文／物理／化學／地質／動物／植物／家政／農業

漢魏六朝文

臧勵龢 選註

臺灣商務印書館 發行

序言

漢魏六朝，文學遞變之時代也。前乎此者爲周秦，駢文絡乎散文之間，韻文絡乎不韻文之間，蓋流露於不覺，非有意爲之也，漢時，賈鼂董劉諸家，其文章面目，猶未離古；武帝時，司馬相如創爲辭賦，競尚宏麗，其後揚雄、班固，從而效之，而文格一變，駢文與散文，韻文與不韻文，始截然分離；東漢之末，建安七子，崇尚文辭遂成風俗。寖假而尚排偶，諧聲韻，散文歇寂，駢文代興；永明天監之際，太和天保之間，洛陽江左，文雅尤甚。江左宮商發越，貴於清綺，河朔詞義貞剛，重乎氣質。大同以後，爭馳新巧，徐庾之風大行，聲病之律彌甚，風雲月露，累牘連篇，香草美人，空言寄意，以儒素爲古拙，以辭賦爲君子，「其聲輕以浮，其節數以急，其詞淫以哀」，雖不免爲退之所譏，然隨時代而升降，風會所趨，亦不期然而然也。古之時，文以載道，行有餘力，則以學文，蓋以行爲文之本，文爲道之表見者耳；孟荀以道鳴，楊墨、管晏、老莊、申韓諸家以術鳴，然其術之所長者，未嘗不包於道之中。兩漢以後，醇儒雖少，而文景之時，諸家奏議，指陳時政，大旨主乎經世，即相如之辭賦，雖多虛辭濫說，而意存諷諫，非誕妄貢諛者比魏晉而降，競以辭勝夸過其理，與文以載道之旨遠矣；然采不滯骨，鍊不傷神，峭奇淡宕，清麗芊緜，各極其勝，文人之文，要亦未可厚非。本編所選，上起兩漢，下迄六朝，凡有功世道之作，妃黃儷白之篇，有美必收，各體具備，在今之時代，此等文字，於社會潮流，固似可擯，而探稽古籍，取法乎上，亦未能偏廢，學者各就其意讀之可也。選注既竟，因書數言於簡端。

民國十六年十二月武進臧勵龢識

凡例

本編上起漢初，下終陳末，甄錄之文，不拘駢散，以其人之先後為次，諸家之同異，時代之升降，均可於此覘之。

近代選文諸家，如姚鼐之分為十三類，曾國藩之分為三門十一類，以類相從，固便於研究。然如馬援誡兄子嚴敦書、鄭玄戒子書，曾氏錄入詔令，後人頗以為病；且有無類可歸者，亦復難於排比；本書既以時代為次，故不復分類。

史漢及諸史之紀傳序贊，可讀者多，以另有專輯，本編概不甄錄。賈誼陳政事疏、司馬相如諭巴蜀檄、楊惲報孫會宗書、諸葛亮出師表等，以均於本傳中登錄全文，本編避免重複，亦不錄入。至李陵答蘇武書、諸葛亮後出師表，雖傳誦已久，然語氣不類，後人詆為偽作，並從刪削。

辭賦宏麗，首推漢京，司馬相如之子虛上林、楊雄之甘泉長楊、班固之兩都、允稱傑作；本編限於篇幅，祇選子虛、上林二賦以見例，其他諸作，形式性質，大抵相類，概不錄入。

各體文字，至漢以後而大備，本編雖不分類，然如論說、奏議、詔令、書牘、箴銘、碑傳、序記、哀祭等類，亦無不各舉數篇，藉示準的。

本編各文，皆精心選輯，其關於論事者，如賈誼過秦論、江統徙戎論之類是；其關於諷諫者如賈山至言、司馬相如子虛、上林諸賦是；其關於寓言者，如東方朔答客難、揚雄解嘲、陶潛桃花源記之類是；其關於世道人心者，如劉峻廣絕交論、范寧罪王何論之類是；其關於文學者，如許愼說文序、郭璞爾雅序、陸機文賦、鍾嶸詩品序之類是；其關於道德者，如崔瑗座右銘、蔡邕女誡之類是；游戲之文，亦酌收一二，以備一格。

各家文字，有以博大稱者，有以宏麗稱者，有以奇峭稱者，有以澹宕高潔及風華清豔稱者，本編所選，擇其思深旨遠、骨勁氣完、情韻兼至者爲主，其界桶近俗纖而傷雅者，概不羼入。

本編所選，俱從善本中選出，訛奪異同，皆詳愼考正，衍文俚字，悉從刪削。

本編注釋，皆參酌各家，擇善而從；舊註訛誤及未備者，悉爲訂正增補；其有蒐採所不及者，謹守闕疑之義。海內博雅，不吝見告，尤所欣幸！

目錄

漢文

後漢文

魏文

晉文

宋文

齊梁文

陳及北朝文

漢文

漢文帝賜南粵王趙佗書①

皇帝②謹問南粵王；甚苦心勞意。朕高皇帝側室之子③，棄外，奉北藩于代④，道里遼遠，壅蔽樸愚，未嘗致書。高皇帝棄群臣，孝惠皇帝即世⑤，高后⑥自臨事，不幸有疾日進不衰，以故詩⑦暴乎治；諸呂⑧爲變故亂法，不能獨制，迺取它姓子爲孝惠皇帝嗣⑨，賴宗廟⑩之靈，功臣⑪之力，誅之已畢；朕以王侯吏不釋⑫之故，不得不立，今即位。⑬

①漢文帝，高祖中子，名恆，初封代王，周勃平諸呂，迎立之，在位二十三年，以敦朴為天下先，為三代後賢主。南粵，史記作南越，越，即粵也，今廣東廣西地。趙佗，秦真定人，為南海龍川令，南海尉

任囂死，佗行南海尉事，秦滅，自立為南粵武王，漢高帝十一年，遣陸賈立佗為南粵王；高后時自尊為南粵武帝，發兵攻長沙邊邑，文帝立，復使陸賈往，以此書讓之，佗覆謝，去帝號建元四年卒。②古有三皇五帝，秦始皇滅六國，自以為德兼三皇，功高五帝，因自稱曰皇帝，③朕，音振（ㄓㄣˋ），古者貴賤皆自稱曰朕，秦始定為皇帝之自稱。高皇帝，秦末沛人，姓劉，名邦，字季，始為泗上亭長，起兵為沛公，項羽立為漢王，後破項羽，即帝位，匹夫崛起而有天下者自此始，在位十二年。古謂非嫡出子曰側室，左傳文十三年：「趙有側室曰穿」是也，文帝為薄姬所生，故自謂側室之子。④古有代君，在常山北，為趙襄子所滅，高帝初，立兄宜信侯喜為代王，十一年冬，破陳豨，定代地，立子恆為代王，故云棄外奉北藩於代。⑤孝惠皇帝，名盈，高帝子，呂后所生，在位七年。即世，猶去世也。⑥高后，高帝后，姓呂，名雉，惠帝崩，后臨朝稱制凡八年。⑦誖，音背（ㄅㄟˋ），亂也，又乖也。⑧諸呂，指呂產、呂祿輩，高后既臨朝，封呂氏四人為王，后崩，周勃、陳平等族誅諸呂。⑨它，古佗字，與他通；它姓子，指少帝。初高后命惠帝后取他人子養之。⑩宗謂祖宗，廟號以祖有功而宗有德，故統稱之曰宗廟，周制，天子七廟，諸侯五，大夫三，士一。⑪功臣，指周勃、陳平等。⑫不釋，辭讓帝位，不見置也。⑬此段敘由代入即帝位。

乃者聞王遺將軍隆慮侯①書，求親昆弟②，請罷長沙兩將軍③，朕以王書罷將軍博陽侯④；親昆弟在眞定⑤者，已遣人存問⑥，修治先人冢⑦。前日聞王發兵於邊，爲寇災不止，當其時，長沙苦之，南郡⑧尤甚，雖王之國，庸獨利乎！必多殺士卒，傷良將吏，寡人之妻，孤人之子，獨人父母，得一亡十，朕不忍爲也。⑨

①隆慮侯，周竈也，即高后所遣擊佗者。②求遣兄弟之在真定故鄉者。③長沙，漢王國，封吳芮，在今湖南。兩將軍，即遣擊佗者。④博陽侯，周聚。⑤真定，漢真定國，又為恆山郡，後改常山郡，今直隸正定縣。⑥遣使往候曰存問。⑦文帝在真定為佗親冢置守官，以時奉祀。⑧南郡，秦置，今湖北省江漢一帶之地。⑨此段存省兄弟墳墓，勸令息兵。

朕欲定地犬牙相入者①，以問吏，吏曰：「高皇帝所以介②長沙土也。」朕不能③擅變焉。吏曰：「得王之地，不足以爲大；得王之財，不足以爲富。」服領以南④，王自治之！雖然，王之號爲帝，兩帝並立，亡⑤一乘之使以通其道，是爭也，爭而不讓，仁者不爲也，願與王分棄前患，終今以來⑥，通使如故！⑦

①犬牙相入，相錯如犬牙也。言將劃清兩國地界，意在征討。②介，隔之意。③能，一作得。④服領以南，言南服五嶺以南。⑤亡，與無通。⑥終今，以現在為限。以來，猶以後。⑦此段不貪其土地，勸去帝號。

故使賈①馳諭，告王朕意，王亦受之，毋爲寇災矣！上褚②五十衣，中褚三十衣，下褚二十衣遺③王。願王聽樂娛憂④，存問鄰國⑤！

①賈，陸賈也。②以棉裝衣曰褚，分上中下者，棉之多少厚薄之差也。③遺，音位（ㄨㄟˋ），投贈也。④聽樂娛憂，謂聽樂以消其憂也。⑤鄰國，謂東越及甌駱等。

南粵王趙佗上漢文帝書①

蠻夷大長老夫臣佗，昧死再拜上書皇帝陛下②：老夫故粵吏也，高皇帝幸賜臣佗璽③，以爲南粵王，使爲外臣④，時內⑤貢職。孝惠皇帝即位，義不忍絕，所以賜老夫者甚厚⑥。高后自臨用事，近細士⑦，信讒臣，別異蠻夷，出令曰：「毋予蠻夷外粵金鐵田器馬牛羊⑧！即予，予牡⑨，毋與牝⑩！」老夫處辟⑪，馬牛羊齒已長⑫，自以祭祀不脩，有死罪，使內史藩中尉高御史平凡三輩上書謝過，皆不反。

①趙佗得文帝賜書，頓首謝，願奉明詔，長為藩臣，奉貢職，下令國中，去帝制，因為此書以報文帝。②昧死，言冒昧而犯死罪，謙辭也。陛下，天子之稱；陛，天子階也。獨斷：「天子必有近臣執兵立陛側，以備不虞，人臣與天子言，不敢指斥，故呼在陛下者而告之，因卑達尊之義也。」③璽，音徙（ㄒㄧˇ），印也，古時尊卑共之，秦漢後惟天子印稱璽。④外臣，古時此國之臣，對他國之君自稱之辭，下大夫自名於他國君曰外臣某，此言外臣者，猶言外國之臣也。⑤內，與納同。⑥甚厚，一本作厚甚。⑦細士，猶言小人也。⑧予，與與同。外粵，言非中國，故云。⑨牡，陽性禽獸。⑩牝，陰性禽獸。與牡不與牝，即不能生育，死即絕，雖予猶不予也。⑪辟，同僻；處辟，言處於僻地也。⑫齒，年也。馬牛羊，自稱之謙辭。

又風聞①老夫父母墳墓已壞削，兄弟宗族已誅論②，吏相與議曰：「今內不得振③於漢，外亡以自高異。」故更號爲帝。自帝其國，非敢有害於天下也。高皇后聞之，大怒，削去南粵之籍，使使④不通；老夫竊疑長沙王讒臣⑤，故敢發兵以伐其邊。

①風聞，言得之傳聞也。②誅論，謂論罪而被誅也。③振，起也。④使使，上使字，役也、令也，下使字，受命而聘問之人也。⑤高后時，有司請禁粵關市鐵器，佗曰：「此必長沙王計，欲倚中國擊滅南海并王之。」因發兵攻長沙邊。

且南方卑濕，蠻夷中西有西甌①，其衆半羸②，南面稱王；東有閩粵③，其衆數千人，亦稱王；西北有長沙④，其半蠻夷亦稱王；老夫故敢妄竊帝號，聊以自娛。

①西甌，即駱越也，言西者，以別東甌也，其地為今安南北部之東京州，及河內以南，順化以北，清華、乂安等處。②羸，音纍（ㄌㄟˊ），瘠也，疲弱也；史記作其西甌駱裸國，則羸者，羸之譌也。③閩粵，亦作閩越，今福建，本周時七閩地，後為粵人所居，故曰閩粵，漢時有閩粵王。④長沙，見漢文帝賜南粵王趙佗書注。

老夫身定百邑之地，東西南北數千萬里帶甲百萬有餘，然北面而臣事漢，何也？不敢背先人之故。老夫處粤四十九年，於今抱孫焉，然夙興夜寐，寢不安席，食不敢味，目不視靡曼之色①，耳不聽鐘鼓之音者，以不得事漢也。

①靡曼，細理弱肌，美色也。

今陛下幸哀憐，復故號①，通使漢如故，老夫死，骨不腐，改號不敢爲帝矣！謹北面因使者獻白璧一雙，翠鳥千，犀角十，紫貝②五百，桂蠹③一器，生翠④四十雙，孔雀二雙，昧死再拜以聞皇帝陛下。

①故號，指高帝所封之南粤王號也。　②紫貝，一名文貝，殼質白如玉，有紫斑，大者至尺餘，亦稱砑螺。　③桂蠹，桂樹中蝎蟲也；一說，此蟲食桂，故味辛，而漬之以蜜食之也。　④翡翠出海南邕、賀二州，亦有臘而賣之者，故此云生翠。

賈山至言①

臣聞爲人臣者，盡忠竭愚，以直諫主，不避死亡之誅者，臣山是也。臣不敢以久遠諭，願借秦以爲諭，唯陛下少加意焉！夫布衣韋帶之士②，修身於內，成名於外，而使後世不絕息；至秦則不然，貴爲天子，富有天下，賦斂重數③，百姓任罷④，赭衣⑤半道，群盜滿山，使天下之人戴目而視，傾耳而聽，一夫大謼⑥，天下嚮⑦應者，陳勝⑧是也。秦非徒如此也，起咸陽⑨而西至雍⑩，離宮⑪三百，鐘鼓帷帳，不移而具；又爲阿房之殿⑫，殿高數十仞⑬，東西五里，南北千步，從車羅綺，四馬騖馳⑭，旌旗不橈⑮，爲宮室之麗至於此，使其後世曾不得聚廬而託處焉。爲馳道⑯於天下，東窮燕齊⑰，南極吳楚⑱，江湖之上，瀕海之觀畢至，道廣五十步，三丈而樹⑲，厚築其外，隱以金椎⑳，樹以青松，爲馳道之麗至於此，使其後世曾不得邪徑而託足焉。死葬乎驪山㉑，吏徒數十萬人，曠日十年，下徹三泉㉒，合采金石，冶㉓銅錮其內，漆塗其外，被以珠玉，飾以翡翠㉔，中成觀游，上成山林，爲葬薶㉕之侈至於此，使其後世曾不得蓬顆㉖蔽冢而託葬焉。秦以熊羆之力，虎狼之心，蠶食㉗諸侯，并吞海內，而不篤禮義，故天殃已加矣。臣昧死以聞，願陛下少留意而詳擇其中！㉘

①賈山，漢穎川人，涉獵書記，不能為醇儒，嘗給事穎陰侯灌嬰為騎。孝文時，言治亂之道，借秦為喻，名曰至言，至言，即直言之謂。②韋帶，以單韋為帶，無飾也。指貧賤之人。③數，音朔（ㄕㄨㄛ），頻數也。④任，役事也。罷，讀曰疲，言疲於役使也。⑤赭衣，赤色之衣，古囚徒服之，因謂罪人為赭衣。⑥謼，與呼同。⑦嚮，與響通，易繫辭：「其受命也如嚮。」漢時響多作嚮。⑧陳勝，秦陽城人，字涉，二世元年，與吳廣起兵，自立為楚王，自此群雄並起，遂以亡秦，後為其御莊賈所殺。⑨咸陽，秦孝公所都，今陝西長安縣東之渭城故城。⑩雍，漢時縣，屬右扶風，或謂即古九州中之雍州，非是。⑪離宮，行宮，古帝王出巡，築之以為駐蹕之所。⑫阿房，言殿之四阿皆為房也；一說，大陵曰阿；宮之故址，在今陝西長安縣西北。⑬八尺曰仞。⑭騖馳，猶奔馳也。⑮橈，一或作撓，屈也。⑯馳道，天子道也。⑰燕齊，二國名，燕國在今直隸地，齊國在今山東地。⑱吳楚，二國名，吳國在今江蘇地，楚國在今湖北地。⑲三丈而樹，三丈為中央之地，惟皇帝得行，兩旁樹之以為界也，詳見三輔皇圖。⑳隱，築也，謂以鐵椎築之；一說，隱，即穩字，以金椎築之，使堅穩也。㉑驪山，在陝西臨潼縣東南，亦曰麗戎之山，秦始皇葬此。㉒三泉，三重之泉，言其深也。史記始皇紀：「穿三泉，下銅而致椁。」㉓冶，一本作治。㉔翡翠，鳥名，雄曰翡，雌曰翠；一說，鳥各別類，非雌雄異名也。㉕薶，即埋字。㉖蓬顆，顆，謂土塊，言塊上生蓬者耳，北土通呼物一凷為一顆，凷即顆字。㉗蠶食，言侵蝕他國之土地，如蠶之食葉也。㉘此段言秦亡之慘以悚聽。

臣聞忠臣之事君也，言切直則不用而身危，不切直則不可以明道；故切直之言，明主所欲急聞，忠臣之所以蒙死而竭知也。地之磽①者，雖有善種，不能生焉；江皋②河瀕，雖有惡種，無不猥③大。昔者夏商之季世，雖關龍逢、箕子、比干之賢④，身死亡而道不用；文王⑤之時，豪俊之士，皆得竭其智，芻蕘⑥採薪之人，皆得盡其力，此周之所以興也。故地之美者善養禾，君之仁者善養士。雷霆之所擊，無不摧折者，萬鈞⑦之所壓，無不糜滅者；今人主之威，非特雷霆也，執重非特萬鈞也，開道而求諫，和顏色而受之，用其言而顯其身，士猶恐懼而不敢自盡，又迺況於縱欲恣行暴虐，惡聞其過乎！震之以威，壓之以重，則雖有堯舜⑧之智，孟賁⑨之勇，豈有不摧折者哉！如此則人主不得聞其過失矣，弗聞則社稷危矣。古者聖王之制，史在前，書過失，工誦箴諫，瞽誦詩諫，公卿比諫⑩，士傳言諫過⑪，庶人謗於道，商旅議於市，然後君得聞其過失也；聞其過失而改之，見義而從之，所以永有天下也。天子之尊，四海之內，其義莫不爲臣，然而養三老於太學，親執醬而餽⑫，執爵而酳⑬，祝䬳在前，祝鯁在後⑭，公卿奉杖，大夫進履，舉賢以自輔弼，求修正⑮之士使直諫。故以天子之尊，尊養三老⑯，視⑰孝也；立輔弼之臣者，恐驕也；置直諫之士者，恐不得聞其過也；學問至於芻蕘者，求善無饜也；商人庶人誹謗己而改之，從善而不聽也。⑱

①磽，音敲（ㄑㄧㄠ），瘠薄也。②江皋，江岸也。③猥，盛也。④關龍逢，夏桀臣，諫桀，被殺。箕子、比干，商紂之諸父，論語微子：「箕子為之奴，比干諫而死。」⑤文王，周武王之父，名昌，商紂時為西伯施行仁政，有天下三分之二。⑥芻蕘，執賤役之人也，芻刈草也，蕘，草薪也，言草之供燃燒者。⑦萬鈞，言其重也，一鈞三十斤。⑧堯舜，唐虞二代之帝，堯禪舜，舜禪禹，為上古聖主。⑨孟賁，齊人，秦武王好力士，賁往歸之，能生拔牛角。賁，音奔（ㄅㄣ）。⑩比諫，當為正諫字之誤。⑪此句不應獨有過字，蓋涉下文而衍，漢紀無過字。⑫餽，與饋同，進食之謂也。⑬酳，少少飲酒，謂食已而蕩其口也。⑭餇，古饐字，謂食不下也。以老人易饐鯁，故為備祝以祝之。⑮修正，謂修身正行者。⑯古天子設三老五更，養之於太學，三老為三人，五更為五人；一說，各為一人而皆老者云。⑰視，讀曰示。⑱此段言古人能養直士，置諫臣，故興也。

昔者秦政①力幷萬國，富有天下，破六國以爲郡縣②，築長城③以爲關塞，秦地之固，大小之埶，輕重之權，其與一家之富，一夫之強，胡可勝計也；然而兵破於陳涉④，地奪於劉氏者，何也？秦王貪狼暴虐，殘賊天下，窮困萬民，以適其欲也。昔者周蓋千八百國，以九州之民，養千八百國之君，用民之力，不過歲三日，什一而籍⑤，君有餘財，民有餘力，而頌聲作，秦皇帝以千八百國之民自養。力罷⑥不能勝其役，財盡不能勝其求，一君之身耳，所以自養者，馳騁弋獵之娛，天下弗能供也；勞罷者不得休息，飢寒者不得衣食，亡罪而死刑者無所告訴，人與之爲怨，家與之爲讎，故天下壞也；秦皇帝身在之時，天下已壞矣，而弗自知也。秦皇帝東巡狩⑦，至會稽、瑯琊⑧，刻石著其功，自以爲過堯舜統⑨。縣石鑄鐘虡⑩，篩土築阿房之宮，自以爲萬世有天下也。古者聖王作謚，三四十世耳，雖堯舜禹湯文武，絫⑪世廣德，以爲子孫基業，無過二三十世者也；秦皇帝曰：「死而以謚法⑫，是父子名號，有時相襲也，以一至萬，則世世不相復也。」故死而號曰始皇帝，其次曰二世皇帝者，欲以一至萬也⑬。秦皇帝計其功德，度⑭其後嗣，世世無窮；然身死纔數月耳，天下四面而攻之，宗廟滅絕矣。秦皇帝居滅絕之中而不自知者，何也？天下莫敢告也；其所以莫敢告者，何也？亡⑮養老之義，亡輔弼之臣，亡進諫之士，縱恣行誅，退誹謗之人，殺直諫之士，是以道諛媮⑯合苟容，比其德則賢於堯舜，課其功則賢於湯武，天下已潰而莫之告也。詩曰：「匪言不能，胡此畏忌，聽言則對，譖言則退。」⑰此之謂也。⑱

①秦政，即秦始皇，政其名也。②六國，戰國時韓、趙、魏、齊、楚、燕也，皆為秦所并。郡縣，秦始

皇并六國，廢封建，分天下為三十六郡，為郡縣之始。③長城，秦始皇使蒙恬所築，起臨洮，迄遼東，在今長城之北，蒙古境內，今之長城，乃明之九邊，非秦之長城也，見近人張相文長城考。④陳涉，即陳勝，見前。⑤什一，謂十分之中公取一也。籍，借也，謂人力也。⑥罷，讀曰疲，次下亦同。⑦巡狩，天子巡行諸國也，古者天子五載一巡狩，見書舜典。⑧會稽、瑯琊，二山名。會稽在浙江紹興縣東南十三里，瑯琊在山東諸城縣東南，秦始皇皆刻石頌功德於此。⑨統，繼也。自以過堯舜可至萬世也；一說，統，治也，言治理天下過於堯舜也。⑩縣，稱也，石，百二十斤。稱銅鐵之斤石，以鑄鐘虡。虡，音巨（ㄐㄩˋ），猛獸之名，鐘鼓之柎之飾也。⑪絫，古累字。⑫謚法，死而以行為謚也，周時始有此制。⑬秦始皇以為謚法乃子議父臣議君也，因廢之，自稱始皇帝，其後則稱二世皇帝，三世皇帝，……傳之無窮。⑭度，音舵（ㄉㄨㄛˋ），量也。⑮亡讀如無，次下同。⑯婾，與偷同。⑰匪言不能四句，見詩大雅桑柔篇。⑱此段言秦不養老，無輔臣諫士，故亡。

又曰：「濟濟多士，文王以寧。」①天下未嘗亡士也，然而文王獨言以寧者，何也？文王好仁則仁興，得士而敬之則士用，用之有禮義。故不致其愛敬，則不能盡其心；不能盡其心，則不能盡其力；不能盡其力，則不能成其功。故古之賢君於其臣也，尊其爵祿而親之，疾則臨視之無數，死則往弔哭之，臨其小斂大斂，已棺塗②而後爲之服，錫縗麻絰而三臨其喪③，未斂不飲酒食肉，未葬不舉樂，當宗廟之祭而死，爲之廢樂，故古之君人者，於其臣也，可謂盡禮矣。服法服④，端容貌，正顏色，然後見之，故臣下莫敢不竭力盡死以報其上，功德立於后世⑤而令聞不忘也。

①濟濟多士二句，語見詩大雅文王篇。濟濟，多威儀也。 ②已棺，謂已大斂也。塗，謂塗殯也。 ③錫衰，十五升布，無事其縷者也，布八十縷為升。麻絰，喪服所用麻也，在首在腰皆曰經。三臨其喪，言三次臨其喪也，禮喪大記：「君於大夫疾，三問之，在殯，三往焉。」三往，即三臨也。 ④法服，法制所定之服也。 ⑤后世，同後世，后與後通。

今陛下念思祖考，術追①厥功，圖所以昭光宏業休德，使天下舉賢良方正之士，天下皆訢訢焉②，曰：「將興堯舜之道三王之功矣。」天下之士，莫不精白③以承休德。今方正之士，皆在朝廷矣，又選其賢者，使爲常侍諸吏，與之馳敺④射獵，一日再三出，臣恐朝廷之解弛⑤，百官之墮⑥於事也，諸侯聞之，又必怠於政矣。陛下即位，親自勉以厚天下，損食膳，不聽樂，減外徭衛卒，止歲貢，省廄馬以賦縣傳，去諸苑以賦農夫，出帛十萬匹以賑貧民，禮高年，九十者一子不事，八十者二算不事⑦，賜天下男子爵，大臣皆至公卿⑧，發御府金賜大臣宗族，亡不被澤者，赦罪人，憐其亡髮賜之巾，憐其衣赭書其背⑨，父子兄弟相見也，而賜之衣⑩，平獄緩刑，天下莫不說⑪喜；是以元年膏雨降，五穀登，此天之所以相陛下也。刑輕於它時而犯法者寡，衣食多於前年而盜賊少，此天下之所以順陛下也。臣聞山東⑫吏布詔令，民雖老羸癃疾⑬，扶杖而往聽之，願少須臾毋死⑭，思見德化之成也；今功業方就，名聞方昭，四方鄉⑮食，今⑯從豪俊之臣，方正之士，直與之日日獵射，擊兔伐狐，以傷大業，絕天下之望，臣竊悼之！詩曰：「靡不有初，鮮克有終。」⑰臣不勝大願，願少衰射獵，以夏歲二月，定明堂⑱，造大學，修先王之道！風行俗成，萬世之基定，然後唯陛下所幸耳。古者大臣不媟⑲，故君子不常見其齊嚴之色⑳、肅敬之容，大臣不得與宴遊，方正修潔之士，不得從射獵，使皆務其方㉑以高其節，則群臣莫敢不正身修行盡心以稱大禮；如此，則陛下之道尊敬，功業施於四海，垂於萬世子孫矣；誠不如此，則行日壞而榮日滅矣。夫士修之於家，而壞之於天子之廷，臣竊愍之！陛下與衆臣宴遊，與大臣方正朝廷論議，夫遊不失樂㉒，朝不失禮，議不失計，軌事之大者也㉓。

①術，與述同；一說，古述字為遹，術追，猶言遹追來孝也。遹，同聿，語辭也。②訢訢，讀如欣欣，喜也。③精白者，厲精而為潔白也。④敺，與驅同。⑤解，讀曰懈。弛，放也。⑥墮，通惰，懈也。⑦一子不事，蠲其賦役。二算不事，免其二口之算賦也。⑧大臣者，既官之為大臣矣，而言公卿者，言賜爵也，非三公九卿之謂也。⑨衣，讀去聲，謂服之也。書背，古者於罪人，以版牘書其罪狀與姓名著於背，表示於人。⑩而賜之衣，言罪人已赦歸，與父子兄弟相見，上憐其無髮則賜之巾，憐其曾衣赭書背，則賜之衣也，文特參錯其辭。⑪說，讀如悅。⑫戰國時稱六國為山東，以其在崤函之東也，故名；一說，太行山以東為山東。⑬癃，罷病也。⑭須臾毋死，猶從容延年之意也。⑮鄉讀如向。⑯當訓為即，通鑑引今作而。⑰靡不有初二句，語見詩大雅蕩之篇。⑱明堂，明政教之堂也，古祀上帝，祭先祖，朝諸侯，養老尊賢，皆於此行之，其制歷代不同。⑲媟，與褻通，狎也。⑳見，讀現，顯示也。齊嚴，即齊莊，漢避明帝諱改；齊，讀曰齋。㉑方，道也。㉒遊不失樂，言與樂同節也。㉓軌，法度也。此段言宜以禮待大臣，不宜從射獵燕遊。

賈誼過秦論①

秦孝公據殽函之固②，擁雍州③之地，君臣固守，以窺周室，有席卷④天下，包舉宇內，囊括四海之意⑤，并吞八荒⑥之心。當是時，商君佐之⑦，內立法度，務耕織，修守戰之備，外連衡⑧而鬬諸侯。於是秦人拱手而取西河之外⑨。

①賈誼，漢洛陽人，文帝召為博士，超遷至中大夫，誼請定正朔，易服色，制法度，興禮樂，為大臣所忌，出為長沙王太傅，遷梁王太傅而卒，年三十三，世稱賈太傅，又稱賈長沙，以其年少秀才又稱賈生。過秦論，論秦之過也，共三篇，上篇言始皇之過，中篇言二世之過，下篇言子嬰之過，茲錄其上篇。②秦孝公，穆公十六世孫，名渠梁，自穆公而後，累世衰微，至孝公教耕戰，致富強，遂後世有天下。殽函，殽山、函谷也，殽一作崤，殽山在河南洛寧縣北，有二，故稱二殽，函谷關，在今河南靈寶縣，為秦時重險。③雍州，古九州之一，今陝西甘肅及青海額濟納之地皆是。④席卷，言取天下如卷席之易也；卷與捲同。⑤囊括，謂囊而括之也，括，結囊也。四海，古謂中國四境皆環海，故稱中國曰海內焉。⑥八荒，四方及四隅謂之八方，此言八方荒遠之外也，說苑：「八荒之內有四海，四海之內有

九州。」 ⑦商君，戰國時衛人，名鞅，相秦孝公定變法令，孝公封之於商，故曰商君，孝公卒，被殺。
⑧連衡，連六國以事秦也；衡，與橫同。 ⑨西河，黃河以西之地，魏歷次割讓於秦，其地在昔本有屬秦而為魏取者，正是乃盡規復之，且地區益廣耳。此段言孝公之強國。

孝公既沒，惠王武王①蒙故業，因遺策，南兼漢中②，西舉巴蜀③，東割膏腴之地，北收要害之郡；諸侯恐懼，會盟④而謀弱秦，不愛珍器重寶肥美⑤之地，以致天下之士，合從⑥締交，相與爲一。當是時，齊有孟嘗⑦，趙有平原⑧，楚有春申⑨，魏有信陵⑩，此四君者，皆明知而忠信，寬厚而愛人，尊賢重士，約從離橫⑪，幷韓、魏、燕、楚、齊、趙、宋、衛、中山⑫之衆；於是六國之士，有甯越、徐尚、蘇秦、杜赫之屬爲之謀⑬，齊明、周最、陳軫、昭滑、樓緩、翟景、蘇厲、樂毅之徒通其意⑭，吳起、孫臏、帶佗、兒良、王廖、田忌、廉頗、趙奢之朋制其兵⑮；嘗以十倍之地，百萬之衆，叩關⑯而攻秦，秦人開關延敵，九國⑰之師，逡巡⑱遁逃而不敢進，秦無亡矢遺鏃⑲之費，而天下諸侯已困矣。於是從散約解，爭割地而奉⑳秦。秦有餘力而制其敝，追亡逐北㉑，伏尸百萬，流血漂鹵㉒，因利乘便，宰割天下，分裂河山，彊國請服，弱國入朝。延及孝文王、莊襄王㉓，享國日淺，國家無事。㉔

①惠王，惠文王，孝公之子，名駟。武王，惠文王之子，名蕩。按惠王武王，四字，一作惠文武昭，昭，昭襄王也，武王之異母弟，名稷。②漢中，今陝西秦嶺以南南鄭等縣地。③巴蜀，古二國名，巴，今四川巴縣地，蜀，今四川成都等縣地。④會盟，古者諸侯會集，歃血立誓，以維持和平者也；有事而會，不協而盟，語見左傳。⑤美，一作饒。⑥合從，聯合六國以敵秦也；從，與縱同。⑦孟嘗，即田文，齊之公族也，為齊相，稱孟嘗君。⑧平原，即趙勝，相趙，封於平原稱平原君。⑨春申，即黃歇，相楚，封春申君。⑩信陵，即魏公子無忌，信陵君其封號也。四公子皆好客，而信陵君在四公子中為最賢。⑪約從離橫，言六國締約為從，以離秦之橫也。⑫中山，國名。今直隸定縣地，為魏所滅。⑬甯越，中牟人，苦耕作之勞，發憤學十三年，而周威公師之。徐尚，宋人。蘇秦，洛陽人，說秦惠王不用，往說燕趙，合六國之從拒秦，秦為從長。杜赫，周人。⑭齊明，東周臣，後事秦楚及韓。周最，東周成君子。陳軫，夏人，仕秦亦仕楚。昭滑，楚人。樓緩，魏相。翟景，即魏翟強，見戰國策。蘇厲，秦弟，齊臣。樂毅，魏人，仕燕昭王，伐齊，下七十餘城，封昌國君，昭王薨，惠王用齊人反間，使騎劫代之，毅奔趙，趙封之於觀津，號望諸君。⑮吳起，衛人，事魏文侯，文侯以為將，擊秦，拔五城，後被譖奔楚，楚任之為相，南平百越，北卻三晉，西伐秦，而楚之貴戚大臣多怨之，卒為楚所殺。孫臏，齊人，孫武之後，與龐涓俱學兵法於鬼谷子，涓為魏將，嫉臏之能，刖其足，齊淳于髡使魏，載臏歸，威王以為師，魏攻趙，臏伐魏，設計困涓，涓智窮自刎，臏由是名高。帶佗，楚將。兒良王廖，

呂氏春秋審問覽不二篇：「王廖貴先，兒良貴後，皆天下豪士也。」注：「王廖謀兵事貴先，兒良作兵謀貴後。」兒，讀倪，廖，讀留。田忌，齊將，伐魏，三戰三勝。廉頗，趙將，惠文王時破齊，孝成王時破燕，因罪亡魏，趙數困於秦兵，欲復用之，而頗年已老，又為人所讒沮，不復用。趙奢，趙之田部吏，秦伐韓，趙王令趙奢將而救之，大破秦軍，封馬服君。朋，一作倫。⑯叩關之叩字，漢書作仰，史記作叩，叩，擊也，對下開關字，作叩為當。⑰九國，即韓、魏、燕、楚、齊、趙、宋、衛、中山。⑱逡，音（ㄑㄩㄣ），平聲；逡巡，還延之意。⑲鏃，音簇（ㄘㄨˋ），箭頭也。⑳奉，一作賂。㉑北從二人相背，有背向意，故謂敗走曰北，史記管晏傳：「吾嘗三戰三北。」㉒漂鹵，言血可漂鹵，猶書武成言血流漂杵也，漂，浮也，鹵，與櫓通，大盾也。㉓延，一作施，施讀如異，延也。孝文王，昭襄王子，名柱，在位一年。莊襄王，孝文王子，名楚，在位三年。㉔此段言惠王武王之強國。

及至秦王①，續六世②之餘烈，振長策而御宇內，吞二周③而亡諸侯，履至尊而制六合④，執棰拊⑤以鞭笞天下，威振四海；南取百越⑥之地，以爲桂林、象郡⑦，百越之君，俛首係頸⑧，委命下吏；乃使蒙恬北築長城而守藩籬⑨，卻匈奴七百餘里⑩，胡人不敢南下而牧馬，士不敢彎弓而報怨。於是廢先王之道，焚百家之言，以愚黔首⑪，隳⑫名城，殺豪俊，收天下之兵⑬，聚之咸陽⑭，銷鋒鑄鐻⑮，以爲金人十二⑯，以弱天下之民；然後斬華爲城⑰，因河爲池，據億丈之城，臨不測之谿以爲固，良將勁弩，守要害之處，信臣精卒，陳利兵而誰何⑱。天下已定，秦王之心，自以爲關中⑲之固，金城⑳千里，子孫帝王萬世之業也。㉑

①秦王，即始皇，漢書即作始皇，滅六國，統一天下，即帝位十一年。按誼之陳政事疏亦稱始皇為秦王，以誼惡暴秦，不稱其諡也。②六世，孝公、惠文、武、孝文、昭襄、莊襄。③二周，西周、東周也，周考王以王城故地封其弟揭，是為河南公，後稱西周，至考王末年，河南惠公封其少子班於鞏以奉王，號為東周，後俱為秦所滅。④天地四方，謂之六合，⑤捶，杖也。拊，刀柄也。⑥百越，亦作百粵，其種落不一，故稱以百。⑦桂林、象郡，皆郡名，桂林，今廣西北部，象郡，今廣東西南部、廣西南部及安南之北部。⑧俛，與俯同，係，與繫同。⑨蒙恬，秦將。長城，見賈山至言注。始皇時，使蒙恬率兵三十萬，北築長城，威震匈奴，始皇崩，二世立，恬自殺。⑩匈奴，北狄之強大者，今內外蒙古地。蒙恬以兵擊之，取其河南地。⑪黔首，猶言黎民，以其首黑，秦因稱之為黔首。⑫墮，一作隳。⑬兵，謂兵器也。⑭咸陽，見賈山至言注。⑮鐻，音巨（ㄐㄩˋ），與簴同，所以懸鐘鼓者。⑯金人十二，始皇二十六年，有大人長五丈，足履六尺，見於臨洮，故銷兵器鑄而象之。⑰斬，一作

踐。華，即太華，五岳之一，在今陝西華陰縣南。⑱何，同呵；誰何，呵問之也。⑲自函谷關以西，秦嶺以北，總稱關中，因其地居函谷關、嶢關、武關、蕭關、散關中也。⑳金城，言其堅固也，史記張良傳：「關中所謂金城千里，天府之國也。」㉑此段言始皇之強。

秦王既沒，餘威震於殊俗，陳涉①，甕牖繩樞②之子，甿③隸之人，而遷徙之徒也④，才能不及中人，非有仲尼墨翟之賢⑤，陶朱猗頓之富⑥，躡足行⑦伍之閒，而倔起什伯之中⑧，率罷散之卒，將數百之衆，轉而攻秦，斬木爲兵，揭竿爲旗⑨，天下雲集響應，贏糧而景從⑩，山東豪俊，遂並起而亡秦族矣。⑪

①陳涉，見賈山至言陳勝注。②甕牖繩樞，言以敗甕之口為牖，以繩扃户為樞也。樞，户樞也。③甿，同氓。④陳涉為戍卒長，遣戍所。⑤墨翟，宋人，其學說以兼愛為主。⑥陶朱，即范蠡也，越人，既輔句踐滅吳，變姓名而之陶，自稱陶朱公，十九年之中，三致千金，三散之。猗頓，春秋魯人。問術於朱公，適河東，畜牛羊於猗氏之南，以興富猗氏，故曰猗頓。⑦行讀杭。⑧而倔起什伯之中，一本無而字，倔作俛，什伯作阡陌。⑨揭，高舉也。竿，竹之幹。言舉事倉卒，無旌旗以為號召，故

揭竿以為標誌也。⑩贏，擔也。景，與影同。⑪此段言秦之亡。

且夫天下非小弱也；雍州之地，殽函之固，自若也；陳涉之位，非尊於齊楚燕趙韓魏宋衛中山之君，鉏耰棘矜①，非錟於句戟長鎩也②；適戍③之衆，非抗於九國之師，深謀遠慮，行軍用兵之道，非及鄉④時之士也；然而成敗異變，功業相反也。試使山東之國，與陳涉度長絜大⑤，比權量力，則不可同年而語矣；然秦以區區之地，致萬乘⑥之權，招八州而朝同列⑦，百有餘年矣，然後以六合爲家，殽函爲宮，一夫作難而七廟墮⑧，身死人手，爲天下笑者，何也？仁義不施，而攻守之勢異也。⑨

①鉏，與鋤同，田事所用之器。耰，讀如憂，似鋤之田器，而非鋤也。棘，木名。矜，白梃之類。②錟，音先（ㄒㄧㄢ），利也，與銛同；一本即作銛。句戟長鎩，言有鉤之戟與長矛也；句，同鉤，鎩，讀如殺（ㄕㄚ）。③適，與謫同，罰罪也。戍，遠守之卒也。④鄉，讀如向；一作曩。⑤度，見賈山至言注。絜，讀若亦，比也。⑥萬乘，古者天子得有車萬乘，故僅以為天子之稱。⑦招，音翹（ㄑㄧㄠ），舉也。八州，秦居雍州，其外尚有兗、冀、青、徐、豫、梁、揚、荊八州。⑧七廟，見漢文帝

賜南粵王趙佗書宗廟注墮，一作隳。 ⑨此段言敗亡之故。

賈誼論積貯疏①

筦子②曰：「倉廩實而知禮節。」民不足而可治者，自古及今未之嘗聞。古之人曰：「一夫不耕，或受之飢；一女不織，或受之寒。」生之有時，而用之亡度，則物力必屈；古之治天下，至纖至悉也③，故其畜積足恃。今背本而趨末④，食者甚衆，是天下之大殘也，淫侈之俗，日日以長，是天下之大賊也；殘賊公行，莫之或止，大命將泛⑤，莫之振救，生之者甚少，而靡之者甚多，天下財產，何得不蹷⑥？漢之爲漢，幾四十年矣，公私之積，猶可哀痛，失時不雨，民且狼顧⑦，歲惡不入，請賣爵子⑧，既聞耳矣⑨，安有爲天下阽危者若是而上不驚者⑩！

①漢文帝即位，躬修節儉，思安百姓，時民近戰國，皆背本趨末，誼因上此疏，帝感誼言，開籍田，躬耕以安百姓，見漢書食貨志。通鑑因文帝二年有開籍田詔，遂置此疏於文帝二年，然文帝二年，漢方二十七年，此云四十年，必在長沙召回時也。 ②筦，與管同；筦子，管仲也，字夷吾，春秋時相齊桓公，

霸諸侯，稱仲父，謚敬，亦稱管敬仲。所著書曰管子。③纖，細也。悉，盡其事也。④背本而趨末，言棄農業而趨工商也；背，讀佩。⑤泛，覆也。⑥饜，罄極也。⑦狼性怯，走喜還顧，言民見天不雨，即心恐也。⑧賣爵子，賣爵又賣子也。⑨聞耳，聞於天子之耳。⑩近邊欲墮曰阽，故言危曰阽危。此段言靡財者多立虞竭蹶。

世之有饑穰①，天之行也，禹湯被之矣②。即不幸而有方二三千里之旱，國胡以相恤？卒然③邊境有急，數千百萬之衆，國胡以餽之？兵旱相乘，天下大屈，有勇力者，聚徒而衡④擊；罷夫羸老，易子而齩其骨；政治未畢通也，遠方之能疑⑤者，並舉而爭起矣，迺駭而圖之，豈將有及乎！⑥

①饑，荒年也。穰，豐年也。②禹湯被之矣，謂禹曾遭水而湯曾遭旱也。③卒，音猝（ㄘㄨˋ）；卒然，急遽貌。④衡，横也。⑤疑，讀曰擬，僭也。⑥此段言積貯以備兵旱。

夫積貯者，天下之大命也，苟粟多而財有餘，何爲而不成！以攻則取，以守則固，以戰則勝，懷敵附遠，何招而不至！今敺民而歸之農，皆著於本，使天下各食其力，末技游食之民，轉而緣南畮①，則畜積足而人樂其所矣。可以爲富安天下，而直爲此廩廩也②，竊爲陛下惜之！③

①畮，畝本字。 ②廩廩，即凜凜，危也，說文本作廩，隸省作凜，此又假借廩字耳。 ③此段結出本意。

賈誼弔屈原賦①

共②承嘉惠兮，俟罪長沙③，側聞屈原兮，自沈汨羅④。造託湘⑤流兮，敬弔先生，遭世罔極兮⑥，乃隕厥身。嗚呼哀哉！逢時不祥，鸞鳳伏竄兮，鴟梟翱翔。闒茸⑦尊顯兮，讒諛得志，賢聖逆曳兮，方正倒植。世謂伯夷貪兮⑧，謂盜跖廉⑨，莫邪爲頓兮⑩，鉛刀爲銛⑪。于嗟嚜嚜兮⑫，生之無故，斡棄周鼎兮，而寶康瓠⑬，騰駕罷牛兮驂蹇驢，驥垂兩耳兮服鹽車⑭。章甫薦屨兮⑮，漸不可久，嗟苦先生兮，獨離⑯此咎！

①誼為長沙王太傅，聞長沙卑濕，自以壽不得長，又以謫去，意不自得，及渡湘水，為賦以弔屈原。屈

原，戰國楚人，名平，別號靈均，仕楚為三閭大夫，靳尚輩譖而疏之，乃作離騷，冀王感悟，襄王時，復用讒，謫原於江南，於五月五日自沉汨羅江以死。誼哀屈原離讒邪之咎，亦因自傷為鄧通等所愬也。②共，敬也，與恭通；一本即作恭。③長沙，見漢文帝賜南粵王趙佗書注。④汨羅，二水名，合流曰汨羅江，在今湖南湘陰縣北。⑤湘，水名，湖南巨川也，發源廣西興安縣之陽海山，下流入洞庭湖。⑥詩小雅青蠅：「讒人罔極。」罔極，言無中正。⑦闒茸，猥賤也。⑧伯夷，殷時孤竹君之子，與其弟叔齊皆讓國逃去，武王克殷，恥食周粟，夷齊皆餓死於首陽山。一本作隨夷，則兼二人而言也。貪，一作溷。⑨盜跖，春秋時，柳下惠之弟，日殺不辜，食人之肉，跖，黃帝時大盜之名，以柳下惠弟為天下大盜，故謂之盜跖。一本作跖蹻，亦兼二人而言也。⑩莫邪，古女子名，闔廬使干將鑄劍，鐵汁不下，莫邪竄入爐中鐵汁出，逐成二劍，雄曰干將，雌曰莫邪；邪，讀如耶。頓，讀如鈍。⑪鉛刀，謂以鉛為刀，言其鈍也。銛，音纖（ㄒㄧㄢ），利也。⑫于，讀如吁；一本即作吁。嚜，讀如默（ㄇㄛˋ），嚜嚜，不得意也；一本即作默默。⑬康瓠，謂大瓠也。⑭夫驥服鹽車上大山，中坂遷延，負轅不能上，伯樂下車哭之，見戰國策。⑮章甫，殷冠名，即緇布冠也。薦屨，言反在屨下也。屨，一作履。⑯離，與罹同，遭也；下同。

訊①曰：已矣，國其莫我知，獨堙鬱②兮其誰語！鳳漂漂其高遰③兮，夫固自縮而遠去。襲九淵④之神龍兮，沕⑤深潛以自珍，彌融爚以隱處兮，夫豈從螘與蛭螾⑥。所貴聖人之神德兮，遠濁世而自藏，使騏驥可得係羈兮，豈云異夫犬羊。般紛紛⑦其離此尤兮，亦夫子之辜也⑧，瞝九州而相君兮⑨，何必懷此都也。鳳凰翔於千仞之上兮，覽惪煇而下之，見細德之險微兮⑩，搖增翮逝而去之⑪。彼尋常之汙瀆兮⑫，豈能容吞舟之魚，橫江湖之鱣鱏兮⑬，固將制於螻蟻。

①訊，一作誶，告也，即亂辭也，樂之卒章曰亂。②堙，鬱，拂鬱也。堙一作壹。③遰，音逝（ㄕˋ）；一本作逝。④莊子列禦寇：「千金之珠，必在九重之淵驪龍頷下。」⑤沕，音密（ㄇㄧˋ），潛藏也。⑥螘，一作蝦。蛭，水蟲也。螾，與蚓同。⑦般，分也，紛，亂也；一說，般，音班，或曰般桓不去，紛紛，構讒意也。⑧辜，一作故。⑨瞝，音螭（ㄔ），視也。古分天下為九州，制各不同，禹貢為兗冀、青、徐、豫、荊、揚、雍、梁九州，爾雅有幽營，無梁青，周禮有幽并，無徐梁。⑩微，一作徵。⑪一作遙增擊而去之。⑫汙瀆，不泄之水也。⑬鱣鱏，大魚也；鱏，一作鯨。

鼂錯論貴粟疏①

聖王在上而民不凍飢者，非能耕而食之②，織而衣之也③，為開其資財之道也；故堯禹有九年之水，湯有七年之旱，而國無捐瘠者④，以畜積多而備先具也。今海內為一，土地人民之衆，不避⑤湯禹，加以亡天災數年之水旱，而畜積未及者，何也？地有遺利，民有餘力，生穀之土未盡墾，山澤之利未盡出也，游食之民未盡歸農也。民貧則姦邪生，貧生於不足，不足生於不農，不農則不地⑥著，不地著則離鄉輕家，民如鳥獸，雖有高城深池，嚴法重刑，猶不能禁也。夫寒之於衣，不待輕煖，飢之於食，不待甘旨，飢寒至身，不顧廉恥；人情一日不再食則飢，終歲不製衣則寒；夫腹飢不得食，膚寒不得衣，雖慈母不能保其子，君安能以有其民哉！明主知其然也，故務民於農桑薄賦斂，廣畜積，以實倉廩，備水旱，故民可得而有也。⑦

①鼂錯，漢潁川人，文帝時為太子家令，景帝時，請削諸侯封地以尊京師，吳楚七國遂反，帝用袁盎策，給錯載行東市殺之。按錯傳言守邊備塞勸民力本二事，此蓋與守邊備塞書同時所上，漢書以入食貨志，故本傳不載，蓋為班固所分析爾。疏既上，文帝從其言，令民入粟邊，六百石爵上造，稍增至四千石為

上大夫，萬二千石為大庶長，各以多少級數有差。②食，去聲，以食食人也。③衣讀去聲，以衣衣人也。④瘠，瘦病也。言無相棄捐而瘦病也。⑤不避，不讓也。⑥地著，即土著，安居而不徙之謂也。著，直藥切（ㄓㄨㄛˊ）。⑦此段言重農桑乃能有其民。

民者，在上所以牧之，趨利如水走下，四方亡擇也。夫珠玉金銀，飢不可食，寒不可衣，然而衆貴之者，以上用之故也；其爲物輕微易臧①，在於把握，可以周海內而亡飢寒之患，此令臣輕背其主而民易去其鄉，盜賊有所勸，亡逃者得輕賫也②。粟米布帛生於地，長於時，聚於力，非可一日成也；數石之重，中人③弗勝，不爲姦邪所利，一日弗得而飢寒至，是故明君貴五穀而賤金玉。④

①臧，與藏同。②賫，資俗字，音咨（ㄗ），持以與人也。③中人，處強弱之中也。④此段言貴賤輕重操之自上。

今農夫五口之家，其服役者不下二人，其能耕者不過百畮，百畮之收，不過百石，春耕夏耘，秋穫冬藏，伐薪樵，治官府，給徭役，春不得避風塵，夏不得避暑熱，秋不得避陰雨，冬不得避寒凍，四時之閒，亡日休息，又私自送往迎來、弔死問疾、養孤長幼在其中；勤苦如此，尚復被水旱之災，急政暴虐，賦斂不時，朝令而暮改，當具有者半賈而賣①，亡者取倍稱②之息，於是有賣田宅鬻子孫以償責③者矣。而商賈④大者積貯倍息，小者坐列販賣，操其奇贏⑤，日遊都市，乘上之急，所賣必倍；故其男不耕耘，女不蠶織，衣必文采，食必粱肉，亡農夫之苦，有仟佰之得，因其富厚，交通王侯，力過吏埶，以利相傾，千里游敖，冠蓋相望，乘堅策肥⑥，履絲曳縞，此商人所以兼并農人，農人所以流亡者也。今法律賤商人，商人已富貴矣，尊農夫，農夫已貧賤矣；故俗之所貴，主之所賤也，吏之所卑，法之所尊也，上下相反，好惡乖迕⑦，而欲國富法立，不可得也。⑧

①具，一作其。半賈，本值千錢者，止得五百也；賈，讀曰價。　②取一償二為倍稱。　③責，讀如債。

④行賣曰商，坐販曰賈；賈，讀如古。　⑤奇贏，謂有餘財而畜聚奇異之物也；一說，奇為殘餘物，則奇贏者，謂餘物與贏利也。　⑥乘堅策肥，謂乘好車策肥馬也。　⑦乖迕，乖違也；迕，音五（ㄨˇ）。　⑧此段言農苦而商樂。

方今之務，莫若使民務農而已矣。欲民務農，在於貴粟，貴粟之道，在於使民以粟爲賞罰。今募天下入粟縣官①，得以拜爵，得以除罪，如此富人有爵，農民有錢，粟有所渫②。夫能入粟以受爵，皆有餘者也，取於有餘以供上用，則貧民之賦可損，所謂損有餘補不足，令出而民利者也。順於民心，所補者三：一曰主用足；二曰民賦少；三曰勸農功；今令民有車騎馬一匹者復卒三人③，車騎者，天下武備也，故爲復卒；神農④之教曰：「有石城人仞，湯池⑤百步，帶甲百萬，而亡粟，弗能守也。」以是觀之，粟者，王者大用，政之本務，令民入粟受爵至五大夫⑥以上，迺復一人耳；此其與騎馬之功，相去遠矣。爵者，上之所擅，出於口而亡窮，粟者，民之所種，生於地而不乏，夫得高爵與免罪，人之所甚欲也，使天下人入粟於邊以受爵免罪，不過三歲，塞下之粟必多矣。⑦

①縣官，稱朝廷也。 ②渫，音泄（ㄒㄧㄝˋ），散也。 ③復卒，當為卒者免其三人，不為卒者復其錢。

④神農，古帝名，始教民為耒耜興農業，故稱神農氏。 ⑤湯池，以沸湯為池，不可輒近，喻嚴固也。

⑥五大夫，漢第九等爵。 ⑦此段請入粟以拜爵免罪。

鄒陽諫吳王書①

臣聞秦倚曲臺②之宮，懸衡③天下，畫地而人不犯④，兵加胡越，至其晚節末路，張耳陳勝連從兵之據⑤，以叩函谷⑥，咸陽⑦遂危；何則？列郡不相親，萬室不相救也。今胡數涉北河⑧之外，上覆飛鳥，下不見伏兔⑨，鬬城不休，救兵不至⑩，死者相隨，輦車相屬⑪，轉粟流輸，千里不絕；何則？彊趙責於河閒⑫，六齊望於惠后⑬，城陽顧於盧博⑭，三淮南之心思墳墓⑮，大王不憂，臣恐救兵之不專⑯，胡馬遂進窺於邯鄲⑰，越水長沙，還舟青陽⑱，雖使梁幷淮陽⑲之兵，下淮東，越廣陵⑳以遏越人之糧，漢亦折西河㉑而下，北守漳水㉒以輔大國，胡亦益進㉓，越亦益深㉔，此臣之所爲大王患也。

①鄒陽，齊人。吳王，名濞，高祖兄仲之子，封吳。王以子賢入見，與皇太子飲博，相爭不恭，為皇太子所殺，因有邪謀，陽時事王，奏書諫，為其事尚隱，惡指斥言，乃先引秦為喻，因道胡、越、齊、趙之難，以致其意，不內，卒以反誅。②曲臺，秦宮名。漢未央東有曲臺殿，蓋緣秦宮而名者。③衡，猶稱之權也。言其懸法度於其上也。④此句一本無人字。⑤張耳，初為趙相，與陳餘友善，為刎頸

交，後奔漢，與韓信共破趙軍，殺陳餘，漢封為趙王。陳勝，見賈山至言注。據，引也，言相引以為援也。⑥函谷，見賈誼過秦論殽函注。⑦咸陽，見賈山至言注。⑧北河，戎地之河上也。⑨上覆飛鳥二句，言胡來人馬之盛，揚塵上覆飛鳥，下不見伏兔也；一曰，覆蓋也。⑩至，一作止。⑪屬，音主（ㄓㄨˇ），連也。⑫彊趙責於河間，趙幽王為呂后所幽死，文帝立其長子遂為趙王，立遂弟辟彊為河間王，至子哀王無嗣，國除，遂欲復得河間。⑬六齊望於惠后，文帝閔濟北逆亂自滅，盡封悼惠王諸子為列侯，齊文王薨，無子，分齊為六，封將閭為齊王，惠為濟北王，賢為淄川王，雄渠為膠東王，邛為膠西王，辟光為濟南王，故曰六齊。望，怨望也。惠后，惠帝呂后也，言惠帝時呂后割齊地封呂台及劉澤，故六子追怨之也；一說，惠后即惠帝，后，帝也。⑭城陽顧於盧博，謂城陽王喜顧念濟北王興居誅死事而怨天子也。盧博，濟北地，盧縣，濟北王都，故城在今山東長清縣西三十里。博縣，濟北屬縣，故城在今山東泰安縣東南。⑮三淮南之心思墳墓，謂淮南厲王之子，念其父見遷殺，思墓欲報怨也。三淮南，淮南王、衡山王、濟北王也。⑯不專，言諸國各有私怨欲申，若吳反，天子來討，諸國不肯專為吳以兵相救也。⑰邯鄲，戰國趙都，秦置郡，漢置縣，即今直隸邯鄲縣。言既引胡入境，轉恐其襲趙。⑱越水長沙，還舟青陽，言南越與長沙，或觀望不進，不足恃也。長沙，見賈誼弔屈原賦注。青陽，長沙縣。⑲梁孝王初王於淮陽，及徙梁後，仍兼有淮陽。⑳廣陵，漢縣名，今江蘇江都縣地。㉑西河，見賈誼過秦論注。㉒漳水，上游有清漳、濁漳二源，皆出山西境，下流至直隸大名縣南入衛河。㉓胡馬，故曰進。㉔越水，故曰深。

臣聞蛟龍驤首奮翼①，則浮雲出流，霧雨咸集；聖王底②節修德，則游談之士，歸義思名，今臣盡知畢議，易精極慮，則無國而不可奸③？飾固陋之心，則何王之門，不可曳長裾乎？然臣所以歷數王之朝，背淮千里而自致者，非惡臣國而樂吳民，竊高下風之行，尤說大王之義，故願大王無忽察聽其至④。

①蛟，一作交，交蛟古今字。驤，一作襄，舉也。②底，厲也。③而字一本無。奸，音尖（ㄐㄧㄢ），求也，與干同。④至，極也，謂極言之。

臣聞鷙鳥①累百，不如一鶚②，夫全趙③之時，武力鼎士④，袨服叢臺之下者⑤，一旦成市，不能止幽王之湛患⑥，淮南連山東之俠，死士盈朝，不能還厲王之西也⑦；然則⑧計議不得，雖諸賁⑨不能安其位亦明矣。故願大王審畫而已！

①鷙鳥，鷙擊之鳥，鷹鸇之屬也。②鶚，大鳥之鷙者，俗稱魚鷹，古謂之雎鳩。③全趙，謂趙未分之時。④鼎士，謂力能舉鼎之士也。⑤袨服，猶言黑衣，古戎服尚黑。叢臺，趙王之臺也，連聚非一，故名，在今直隸邯鄲縣東北。⑥幽王，謂趙幽王友也。湛患，言趙幽王為呂后幽死；湛，讀曰沈。⑦厲王之西，謂淮南厲王長廢遷嚴道而死於雍也。⑧然則，一作然而，古時而與則同義。⑨諸賁，專諸與孟賁也，皆古勇士；賁，讀如奔。

始孝文皇帝據關入立，寒心銷志①，不明求衣②，自立天子之後，使東牟朱虛東褒儀父之後③，深割嬰兒王之④，壤子王梁代⑤，益以淮陽⑥，卒仆齊北⑦，囚弟於雍⑧者，豈非象新垣⑨等哉；今天子新據先帝之遺業，左規山東⑩，右制關中⑪，變權易勢，大臣難知，大王弗察，臣恐周鼎復起於漢，新垣過計於朝，則我吳遺嗣，不可期於世矣。高皇帝燒棧道⑫，灌章邯⑬，兵不留行⑭，收弊人之倦，東馳函谷，西楚⑮大破；水攻則章邯以亡其城，陸擊則荆王⑯以失其地，此皆國家之不幾⑰者也，願大王孰⑱察之！

①寒心，如履冰也。銷志，戒逸樂也。②不明求衣，未明而起也。③使東牟朱虛東褒儀父之後，謂文

帝遣朱虛、侯章東喻齊王，嘉其首舉兵欲誅諸呂，猶春秋褒邾儀父也；一說，使東牟、朱虛東，言其東使就王封也，儀亦作義，義父，似謂齊悼惠王。④深割嬰兒王之，謂褒其後，故封其子皆為王也。封時有幼者，故舉言嬰兒也。⑤壤，孃膢，字之假借，孃膢，肥大也。王梁代，漢書文三王傳：「代王武徙王淮陽，復徙王梁，太原王參徙王代」是也。⑥益以淮陽，謂割淮陽北邊列城以益梁也。⑦卒仆濟北，謂濟北王興居反見誅也。仆，僵仆也。⑧囚弟於雍，謂淮南王長有罪見徙死於雍也。雍，見賈山至言注。⑨新垣，即新垣平，一本有平字。文帝時，新垣平以望氣見，因說帝立渭陽五廟，欲出周鼎，當有玉英見，詐覺，夷三族。⑩山東，見賈山至言注。⑪關中，見賈誼過秦論注。⑫棧道，險絶之處，傍山架木，以通道路，故以為名，在陝西褒城縣北，接鳳縣界，張良說漢王燒絶棧道即此。⑬灌章邯，章邯為雍王，高祖以水灌其城也；灌，一作水。章邯本秦將，降項羽，立為雍王，高祖還定三秦，邯敗走自殺。⑭兵不留行，謂攻之易，故不稽留也。⑮項羽自立為西楚霸王，都彭城，地為今江蘇銅山縣。⑯荆王，即楚王，謂項羽。⑰不幾，不可希冀意。⑱孰，同熟。

枚乘諫吳王書①

臣聞得全者全昌，失全者全亡②，舜无立錐之地③，以有天下，禹无十戶之聚④，以王諸侯，湯武之土，不過百里，上不絕三光之明⑤，下不傷百姓之心者，有王術⑥也；故父子之道，天性也，忠臣不避重誅以直諫，則事无遺策，功流萬世，臣乘願披心腹而効愚忠，惟大王少加意念惻怛之心於臣乘言⑦！

①枚乘，漢淮陰人，字叔，為吳王濞郎中，王有異謀，上書諫，不納，去之梁，孝王尊為上客，至景帝時，濞卒以反誅，武帝時，徵枚，枚道卒。吳王，見鄒陽諫吳王書注。②得全者全昌二句，上全字謂保全之道，下全字謂完全也；一本作得全者昌，失全者亡。③无，與無同。錐末至微，今乃并立錐之地而無之，極言其貧弱也。④聚，聚邑也。⑤三光，日月星也。言上感天象，故無錯謬。⑥王術，謂王天下之術也；王，讀去聲。⑦惻怛，心有不忍之意也。此段以王道不外人情為言。

夫以一縷之任，係千鈞之重，上懸无極之高，下垂不測之淵，雖甚愚之人，猶知哀其將絕也。馬方駭，鼓而驚之，係①方絕，又重鎮之，係絕於天，不可復結，墜入深淵，難以復出，其出不出間不容髮②。能聽忠臣之言，百舉必脫，必若所欲爲，危於累卵③，難於上天，變所欲爲，易於反掌④，安於泰山，今欲極天命之上壽，弊⑤无窮之極樂，究萬乘之勢⑥，不出反掌之易，居泰山之安，而欲乘累卵之危，走上天之難，此愚臣之所大惑也！⑦

①係，縛也。②間不容髮，謂相距極近，中無一髮之間隙，喻相差極微而關係極大也。③累卵，以卵重累則易仆，喻極危險之事。④反掌，猶言反手喻甚易也。⑤弊，盡也。⑥究，竟也，極也。萬乘，見賈誼過秦論注。⑦此段言安危之間，其相去間不容髮。

人性有畏其景而惡其跡者，卻背而走，迹愈多，景愈疾，不知①就陰而止，景滅迹絕；欲人勿聞，莫若勿言；欲人勿知，莫若勿爲；欲湯之滄②，一人炊之，百人揚之，無益也，不如絕薪止火③而已；不絕之於彼，而救之於此，譬猶抱薪而救火④也，養由基，楚之善射者也，去楊葉百步，百發百中⑤；楊葉之大⑥，加百中焉，可謂善射矣，然其所止，迺百步之內耳，比於臣乘，未知操弓持矢也⑦。福生有基，禍生有胎，納⑧其基，絕其胎，禍何自來？⑨

①不知之知，當為如字之誤，與下文兩莫若一不如同例。②滄，音愴（ㄔㄨㄤˋ），寒也。③呂氏春秋盡數篇：「夫湯止沸，沸愈不止，去火則止矣。」即絕薪止火之意。④抱薪救火，謂欲除害而更益之也，文選注：「不治其本而救其末，無異鑿渠而止水，抱薪而救火也。」⑤養由基，楚人，戰國時，蘇厲謂周君，楚有養由基者，善射，去柳葉者百步而射之百發百中。⑥楊葉之大，言其至小也。⑦比於臣乘未知操弓持矢也，乘自言所知者遠，非若彼止見百步之中也。⑧納，猶受也。⑨此段皆設喻言，宜絕惡於未萌。

泰山之霤①穿石，單極之綆斷幹②，水非石之鑽，索非木之鋸，漸靡③使之然也。夫銖銖④而稱之，至石⑤必差，寸寸而度之，至丈必過，石稱丈量，徑⑥而寡失。夫十圍之木，始生如櫱⑦，足可搔而絕，手可擢而拔⑧，據其未生，先其未形也。磨礱底厲，不見其損，有時而盡，種樹畜養，不見其益，有時而大，積德累行，不知其善，有時而用，棄義背理，不知其惡，有時而亡，臣願大王孰計而身行之！⑨

①霤，屋水流也，引申之山水自上下流，亦謂之霤。②西方人名屋梁謂極，單，一也，單極，一梁也。

綄，即綆，以汲井水。幹，交木井上以為欄者。③漸，音漸漬之漸（ㄐㄧㄢˋ）。靡，音迷。④銖，古衡名，十黍為累，十累為銖。⑤石，衡名，百二十斤也。⑥徑，直也。⑦蘖，芽之旁出者也。⑧擢，亦拔也，或謂疑當作擢，擢，爪持也。句下一本有此百世不易之道也八字。⑨此段言宜絕惡於未萌。

東方朔答客難①

客難東方朔曰：「蘇秦張儀②，一當萬乘之主，而都③卿相之位，澤及後世，今子大夫修先王之術，慕聖人之義，諷誦詩書，百家之言，不可勝數，著於竹帛④，脣腐齒落，服膺⑤而不釋，好學樂道之效，明白甚矣⑥；自以智能⑦海內無雙，則可謂博聞辯智矣；然悉力盡忠以事聖帝，曠日持久，官不過侍郎⑧，位不過執戟⑨，意者尚有遺行邪！同胞之徒，無所容居⑩，其故何也？」⑪

①東方朔，平原厭次人，字曼倩，善詼諧，事武帝為郎，時以諷諫救帝之過，長於文辭，以位卑，著論

設客難己，以自慰諭。②蘇秦，見賈誼過秦論注。張儀，戰國魏人，相秦惠王，以連衡之策說六國，使背從約而事秦。③都，居也。④竹帛，古用以記載文字，上古用竹木，至秦，以帛代之。⑤服膺，猶言存之胸中，見禮中庸。⑥好學二句一本無。⑦智能一作為。⑧侍郎，官名，漢郎官初上臺稱尚書郎中，滿歲稱尚書郎，三歲稱侍郎，五歲遷大縣，或補二千石。⑨執戟，古侍郎之職，凡郎官皆主更直執戟宿衛諸殿門以侍衛之，故通謂之侍郎。⑩同胞二句一本無。⑪此段設難。

東方先生喟然長息，仰而應之曰：「是固非子之所能備，彼一時也，此一時也，豈可同哉！夫蘇秦張儀之時，周室大壞，諸侯不朝，力政①爭權，相禽②以兵，并為十二國③，未有雌雄，得士者彊，失士者亡，故談說行焉④，身處尊位，珍寶充內，外有廩倉⑤，澤及後世，子孫長享；今則不然，聖帝流德⑥，天下震慴⑦，諸侯賓服⑧，連四海之外以為帶⑨，安於覆盂⑩，動猶運之掌⑪，賢不肖何以異哉！遵天之道，順地之理，物無不得其所，故綏之則安，動之則苦，尊之則為將，卑之則為虜，抗之則在青雲之上，抑之則在深泉之下，用之則為虎，不用則為鼠，雖欲盡節效情，安知前後⑫！夫⑬天地之大，士民之衆竭精談⑭說，並進輻湊者，不可勝數，悉力慕之，困於衣食，或失門戶⑮，使蘇秦張儀與僕⑯並生於今之世，曾不得掌故⑰，安敢望侍郎乎⑱！傳曰：『天下無害，雖有聖人，無所施才，上下和同，雖有賢者，無所立功。』⑲故曰時異事異。⑳

①力政，猶力征也；政讀如征。 ②禽，與擒通。 ③春秋戰國之間，有十二國，魯、衛、齊、宋、楚、鄭、燕、趙、韓、魏、秦、中山是也，史記有十二諸侯年表。 ④故談說行焉，一作故說得行焉；一作故說聽行通。 ⑤廩倉，一作倉廩，米藏曰廩，穀藏曰倉。一本無珍寶充內，外有廩倉二句。 ⑥聖帝流德，一作聖帝在上。流德一作德流。 ⑦天下震懾，一作澤流天下。震懾，恐懼也；懾一作慴。 ⑧一本，諸侯賓服下有威震四夷四字。 ⑨連四海之內以為帶，言如帶之相連也。 ⑩言不可動搖。 ⑪動猶運之掌，一作動發舉事猶運之掌。一本此句上有「天下均平合為一家」八字。 ⑫安知前後，言不知今昔之異也。 ⑬夫，一作方今以。 ⑭談，一作馳。 ⑮或失門戶，言被誅而喪其門戶也。 ⑯僕，自謙之辭。 ⑰掌故，漢百石吏，主故事者。 ⑱侍郎，一作常侍郎；一作常侍侍郎。 ⑲一本無此句。 ⑳此段言天下太平，有才亦無所用也。

雖然，安可以不務修身乎哉！詩曰：『鼓鐘于宮，聲聞于外。』①『鶴鳴于九皋，聲聞于天。』②苟能修身，何患不榮！太公體行仁義③，七十有二，乃④設用於文武，得信⑤厥說，封於齊，七百歲而不絕，此士所以日夜孳孳⑥，修學⑦敏行而不敢怠也。辟若鷽鴿，飛且鳴矣⑧。傳曰：『天不爲人之惡寒而輟其冬，地不爲人之惡險而輟其廣，君子不爲小人之匈匈而易其行，天有常度，地有常形，君子有常行，君子道其常，小人計其功。』⑨

①鼓鐘于宮二句，見詩小雅白華篇。言有於中必形於外也。②鶴鳴于九皋二句，見詩小雅鶴鳴篇。皋，澤也。言處卑而聲高也。③太公，本姓姜，名尚，其先封於呂，故亦曰呂尚，文王得之曰吾太公望子久矣，故曰太公望，佐武王克殷有功，封於齊。體一作躬。④乃一作延。⑤信，讀伸，義同。⑥孳孳，勤勉之義。⑦修學，一本無此二字。⑧辟，讀譬。鷽鴿，小青雀，飛則鳴，行則搖，甚勤苦。⑨天不六句，見荀子天論篇。匈匈，讙議聲。道，由也。此段言無論見用與否，總宜好學修身。

詩云：『禮義之不愆，何恤人之言。』①故曰：『水至清則無魚，人至察則無徒，冕而前旒，所以蔽明，黈纊充耳，所以塞聰。』②明有所不見，聽有所不聞，舉大德，赦小過，無求備於一人③之義也。『枉而直之，使自得之，優而柔之，使自求之，揆而度之，使自索之。』

④蓋聖人之教化如此，欲其自得之，自得之，則敏且廣矣。今世之處士，魁然⑤無徒，廓然⑥獨居，上觀許由⑦，下察接輿⑧，計同范蠡⑨，忠合子胥⑩，天下和平，與義相扶，寡耦少徒，固其宜也，子何疑於我哉！⑪

①禮義二句，見左傳昭四年，逸詩也。愆，過也。恤，憂也。　②水至清六句，見大戴禮，孔子之辭。黈，音偷上聲（ㄊㄡˇ），黃色也。纊，綿也。以黃綿為丸，用組懸之於冕，垂兩耳旁，以示不外聽也。　③語見論語。　④枉而直之六句，見大戴禮，孔子之辭。　⑤魁然，同塊然，獨立貌。　⑥廓然，空也。　⑦許由，字武仲，堯時隱士，堯讓以天下，不受而逃之。　⑧接輿，春秋楚之隱者，姓陸，名通，論語微子篇有楚狂接輿。　⑨范蠡，見賈誼過秦論陶朱注。　⑩子胥，春秋楚人，姓伍，名員，子胥其字也，父奢兄尚，皆為楚平王所殺，子胥奔吳，伐楚入郢，後吳敗越，越王句踐請和，夫差許之，子胥諫，不聽，太宰嚭讒之，夫差賜子胥死，盛以鴟夷革，浮之江。　⑪此段言人言不足畏，解尚有遺行一句。

若夫燕之用樂毅①，秦之任李斯②，酈食其之下齊③，說行如流，曲從如環，所欲必得，功若邱山，海內定，國家安，是遇其時也，子又何怪之邪！語曰：『以筦闚天，以蠡測海，以莛撞鐘④，豈能通其條貫，考其文理，發其音聲哉⑤！』繇是觀之，譬猶鼱鼩⑥之襲狗，孤豚之咋虎⑦，至則靡耳⑧，何功之有！今以下愚而非處士，雖欲勿困，固不得已，此適足以明其不知權變，而終惑於大道也。」⑨

①樂毅，見賈誼過秦論注。②李斯，秦始皇之相，本楚上蔡人，仕於秦，始皇信任之。③酈食其，漢陳留高陽人，謁沛公說下陳留，號為廣武君，又說齊下七十餘城；食讀異，其讀基。④以筦闚天，以蠡測海，以筳撞鐘，言所見之小。筦，同管。蠡，瓠瓢也。筳，音廷（ㄊㄧㄥˊ），草莖。⑤說苑：「建天下之鳴鐘，撞之以莛，豈能發其音聲哉。」⑥鼱鼩，音精劬（ㄐㄧㄥ）（ㄑㄩˊ），小鼠也。⑦豚，豬子。咋，嚙也，音責（ㄗㄜˊ）。⑧靡，碎滅也。⑨此段結明答意。

司馬相如子虛賦①

楚使子虛②使於齊。齊王悉發車騎，與使者出畋③。畋罷，子虛過姹烏有先生④，亡是公存焉⑤。坐定，烏有先生問曰：今日畋樂乎？子虛曰：樂。獲多乎？曰：少。然則何樂？對曰：

僕樂齊王之欲夸⑥僕以車騎之衆，而僕對以雲夢⑦之事也。曰：可得聞乎？子虛曰：可。王駕車千乘，選徒萬騎，畋於海濱，列卒滿澤，罘網⑧彌山，掩兔轔⑨鹿，射麋腳麟⑩，鶩於鹽浦⑪，割鮮染輪⑫，射中獲多，矜而自功，顧謂僕曰：楚亦有平原廣澤遊獵之地，饒樂若此者乎？楚王之獵，孰與寡人乎？僕下車對曰：臣，楚國之鄙人也。幸得宿衛十有餘年，時從出遊，遊於後園，覽於有無，然猶未能徧覩也，又焉足以言其外澤乎。齊王曰：雖然，略以子之所聞見而言之。僕對曰：唯唯⑬！

①司馬相如，漢成都人，事武帝為郎，長於辭賦，所作豐贍富麗，六朝之人多仿之。子虛賦者，相如虛藉子虛、烏有先生、亡是公三人為辭，以推天子諸侯之苑，其卒章歸之於節儉，因以風諫。②子虛，虛言也，假以稱說楚之美。③畋，田獵也；一作田。④奼，音詫（ㄔㄚˋ），誇誑之也；一作姹；又作詫。烏有先生，烏有此事也，假以難詰楚事。⑤亡是公，無是人也。存，一作在。⑥夸，華言無實也。⑦雲夢，楚藪也。在今湖北安陸縣南，本二澤，雲在江北，夢在江南，方八九百里，後悉為邑居聚落。⑧罘，音浮（ㄈㄨˊ），兔罟也。罔，與網同。⑨轔，謂車踐轢之也。⑩腳，偏引其足。麟，牝鹿。⑪鶩，音務（ㄨˋ），亂馳也。鹽浦，海水之涯，多出鹽也。⑫染輪，切生肉染車輪鹽而食之

也。⑬唯唯，恭應之辭也。

臣聞楚有七澤，嘗見其一，未覩其餘也；臣之所見，蓋特其小小者耳，名曰雲夢。雲夢者，方九百里，其中有山焉。其山則盤紆岪鬱①，隆崇嵂崒②，岑崟③參差，日月蔽虧④，交錯糾紛，上干青雲，罷池陂陀⑤，下屬江河。其土則丹青赭堊⑥，雌黃白坿⑦，錫碧金銀⑧，衆色炫耀，照爛龍鱗⑨。其石則赤玉玫瑰⑩，琳瑉昆吾⑪，瑊玏玄厲⑫，碝石碔砆⑬。

①岪鬱，山貌；岪，音福（ㄈㄨˊ）。②隆崇嵂崒，山高峻貌。嵂崒，一作律崒。或引子虛賦無此四字。③崟，音吟（ㄧㄣˊ）；岑崟，高峻貌。④蔽者，全隱也。虧者，半缺也。言高山壅蔽，日月虧缺半見也。⑤罷池，言極其所至靡迤下盡也，陂陀，讀如坡陁，猶言靡迤耳，陀與池同；一曰，罷池即波池之異文，坡誤為疲，疲又轉寫作罷耳。⑥丹，朱砂也。青，空青也。赭，赤土也。堊，白土也。⑦雌黃，藥名，出武都山谷。白坿，以白灰飾之也。⑧錫，青金也。碧，玉之青白色者。⑨言采色相耀，如龍鱗之間雜。⑩玫瑰，石之美者。⑪琳，玉也。瑉，石之次玉者。昆吾，本山名，出善金，因以名金。⑫瑊玏，音緘勒（ㄐㄧㄢ）（ㄌㄜˋ）石之次玉者。玄厲，黑石可用磨也。⑬碝石，石之次玉者；

碝，音輭（ㄖㄨㄢˇ），一本作礝。碔砆，音武夫（ㄨˇ）（ㄈㄨ），赤地白采，葱蘢白黑不分；一作武夫。

此段敘山土石。

其東則有蕙圃①，衡蘭芷若②，芎藭③菖蒲，江蘺蘪蕪④，諸柘巴苴⑤。其南則有平原廣澤，登降陁靡⑥，案衍壇曼⑦，緣以大江，限以巫山⑧；其高燥則生葴菥苞荔⑨，薛莎青薠⑩；其埤溼則生藏莨蒹葭⑪，東蘠雕胡⑫，蓮藕觚盧⑬，菴閭軒于⑭，衆物居之，不可勝圖⑮。

①蕙圃，蕙草之圃也。②衡蘭，二草名，衡，杜衡也，其狀若葵，其臭如蘪蕪，蘭，通稱蘭草。芷，白芷也。若，杜若也，亦為香草，杜衡之大者也。③芎藭，一作穹窮，香草也，莖高一二尺，葉似芹，秋間細花五瓣，色黃白，其根可供藥用。④江蘺，香草也；蘺，一作離。蘪蕪，草名，一名蘄芷，莖高尺許，葉為羽狀複葉，夏開小花五瓣，色白有清香。⑤諸柘，一名甘蔗；柘，一作蔗；一說，諸柘為二物，諸乃山芋也。巴苴，一曰巴蕉；巴，一作猼，苴，一作且。⑥陁靡，斜貌；陁，音移（ㄧˊ），一本作陁。⑦案衍，窳下也。壇曼，平博也。⑧巫山，在四川巫山縣東，即巫峽，山有十二峯，峯下有神女廟。⑨葴，音斟（ㄓㄣ），馬藍也。菥，音西（ㄒㄧ），一作析，似燕麥。苞，音包（ㄅㄠ），

蘪也，其物可為草履，亦可作席者也。茘，草也，似蒲而小，根可作刷。⑩薛，一作薜，藾蒿也。莎，草也，產道旁及園圃中甚多，葉可為笠及蓑衣。青薠，似莎而大；一作青蘋。一本無薛莎青薠四字。⑪埤，音婢（ㄅㄧˋ），謂下地也。藏莨，草名，中牛馬芻。蒹，荻也，似萑而細小。葭，蘆也。⑫東蘠，似蓬草，實如葵子，十月熟；蘠，一作薔。雕胡，菰米也。⑬觚盧，即瓠廬。⑭菴閭，草名，狀如艾蒿；菴，一作奄。軒于，蕕草也，生水中。⑮不可勝圖，謂不可盡舉而圖寫之也。此敘東之草地，而言南之平原廣澤，亦最宜畋獵，但下文敘獵，祇東西北三處，獨不及南，蓋虛實互相備也。

其西則有湧泉清池，激水推移，外發芙蓉菱華①，內隱鉅石白沙；其中則有神龜蛟鼉②，瑇瑁③鼊黿。其北則有陰林④，其樹楩柟豫章⑤，桂椒木蘭⑥，檗離朱楊⑦，樝梨梬栗⑧，橘柚芬芳；其上則有鵷雛孔鸞⑨，騰遠射干⑩；其下則有白虎玄豹，蟃蜒貙犴⑪，於是乎乃使剸諸⑫之倫，手格此獸。⑬

①芙蓉，蓮花也。菱，一作蔆。②鼉屬無角曰蛟，鼉，與鱷魚為近屬，俗稱豬婆龍，生於江湖，其皮可冒鼓。③瑇瑁，一作毒冒，讀代妹，今作玳瑁，龜屬，甲有文，生南海中。④陰林，言其樹多而大，

常如陰也。⑤其樹，一說當為巨樹，屬上陰林斷句。梗，大木。枏，音南（ㄋㄢˊ），即今所謂楠木。豫章，大木，似楸。⑥木蘭，木名，亦名杜蘭，又名林蘭，又謂之木蓮，或謂生零陵山谷間。⑦檗，音擘（ㄅㄛˋ），皮可染者。離，山梨。朱楊，赤莖柳。⑧樝，音渣（ㄓㄚ），似梨而甘。梬，音郢（ㄧㄥˇ），棗也，似柹而小。⑨鵷雛，似鳳。孔，孔雀。鸞，鸞鳥也。一本此句上有赤猨玃猱四字。⑩騰遠射干，二鳥名；一說，獸名也。⑪蟃蜒，讀如萬延，獸名，似狸。爾雅注：「文山民呼貙虎之，大者為貙豻。」蓋一物也；豻本作犴。此句下一本有兕象野犀窮奇獌狿八字。⑫剸諸，春秋時吳之刺客，公子光享王僚，剸諸置匕首魚腹中刺之，王僚立死，諸亦為王左右所殺；剸一本作專。⑬此段敘西北，開下畋獵之地。

楚王乃駕馴駮①之駟，乘彫玉之輿，靡魚須之橈旃②，曳明月③之珠旗，建干將之雄戟④，左烏號之雕弓⑤，右夏服之勁箭⑥，陽子⑦驂乘，孅阿⑧為御，案節未舒⑨，即陵狡獸，蹴蛩蛩⑩，轔距虛⑪，軼野馬，轊陶駼⑫，乘遺風⑬，射游騏⑭，儵眒倩利⑮，雷動猋⑯至，星流霆⑰擊，弓不虛發，中必決眦⑱，洞胸達掖⑲，絕乎心繫⑳，獲若雨獸㉑，揜草蔽地。於是楚王乃弭節㉒徘徊，翱翔容與，㉓覽乎陰林，觀壯士之暴怒，與猛獸之恐懼，徼谻受詘㉔，殫覩衆物之變態。㉕

①駠，擾也，駮，如馬，白身黑尾，一角鋸牙，食虎豹；一說，駠駮，止是駮馬耳，虎嘗見而伏，故出獵駕之，非真駮也；駮，一作駁，駮駁通假。②魚須，大魚之鬚，出東海，見尚書大傳。橈旃，即曲旃也；橈音撓（ㄋㄠˊ），曲也。③明月，珠名。④干將，劍戟之通稱非謂人名也。雄戟，戟中有小子刺者。⑤烏號，柘桑，其材堅勁，烏棲其上，將飛，枝勁復起，摽呼其上，伐取其材為弓，因名烏號；號，讀平聲。⑥夏服，盛箭器也，夏后氏之良弓名煩弱，其矢亦良，即煩弱箭服也，故曰夏服。⑦陽子，仙人陽陵子。⑧孅阿，月御也，本山名，有女子處其巖，月歷數度躍入月中，因為月御。⑨案節，猶弭節，見下。未舒，言未盡也。⑩蹴音促（ㄘㄨˋ），與蹴同，躡也；一本作軼。蛩，音邛（ㄑㄩㄥˊ）；蛩蛩，北海白獸，似馬，見山海經；亦作邛邛。⑪距虛，似蠅而小；一說，即蛩蛩，變文互言耳。⑫轊，音衛（ㄨㄟˋ），車軸頭也。騊駼，北狄良馬；一曰野馬，蓋野馬騊駼為一物，與蛩蛩距虛之一物二名，相對為文。⑬遺風，秦始皇馬名，見古今注。⑭爾雅釋獸：「巂如馬一角，不角者曰騏。」⑮倏眒倩利，皆疾貌；一作儵眒倩浰；倩又作凄。⑯猋，音標（ㄅㄧㄠ），暴風從下上也，爾雅釋天：「扶搖謂之猋。」⑰霆，一作電。⑱眦，即眥字，目匡也。⑲掖，與腋同，臂下也。⑳中心絕繫也。㉑獲若雨獸，言獲殺之多，如天雨獸也。㉒弭節，示安徐也。㉓翱翔容與，言自得也。㉔徼，音邀（ㄧㄠ），遮也。谻，音劇（ㄐㄩ），倦極也。詘，力盡也。言遮取或受有倦極及力盡之獸也。㉕此段獵於陰林，即上文北有陰林也。

於是鄭女曼姬①，被阿緆②，揄③紵縞，雜纖羅垂霧縠④，襞積褰縐⑤，紆徐委曲，鬱橈谿谷⑥，衯衯裶裶⑦，揚袘戌削⑧，蜚纖垂髾⑨，扶輿猗靡⑩，翕呷萃蔡⑪，下靡蘭蕙，上拂羽蓋⑫，錯翡翠之威蕤⑬，繆繞玉綏⑭，眇眇忽忽，若神僊之髣髴⑮。於是乃相與獠⑯於蕙圃，媻姍勃窣⑰，上下金隄⑱，揜翡翠，射鵔鸃⑲，微矰⑳出，孅繳㉑施，弋白鵠，連駕鵝㉒，雙鶬㉓下，玄鶴加，怠而後發，游於清池。浮文鷁㉔，揚旌栧㉕，張翠帷，建羽蓋，罔瑇瑁，鉤紫貝㉖，摐金鼓㉗，吹鳴籟。榜人㉘歌，聲流喝㉙，水蟲駭，波鴻沸，湧泉起，奔揚㉚會，礧石㉛相擊，硠硠礚礚㉜，若雷霆之聲，聞乎數百里之外。㉝

①鄭女曼姬，鄭女多美故鄭女為當時美女恆稱，曼，美也。姬，婦人通稱。②阿，細繒也。緆音系（ㄒㄧˋ），細布也；一作錫。③揄，曳也。④霧縠，今之輕紗薄如霧也。⑤襞積，狀衣之摺疊。褰縐，縮蹙之也。⑥鬱橈谿谷，言委屈如谿谷也。⑦衯衯裶裶，皆衣長貌；衯，音芬（ㄈㄣ），裶，音霏（ㄈㄟ）。⑧袘，裳下緣也。戌削，裁制貌，狀行時裳緣之整齊。⑨蜚，古飛字。纖，袿衣之長帶，髾，音稍（ㄕㄠ），燕尾，皆衣上假飾。曲谷為韻，削髾為韻，此上六句，皆下二句叶韻也。⑩扶輿猗靡，衣裳稱美之貌。⑪翕呷萃蔡，衣之聲。衣聲有似翕呷，故取為狀；萃，讀如翠。⑫下靡蘭蕙，上拂羽

蓋，垂纖飛髾，飄揚上下，故或磨蘭蕙或拂羽蓋；靡，一作磨。⑬威蕤，旗名也，蓋以翠飾威蕤之上也；威，一作葳，亦作萎。⑭綏，登車所執。玉綏，車之綏以玉飾之也。⑮眇眇忽忽，若神僊之髣髴，言其容飾奇豔，殊非人世所見也，一作縹乎忽忽，若神仙之彷彿，一本無仙字。⑯獠，獵也。⑰嫳姍勃窣，匍匐上也；勃，一作敦，窣音素（ㄙㄨˋ）。⑱上下金隄，一本無下字；一本下作乎。⑲鵔鸃，音峻宜（ㄗㄩㄣ）（ㄧ），赤雉也，似山雞而小。⑳矰，短矢也。㉑孅繳，一作纖繳。繳，音灼（ㄓㄨㄛˊ），生絲也。㉒駕鵝，野鵝也。㉓鶬，音倉（ㄘㄤ），鴰也。㉔鷁，水鳥。畫其象於船首，故曰文鷁。㉕栧，音曳（ㄧˋ），船舷也；一作枻。樹旌於上，故曰旌栧。㉖鉤，一作釣。紫貝，見南粵王趙佗上文帝書注。㉗摐，音窗（ㄔㄨㄤ），撞也。金鼓，鉦也，其形似鼓，故名。㉘榜人，船長也。㉙喝，讀若嗄（ㄞˇ），所謂嗄迺之聲，即櫂歌也，嗄迺與欸乃同。㉚揚，一作物。㉛礧石，轉石也。㉜硠硠礚礚，石聲也；硠硠，一作琅琅，礚，音嘅（ㄎㄞˋ）。㉝此敘與衆女獵於蕙圃，游於清池，即上文東有蕙圃西有清池也。

將息獠者，擊靈鼓①，起烽燧②，車案行③，騎就隊，纚乎淫淫④，般乎裔裔⑤，於是楚王乃登雲陽之臺⑥，怕⑦乎無爲，憺⑧乎自持，勺藥⑨之和具，而後御之，不若大王終日馳騁，曾不下輿，脟割輪焠⑩，自以爲娛，臣竊觀之，齊殆不如。於是齊王無以應僕也。⑪

①靈鼓，六面擊之，所以警衆也。②烽燧，於高處舉薪火也。③案，依也。行，列也。④纚，音屣（ㄒㄧ），若織絲相連屬也。淫淫，漸進也。⑤般，音盤（ㄆㄢˊ），以次相連而行。裔裔，流行貌。⑥雲陽之臺，一作陽雲之臺。雲夢中高唐之臺，言其高出雲之陽也。⑦怕，無為也；一作泊。⑧憺，與澹同。⑨勺藥，五味之和也，蓋古時五味之和，總謂之勺藥。⑩脟，與臠同，焠，音催（ㄘㄨㄟ），去聲，灼也。言臠割其肉，揾車輪鹽而食之。⑪此段息獠。

烏有先生曰：是何言之過也！足下不遠千里，來貺①吾國，王悉發境內之士，備車騎之衆，與使者出畋，乃欲戮力致獲，以娛左右，何名爲夸哉！問楚地之有無者，願聞大國之風烈，先生之餘論也，今足下不稱楚王之德厚，而盛推雲夢以爲高奢，言淫樂而顯侈靡，竊爲足下不取也！必若所言，固非楚國之美也，無而言之，是害足下之信也，彰君惡，傷私義，二者無一可，而先生行之，必且輕於齊而累於楚矣。且齊東陼②鉅海，南有瑯邪③，觀乎成山④，射乎之罘⑤，浮渤澥⑥，游孟諸⑦，邪與肅慎爲鄰⑧，右以湯谷⑨爲界，秋田乎青丘⑩，徬徨⑪乎海外，吞若雲夢者八九，於其⑫胸中，曾不蔕芥⑬。若乃俶儻瑰瑋⑭，異方殊類，珍怪鳥獸，萬端鱗崒⑮，充牣⑯其中，不可勝記，禹不能名，卨⑰不能計；然在諸侯之位，不敢言游戲之樂，苑囿之大，先生又見客⑱，是以王辭不復，何爲無以應哉！⑲

①既，一作況。②陼，小洲也，言齊東臨大海為渚也；一本作有。③瑯邪，山名，在今山東諸城縣東南。④成山，在今山東榮成縣東北海濱，其角突出海中，稱成山角。⑤之罘，山名，在今山東福山縣東北。⑥渤澥，即今渤海。⑦孟諸，宋之大澤，在今河南商丘縣東北，故屬齊。⑧邪，讀為斜。肅慎，古國名，今吉林及俄屬東海濱省之地。⑨湯谷，日所出，以為東界；一說，言為東界，則右當為左字之誤。⑩青丘，蓋今蓬萊諸島在海中者。⑪徬徨，一作仿偟。⑫於其，一作其於。⑬蔕芥，言不覺其有也；蔕，同蒂。⑭俶儻，卓異也，不羈也；俶，音惕（ㄊㄧˋ）。瑰瑋，珍奇也。⑮崒，與萃同，集也。⑯充牣，滿也；牣，一作仞。⑰卨，與契同。⑱見客，見猶至也，言至此為客，若今人稱見顧見至。⑲此段烏有折子虛。

司馬相如上林賦①

亡是公听然②而笑曰：楚則失矣，而齊亦未爲得也。夫使諸侯納貢者，非爲財幣，所以述職也③，封疆畫界者，非爲守禦，所以禁淫也，今齊列爲東藩，而外私肅愼④，捐國踰限⑤，越海而田⑥，其於義固未可也。且二君之論，不務明君臣之義，正諸侯之禮，徒事爭於游戲之樂，苑囿之大，欲以奢侈相勝，荒淫相越，此不可以揚名發譽，而適足以𡰥⑦君自損也。

①上林，苑名，在陝西長安縣西及盩厔鄠縣界，秦舊苑，漢武帝更增廣之，周袤三百里，離宮七十所。
②听音齗（ㄧㄣ）：听然，笑貌，③諸侯朝於天子曰述職，述職者，述所職也。④肅愼，見前子虛賦。⑤捐，棄也。踰，一作隃。⑥謂田於青丘。⑦𡰥，古貶字。

且夫齊楚之事，又烏足道乎，君未覩夫巨麗也！獨不聞天子之上林乎？左蒼梧①，右西極②，丹水③更其南，紫淵④徑其北，終始灞滻⑤，出入涇渭⑥，酆鎬潦潏⑦，紆餘委蛇⑧，經營乎⑨其內，蕩蕩乎八川⑩分流，相背而異態，東西南北，馳騖往來，出乎椒邱⑪之闕，行乎洲淤⑫之浦，經乎桂林⑬之中，過乎泱漭之壄⑭，汩乎混流⑮，順阿⑯而下，赴隘陿⑰之口觸穹石⑱，激堆埼⑲，沸乎暴怒，洶涌彭湃⑳，滭弗宓汩㉑，偪側泌瀄㉒，橫流逆折，轉騰潎洌㉓，滂濞沆溉㉔，穹隆雲橈㉕，宛潬膠盭㉖，踰波趨浥㉗，涖涖下瀨㉘，批巖衝擁，奔揚滯沛㉙，臨坻㉚注壑，瀺灂霣墜㉛，沈沈隱隱㉜，砰磅訇礚㉝，潏潏淈淈㉞，湁潗㉟鼎沸，馳波跳沫，汩濦㊱漂疾，悠遠長懷，寂漻無聲，肆乎永歸，然後灝溔潢漾㊲，安翔徐回，翯乎滈滈㊳，東注太湖㊴，衍溢陂池。㊵

①蒼梧，漢郡名，今廣西蒼梧縣治。在長安東南，故言左。②爾雅釋地「西至於邠國。」是為西極，在長安西，故言右。③丹水，源出陝西商縣西北冢嶺山，東南流入河南，注於均水，或謂指山海經丹穴山所出之丹水言，以在長安極南之境故也。④紫淵，在今山西離石縣北。⑤灞滻，二水名，灞水源出陝西藍田縣南山谷中，經長安入渭。滻水與灞水同源而異流，經藍田長安合於灞。⑥涇渭，二水名，涇水源出甘肅化平縣西南大關山，東流入陝西邠縣至高陵與渭水合，渭水源出甘肅渭源縣西鳥鼠山，東流經西隴天水入陝西鳳翔至長安北，與洛水會，又東至華陰合洛水入河，涇水清，渭水濁，世言涇清渭濁。⑦酆鎬潦潏，四水名，酆水源出陝西鄠縣南山酆谷，東北流經長安北至咸陽入渭，鎬水源出鄠縣

南山谷中，北流經長安西南注昆明池，又西達咸陽入於渭，潦水即澇水也，源出鄠縣南山澇谷，經長安入渭。潏，音玦（ㄐㄩㄝ），源出鄠縣南山石鱉谷，今名流水，自南山黃子坡西北流，經昆明池入渭。
⑧蛇，讀若移；委蛇，委曲也。⑨乎，一本無此字。⑩潘岳關中記以灞、滻、涇、渭、酆、鎬、潦、潏為關中八川，⑪土高四墮曰椒丘，非江西新建縣北吳之椒丘也。⑫水中可居者曰洲，三輔謂之淤也。⑬桂林，桂樹之林也，非桂林郡之桂林。⑭泱漭，廣大也。壄，同野。⑮汩，音骨（ㄍㄨˇ），疾貌。混流，言流之盛也；混，一作渾。⑯阿，大陵也。⑰陿，音洽（ㄒㄚ）；隘陿，兩岸相迫近者也。⑱穹石，大石也。⑲埼，音奇（ㄑㄧ）；堆埼，沙壅而成曲岸也。⑳洶涌，謂水之上騰也。彭，一作澎，湃，讀如派，即沛字音轉；彭湃，謂水之旁溢也。㉑滭，一作滜；滭弗，謂水盛出也。宓，音密（ㄇㄧˋ），一作滵；宓汩，言水勢稍平處得安通也。㉒偪側，一作湢測，相逼也。泌瀄，音筆節（ㄅㄧ）（ㄗㄧㄝ），水相楔也。㉓潎洌，音匹列（ㄆㄧ）（ㄌㄧㄝ），流輕疾貌狀橫流逆折之水。㉔滂濞，水聲也；滂，一作澎。沆溉，徐流也；溉，一作瀣。㉕穹隆雲橈，言水勢起伏，乍穹然而上隆，旋如雲而低曲也。㉖潬，音善（ㄕㄢ）；宛潬，猶蜿蜒，狀水勢之綿遠；一作蜿澶。盭，古戾字；膠盭，邪曲也。㉗踰波，後波淩前波也。浥，溼也。趨浥，猶易言流溼就下之意。㉘涖涖，一作莅莅，水聲也。瀨，水流沙上也。㉙批巖衝擁，奔揚滯沛，言水觸巖衝壅，奔而忽揚，滯而仍沛也。㉚坻，音遲（ㄔ），水中隆高處也。㉛瀺灂，音饞浞（ㄔㄢ）（ㄔㄨㄛ），小水聲。霣，即隕字。墜，一作隊，

隊即墜字。㉜沈沈，一作湛湛；沈沈隱隱，言水聲殷然也。㉝砰磅訇磕，音怦滂轟嘅（ㄆㄥ）（ㄆㄤ）（ㄏㄨㄥ）（ㄎㄞ），皆水流鼓怒之聲也。㉞潏，音玦（ㄐㄩㄝ），潏潏，水湧出也。淈，音骨（ㄍㄨ）；淈淈，水出之貌也。㉟湁潗，水沸貌。㊱汩濦，急轉貌。濦，一作㴔。㊲瀰溠潢瀁，水無際也。㊳翯音鶴（ㄏㄜ），滈，音浩（ㄏㄠ）；翯乎滈滈，水白光貌也。㊴太湖，作大湖，指關中巨澤言，非吳地震澤也。㊵此段水。觸穹石四句，始言水之變態有力。滭弗五句，極言其有力。穹隆四句，言其自然。批巖二句，承上言有力。臨坻二句，承上言自然。沈沈二句，又言有力。潏潏二句，又言自然。馳波十句，皆言自然。脈絡極分明。湃溉瀨沛墜磕沸為韻，懷歸回池為韻；而一韻之中，上有數句，又各私自為韻，如瀄折洌私自為韻，盭浥私自為韻；古人平去通用，則湃至池本為一韻矣。

於是乎蛟龍赤螭①，䱭䲛漸離②，鰅鰫鰬魠③，禺禺魼鰨④，揵鰭掉尾，振鱗奮翼，潛處乎深巖。魚鼈讙聲，萬物衆夥。明月珠子⑤，的皪江靡⑥，蜀石黃碝⑦，水玉磊砢⑧，磷磷爛爛，采色澔汗，藂積乎其中。鴻鷫鵠鴇⑨，駕鵝屬玉⑩，交精旋目⑪，煩鶩庸渠⑫，箴疵鵁盧⑬，群浮乎其上汎⑭淫泛濫，隨風澹淡，與波搖盪，奄薄水渚，唼喋⑮菁藻，咀嚼菱藕。⑯

①有角曰虯，無角曰螭，皆龍類而非龍也。②䲛䲡，音互懵（ㄍㄥ）（ㄇㄥ），一名黃魚，今呼為鱘鰉。漸離，魚名。③鰅鰫鰬魠，皆魚名，鰅音顒（ㄩㄥ），皮有文，鰫，一作鱅，即鮑魚，鰬，音虔。（ㄑㄧㄢ），似鯉而大。魠，音託（ㄊㄨㄛ），哆口魚，即今河豚。④禺禺魼鰨，皆魚名，禺禺，皮有毛，黃地黑文，魼，音袪，（ㄑㄩ），比目魚也，鰨，讀如禿，版魚也，亦比目魚之一種。⑤明月珠子，二物名，明月，即海月，大如鏡，白色正圓，珠子，謂蚌也。⑥的皪，鮮明貌。江靡，江邊也。⑦蜀石，石次玉者。黃碝，碝石黃色。⑧水玉，水精也。磊砢，魁礨貌也。⑨鴻鷫鵠鴇，皆鳥名，鴻大鳥也，一作鳿，鷫，鷫鷞，綠身，其形似雁，鵠，黃鵠也，鴇，似雁而無後指。⑩駕鵝，見子虛賦注。屬玉，一作鸀鳿，狀如鴨而大，長項赤目，一名鸑鷟。⑪交精，一作鵁鶄，似鳧而腳高，有毛冠。旋目，一作䴉目，禽經：「旋目其名䴉，方目其名鴋。」⑫煩鶩，鴨屬。庸渠，一作鷛鶏，形似鶩，灰色而雞足。⑬箴疵，一作鱵鴜，似魚虎而蒼黑色。鵁盧，一作鵁鸕，一切經音義載「鵁鶄，一名鵁鸕。」即今鸕鶿，蓋一物，舊說作二物，誤。⑭汎，音馮（ㄆㄧㄥ），浮也。⑮唼喋，音匝喋（ㄗㄚ）（ㄓㄚ），銜食也。⑯此段水中之物。

於是乎崇山矗矗①，巃嵸崔巍②，深林巨木，嶄巖參差③，九嵕巀嶭④，南山⑤峨峨，巖陁巘錡⑥，摧崣崛崎⑦，振溪通谷，蹇産⑧溝瀆，谽呀豁閜⑨，阜陵別隝⑩，崴磈㟪瘣⑪，丘虛崛礨⑫，隱轔鬱𡼏⑬，登降施靡⑭，陂池貏豸⑮，沇溶淫鬻⑯，散渙夷陸⑰，亭皋千里⑱，靡不被築。⑲

①矗，音觸（ㄔㄨˋ）；矗矗，高聳貌；一說，無此二字，蓋崇山巃嵸崔巍六字連讀，後人加此二字，失之。②巃嵸崔巍，皆高峻貌。③嶄巖，尖銳貌。參差，一作嵾嵯，不齊也。④嵕，音宗（ㄗㄨㄥ），九嵕，山名，在陝西醴泉縣東北。嶻嶭，山名，在陝西三原縣西；一說，高峻貌。⑤南山，即終南山。⑥陁，一作阤，音治（ㄔ），崖際。巘錡，音巘巇（ㄒㄧㄢ）（ㄒㄧ），隆屈窊折貌。⑦摧崣，山高貌，猶崔巍，崛崎，斗絕也。⑧蹇産，詰曲也。⑨谽呀，大貌；谽一作谺。豁閜，空虛也。⑩隝，水中山。⑪崴磈㟪瘣，皆高峻貌；瘣，一作瘣。⑫丘虛崛礨，皆堆壟不平貌；虛，一作墟，崛礨，一作崛𡾋。⑬隱轔鬱𡼏，堆壟不平貌。⑭登降施靡，猶言高下連延也；施，同阤。⑮陂池，讀如坡陀。貏，音卑（ㄅㄟ）；貏豸，漸平貌。⑯沇溶淫鬻，水流溪谷間也。⑰散渙夷陸，言散布於平地。⑱亭，訓平。皋，水旁地。亭皋千里，猶言平皋千里⑲此段山。

揜以綠蕙，被以江蘺①，糅以蘼蕪②，雜以留夷③，布結縷④，攢戾莎⑤，揭車衡蘭⑥，槀本射干⑦，茈薑蘘荷⑧，葴持若蓀⑨，鮮支黃礫⑩，蔣苧青薠⑪，布濩⑫閎澤，延曼太原⑬，離靡⑭廣衍，應風披靡，吐芳揚烈，郁郁菲菲，衆香發越，肸蠁⑮布寫，晻薆咇茀⑯。

①江蘺，見子虛賦注蘺，一作離。②蘼蕪，見子虛賦注。③留夷，香草也。④布，一作尃，尃即古布字。結縷，似白茅，蔓生如縷相結也。⑤攢，聚也。戾，同莀，草也，可以染留黃，留黃，綠也，此言莎草濃綠，以戾狀其色，故曰戾莎，⑥揭車，香草也。衡蘭，見子虛賦注。⑦槀本，香草。荀子：「西方有木曰射干。」與子虛賦之射干不同。⑧茈，音紫（ㄗ）；茈薑，子薑也。蘘荷，葉似初生甘蔗，根似薑芽。⑨葴持，寒漿也，今酸漿草，江東呼曰苦葴，見爾雅翼；持，一作橙。若，杜若也。蓀，香草也。⑩鮮支，即燕支，花如蒲公英，見古今注。黃礫，礫，當為莀，可以染流黃，莀假借作礫也。⑪蔣苧，二草名，蔣菰蒲草也，苧，亦草也，可以為繩；一作芧。青薠，見子虛賦注。⑫布濩，普遍之義。⑬太原，猶言廣原。⑭離靡，謂相連不絕也；離，一作麗，古通用。⑮肸蠁，謂香氣四達而入人心也。⑯晻薆，音奄愛（ㄧㄢ）（ㄞ），香氣也。咇茀，音畢勃，（ㄅㄧ）（ㄅㄛ），大香也，與馝馞通。此段山上之草。

於是乎周覽泛觀，縝紛軋芴①，芒芒恍忽，視之無端，察之無涯②，日出東沼，入乎西陂③。其南則隆冬生長，踊水躍波；其獸則㺊旄貘犛④，沈牛麈麋⑤，赤首圜題⑥，窮奇⑦象犀。其北則盛夏含凍裂地，涉冰揭⑧河；其獸則麒麟角端⑨，騊駼橐駝⑩，蛩蛩驒騱⑪，駃騠驢驘⑫。

①縝紛，衆盛也。軋芴，緻密也。②涯，一作崖。③西陂，池名，長安有西陂池、東陂池。④㺊旄貘犛，皆獸名，㺊，音容（ㄩㄥˊ），一作庸，又作⿰牛庸，似牛，領有肉堆，旄，旄牛，野牛也，狀如水牛，貘，音陌（ㄇㄛˋ），體小於驢，皮厚似犀，毛短頸粗，鼻突出，長於下唇，屈伸自由，性柔易馴，犛，音釐（ㄌㄧˊ），黑色牛也。⑤沈牛，曰潛牛，形角似水牛。麈，音主，（ㄓㄨˇ），似鹿，尾大而一角。麋，似鹿而大，冬至則解甲，目上有眉，因以為名也。⑥題，額也；一說，題蓋蹄之誤。⑦窮奇，獸名，狀如牛而蝟毛，其音如嘷狗，食人。⑧揭，音器（ㄑㄧˋ），攝衣涉水也。⑨麒，仁獸也，麋身牛尾一角。麟，牝麒也。角端，似豬，角在鼻上，中作弓，端，一作鯿。⑩騊駼，見子虛賦注。橐駝，駱駝也，言其可負囊橐而駝物也。⑪蛩蛩，見子虛賦注。驒騱，音顛奚（ㄉㄧㄢ）（ㄒㄧ），野馬也；一曰青驪白鱗，文如鼉魚。⑫駃騠，馬父驘子，駿馬也，生七日而超其母。驘，驢父馬母。此段縮寫苑中氣象，點出各獸，即為下文畋獵張本。

於是乎離宮別館，彌山跨谷，高廊四注①，重坐曲閣②，華榱璧璫③，輦道纚屬④，步櫩⑤周流，長途中宿，夷嵕⑥築堂，累臺增成⑦，巖窔洞房⑧，頫杳眇而無見，仰攀橑⑨而捫天，奔星⑩更於閨闥，宛虹拖於楯軒⑪，青龍蚴蟉於東廂⑫，象輿婉僤於西清⑬，靈圄⑭燕於閒館，偓佺⑮之倫，暴於南榮⑯，醴泉涌於清室，通川過於中庭，盤石振崖⑰，嶔巖⑱倚傾，嵯峨嶕嶢⑲，刻削崢嶸⑳玫瑰㉑碧琳，珊瑚㉒叢生，瑉玉旁唐㉓，玢豳文鱗㉔，赤瑕駁犖㉕，雜臿其閒，晁采琬琰㉖，和氏出焉㉗。

①注，屬也。四注，言四周相屬而下垂也。②重坐，猶重廊也。曲閣，閣之屈曲相連者也。③璧璫，以玉飾瓦之當也。④輦道，閣道可以乘輦而行者。輦道纚屬，言閣道回環如織絲之相連屬也。⑤步櫩，言其下可行步，即今之步廊也。⑥夷，平也。嵕，山名。言平此山以築堂也。⑦增成，增重也，一重為一成也。⑧巖窔洞房，皆言其幽深也；窔，一作穾。⑨橑，音老（ㄌㄠˇ），椽也。⑩奔星，流星也。⑪宛虹，屈曲之虹也。拖，謂申加於上。楯，闌檻也。軒，楯下板也。⑫龍，一作虯。蚴蟉，龍行貌。⑬僤，一作蟬；婉僤，行動貌，與蜿蜒同。西清，西廂清靜之處也。⑭靈圄，衆仙號；圄，一作圉，古通用。⑮偓佺，仙人也，食松子而眼方。⑯暴同曝，謂偃臥日中也。南榮，屋南檐

也。⑰盤一作磐，又作槃，通用字。振，整也，以石整頓池水之涯也；一作裖。⑱嶔巖，深險貌。⑲嵯峨，高大貌，嶕嶢，一作磼礏，山貌，狀石勢之高也。⑳刻削崢嶸，皆言石狀。㉑玫瑰，見子虛賦注。㉒珊瑚，生水底石邊，大者可高三尺餘，枝格交錯無葉。㉓旁唐，猶言盤礴。㉔玢，讀如分，玢豳，一作璸斒，文理貌。文鱗，言其文斑然鱗次也；鱗，一作磷。㉕赤瑕，赤玉也。駮犖，采點也。㉖鼂，音朝（ㄔㄠ）；鼂采，玉名。琬琰，美玉名。㉗和氏，楚卞和所得之璧，亦美玉也。此段宮室。

於是乎盧橘夏熟①，黃甘橙楱②，枇杷橪③柿，亭奈厚朴④，梬棗⑤楊梅，櫻桃蒲陶，隱夫薁棣⑥，荅遝離支⑦，羅乎後宮，列乎北園，貤⑧邱陵，下平原，揚翠葉，杌⑨紫莖，發紅華，垂⑩朱榮，煌煌扈扈⑪，照曜鉅野，沙棠櫟櫧⑫，華楓枰櫨⑬，留落胥邪⑭，仁頻幷閭⑮，欃檀⑯木蘭，豫章女貞⑰，長千仞，大連抱，奈條直暢，實葉葰楙⑱，欑立叢倚，連卷欐佹⑲，崔錯癹骩⑳，坑衡閜砢㉑，垂條扶疏㉒，落英幡纚㉓，紛溶箾蔘㉔，猗狔㉕從風，藰莅芔歙㉖，蓋象金石之聲，管籥之音，偨池茈虒㉗，旋還㉘乎後宮，雜襲絫輯㉙，被山緣谷，循阪下隰，視之無端，究之無窮。㉚

①盧，黑也，盧橘，皮厚，大小如甘，酢多，九月結實，明年二月更青黑，夏熟。②黃甘，橘屬而味精。榛，音湊（ㄘㄡˋ），亦橘之類也。③橪，音然（ㄖㄢˊ），上聲，酸棗也。④亭，山梨也。柰，蘋果也。厚朴，藥名。⑤梬棗，見子虛賦注。⑥隱夫，皆木名，隱即檃之省文，栝木也，夫即柍之省文。薁，即郁李也；一作鬱。棣，唐棣也，今之山櫻桃。⑦荅遝，木也，果似李。離枝，即荔枝。⑧貤，一作貤，猶延也。⑨扤，動也。⑩垂，一作秀。⑪扈扈，美貌。煌煌扈扈，言其光采之盛也。⑫沙棠，狀如棠，黃華赤實，其味似李，無核。櫟，木名，其實為芧栗，亦稱橡實。櫧，音諸（ㄓㄨ），皮樹如栗，冬月不凋，子小如橡。⑬華楓枰櫨，一作華氾檘櫨，華，當作樺，木名，似山桃，皮可蓋屋，枰，平仲木也，櫨，黃櫨木也。⑭留，即榴。落，一名檴，可為杯器，其葉如榆，其皮堅韌。胥邪，即椰子樹。⑮仁頻，即檳榔。并閭，椶也，即栟櫚。⑯欃檀，檀木別名。⑰豫章，見子虛賦注。女貞，一名冬青，冬夏常青不凋。⑱葰楙，謂大而茂也；楙，古茂字。⑲卷，音權（ㄑㄩㄢˊ）；連卷，屈曲也。欐佹，音禮詭（ㄌㄧ）（ㄍㄨㄟ），交戾之意，樹之枝柯相附而又相戾也。⑳崔錯，衆盛貌；亦作璀璨，璨錯一聲之轉。癹骫，音潑委（ㄆㄛ）（ㄨㄟ），蟠戾也。㉑坑衡，勁直貌也；坑，一作阬。閜砢，音嚇羅（ㄑㄧㄚ）（ㄌㄛ），皆上聲，相扶持也。㉒扶疏，四布也。㉓幡纚，飛揚貌。㉔紛溶萷蔘，一作紛容蕭蔘，枝竦擢也。㉕猗狔，一作旖旎，猶婀娜也。㉖藰莅，謂風之戛木，其聲淒清也。芔，古卉字；芔歙，猶呼吸也。㉗偨，音差（ㄔㄚ）；偨池，參差也；偨一作柴。

茈虒，音此豸（ㄘ）（ㄔ），不齊也。㉘還，一作環。㉙雜襲，相因也；襲，一作遝，粲輯，重積也。㉚此段宮中草木。

於是乎玄猨素雌①，蜼玃飛蠝②，蛭蜩玃猱③，獑胡縠蛫④，棲息乎其閒，長嘯哀鳴，翩幡互經，夭蟜枝格，偃蹇杪顛⑤，隃絕梁⑥，騰殊榛⑦，捷垂條⑧，掉希閒⑨，牢落陸離⑩，爛漫遠遷⑪，若此者數百千處，娛遊往來，宮宿館舍，庖廚不徙，後宮不移，百官備具。⑫

①玄猨素雌，言猨之雄者玄黑而雌者白素也。②蜼，音位（ㄨㄟˋ），去聲，如母猴，卬鼻而長尾，雨則自懸於樹，以尾塞鼻。玃，音矍（ㄐㄩㄛ），母猴也。蠝，音壘（ㄌㄨㄟ），一名鼯鼠，鼠形，飛走且乳之鳥也。③蛭音質（ㄓ），蟣也。蜩，蟬也。玃猱，一作玃蝚，獼猴也。④獑胡，似猿而足短，一騰一百五十步，如迅鳥之飛，頭上有髮，腰以後黑；獑，一作蟖，讀如讒。縠，音督（ㄉㄨ），白狐子，似鼬而大，腰以後黃。蛫，音詭（ㄍㄨㄟ），狀如龜，白身赤首。⑤夭蹻，頻申也。夭蟜、枝格、偃蹇、杪顛，皆猨猿在樹共戲姿態也。⑥絕梁，斷橋也。⑦殊榛，異栟也。⑧捷，讀如接；捷垂條，捷持懸垂之條也。⑨掉，一作踔，跳也。掉希閒，謂以身投擲於空中也。⑩牢落，猶遼落也。陸離，

參差也。⑪爛漫遠遷，奔走崩騰狀也；漫，一作熳，又作曼。⑫此段宮中畜獸之多。處舍具為韻。

於是乎背秋涉冬，天子校獵①，乘鏤象②，六玉虯③，拖蜺旌④，靡雲旗⑤，前皮軒⑥，後道游⑦，孫叔奉轡，衛公參乘⑧，扈從⑨橫行，出乎四校⑩之中，鼓嚴簿⑪，縱獵⑫者。江河爲阹⑬，泰山爲櫓⑭，車騎靁起，殷天動地，先後陸離⑮，離散別追，淫淫裔裔，緣陵流澤，雲布雨施⑯。

①校獵，以木相貫穿，總為闌校，遮止禽獸而獵取之。②鏤象，象路也，以象牙流鏤其車輅也。③六玉虯，謂駕六馬，以玉飾其鑣勒，有似玉虯；虯，龍屬。④蜺旌，析羽毛，染以五采，綴以縷為旌，有似虹蜺之氣也。⑤雲旗，畫魚熊虎於旒為旗，似雲氣。⑥皮軒，漢前驅車，以虎皮為軒，取禮曲禮「前有士師則載虎皮」之義。⑦道游，天子出，道車五乘，游車九乘，見周禮。⑧孫叔奉轡，衛公參乘，此兩人皆指古之善御者，非真有此也；孫叔，即楚辭所謂「遇孫陽而得代」者是，衛公，即國語所謂「衛莊公為右」是也。⑨扈從，從駕而供使令也；一說，扈，緩也，從駕而緩行也。⑩四校，當即屯騎步兵射聲虎賁四校尉，皆天子行獵必當隨從者。⑪鼓嚴簿，言鼓於嚴簿之中也，天子儀衛森嚴，

故曰嚴簿，簿，鹵簿也。⑫獵，一作獠。⑬阹，音怯（ㄑㄧㄝ），因山谷遮禽獸為阹。⑭櫓，望樓也。⑮陸離，分散也。⑯施，讀上聲，地裔施為韻。而離追起亦平上與去為韻。

生貔豹①，搏豺狼，手熊羆②，足壄羊③，蒙鶡蘇④，絝白虎⑤，被斑文⑥，跨壄馬。淩三嵕⑦之危，下磧歷之坻⑧，徑峻赴險，越壑厲⑨水，椎蜚廉⑩，弄獬豸⑪，格蝦蛤⑫，鋋猛氏⑬，羂騕褭⑭，射封豕⑮，箭不苟害，解脰⑯陷腦，弓不虛發，應聲而倒。⑰

①生謂生取之也。貔，音皮（ㄆㄧˊ），一名執夷，一名白狐，猛獸。②手，手擊殺之。熊，犬身人足黑色。羆，如熊，黃白色。③足，謂蹴蹈而獲之。壄羊，一名羱羊，似吳羊而大角，角橢，出西方，見爾雅釋獸注。④蘇，尾也。蒙鶡蘇，言蒙鶡尾為帽也。⑤絝，古袴字。絝白虎，著白虎文絝也。⑥被斑文，披貙豹之皮也；斑，一作豳，通用字。⑦三嵕，三聚之山也，在山西聞喜縣。⑧磧歷，不平也。坻，音底（ㄉㄧˇ），謂山阪也，秦謂陵阪曰阺，字或作坻，與水中之坻音遲者不同。⑨以衣涉水曰厲。⑩蜚廉，龍雀也，鳥身鹿頭。⑪獬豸，似鹿而一角，人君刑罰得中，則生於朝廷，主觸不直者；一作解廌。⑫蝦蛤，獸名；蝦，一作瑕。⑬鋋，音蟬（ㄕㄢ），鐵把短矛也。猛氏，獸名，狀似

熊而小，毛淺有光澤，生蜀中。⑭羂，音畎（ㄑㄩㄢ），係取也。騕褭，音杳嫋（ㄧㄠ）（ㄏㄧㄠ），神馬也，金喙赤身，日行萬八千里，君有德則至。⑮封豕，大豬也。⑯脰，音豆（ㄉㄡˋ），項也。⑰此段天子校各部曲將帥之獵。

於是乘輿弭節徘徊，翱翔往來，睨部曲之進退，覽將帥之變態，然後侵淫促節①，儵夐②遠去，流離輕禽③，蹴履狡獸，轊④白鹿，捷⑤狡兔，軼赤電，遺光耀⑥，追怪物出宇宙，彎蕃弱⑦，滿白羽，射游梟⑧，櫟蜚遽⑨，擇肉而後發，先中而命處，弦矢分，藝殪仆⑩。然后揚節而上浮，淩驚風，歷駭猋⑪，乘虛無，與神俱，躪⑫玄鶴，亂昆雞⑬，遒孔鸞，促鵔鸃⑭，拂翳鳥⑮，⿰走鳥鳳皇，捷鵷雛⑯，揜焦明⑰，道盡途殫，迴車而還，消搖乎襄羊⑱，降集乎北紘⑲，率乎直指⑳，晻乎反鄉㉑。

①侵淫，漸進也；一作浸潭，又作浸淫。促節，由徐而疾也。②儵夐，言倏忽遠去也。③流離，困苦之也。輕禽，輕疾之禽也。④轊，與轅同，軸也。⑤捷，捷取之也。⑥軼赤電，遺光耀，言行疾可以軼過赤電而遺其光耀反在後也。⑦蕃弱，夏后氏之良弓名；蕃，一作繁，古字通。⑧梟，梟羊也，

似人長唇，被髮而食人。⑨櫟，擊也。蜚遽，神獸；遽，一作虡。⑩所射準的為藝。壹發矢為殪。⑪駭猋，謂疾風從下而上也；猋，一作飈。⑫躪，一作藺，踐也。⑬亂，謂亂其行伍也。昆雞，似鶴，黃白色。⑭鵕鸃，見子虛賦注。⑮山海經：「北海之內有蛇山者，有五采之鳥，飛蔽一鄉，名曰翳鳥。」翳一作鷖。⑯鶟雛，見子虛賦注。⑰焦明，似鳳，西方之鳥也；明，一作朋。⑱褭羊，猶彷徉也。⑲九州之外，乃有八殥，八殥之外，而有八紘，北方之紘曰委羽。見淮南子地形訓。⑳率乎直指，率然遠去意。㉑晻乎反鄉，揜然疾歸貌。此段天子親獵而還。

蹷石闕①，歷封巒，過鳷鵲，望露寒，下棠梨②，息宜春③，西馳宣曲④，濯鷁牛首⑤，登龍臺⑥，掩細柳⑦，觀士大夫之勤略，均獵者之所得獲⑧，徒⑨車之所轥轢，步騎之所蹂若⑩，人臣之所蹈藉，與其窮極倦谻⑪，驚憚讋伏⑫，不被創刃而死者，他他藉藉⑬，塡阬滿谷，掩平彌澤⑭。

①蹷，音厥，蹋也。石闕與下封巒、鳷鵲、露寒，四觀名，武帝建元中作，在雲陽甘泉宮外，今陝西涇陽縣西北百二十里；闕，一作關。②棠梨，宮名，在今陝西涇陽縣。③宜春，苑名，近曲江池，在今

陝西長安縣南。④宣曲，宮名，在昆明池西，今陝西長安縣西南。⑤濯，即櫂字。鷁，即鷁首之舟也。牛首，池名，在上林苑西，今陝西長安縣西北。⑥龍臺，觀名，在豐水西北，近渭。⑦細柳，觀名，在昆明池南，今陝西長安縣西南。⑧均，一作鈞。獵，一作獠。⑨徒，步也。一本徒上有觀字。⑩步，一作乘；一本無。蹂若，謂踐蹋也。⑪窮極倦訊，疲憊也；訊，一作谻，參看子虛賦注。⑫驚憚讋伏，驚怖不動貌。⑬他他藉藉，言交橫也；他他，一作它它，藉藉，一作籍籍。⑭大野曰平，即平原也。此段天子還歷各處，數獵者之所獲。

於是乎游戲懈①怠，置酒乎顥天之臺②，張樂乎膠葛之寓③，撞千石之鐘，立萬石之虡④，建翠華之旗⑤，樹靈鼉之鼓⑥，奏陶唐氏之舞⑦，聽葛天氏之歌⑧，千人唱，萬人和，山陵爲之震動，川谷爲之蕩波，巴渝宋蔡⑨，淮南干遮⑩，文成顛歌⑪，族居遞奏，金鼓迭起，鏗鎗闛鞈⑫，洞心駭耳；荊吳鄭衛之聲⑬，韶濩武象之樂⑭，陰淫案衍⑮之音，鄢郢繽紛⑯，激楚結風⑰，俳優侏儒⑱，狄鞮⑲之倡，所以娛耳目樂心意者，麗靡爛漫於前，靡曼美色於後，若夫青琴宓妃之徒⑳，絕殊離俗㉑，妖冶嫺都㉒，靚妝刻飾㉓，便嬛綽約㉔，柔橈嬛嬛㉕，嫵媚孅弱，曳獨繭之褕絏㉖，眇閻易以卹削㉗，便姍嫳屑㉘，與俗殊服，芬芳漚鬱㉙，酷烈淑郁，皓齒粲爛，宜笑的皪，長眉連娟㉚，微睇緜藐㉛，色授魂與㉜，心愉於側㉝。

①⿱解心，即懈字。②顥天之臺，臺高上干皓天也。③膠葛之寓，一作轇轕之宇，猶今言寥闊也；寓，籀文宇字。④虡，獸名，懸鐘磬之木，植者名虡，刻猛獸其上也。⑤翠華之旗，以翠羽為旗上葆也。⑥靈鼉之鼓，以鼉皮為鼓。⑦陶唐，堯有天下之號，舞，堯樂咸池，一說，陶唐為陰康之誤，古今人表有葛天氏、陰康氏，陰康氏之始，陰多滯伏湛積，其序民氣鬱閼，故作舞以宣導之。⑧葛天氏，三皇時君號也。其樂三人持牛尾投足以歌八闋。⑨巴渝，一作巴俞，其人剛勇好舞，高祖用之克平三秦，美其功力，後使樂府習之，因名巴渝舞。宋音宴女溺志。蔡人謳，負三人。⑩淮南，地名，干遮，曲名；干，一作于。⑪文成，漢縣，在今直隸盧龍縣境，縣人善歌。顛，即滇，音同，漢縣，在今四川，其民能作西南夷歌。⑫鏗鎗，金聲；鎗，一作鏘，闛鞈，音堂榻（ㄊㄤ）（ㄊㄚ），鼓音。⑬荆吳鄭衛之聲，皆淫聲也。⑭韶，舜樂，濩，湯樂，武，武王樂，象，周公樂，皆古樂也。⑮陰淫案衍，謂其過而無節也。⑯鄢郢，皆楚地。繽紛，交雜也。謂楚歌楚舞交雜並進也。⑰激楚，歌曲也。結風，曲名。⑱俳優，雜戲也。侏儒，短人也。⑲鞮，音低（ㄉㄧ）；狄鞮，西戎樂名。⑳青琴，古神女也。宓妃，伏羲氏女，溺死洛水，遂為洛水之神。㉑絶殊離俗，世無雙也。㉒妖冶嫺都，謂姣好而閒

雅也；妖，一作姣，嫻，一作閑。㉓靚妝，粉白黛黑也；妝，一作莊。刻飾，以膠刷鬢便就理如刻畫然也。㉔便嬛，輕麗也。綽約，婉約也；綽，一作繛。㉕嬽，音軟（ㄖㄨㄢˇ）；柔橈嬽嬽，皆骨體輭弱長豔貌也；嬽嬽，一作嫚嫚。㉖獨繭，一繭絲也。褕，襜褕也。絏，一作紲，音曳（ㄧˋ），袖也。㉗閻易，猶跳易，出史篇。卹削，猶言刻畫作之也。㉘姍，音先（ㄙㄧㄢ），嫳，音瞥（ㄆㄧㄝ）；便姍嫳屑，言其行步安詳也；一作徧姺徽循。㉙香氣鬱積，則其發愈烈，故以漚鬱為言。㉚連娟，曲細貌。㉛緜藐，好視也。㉜色授魂與，謂彼色來授，魂往與接也。㉝愉，樂也。此段置酒張樂。

於是酒中樂酣，天子芒然①而思，似若有亡。曰：嗟乎！此大奢侈，朕以覽聽餘閒，無事棄日②，順天道以殺伐③，時休息於此，恐後葉④靡麗，遂往而不返，非所以爲繼嗣創業垂統也。於是乎乃解酒罷獵而命有司曰：地可墾闢⑤，悉爲農郊，以贍萌隸，隤牆塡塹，使山澤之人得至焉，實陂池而勿禁⑥，虛宮館而勿仞⑦，發倉廩以救貧窮，補不足，恤鰥寡，存孤獨，出德號，省刑罰，改制度，易服色，革正朔⑧，與天下爲更始。

①芒然，猶惘然。②無事棄日，言閒居無事，是虛棄此日也。③古者殺伐之事，必於秋時行之，故云

順天道也。④後葉，一作後世。⑤闢，一作辟，音同。⑥蓋魚鼈滿陂池而不禁人取也。⑦仞，滿也。言不聚人衆其中也。⑧革正朔，改以十二月為正，平旦為朔，從夏曆也。

於是歷吉日以齋戒①，襲朝服，乘法駕，建華旗，鳴玉鸞，游於六藝②之囿，馳③騖乎仁義之塗，覽觀春秋④之林，射貍首⑤，兼騶虞⑥，弋玄鶴，舞干戚⑦，載雲罕⑧，揜群雅⑨，悲伐檀⑩，樂樂胥⑪，修容乎禮園，翱翔乎書圃，述易道，放怪獸，登明堂⑫，坐清廟⑬，次群臣，奏得失，四海之內，靡不受獲⑭，於斯之時，天下大悅，鄉風而聽，隨流而化，芔然興道而遷義⑮，刑錯而不用，德隆於三王⑯，而功羨於五帝⑰，若此，故獵乃可喜也。若夫終日馳騁，勞神苦形，罷車馬之用，抏士卒之精，費府庫之財，而無德厚之恩，務在獨樂，不顧衆庶，忘國家之政，貪雉兔之獲，則仁者不繇也。從此觀之，齊楚之事，豈不哀哉！地方不過千里，而囿居九百，是草木不得墾闢而人無所食也。夫以諸侯之細，而樂萬乘之侈，僕恐百姓被其尤也。

①洗心曰齋，防患曰戒。②六藝，謂六經也。③馳，一本無。④春秋，魯史記之名，孔子所修，所以觀成敗明善惡也。⑤貍首，逸詩篇名，諸侯以為射節。⑥騶虞，詩召南之卒章，天子以為射節。

⑦干，盾，戚，斧也；或謂疑當作干羽，此處當用韻，不似四句乃韻者。⑧罕，同罕；雲罕，罼網也；出獵則載之於車。⑨詩小雅之才七十四人，大雅之才三十一人，故曰群雅，蓋網羅賢俊之意。⑩伐檀，詩魏風篇名，其詩刺賢者不遇明主也。⑪詩小雅桑扈：「萬邦之屏，君子樂胥。」胥，有才智之人也。⑫明堂，見賈山至言注。⑬清廟，太廟也。⑭言天下之人，皆受恩惠，豈直如田獵得獸而已。⑮芔，音諱（ㄏㄨㄟ）；芔然，猶勃然也。遷，徙也。⑯三王，夏禹、商湯、周文武也；一作三皇。⑰羨，饒也。五帝，謂黃帝、顓頊、帝嚳、堯、舜也；其說各書不同此從大戴禮及史記。

於是二子愀然改容，超若自失，逡巡避席①：曰鄙人固陋，不知忌諱，乃今日見教，謹受命矣！

①席，席之俗書。

司馬遷報任安書①

太史公牛馬走，司馬遷再拜言。少卿足下：②曩者辱賜書，教以愼於接物，推賢進士爲務，意氣懃懃懇懇③，若望僕不相師用而流俗人之言④，僕非敢如此也。僕雖罷駑，亦嘗側聞長者之遺風矣；顧自以爲身殘處穢，動而見尤欲益反損，是以獨鬱悒而與誰語⑤。諺曰：「誰爲爲之，孰令聽之。」⑥蓋鍾子期死，伯牙終身不復鼓琴⑦，何則？士爲知己者用，女爲悅己者容⑧，若僕大質已虧缺矣⑨，雖才懷隨和⑩，行若由夷⑪，終不可以爲榮，適足以見笑而自點耳⑫。書辭宜答，會東從上來⑬，又迫賤事，相見日淺，卒卒無須臾之間⑭，得竭志意；今少卿抱不測之罪，涉旬月，迫季冬，僕又薄從上雍⑮，恐卒然不可爲諱⑯，是僕終已不得舒憤懣以曉左右，則長逝者魂魄私恨無窮，請略陳固陋！闕然久不報，幸勿爲過！⑰

①司馬遷，漢人，字子長，生於龍門，嘗南遊江淮，北涉汶泗；父談為太史公，遷繼父業；李陵降匈奴，武帝怒甚，遷極言其忠，遂下腐刑；乃紬金匱石室之書，上起黃帝，下止獲麟，作史記百三十篇。任安，漢滎陽人，字少卿，嘗為大將軍衛青舍人，後為益州刺史，以太子事下獄。時遷為中書令，尊寵任職，

安予遷書，責以推賢進士之義，遷報以此書。②太史公，謂司馬談也，談為太史令，遷尊其父，故稱曰太史公；一說太史令掌天文及國史，其職尊貴，與三公等，故談及遷皆稱太史公；又通典謂，秦有太史令，至漢武始置太史公，則太史公又為官名矣。走，僕也。牛馬走，猶言掌牛馬之僕，自謙之辭也。足下，書翰中稱人之敬詞，戰國時多以稱人主，後為普通之稱。③懇懇，至誠也。④望，怨望也。用而，一作而用，非，而猶如也，不相師用而流俗人之言，謂視少卿之言如流俗人之言而不相師用也。⑤鬱悒，猶鬱抑。與，一作無。⑥誰為，猶為誰也。言已假欲為善，當為誰為之乎，復欲誰聽之乎。⑦鍾子期，伯牙，皆楚人。伯牙鼓琴，志在泰山，子期曰：「巍巍乎若泰山！」既而志在流水，子期曰：「湯湯乎志在流水！」及子期死，伯牙破琴絕弦，終身不復鼓以無復知音者也。⑧二句係戰國時豫讓語，見國策趙策；一本無兩者字。⑨大質，謂身也。言被腐刑。⑩隨和，隨侯珠、和氏璧也。⑪由夷，許由、伯夷也。⑫點，辱也。⑬上，指武帝，帝制時代對現帝之稱。⑭卒卒，讀如猝猝，匆遽也。閒，隙也。⑮薄，讀如迫，義亦同。雍，地名，漢時祭天作時於此，在今陝西鳳翔縣南。一本雍字上有兩上字。⑯卒然不可為諱，謂驟死也。⑰此段渾敘報書之遲。

僕聞之：修身者，智之符也①；愛施者，仁之端也；取予者，義之表也②；恥辱者，勇之決也；立名者，行之極也：士有此五者，然後可以託於世，而③列於君子之林矣。故禍莫憯④於欲利，悲莫痛於傷心，行莫醜於辱先，詬莫大於宮刑⑤，刑餘之人，無所比數，非一世也，所從來遠矣。昔衛靈公與雍渠同載，孔子適陳⑥，商鞅因景監見，趙良寒心⑦，同子參乘，袁絲變色⑧，自古而恥之：夫中材之人，事有⑨關於宦豎，莫不傷氣，而況於慷慨之士乎⑩！如今朝廷雖乏人，奈何令刀鋸之餘，薦天下豪俊哉！僕賴先人緒業，得待罪輦轂下⑪，二十餘年矣；所以自惟，上之不能納忠效信，有奇策材力之譽，自結明主，次之又不能拾遺補闕，招賢進能，顯巖穴之士，外之不能備行伍，攻城野戰⑫，有斬將搴旗之功，下之不能積日累勞⑬，取尊官厚祿，以爲交遊光寵，四者無一遂，苟合取容，無所短長之效，可見於此矣。鄉者僕亦嘗廁下大夫⑭之列，陪奉⑮外廷末議，不以此時引綱維，盡思慮，今已虧形爲掃除之隸，在闒茸⑯之中，乃欲仰首伸眉，論列是非，不亦輕朝廷羞當世之士耶！嗟呼嗟呼，如僕尙何言哉！尙何言哉！⑰

①符，一作府，府，所聚之處也。②表，一作符，符，信也。③而字一本無。④憯同慘，痛也。
⑤宮刑，古五刑之一，割勢也。⑥衛靈公，名元。孔子居衛，靈公與夫人南子同車出，宦者雍渠參乘，

使孔子為次乘，孔子恥之，去衛過曹，見家語，此言適陳，未詳。⑦商鞅入秦，其始因嬖人景監以見，趙良以其所入不正而為之危。⑧同子，宦官趙談也，與遷父同名，故諱曰同子。袁絲，袁盎也。漢文帝嘗令趙談參乘，袁盎伏車前力諫。⑨有字一本無。⑩一本無而於二字。⑪天子之車曰輦，故謂京師曰輦轂下，⑫野戰，一作戰野。⑬積日累勞，一作累日積勞 ⑭周官太史位下大夫，漢太史令千石，故比下大夫。⑮一本無奉字。⑯闒茸，音塔戎（ㄊㄚˇ）（ㄖㄨㄥˊ），猥賤也。⑰此段因言薦士而自述被刑之辱。

且事本末未易明也，僕少負不羈之才①，長無鄉曲之譽，主上幸以先人之故，使得奏薄技，出入周衛②之中，僕以爲戴盆何以望天③，故絕賓客之知，忘④室家之業，日夜思竭其不肖之才力，務一心營職，以求親媚於主上，而事乃有大謬不然者。夫僕與李陵⑤，俱居門下⑥，素非能⑦相善也，趨舍異路，未嘗銜杯酒接殷勤之餘歡⑧，然僕觀其爲人，自守⑨奇士，事親孝，與士信，臨財廉，取與義，分別有讓，恭儉下人，常思奮不顧身，以殉國家之急，其素所蓄積也，僕以爲有國士之風。夫人臣出萬死不顧一生之計，赴公家之難，斯已奇矣，今舉事一不當，而全軀保妻子之臣，隨而媒蘖其短⑩，僕誠私心痛之！⑪

①負，言無此事。不羈，言不可羈繫也。②周衛，言宿衛周密也。③戴盆何以望天，言宜專心職務，以自悉見。④忘，一作亡。⑤李陵，漢成紀人，字少卿，武帝時拜騎都尉，將步騎五千，與匈奴戰，力竭而降。⑥李陵少為侍中，侍中得入宮門，故謂之門下，太史令蓋亦入宮門者，故曰俱居門下，⑦能字一本無。⑧殷勤，一作慇懃。餘字一本無。⑨自守一本無。⑩媒櫱，謂搆成其罪也。⑪此段詳敘李陵，痛其被冤。

且李陵提步卒不滿五千，深踐戎馬之地，足歷王庭①，垂餌虎口，橫挑彊胡，仰億萬之師②，與單于③連戰十有餘日，所殺過當④；虜救死扶傷不給，旃裘之君長⑤咸震怖，乃悉徵其左右賢王⑥，舉引弓之人⑦，一國共攻而圍之；轉鬬千里，矢盡道窮，救兵不至，士卒死傷如積⑧，然陵一呼勞軍⑨，士無不起，躬流涕，沫血飲泣⑩，更張空拳⑪，冒白刃，北嚮爭死敵者。陵未沒時，使有來報，漢公卿王侯皆奉觴上壽，後數日，陵敗書聞，主上爲之食不甘味，聽朝不怡，大臣憂懼，不知所出；僕竊不自料其卑賤，見主上慘愴怛悼⑫，誠欲效其款款之愚⑬，以爲李陵素與士大夫絕甘分少，能得人之死力，雖古之名將，不能過也⑭，身雖陷敗，彼觀其意，且欲得其當而報於漢⑮，事已無可奈何，其所摧敗⑯，功亦足以暴⑰於天下矣；僕懷欲陳之而未有路，適會召問，即以此指⑱推言陵之功，欲以廣主上之意，塞睚眦之辭⑲；未能盡明，明主不曉⑳，以爲僕沮貳師㉑，而爲李陵游說，遂下於理㉒；拳拳之忠㉓，終不能自列，因爲誣上，卒從吏議；家貧，貨賂不足以自贖，交游莫救視，左右親近，不爲一言，身非木石，獨與法吏爲伍，深幽囹圄之中㉔，誰可告愬者；此眞㉕少卿所親見，僕行事豈不然乎？李陵既生降，穨其家聲，而僕又佴之蠶室㉖，重爲天下觀笑，悲夫悲夫，事未易一二爲俗人言也！㉗

①單于所居之處，號曰王庭，②匈奴乘高而攻，故曰仰。③單，音蟬（ㄔㄢˊ）；匈奴稱其君長曰單于，廣大之義也。④陵戰士少，而殺敵數多，故云過當也。⑤旃裘，匈奴所服，因稱其酋。⑥左賢王及右賢王，皆匈奴貴職。⑦言盡發其國之能引弓者。⑧積，讀如恣，去聲，聚也。⑨勞，去聲，慰勞也。⑩沫，古頮（ㄏㄨㄟ）字，洗面也。言流血滿面如盥洗。⑪卷，音權（ㄑㄩㄢˊ）；空卷，謂空弓也。⑫慘愴怛悼，憂痛之意；愴，一作悽。⑬款款，忠實貌。⑭一本作「雖古名將不過也。」⑮言欲在匈奴乘機立功，以抵其敗罪。⑯謂摧破匈奴之兵。⑰暴，讀如曝，表顯也。⑱指，意也。⑲睚眦，張目忤視也。言素不滿於陵之毀言。⑳不曉，一作不深曉。㉑沮，毀壞也。貳師，李廣利也。貳師征匈奴，令陵為助，及陵與單于相值，而貳師無功，武帝疑遷欲沮貳師。㉒理，治獄之官，

景帝更廷尉名大理，武帝復為廷尉，此稱理者，從舊名也。㉓拳拳，忠謹貌。㉔囹圄，周時獄名，囹，令也，圄，與也，言令人幽閉思愆，改惡為善。㉕真，一作正。㉖佴，音貳（ㄦˋ），次也；佴之，一作茸以。蠶室之室，宜溫而且密，府刑患風，須入密室乃得全，因以為稱。㉗此段推說李陵之功，並述所以獲罪之由。

僕之先，非有剖符丹書①之功，文史星曆②，近乎卜祝之間，固主上所戲弄，倡優所畜③，流俗之所輕也，假令僕伏法受誅，若九牛亡一毛，與螻蟻何以異；而世俗又不能與死節者次比④，特以爲智窮罪極，不能自免，卒就死耳，何也？素所自樹立使然也。人固有一死，死或⑤重於泰山，或輕於鴻毛，用之所趣異也。太上⑥不辱先，其次不辱身，其次不辱理色⑦，其次不辱辭令，其次詘體受辱，其次易服受辱，其次關木索，被箠楚受辱，其次鬄毛髮，嬰⑧金鐵受辱，其次毀肌膚，斷⑨肢體受辱，最下腐刑極矣，傳曰：「刑不上大夫。」⑩此言士節不可不勉厲也。猛虎在深山，百獸震恐，及在檻穽之中，搖尾而求食，積威約之漸也，故士有畫地爲牢，勢不可入，削木爲吏，議不可對⑪，定計於鮮也⑫；今交手足，受木索，暴肌膚，受榜箠，幽於圜牆⑬之中，當此之時，見獄吏則頭搶地⑭，視徒隸則心惕息⑮，何者？積威約之勢也；及以至是言不辱者⑯，所謂彊顏耳，曷足貴乎！且西伯，伯也，拘於羑里⑰；李斯，相也，具於五刑⑱；淮陰，王也，受械於陳⑲；彭越張敖，南面稱孤，繫獄抵罪⑳，絳侯誅諸呂，權傾五伯，囚於請室㉑；魏其，大將也，衣赭衣，關三木㉒；季布爲朱家鉗奴㉓；灌夫受辱於居室㉔；此人皆身至王侯將相，聲聞鄰國，及罪至罔加㉕，不能引決自裁㉖，在塵埃之中，古今一體，安在其不辱也！由此言之，勇怯勢也，彊弱形也，審矣，何足怪乎！夫人不能早自裁繩墨之外，以稍陵遲㉗至於鞭箠之間，乃欲引節，斯不亦遠乎！古人所以重施刑於大夫者，殆爲此也。夫人情莫不貪生惡死，念父母㉘，顧妻子，至激於義理者不然，乃有所不得已也，今僕不幸，早失父母㉙，無兄弟之親，獨身孤立，少卿視僕於妻子何如哉？且勇者不必死節，怯夫慕義，何處不勉焉㉚，僕雖怯懦欲苟活，亦頗識去就之分矣，何至自沈溺縲紲㉛之辱哉！且夫臧獲㉜婢妾，猶能引決，況僕之不得已乎！所以隱忍苟活，幽於㉝糞土之中而不辭者，恨私心有所不盡，鄙陋沒世，㉞而文采不表於後世也㉟。

①符，符節，剖，乃分半以與之，所以封功臣也。丹書，給功臣之券也。 ②文史星曆，太史所掌之事也。 ③所畜，一作畜之。 ④與，許也。言不能以死節許之。次比，一本無；一本無次字。 ⑤此或字

一本作有。⑥太上，最上之辭。⑦理色，顏色也。⑧嬰，繞也。⑨斷，讀如短。⑩語見禮曲禮。⑪畫牢木吏，尚不可入對，況真者乎。一本兩可字皆無。⑫鮮，明也。言未辱即自殺為鮮明也。⑬圜牆，獄城也。⑭搶地，觸地，言匍匐乞哀。搶一作槍。⑮惕，懼也。息，喘息。⑯及以至是，一作及已至此。⑰西伯，周文王也。羑，音有（一ㄡˇ）。羑里，殷獄名。殷紂拘文王於羑里。⑱李斯，秦始皇相，始皇崩，趙高譖之二世，謂其謀反，受五刑而死。⑲淮陰，韓信也，信為楚王，人有告信反，高祖用陳平謀，偽遊雲夢，信謁帝於陳，高祖執之，降為淮陰侯。⑳彭越，漢初封梁王，人有告其謀反，夷三族。張敖，張耳子，嗣為趙王，人告其謀反，捕繫之。南面，一作南鄉。抵罪，一作具罪。㉑絳侯，周勃也，平呂氏之亂，迎立孝文，後有告勃謀反者，遂被囚請室，獄也。㉒魏其，魏其侯竇嬰也，為丞相田蚡所陷，論棄市。赭衣，紅衣，囚服也。一本無下衣字。三木，枷在頸，杻械在手足也。㉓季布為楚將，數窘漢王，楚滅，高祖購求布千金，布乃髡鉗至魯朱家賣之。朱家，魯人，大俠也。㉔灌夫，漢潁陰人，字仲儒，怒罵丞相田蚡，坐不敬，被繫而死。㉕罔，同網，罪網也。㉖引決自裁，謂自殺也。㉗句一作已稍陵夷，言已如丘陵之逶迤稍卑下也。㉘父母，一作親戚。㉙父母，一作二親。㉚言勇者闇於分理，未必能死名節，怯夫能慕義，隨處可自勉也。㉛縲紲，繫人之索也。㉜臧獲，奴婢也，㉝一本幽作函，無於字。㉞一本無陋字。㉟一本無世字。此段自述隱忍受辱不自引決之故。

古者富貴而名磨滅，不可勝記，唯倜儻①非常之人稱焉。蓋文王拘而演周易②；仲尼戹而作春秋③；屈原放逐，乃賦離騷④；左丘失明，厥有國語⑤；孫子臏腳，兵法修列⑥；不韋遷蜀，世傳呂覽⑦；韓非囚秦，說難孤憤⑧；詩三百篇，大抵賢聖發憤之所爲作也⑨；此人皆意有所鬱結，不得通其道，故述往事，思來者⑩。乃如左丘無目，孫子斷足，終不可用，退而⑪論書策以舒其憤，思垂空文以自見⑫；僕竊不遜，近自託於無能之辭，網羅天下放失舊聞，略考其事⑬，綜其終始⑭，稽其成敗興壞之紀⑮，上計軒轅⑯，下至於茲⑰，爲十表⑱，本紀十二⑲，書八章⑳，世家三十㉑，列傳七十㉒，凡百三十篇㉓，亦欲以究天人之際，通古今之變，成一家之言；草創未就，會遭此禍，惜其不成，是以就極刑而無慍色；僕誠已著此書，藏之名山，傳之其人，通邑大都，則僕償前辱之責，雖萬被戮，豈有悔哉！然此可爲智者道，難爲俗人言也。㉔

①倜，音惕（ㄊㄧˋ）；倜儻，卓異也。②文王被囚於羑里，演伏羲之八卦為六十四卦。③孔子周遊列國，不為世用，乃退而作春秋。④屈原，見賈誼弔屈原賦注。離騷，猶罹憂也，屈原被放後所作。⑤左丘姓也，名明；一說，左姓，丘明名。左丘明，魯之太史，孔子作春秋，明述孔子之志而作傳，又以傳所未及，集為國語，後人因其失明，稱為盲左。⑥孫子，名臏，與龐涓同學兵法，涓忌其才，給斷

其足。⑦不韋，姓呂，濮陽人，為秦相，封文信侯，始皇立，遷之於蜀。呂覽，一名呂氏春秋，不韋門下士所集作。⑧韓非，戰國時韓之諸公子，使於秦，為李斯所讒，仰藥死。非著書名韓非子，說難、孤憤，皆書中篇名；說，讀如稅。⑨一本無作字。⑩言令將來之人見己志。⑪一本無而字。⑫見，讀如現。⑬一作考之行事。⑭此句一本無。⑮稽，計也。紀，一作理。⑯軒轅，黃帝，史記始自五帝本紀，其首篇即黃帝。⑰茲，此時。⑱十表者，三代世表，十二諸侯年表，六國年表，秦楚之際月表，漢諸侯年表，高祖功臣年表，惠景間功臣年表，建元以來侯者年表，王子侯者年表，漢興以來將相名臣年表。⑲本紀十二者，五帝本紀，夏本紀，殷本紀，周本紀，秦本紀，始皇本紀，項羽本紀，高祖本紀，呂后本紀，孝景帝本紀，今上本紀也。⑳書八章者，禮，樂，律，曆，天官，封禪，河渠，平準。㉑世家三十者，自吳太伯至五宗、三王也。㉒列傳七十者，自伯夷至貨殖及自敘。㉓一本此句上無上計軒轅至列傳七十二等十六字。㉔此段言著書欲以償前辱。

且負下未易居①，下流多謗議，僕以口語，遇遭此禍，重爲鄉黨所戮笑，以污辱先人，亦何面目復上父母之丘墓乎，雖累百世，垢彌甚耳；是以腸一日而九迴，居則忽忽若有所亡，出則不知其所往②，每念斯恥，汗未嘗不發背霑衣也，身直爲閨閤之臣，寧得自引深藏③巖穴邪？

故且從俗浮沈，與時俯仰，以通其狂惑④。今少卿乃教以推賢進士，無乃與僕私心剌謬乎⑤！今雖欲自彫琢曼辭以自飾⑥，無益於俗，不信，適足取辱耳⑦，要之死日然後是非乃定。書不能悉意⑧，略陳固陋，謹再拜。⑨

①負下未易居，言負累之下未易居也；負，一作貧。②其所往，一作所如往。③深藏下一本有於字。④知善不行者謂之狂，知惡不改者謂之惑。⑤剌，音辣（ㄌㄚˋ）；剌謬，違戾也。⑥曼，美也。自飾，一作自解。⑦句一作祇取辱耳。⑧悉意，一作盡意。⑨此段重申忍辱之意，兼復來書。

路溫舒尚德緩刑書①

臣聞齊有無知之禍，而桓公以興②；晉有驪姬之難，而文公用伯③；近世趙王不終，諸呂作亂，而孝文爲太宗④；繇是觀之，禍亂之作，將以開聖人也。故桓文扶微興壞，尊文武之業，澤加百姓，功潤諸侯，雖不及三王，天下歸仁焉；文帝永思至德，以承天心，崇仁義，省刑罰，通關梁，一遠近⑤，敬賢如大賓，愛民如赤子，內恕情之所安而施之於海內，是以囹圄⑥空虛，天下太平；夫繼變化之後，必有異舊之恩，此聖賢所以昭天命也。往者昭帝即世而無嗣⑦，大臣憂戚，焦心合謀，皆以昌邑尊親，援而立之，然天不授命，淫亂其心，遂以自亡⑧，深察禍變之故，迺皇天之所以開至聖也；故大將軍受命武帝⑨，股肱漢國，披肝膽，決大計，黜亡義，立有德，輔天而行，然後宗廟以安，天下咸寧。臣聞春秋正即位，大一統⑩而愼始也，陛下初登至尊，與天合符，宜改前世之失，正始受（命）之統，滌煩文，除民疾，存亡繼絕，以應天意！⑪

①路溫舒，漢鉅鹿東里人，字長君，元鳳中，廷尉解光以治詔獄，請溫舒署奏曹掾，守廷尉史，昭帝崩，昌邑王賀廢，宣帝初即位，溫舒上此書，言宜尚德緩刑，帝善其言，遷廣陽私府長。②春秋時齊襄公無道，公子小白奔莒，糾奔魯，後公孫無知弒襄公，小白自莒先入得立，是為桓公。③春秋時，晉獻公伐驪戎，得驪姬，愛幸之，生子奚齊，姬欲立為己子，譖太子申生及公子重耳、夷吾，申生自殺，重耳、夷吾出奔，奚齊立，里克弒之，立夷吾，是為惠公，惠公卒，子懷公立，重耳入自秦，殺懷公而自立，是為文公。④趙王，高祖寵姬戚夫人所生，名如意，惠帝立，呂后酖殺之，惠帝崩，呂后稱制，諸呂謀危劉氏，大臣迎立代王恒，是為文帝，景帝時，丞相申屠嘉奏以孝文皇帝為太宗之廟。⑤一遠

近，言遐邇一體也。⑥囹圄，見司馬遷報任安書注。⑦昭帝，武帝少子，名弗陵，在位十三年。⑧昌邑，謂昌邑王賀，昭帝崩，霍光迎立之，淫亂，光廢之。⑨大將軍，指霍光。武帝病篤，光受遺詔輔政。⑩公羊傳隱元年：「何言乎王正月？大一統也。」謂王者受命，制正月以統天下，故云大一統。⑪此段言宣帝初即位，宜有異恩。

臣聞秦有十失①，其一尚存，治獄之吏是也。秦之時，羞文學，好武勇，賤仁義之士，貴治獄之吏，正言者謂之誹謗，遏過者謂之妖言，故盛服先生②不用於世，忠良切言皆鬱於胸，譽諛之聲，日滿於耳，虛美熏心，實禍蔽塞，此乃秦之所以亡天下也。③

①十失，謂廢封建、築長城、鑄金人、造阿房、焚書、坑儒、營驪山之冢、求不死之藥、使太子監軍、并用治獄之吏也。②盛服先生，謂儒者也，儒者褒衣大冠，故稱。③此段秦之所以亡。

方今天下賴陛下恩厚，亡金革之危，飢寒之患，父子夫妻，勠力安家，然太平未洽者，獄亂之也。夫獄者，天下之大命也，死者不可復生，斷者不可復屬，書曰：「與其殺不辜，寧失不經。」①今治獄吏則不然，上下相敺②，以刻爲明，深者獲公名，平者多後患，故治獄之吏，皆欲人死，非憎人也，自安之道，在人之死，是以死人之血，流離於市，被刑之徒，比肩而立，大辟③之計，歲以萬數，此仁聖之所以傷也；太平之未洽，凡以此也。④

①語見書大禹謨。經，常也。謂與其殺無罪之人，寧失不常之過也。②敺，與驅同。③大辟，謂死刑也。④此段言當時太平未洽之由。

夫人情安則樂生，痛則思死，棰楚之下，何求而不得，故囚人不勝痛，則飾辭以視之①。吏治者利其然，則指道以明之，上奏畏卻②，則鍛練而周內之③，蓋奏當之成④，雖咎繇聽之⑤，猶以爲死有餘辜，何則？成練者衆，文致⑥之罪明也；是以獄吏專爲深刻殘賊而亡極，婾爲一切⑦，不顧國患，此世之大賊也。故俗語曰：「畫地爲獄議不入，刻木爲吏期不對。」⑧此皆疾吏之風，悲痛之辭也。故天下之患，莫深於獄，敗法亂正，離親塞道，莫甚乎治獄之吏，此所謂一尚存者也。臣聞烏鳶之卵不毀，而後鳳凰集誹謗之罪不誅，而後良言進，故古人有言：「山藪藏疾，川澤納汙，瑾瑜匿惡，國君含詬。」⑨惟陛下除誹謗以招切言，開天下之口，廣箴諫之路，掃亡秦之失，尊文武之德，省法制，寬刑罰，以廢治獄；則太平之風，可興於世，永履和樂，與天亡極⑩。天下幸甚！⑪

①視，與示同。②卻，退也。言畏為上所卻退。③鍛練，本謂冶金；酷吏故入人罪，亦曰鍛練；練，鍊之借字。內，讀如納；周內，謂曲折周至，務納之法中也。④當，謂處其罪。⑤咎繇，即臯陶，舜臣，善聽獄訟，官士師。⑥文致，謂深文而致其罪也。⑦媮，音偷（ㄊㄡ），苟且也。一切，權時也。⑧參閱司馬遷報任安書注。期，必也。⑨語見左傳宣十五年。藪，大澤也。疾，毒害之物。瑾瑜，美玉也。惡，玉之瑕。詬，恥病也。⑩與天同長久，無窮極也。⑪此段極言治獄之慘，冀宣帝感悟。

劉向戰國策序①

周室自文武始興，崇道德，隆禮義，設辟雍泮宮庠序之教②，陳禮樂絃歌移風之化，敘人倫，正夫婦，天下莫不曉然論孝悌之義，惇③篤之行，故仁義之道，滿乎天下，卒致之刑措四十餘年④，遠方慕義，莫不賓服，雅頌歌詠，以思其德；下及康昭⑤之後，雖有衰德，其綱紀尚明；及春秋時，已四五百載矣，然其餘業遺烈⑥，流而未滅，五伯之起⑦，尊事周室，五伯之後，時君雖無德，人臣輔其君者，若鄭之子產⑧，晉之叔向⑨，齊之晏嬰⑩，挾君輔政，以竝立於中國，猶以義相支持，歌說⑪以相感，聘覲以相交，期會以相一，盟誓以相救；天子之命猶有所行，會享之國猶有所恥，小國得有所依，百姓得有所息，故孔子曰：「能以禮讓為國乎，何有？」⑫周之流化，豈不大哉！⑬

①劉向，漢宗室，字子政，初為諫大夫，宣帝招選名儒材俊，向與焉，數上封事，以陰陽休咎論時政得失，語甚切直，元帝時，為中壘校尉，為外戚王氏及在位大臣所持，官終不遷，著有洪範、五行傳、列女傳、新序說苑等書。戰國策，本先秦諸人所記戰國時事，劉向裒合為一編，名曰戰國策，又名長短書，太史公作史記，即多採其文，本叢書另有選本。②辟，讀如璧；辟雍，天子之學也，形圓，四面以水環之，白虎通：「辟者，象璧圓，法天，雍之以水，象教化流行。」泮宮，諸侯之學；泮，一作頖，禮記注：「頖之言班也，所以班政教也。」庠序，古學校名，殷曰序，周曰庠。③惇，音敦（ㄉㄨㄣ），厚也。④刑措者，民不犯法，刑廢不用也。成康之世，天下安寧，刑措不用者四十餘年。⑤康昭，周

康王、昭王也，康王，名釗，成王子，在位二十六年，昭王，名瑕，康王子，在位五十一年。⑥烈，功也。⑦五伯，春秋時霸諸侯之五人；伯與霸通。⑧子產，春秋鄭大夫，姓國，名僑，子產其字也，自鄭簡公時當國，歷定公、獻公、聲公凡四十餘年，介於晉楚兩大國間，而不被兵。⑨叔向，春秋晉大夫，姓羊舌，名肸，叔向其字也，博議多聞，能以禮讓為國，仲尼稱為遺直。⑩晏嬰，春秋齊大夫，字平仲，相齊景公，盡忠補過，名顯諸侯。⑪說，同悅。⑫語見論語里仁篇。言能以禮讓治國，治國何難。⑬此段言周之流化。

及春秋之後，衆賢輔國者既沒，而禮義衰矣；孔子雖論詩書，定禮樂，王道粲然分明，以匹夫無勢，化之者七十二人而已①，皆天下之俊也；時君莫尙之②，是以王道遂用不興；故曰非威不立，非勢不行。③

①孔子弟子三千人，身通六藝者七十二人，②尚，尊尚也。③此段言春秋後王道不興之由。

仲尼既沒之後，田氏取齊①，六卿分晉②，道德大廢，上下失序；至秦孝公③捐禮讓而貴戰爭，棄仁義而用詐譎，苟以取強而已矣。夫篡盜之人，列爲侯王，詐譎之國，興立爲強，是以轉相放效，後生師之，遂相呑滅，併大兼小，暴師經歲，流血滿野，父子不相親，兄弟不相安，夫婦離散，莫保其命，湣然④道德絕矣。晚世益甚，萬乘之國七⑤，千乘之國五⑥，敵侔爭權，蓋爲戰國，貪饕無恥，競進無厭，國異政教，各自制斷，上無天子，下無方伯，力功爭強，勝者爲右，兵革不休，詐僞竝起。當此之時，雖有道德，不得施謀，有設之強，負阻而恃固，連與交質，重約結誓，以守其國⑦；故孟子孫卿儒術之士，棄捐於世⑧，而游說權謀之徒，見貴於俗；是以蘇秦張儀公孫衍陳軫代厲之屬⑨，主從橫短長之說，左右傾側，蘇秦爲從，張儀爲橫，橫則秦帝，從則楚，所在國重，所去國輕。⑩

①周安王時，田和始列為諸侯，其子午遂并齊，是為桓公。②六卿，皆晉大夫，范氏、智氏、中行氏、趙氏、魏氏、韓氏也，晉末君權皆入六氏之手；後六氏又相呑并，成韓、魏、趙三國而晉亡。③秦孝公，見賈誼過秦論注。④湣，與閔通；湣然，傷念也。⑤七萬乘國，秦、楚、齊、趙、韓、魏、燕也。⑥五千乘國，宋、衛、中山、東周、西周也。⑦言惟有強國之設備，始得負阻……以守其國。⑧孟子，名軻，字子輿，戰國鄒人，受學於子思之弟子，尊王賤霸，世莫之用，後世稱為亞聖。孫卿，

即荀況，戰國趙人，亦稱荀卿，漢人或稱曰孫卿，當時大儒，然僅為楚蘭陵令而死。⑨蘇秦，見賈誼過秦論注。張儀，見東方朔答客難注。公孫衍，魏人，號犀首，以善說仕秦、魏二國。陳軫，見賈誼過秦論注。代厲，蘇代、蘇厲，皆蘇秦弟，以能說名。⑩此段言戰國棄仁義而尚攻戰。

然當此之時，秦國最雄諸侯，方蘇秦結從之時，六國爲一，以儐①背秦，秦人恐懼，不敢闚兵於關中②，天下不交兵者二十有九年；然秦國勢便形利，權謀之士，咸先馳之，蘇秦始欲橫秦弗用，故東合從，及蘇秦死後，張儀連橫，諸侯聽之，西向事秦。是故始皇因四塞之國③，據崤函之阻④，跨隴蜀之饒⑤，聽衆人之策，乘六世之烈⑥，以蠶食六國，兼諸侯，幷有天下。杖於謀詐之弊，終無信篤之誠，無道德之教，仁義之化，以綴天下之心，任刑罰以爲治，信小術以爲道，遂燔燒詩書，坑殺儒士，上小堯舜，下邈⑦三王；二世愈甚，惠不下施，情不上達，君臣相疑，骨肉相疏，化道淺薄，綱紀壞敗，民不見義而懸於不寧，撫天下十四歲，天下大潰；詐僞之弊也，其比王德，豈不遠哉！孔子曰：「道之以政，齊之以刑，民免而無恥，道之以德，齊之以禮，有恥且格。」⑧夫使天下有所恥，故化可致也，苟以詐偽偷活取容，自上爲之，何以率下！秦之敗也，不亦宜乎！⑨

①儐，與擯通，排斥也。②關中，見賈誼過秦論注。③四境有天然之要塞為四塞。④崤函，見賈誼過秦論注。⑤隴，今甘肅地，蜀，今四川地，皆甚肥沃，秦并有之。⑥六世，見賈誼過秦論注。⑦邈，同藐，輕視也。⑧語見論語為政。⑨此段言秦以詐力并天下而終致敗。

戰國之時，君德淺薄，爲之謀策者，不得不因勢而爲資，據時而爲畫，故其謀扶急持傾，爲一切之權雖不可以臨國教，化兵革，救急之勢也；皆高才秀士，度時君之所能行，出奇策異智，轉危爲安，運亡爲存，亦可喜，皆可觀！①

①此段言戰國之士因時畫策，亦有可取。

王褒聖主得賢臣頌①

夫荷旃被毳者②，難與道純緜之麗密③，羹藜唅糗者④，不足與論太牢之滋味⑤，今臣僻在西蜀，生於窮巷之中，長於蓬茨之下⑥，無有游觀廣覽之知，顧有至愚極陋之累，不足以塞⑦

厚望，應明旨·，雖然，敢不畧陳愚心而杼情素⑧。記曰：恭惟春秋法五始之要⑨，在乎審己正統而已。

①王褒，漢蜀人，字子淵，有俊材，益州刺史王襄奏之，徵入都，宣帝詔為聖主得賢臣頌其意，褒因對此。②荷，負也。旃，同氈。被，披也。毳，音脆（ㄘㄨㄟˋ），鳥羽也。荷旃被毳者，貧寒之人也。③純緜，不雜之緜。④羹藜唅糗，言窮餓之人，藜，履黏也，黏以黍米，若今漿粉，糗，熬米麥成乾糧也。⑤太牢，牛羊豕也，牛羊豕之閑曰牢，故三牲具曰太牢。⑥茨，音慈（ㄘˊ）：蓬茨之下，蓬茅所蓋屋之下也。⑦塞，當也。⑧杼同抒，引而泄之也。情素，猶本心也。⑨恭，一作共，音義同。春秋稱元年春王正月，公即位，元者，氣之始，春者，四時之始，王者，受命之始，正月者，政教之始，公即位者，一國之始，是為五始。

夫賢者，國家之器用也，所任賢，則趨舍省而功施普，器用利，則用力少而就效衆。故工人之用鈍器也，勞筋苦骨，終日矻矻①·，及至巧冶鑄干將②之樸，清水淬③其鋒，越砥斂其鍔④，水斷蛟龍，陸剸⑤犀革，忽若篲氾畫塗⑥·，如此則使離婁督繩，公輸削墨⑦，雖崇臺五層延袤百丈而不溷者⑧，工用相得也。庸人之御駑馬，亦傷吻弊筴⑨而不進於行，胷喘膚汗，人極馬倦，及至駕齧膝⑩，驂乘旦⑪，王良執靶⑫，韓哀附輿⑬，縱騁馳騖，忽如影靡⑭，過都越國，蹶如歷塊⑮，追奔電，逐遺風⑯，風流八極⑰，萬里一息，何其遼哉⑱！人馬相得也。故服絺綌之涼者，不苦盛暑之鬱燠，襲狐貉⑲之煖者，不憂至寒之淒滄，何則？有其具者易其備。賢人君子，亦聖王之所以易海內也，是以嘔喻⑳受之，開寬裕之路，以延天下之英俊也。

①矻，音窟（ㄎㄨ）：矻矻，健作貌。②干將，見賈誼弔屈原賦莫邪注。③焠，音催（ㄘㄨㄟ），去聲，謂燒而納水中以堅之也。④砥石出南昌，故曰越也。鍔，一作咢，劍刃也。⑤剸，音專（ㄓㄨㄢ），截也。⑥篲，一作彗，彗者，埽也，氾者，污也。塗者，泥也。謂如以帚埽穢，以刀畫泥也。⑦離婁，黃帝時明目者，督，察視也。繩與墨，皆為直之具。公輸姓，名般，亦稱魯般，魯之巧人也，或以為魯昭公之子云。⑧溷，亂也。⑨筴，與策同，馬箠也。⑩齧膝，良馬名。⑪乘旦，良馬名；一說，乘旦當為乘且之誤，且與駔同，乘駔，駿馬也。⑫王良，古之善御者，即郵無恤，戰國趙人。靶，謂轡也。⑬韓哀，呂氏春秋審分覽勿躬：寒哀作御。寒韓古字通，蓋即一人。⑭影靡，言如影之搖閃靡靡然。⑮蹶如歷塊，如經歷一土塊，言其超越之疾也。⑯言風之遺於後者，焉能追及也。

⑰八極，八方極遠之地。⑱遼，謂所行遠。⑲狐貉，一作貂狐。⑳嘔，音吁（ㄒㄩ）；嘔喻，和悅貌。

夫竭智附賢者，必建仁策，索人求士者，必樹伯迹①，昔周公躬吐握之勞②，故有圄空之隆③，齊桓設庭燎之禮④，故有匡合之功⑤，由此觀之，君人者勤於求賢，而逸於得人⑥。人臣亦然，昔賢者之未遭遇也，圖事揆策⑦，則君不用其謀，陳見悃誠⑧，則上不然其信，進仕不得施效，斥逐又非其愆，是故伊尹勤於鼎俎⑨，太公困於鼓刀⑩，百里自鬻⑪，寧戚飯牛⑫，離⑬此患也；及其遇明君遭聖主也，運籌合上意，諫諍則見聽，進退得關⑭其忠，任職得行其術，去卑辱奧渫⑮而升本朝，離蔬釋蹻⑯而享膏粱，剖符錫壤而光祖考，傳之子孫以資說士⑰。故世必有聖智之君，而後有賢明之臣，虎嘯而谷風冽⑱，龍興而致雲氣⑲，蟋蟀俟秋吟，蜉蝣⑳出以陰，易曰：「飛龍在天，利見大人。」㉑詩曰：「思息多士，生此王國。」㉒故世平主聖，俊乂㉓將自至，若堯舜禹湯文武之君，獲稷契皐陶伊尹呂望之臣，明明㉔在朝，穆穆㉕列布，聚精會神，相得益章，雖伯牙操遞鐘㉖，蓬門子彎烏號，㉗猶未足以喻其意也！

①伯，同霸。②周公一飯三吐食，一沐三握髮以賓賢士；握，一作捉。③圄空，言刑措不用，囹圄空

虛也；圍，一作圉。④古者國有大事，夜則以薪燃火以照衆，謂之庭燎，齊桓公設庭燎求士而士不至，東野人有以九九見者，桓公不納，其人曰：「九九小術，而君不納之，況大於九九者乎！」桓公禮之，期月，四方之士並至。⑤匡合，謂桓公一匡天下，九合諸侯。⑥言得人則逸也。⑦揆，度也。⑧悃，至也。⑨伊尹，湯之賢相，湯三聘始就；一說謂其負鼎佩刀以干湯。⑩太公，周呂尚也。或言其微時屠牛朝歌。⑪百里，百里奚也，為秦穆公賢臣。自鬻，說見孟子萬章。⑫寧戚，齊桓公賢臣。桓公夜出，寧戚於車下飯牛，擊牛角而歌，桓公召與語，說之，以為大夫。⑬離，遭也，與罹同。⑭關，通也。⑮奧，讀如郁，幽也。渫，汙濁也。言不彰顯。⑯蔬，蔬食；一作疏，蹻，入聲，本木屐，此言以繩為之者。⑰言談說之士傳以為資也。⑱谷風洌，一本作洌風，無谷字。⑲一本無氣字。⑳蜉蝣，蟲名，朝生而夕死；蝣，一作蝤。㉑易乾卦爻辭。㉒見詩大雅文王篇。思，語辭。皇，美也。言美哉此衆多賢士，生此周王之國。㉓俊乂，賢良也。㉔明明，察也。㉕穆穆，美也。㉖遞，一作遞，假借字也；遞鐘，琴名。㉗蓬，一作逢；蓬門子，即逢蒙，學射於羿而盡其術者。烏號，見司馬相如子虛賦注。

故聖主必待賢臣而弘功業，俊士亦俟明主以顯其德，上下俱欲懽然交欣，千載一會，論說無疑，翼乎如鴻毛遇順風，沛乎若巨魚縱大壑，其得意如此，則胡禁不止，曷令不行，化溢四表，橫被無窮，遐夷貢獻，萬祥畢溱①。是以聖王不偏窺望而視已明，不殫②傾耳而聽已聰，恩從祥風翺，德與和氣游，太平之責塞，優游之望得，遵游自然之勢，恬淡無爲之場，何必偃仰詘信若彭祖③，呴噓呼吸如喬松④，眇然絕俗離世哉！詩曰：「濟濟多士，文王以寧。」⑤蓋信乎其以寧也。

①臻，與臻同。 ②殫，盡極也；一作單，義同。 ③偃仰，猶俯仰。詘信，同屈伸。彭祖，上古陸終氏第三子籛鏗也，堯臣，封於彭城，歷虞、夏至商七百歲。 ④喬松，謂王喬、赤松子，皆仙人也。 ⑤二句見賈山至言注。

王褒僮約

蜀郡王子淵以事到湔①，止寡婦楊惠舍。惠有夫時奴，名便了，子淵倩奴行酤酒②，便了拽大杖上夫冢巔曰：「大夫買便了時，但要守家，不要爲他人男子酤酒。」子淵大怒，曰：「奴寧欲賣耶?」③惠曰:「奴大忤人④,人無欲者。」子淵即決買券云云⑤。奴復曰:「欲使皆上券⑥,不上券,便了不能爲也。」子淵曰:「諾。」

①蜀郡,秦置,今四川舊成都、龍安、潼川、雅州四府,邛州及保寧府之劍閣以西皆其地,即古蜀國,治今之成都縣。子淵,褒字,湔音尖(ㄐㄧㄢ),平聲,地名,漢湔氐道,在今四川松潘縣西北。②倩,雇代也。酤酒,買酒。③言欲賣此奴否。④大忤人,甚忤人也。⑤云云,如何如何也,但口約而未筆書。⑥言皆書之券中。

券文曰:

「神爵①三年正月十五日,資中②男子王子淵從成都安志里女子楊惠買亡夫時戶下髯奴便了,決賈③萬五千,奴當從百役使,不得有二言。晨起早掃,食了④洗滌。居當穿臼縛箒,裁盂鑿斗⑤。浚渠縛落⑥,鉏園斫陌⑦。杜埤地⑧,刻大枷⑨,屈竹作杷⑩,削治鹿盧⑪。出入不得騎馬載車,踑坐大呶⑫。下牀振⑬頭,捶⑭鉤刈芻,結葦臘纑⑮。汲水酪⑯,佐酣醆⑰。織履作麤⑱。黏⑲雀張烏,結網捕魚,繳⑳雁彈鳧。登山射鹿,入水捕龜。後園縱養雁鶩百餘。驅逐鴟鳥，持梢牧豬。種薑養芋，長育豚駒。糞除堂廡㉑，餧食馬牛㉒。鼓四起坐，夜半益芻。二月春分，被隄杜疆㉓，落桑皮棧㉔。種瓜作瓠㉕，別茄披葱㉖。焚槎發芋㉗，壟集破封㉘。日中早熏㉙，雞鳴起舂。調治馬戶㉚，兼落㉛三重。

①神爵，漢宣帝年號。 ②資中，今四川資中縣。 ③賈，與價同。 ④食了，食事畢也。 ⑤穿，裁，鑿，皆製造之意，各因其器而異詞。 ⑥落，籬落也。 ⑦鉏，與鋤同。陌，田間道也。 ⑧杜，塞也。埤，音皮，（ㄆㄧˊ），下溼也。杜埤地，謂修治下溼之地也。 ⑨枷，打穀具，俗稱連枷。 ⑩杷，收麥器；一曰平田器。 ⑪鹿盧，與轆轤通，汲水之器，以軸置木架上，一端懸重物，一端貫長轂，上懸汲水之斗，並有曲木，用手轉之，以取汲器者也。 ⑫踑，音跽（ㄐㄧˋ）；踑坐，猶箕踞，謂曲兩腳，其形如箕也。吺，喧譁也。 ⑬振，整也。 ⑭捶，與錘通，鍛也。 ⑮臘，刃也。纑，紵屬，可以為布。臘纑，謂以刀治纑也。 ⑯酪乳，漿也。 ⑰酟醭，讀如雛模，羹漿之屬。 ⑱麤，粗製之衣。 ⑲黏者，以膠著之，使不得脫也。 ⑳繳，音勺（ㄓㄨㄛ），以繩繫矢而射也。 ㉑堂廡，堂下周屋。 ㉒餧，俗作餵。食，讀如飼。 ㉓被隄，塞漏也。杜疆，修籬也。 ㉔落桑，剪桑也，皮棧，剝棧皮也。 ㉕瓠，𤬦也。剖之可為瓢，故曰作瓠， ㉖別披，皆分之意。 ㉗槎，伐木餘也，斜曰槎。發芋，蜀土收芋，皆窖

藏之，至春乃發。㉘壟集破封，治田事也。㉙蕉，未詳；或謂讀復音，然一本作薁，與復音不合。㉚馬户，水門也，蜀每以落直水流養魚，欲食乃取之。㉛落，與絡通。

舍中有客，提壺行酤，汲水作餔①。滌杯整桉②，園中拔蒜。斷蘇③切脯，築肉臛芋④。膾魚炰鼈⑤，烹茶盡具。已而蓋藏，關門塞竇，餧豬縱犬，勿與鄰里爭鬬。奴當飯豆⑥飲水，不得嗜酒；欲飲美酒，唯得染脣漬口⑦，不得傾盂覆斗。不得辰出夜入，交關⑧伴偶。

①餔，音逋（ㄅㄨ），申時食。②桉，即盌。③蘇，紫蘇，性行氣和血，故名。④築，擣也。臛，音熇（ㄏㄜ），羹也。⑤膾，細切也。炰，音袍（ㄆㄠ）裹物而燒也。⑥飯豆，以豆為飯。⑦漬，音漬（ㄗˋ）稍浸潤也。⑧交關，關通也。

舍後有樹，當裁竹船。上至江州①下到湔，主為府掾②求用錢。推訪堊③，販椶索。緜亭④買席，往來都落，當為婦女求脂澤。販于小市，歸都擔枲⑤。轉出旁蹉⑥，牽犬販鵝。武都買茶⑦，楊氏擔荷⑧。往來市聚，慎獲奸偷。入市不得夷蹲⑨旁臥，惡言醜罵。多作刀矛，持入益州⑩，貨易羊牛。奴自教精慧，不得癡愚。

①江州，漢縣，故城在今四川巴縣西。②掾，音研（ㄧㄢ），上聲；府掾，府屬官也。③訪，未詳。堊，音惡（ㄜˋ），白土也。④縣亭，蓋地名，不詳其處。⑤都，與塗通。枲，音徙（ㄙㄧ），牡麻也。⑥蹉，市名。⑦武都，漢縣，在今甘肅成縣西，出茶。⑧楊氏，池名，出荷。⑨夷蹲，展足屈下似坐也。⑩益州，漢郡名，治滇池，今雲南昆明縣治。

持斧入山，斷輮①裁轅。若有餘殘，當作俎豆几木屐及彘盤②。焚薪作炭，礨石薄岸③。治舍蓋屋，削書伐牘。日暮欲歸，當送乾薪兩三束。四月當披④，九月當穫。十月收豆，掄麥窖芋⑤。南安拾栗採橘⑥，持車載轃⑦。多取蒲苧，益作繩索。雨墮無所爲當編蔣織薄⑧，種植桃李梨柿柘桑。三丈一樹，八樹爲行。果類相從，縱橫相當。果熟收斂，不得吮嘗。犬吠當起，驚告鄰里。棖門柱戶⑨，上樓擊鼓⑩。荷盾曳矛，還落三周⑪。勤心疾作，不得遨游。

①輮，車輞也，輞，車輪之外周也。②彘盤，豬槽也。③礨石薄岸，竹籠盛石以薄岸也；礨，當作

槩。④拔，分也，如分秧之類。⑤掄，種也。窖芋，見前發芋注。⑥南安，漢縣，在今四川夾江縣西北，出橘。⑦持車載輳，載車以往求利之意，猶趕集之類。⑧蔣，菰蒲也。薄，簾也。⑨棖，音橙（ㄔㄥˊ），門兩旁長木。棖門柱户，即緊關門户之意也。⑩漢時官不禁報怨，民家皆高樓置鼓其上，有急即上樓擊鼓，以告邑里，令救取也。⑪還，環也。落，籬落。

奴老力索①，種莞織席②。事訖休息，當春一石。夜半無事，浣衣當白。若有私錢，主給賓客③。奴不得有奸私，事事當關白。奴不聽教，當笞一百。」

①索，盡也。②莞，草名，又名水葱，莖可織席。③言主人以供應賓客之用。

讀券文適訖，詞窮詐索。仡仡①叩頭兩手自搏。目淚下落，鼻涕長一尺。審如王大夫所言，不如早歸黃土陌，邱蚓鑽額。早知當爾，爲王大夫酤酒，眞不敢作惡！

①仡，音兀（ㄨˋ）；仡仡，不安也。

揚雄反離騷①

有周氏之蟬嫣兮②，或鼻祖於汾隅③，靈宗初諜伯僑兮④，流于末之揚侯⑤。淑周楚之豐烈兮⑥，超既離虖皇波⑦，因江潭而淮記兮⑧，欽弔楚之湘纍⑨。惟天軌之不辟兮⑩，何純絜而離紛⑪，紛纍以其淟涊兮⑫，暗纍以其繽紛⑬。漢十世之陽朔兮⑭，招搖紀于周正⑮，正皇天之清則兮⑯，度后土之方貞⑰。圖⑱纍承彼洪族兮，又覽纍之昌辭⑲，帶鉤矩而佩衡兮⑳，履欃槍以為綦㉑。素初貯厥麗服兮㉒，何文肆而質𩐁㉓，資娵娃之珍髢兮㉔，鬻九戎而索賴㉕。

①揚雄，漢成都人，字子雲，少好學，口吃不能劇談，好深湛之思，長於詞賦，多仿司馬相如，成帝時召對，奏甘泉、長楊、河東、羽獵四賦，除為郎，給事黃門與王莽、劉歆並，及莽篡位，轉為大夫，尋卒，著有太玄法言、方言等書。雄怪屈原文過相如，至不容作離騷自投江而死，悲其文，以為君子得時則大行，不得時則龍蛇，遇不遇命也，何必湛身哉？乃作書往往摭離騷而反之，自㟭山投諸江流以弔原，名曰反離騷。　②蟬嫣，連也。言與周氏親連也。　③鼻祖，初祖也。雄自言系出周氏而食采於揚，汾隅，揚邑。　④以出自有周為神靈後裔，故曰靈宗諜，諜，譜也。伯僑，周之支庶。言從伯僑以來，可得而

敘也。⑤周衰揚氏有號為揚侯者。⑥淑，善也。言去汾隅從巫山得周楚之美烈也。⑦超，速也。離，歷也。皇，大也。言其先祖所居，經河及江，經歷大波也。⑧潭，音尋（ㄙㄧㄣ），水邊也。汨，音枉（ㄨㄤ），往也，以其去水中，故從水。記，謂弔文也。汨記，言乘水而往，投書以弔也。⑨欽，敬也。諸不以罪死曰纍。屈原赴湘死，故曰湘纍，⑩天軌，猶天路也。辟，讀如闢，義同。⑪純絜，純粹貞潔也。離，遭也。紛，難也。此二句言天路不開，使純絜之人遭此難也。⑫淟涊，音腆年（ㄊㄧㄢ）（ㄏㄧㄢ），穢濁也。⑬暗，身晦而不光也。繽紛，謂讒慝交加也。⑭十世，自高祖至成帝。陽朔，成帝年號，於八年改稱。⑮招搖，斗杓星，主天時。周正，十一月也。言已以此時弔原。⑯清則，清正法則也，十一月為歲首，天之正也。⑰方貞，貞正也，十一月坤體成故方貞。此雄自論己心所履行，取法天地。⑱圖，按其本系之圖書。⑲昌辭，美辭也。⑳鉤，規也。矩，方也。衡，平也。㉑欃槍，妖星也。綦，履下飾。言原誰佩帶方平之行，而陷惡人跡以致放逐也。㉒貯，積也。麗服，指離騷中江離辟芷佩秋蘭等。㉓文肆，言其文辭放肆也。質𧸘，言其性質狷狹，憤恨自沉也。𧸘，音械（ㄒㄧㄝ），狹也。㉔娵娃，古美女閭娵、吳娃也。髢，音替（ㄊㄧˋ），髮也。珍髢，珍好之髮。㉕索賴，無所利也。言原以高行仕楚，猶資美女之髢，賣於九戎，無所利也。

鳳皇翔於蓬陼兮①，豈鴐鵝之能捷②，騁驊騮以曲囏兮③，驢騾連蹇而齊足④。枳棘之榛榛兮⑤，蝯狖擬而不敢下⑥，靈修既信椒蘭之唼佞兮⑦，吾纍忽焉而不蚤睹。衿芰茄之綠衣兮⑧，被夫容⑨之朱裳，芳酷烈而莫聞兮，固不如襞而幽之離房⑩。閨中容競淖約兮⑪，相態以麗佳⑫，知衆嫭⑬之嫉妒兮，何必颺纍之蛾眉⑭。懿神龍之淵潛兮，竢慶雲而將舉，亡春風之被離兮，孰焉知龍之所處。愍吾纍之衆芬兮，颺爗爗之芳苓⑮，遭季夏之凝霜兮，慶夭顇而喪榮⑯。橫江湘以南湁兮，云走乎彼蒼吾⑰，馳江潭之汎溢兮，將折衷乎重華⑱。舒中情之煩或兮⑲，恐重華之不纍與⑳，陵陽侯之素波兮㉑，豈吾纍之獨見許㉒。

①陼與渚通、音同。蓬陼，蓬萊之陼在海中。②鴐鵝，見司馬相如子虛賦注。捷，及也。③驊騮，駿馬名，其色如華而赤。囏，古艱字。曲囏，屈曲艱阻也。④蹇，駑劣之意。言驊騮騁曲艱中，則與驢騾同劣而齊之。⑤枳木高而多刺。榛榛，梗穢貌。⑥蝯，善攀援。狖似猴，仰鼻而長尾。擬，疑也。⑦靈修，楚王也。椒蘭，謂令尹子椒及子蘭也。唼，音妾（ㄘㄧㄝ）；唼佞，譖言也。⑧衿，帶也。芰，蔆也。茄，爾雅釋草：「荷，其莖茄。」⑨夫容，即芙蓉。⑩襞，音璧（ㄅㄧ），疊衣也。離房，別房。⑪淖，音綽（ㄔㄨㄛˋ）；淖約，善容止也。⑫相態以麗佳，言競為佳麗之態以相傾也。

⑬嫮，音呼（ㄏㄨ），美貌也。⑭離騷：「衆女嫉余之蛾眉。」言原既知衆女嫉妒，何必揚己之蛾眉。⑮爗爗，光盛貌。苓，香草名。⑯慶，讀與羌同，辭也。頳，古悴字。⑰蒼吾，山名，在湖南寧遠縣，舜崩於此，在江、湘之南。⑱重華，舜號。原將啟質聖人，陳己情要也。⑲煩或，同煩惑。⑳舜能避父害以全身，資於事父以事君，恐不許原之所為。㉑陵，乘也。陽侯，古諸侯，以罪投江，神為大波。㉒言原遇同陽侯，豈獨見許。

精瓊靡與秋菊兮①，將以延夫天年，臨汨羅②而自隕兮，恐日薄於西山③。解扶桑之總轡兮④，縱令之遂奔馳⑤，鸞皇騰而不屬兮，豈獨飛廉與雲師⑥。卷薜芷與若蕙兮，臨湘淵而投之，棍⑦申椒與菌桂兮，赴江湖而漚之⑧。費椒稰以要神兮，又勤索彼瓊茅，違靈氛而不從兮，反湛身於江皋⑨。纍既兆夫傅說兮⑩，奚不信而遂行⑪，徒恐鶗鴂之將鳴兮，顧先百草爲不芳⑫。初纍棄彼虙妃兮，更思瑤臺之逸女⑬，抨雄鴆以作媒兮⑭，何百離而曾不壹耦。乘雲蜺之旖旎兮⑮，望昆侖以樛流⑯，覽四荒而顧懷兮，奚必云女彼高丘⑰。既亡鸞車之幽藹兮⑱，焉駕八龍之委蛇⑲，臨江瀕而掩涕兮，何有九招與九歌⑳。

①精，細也。瓊靡，猶言玉屑。瓊靡、秋菊，皆離騷中語。②汨羅，見賈誼弔屈原賦注。③言原既養秋菊等欲以延年，何又以為日暮而沉汨羅，其言行殊相反。④扶桑，日所拂木也。總，結也。⑤離騷：「總余轡於扶桑。」言何又解君轡使遂奔馳而自沉乎。⑥飛廉，風伯。雲師，豐隆。言既縱之，雖鸞皇迅飛，亦無所及，豈獨飛廉、雲師。⑦棍，大束也，當作捆，方言：「捆，同也，宋衛之間語。」⑧漚，漬也。⑨靈氛，古之善占者。離騷有淑稰瓊茅要神，欲從靈氛吉占等語，此言既不從其占，何必費椒稰而勤瓊茅。⑩𠬞，古攀字。說，讀如悅；傅說，殷高宗賢相。⑪行，去也。⑫鶗鴂，音啼桂（ㄊㄧˊ）（ㄍㄨㄟˋ），即杜鵑一名子規，常以立夏鳴，鳴則平芳皆歇。此反離騷語，言終以自沉，何惜芳草而憂杜鵑。⑬虙妃，見司馬相如上林賦宓妃注。此亦騷語，言其執心不定。⑭抨，使也。雄鴆，離騷作雄鳩。此亦離騷語。⑮旖旎，雲貌；旎，一作柅。⑯昆侖，山名，即崐崘山。樛流，猶周流也。離騷有閬風緤馬語，閬風在昆侖山上，此故云。⑰離騷：「哀高丘之無女。」女，仕也。高丘，謂楚也。言何必仕於楚也。⑱幽藹，猶晻藹也。⑲委蛇，從容自得之貌。既無鸞車，則不得云駕八龍也。⑳招，讀如韶；九招，古逸詩名，帝嚳之世，咸墨為頌，以歌九招。九歌，原所作。二句譏原哀樂不相符。

夫聖哲之不遭兮，固時命之所有，雖增欷以於邑兮①，吾恐靈修之不纍改②。昔仲尼之去魯兮，斐斐③遲遲而周邁，終回復於舊都兮，何必湘淵與濤瀨④。溷漁父之餔歠兮，絜沐浴之振衣⑤，棄由聃之所珍兮，蹠彭咸之所遺⑥。

①增，重也。欷，歎聲。於，音烏（ㄨ）；於邑，短氣也。②言原雖自歎於邑，而楚王終不改寤也。③斐，往來貌也。④濤瀨，謂大波與急流也。⑤溷，以為溷濁也。餔歠，讀如逋輟，謂食與飲也。二句見楚辭漁父。⑥由聃，許由、老聃也，二人守道，不汙於俗，皆能保己全身。蹠，音隻（ㄓ），蹈也。彭咸，殷介士，不得志而投江死。言原不能慕由聃高蹤而蹈彭咸遺跡。

揚雄解嘲①

客嘲揚子曰：「吾聞上世之士，人綱人紀②，不生則已，生必上尊人君，下榮父母，析③人之珪，儋④人之爵，懷人之符，分人之祿，紆青拖紫⑤，朱丹其轂⑥，今吾子幸得遭明盛之世，處不諱之朝，與群賢同行⑦，歷金門⑧，上玉堂⑨有日矣，曾不能畫一奇，出一策，上說人主，下談公卿，目如耀星，舌如電光，一從一橫⑩，論者莫當，顧默而作太玄五千文⑪，枝葉扶疏⑫，獨說數十餘萬言，深者入黃泉，高者出蒼天，大者含元氣，細者入無間⑬，然而位不過侍郎⑭，擢纔給事黃門⑮，意者玄得無尚白乎！何爲官之拓落也⑯。」

①漢哀帝時，外戚丁傅嬖臣董賢用事，依附者皆得顯官，時雄方草太玄，有以自守，恬不為意，人或嘲其作不成，名為玄而色猶白，雄解之，號曰解嘲，②人綱人紀，為衆人之綱紀也。③析，分也。④儋，荷負也。⑤紆青拖紫，謂印綬之色也，漢制，公侯紫綬，九卿青綬。⑥朱丹其轂，漢制，吏二千石，朱兩幡。⑦同行，謂同行列。⑧金門，金馬門也，漢未央宮前有銅馬，故曰金馬門。⑨玉堂，殿也，未央宮有殿閣三十二，椒房、玉堂在其中。⑩從橫，本於蘇秦、張儀之合從、連橫，意猶辯才也。⑪雄以為經莫大於易，擬之作太玄。⑫扶疏，四布也。⑬細者無間，言至微也。⑭侍郎，見東方朔答客難注。⑮黃門，官署之稱，宮門黃色，給事於黃門之內，故以名官。言升擢僅至黃門官。⑯尚，猶也。拓落，蹭蹬不耦也。言雖言玄，得無未造玄之極，其色猶白乎，蓋嘲其學猶未至，故不顯達也。

揚子笑而應之曰：「客徒欲朱丹吾轂，不知一跌將赤吾之族也①。往者周網解結，群鹿爭逸，離爲十二②，合爲六七③，四分五剖，并爲戰國，士無常君，國無定臣，得士者富，失士者貧，矯翼厲翮，恣意所存；故士，或自盛以橐④，或鑿坏以遁⑤，是故鄒衍以頡頏而取世資⑥，孟軻雖連蹇⑦，猶爲萬乘師。今大漢左東海⑧，右渠搜⑨，前番禺⑩，後陶塗⑪，東南一尉⑫，西北一侯⑬，徽以糾墨⑭，制以鑕鈇⑮，散以禮樂，風以詩書，曠以歲月，結以倚廬⑯，天下之士，雷動雲合，魚鱗雜襲，咸營于八區⑰，家家自以爲稷契⑱，人人自以爲皐陶⑲，戴縰⑳垂纓而談者，皆擬於阿衡㉑，五尺童子，羞比晏嬰與夷吾㉒，當途者升青雲，失路者委溝渠，旦握權則爲卿相，夕失勢則爲匹夫，譬若江湖之崖，渤澥之島，乘雁㉓集不爲之多，雙鳧飛不爲之少；昔三仁去而殷墟㉔，二老歸而周熾㉕，子胥死而吳亡㉖，種蠡存而越霸㉗，五羖入而秦喜㉘，樂毅出而燕懼㉙，范雎以折摺而危穰侯㉚，蔡澤以噤吟而笑唐舉㉛；故當其有事也，非蕭曹子房平勃樊霍則不能安㉜，當其無事也，章句之徒，相與坐而守之，亦無所患；故世亂則聖哲馳騖而不足，世治則庸夫高枕而有餘。夫上世之士，或解縛而相㉝，或釋褐而傅㉞，或倚夷門而笑㉟，或橫江潭而漁㊱，或七十說而不遇㊲，或立談而封侯㊳，或枉千乘於陋巷㊴，或擁篲而先驅㊵；是以士頗得信㊶其舌而奮其筆，窒隙蹈瑕而無所詘也㊷。

①跌，失足也。見誅殺者必流血，故云赤族：一說，盡殺無遺也。②十二，言春秋十二國也，見東方朔答客難注。③六七，齊、燕、楚、韓、趙、魏之六，及秦七也。④自盛以橐，或謂范雎入之秦，藏於橐中，按范雎傳無橐盛事，疑指伍子胥橐載而出昭關言。⑤坏，音陪（ㄆㄟˊ）屋後牆也。魯君欲相顏闔，使人以幣先焉，闔鑿坏以遁。⑥鄒衍，齊人，著書所言多天事，齊人號為談天衍，仕於齊，位至卿。頡頏，奇怪之辭。⑦孟軻，即孟子，見劉向戰國策序注。連，音輦（ㄌㄧㄢˇ）：連蹇，難也，言值世之屯難也。⑧東海，會稽東海也。在東故曰左。⑨渠搜，西戎國也，在西，故曰右。⑩番禺，縣名，在今廣東省。⑪陶塗，漁陽之北界：一說為北方國名。⑫東南一尉，會稽東部都尉也。⑬西北一侯，中部都尉治敦煌步廣侯官，張掖屬國有侯官城。⑭徽，東也。糾墨，繩也。⑮鑕，一作質，鍖也。鈇，音夫（ㄈㄨ），莝刀也。鑕鈇，謂斬腰之刑。⑯倚廬，倚牆至地而為之，無楣柱，漢律以不為親行三年服，不得選舉，結為倚廬，以結其心：一說，倚廬，或即田廬。⑰八區，八方也。⑱稷契，皆舜臣，稷名棄，為周始祖，契為商始祖。⑲皋陶，見路溫舒尚德緩刑書注。⑳縰，與纚同，韜髮之繒也。㉑阿衡，商官名，伊尹為之。㉒晏嬰，見劉向戰國策序注、夷吾，即管仲。㉓乘雁，四雁也。㉔三仁，微子、箕子、比干也。墟，亡國為丘墟也。㉕二老，謂伯夷、太公，周德日昌，二人皆歸周。㉖子胥，見東方朔答客難注。㉗種蠡，文種、范蠡也，越王句踐返國，奉國政屬大夫種，而使范蠡行成為質於吳，後越卒以破吳。㉘羖，音古（ㄍㄨˇ），黑色羊。百里奚自虞亡秦，走宛，秦穆

公以五羖羊皮贖之，授之國政，故號為五羖大夫。㉙樂毅，見賈誼過秦論注。㉚范雎，魏人，以遠交近攻之策說秦昭襄王，得為相，封應侯。以，一作雖。摺，古拉字；折摺，折脅拉齒也，雎未達之時魏中大夫須賈譖之於相魏、齊，齊笞擊之，折脅摺齒，雎佯死，得出，因入秦。穰侯，秦宣太后弟魏冉也，貴重，范雎說昭王而言之，冉乃免相。㉛蔡澤，燕人，為秦相。噤吟，頷頤之貌。唐舉，善相，蔡澤從請之，舉笑曰：「吾聞聖人不相，殆先生乎！」㉜蕭，蕭何。曹，曹參。子房，張良字。平，陳平。勃，周勃。樊，樊噲。霍，霍光也。㉝解縛而相，管仲也，仲本傅公子糾奔魯，齊桓公伐魯，魯殺子糾，因仲致齊，齊釋其縛，舉以為相。㉞釋褐而傅，墨子謂為傅說，一以為寧戚，然無所考，蓋寧越之訛。㉟侯嬴年七十，為魏夷門之抱關者，公子無忌客之，秦伐趙，趙求救於魏，魏畏秦，救不力，無忌憤甚，嬴為畫策，盜兵符，往奪魏之救兵，急救趙，趙因得存。㊱潭音見揚雄反離騷注；橫江潭而漁，指屈原事。㊲七十說而不遇，謂孔子，孔子歷聘七十二君，見莊子天運。㊳立談封侯，謂虞卿也，虞卿說趙孝成王，再見而為趙上卿。㊴枉千乘於陋巷，謂齊桓公見小臣稷事，桓公一日三至不得見。㊵篲，帚也。鄒衍至燕，昭王郊迎，擁篲為之先驅。㊶信，讀如伸。㊷窒，塞也。詘，與屈同。

當今縣令不請士，郡守不迎師，群卿不揖客，將相不俛眉，言奇者見疑，行殊者得辟①，是以欲談者卷舌而固聲，欲步者擬足而投跡；嚮使上世之士處乎今世，策非甲科②，行非孝廉，舉非方正，獨可抗疏時道是非，高得待詔，下觸聞罷③，又安得青紫。且吾聞之，炎炎④者滅，隆隆⑤者絕，觀雷觀火，爲盈爲實，天收其聲，地藏其熱⑥，高明之家，鬼瞰其室⑦，攫挐⑧者亡，默默者存，位極者宗危，自守者身全。是故知玄知默，守道之極，爰清爰靜，游神之庭，惟寂惟漠，守德之宅，世異事變，人道不殊，彼我易時，未知何如⑨。今子乃以鴟梟而笑鳳皇，執蝘蜓⑩而嘲龜龍，不亦病乎！子之笑我玄之尚白，吾亦笑子病甚，不遇俞跗與扁鵲也⑪，悲夫！」

①辟，罪也。②漢制，歲課甲科為郎中，乙科為太子舍人。③下觸聞罷，有所觸犯者，報聞而罷之也。④炎炎，火光也。⑤隆隆，雷聲也。⑥人之觀火聞雷，謂為盈實，終以天收雷聲、地藏火熱而為虛無，言極盛者亦滅亡也。⑦瞰，音看（ㄎㄢˋ），視也。言鬼神害盈而福謙。⑧攫挐，妄有搏執牽引也。⑨言或能勝之。⑩蝘蜓，音偃亭（ㄧㄢˇ）（ㄊㄧㄥˊ）即蜥蜴。⑪俞跗，黃帝時良醫；俞一作臾，跗，音夫（ㄈㄨ）。扁鵲，古之良醫，姓秦，名越人，史記有傳。

客曰：「然則靡玄無所成名乎？范蔡以下，何必玄哉！」揚子曰：「范雎，魏之亡命也，折脅摺髂①，免於徽索，翕②肩蹈背，扶服入橐③，激卬④萬乘之主，介涇陽抵穰侯而代之⑤，當也，蔡澤，山東之匹夫也，顉頤折頞⑥，涕唾流沫，西揖彊秦之相，搤其咽而亢其氣，拊其背而奪其位⑦，時也；天下已定，金革已平，都於洛陽⑧，婁敬委輅脫輓⑨，掉三寸之舌，建不拔之策，舉中國徙之長安⑩，適也；五帝垂典，三王傳禮，百世不易，叔孫通起於枹鼓之閒，解甲投戈，遂作君臣之儀⑪，得也；呂刑⑫靡敝，秦法酷烈，聖漢權制，而蕭何造律⑬，宜也；故有造蕭何之律於唐虞之世則悖矣⑭，有作叔孫通儀於夏殷之時，則惑矣，有建婁敬之策於成周之世，則繆矣，有談范蔡之說於金張許史之間⑮，則狂矣；夫蕭規曹隨⑯，留侯畫策⑰，陳平出奇⑱，功若泰山，響若氐隤⑲，雖其人之贍智哉⑳，亦會其時之可爲也。故爲可爲於可爲之時則從，爲不可爲於不可爲之時則凶。若夫藺生收功於章臺㉑，四皓采榮於南山㉒，公孫創業於金馬㉓，驃騎發跡於祁連㉔，司馬長卿竊貲於卓氏㉕，東方朔割炙於細君㉖，僕誠不能與此數子並，故默然獨守吾太玄。」

①髂，音格（ㄍㄜˊ），骨也。　②翕，斂也。　③扶服，即匍匐。范雎初入秦，道遇穰侯，藏於王稽車中

而過，故云。④卬，讀曰仰。⑤涇陽，涇陽君，秦昭王弟，貴用事，雎間而疏之，故曰介。抵，側擊也。⑥顉，音欽（ㄑㄧㄣ）；顉頤，曲頤；一作顩頤，又作領頤，顉正字，顩借字，領譌字也。頞，音遏（ㄜˋ），鼻莖也。⑦蔡澤入秦，說范雎以功成身退，禍福之機，適值雎有間於王，遂薦以自代。⑧洛陽，漢縣，故城在今河南洛陽縣東。⑨婁敬，齊人也，高祖欲定都洛陽，敬以布衣謁見，說帝都關中，後賜姓劉，封關內侯。輅，音核（ㄏㄜˊ），小車用人力推挽者。輓，一木橫遮車前，一人挽之，三人推之也。委輅脫輓，謂婁敬棄車脫輓而說高祖。⑩中國，謂京師也。長安，今陝西長安縣。⑪叔孫通，薛人也。天下已定，群臣在殿上爭功無禮，通說高祖徵魯諸生共起朝儀。⑫呂刑，書篇名，周穆王時呂侯所作，備詳刑法。⑬蕭何，沛人也，佐高祖定天下功第一，漢律令皆何所制定。⑭悂，音逼（ㄅㄧ），錯謬也；一作詩。⑮金張許史，昭宣時貴戚大臣，金日磾、張安世、許廣漢、史恭、史高也。⑯蕭規曹隨，蕭何始作規模，曹參因之無改也。⑰張良封於留，故稱留侯，高祖得天下，良策為多。⑱陳平，陽武人也，事高祖，屢出奇策。⑲巴蜀人名，山岸旁堆欲墮落者曰氐。氐崩，聲聞數百里。隤，同頹，落也。⑳雖，一作唯，唯亦讀雖。贍智，謂多智也。㉑藺生，即藺相如，一作藺先生，秦欲以地易趙璧，趙令相如齎璧入秦，秦不與趙地，相如乃詭取其璧，使人間以歸趙。章臺，在渭南，相如獻璧於此。㉒四皓，東園公、綺里季、夏黃公、甪里先生也，避秦亂，隱於商山。榮，聲名也；一說，草木之英，采取以充食。㉓公孫，公孫弘也，武帝初，對策金馬門，名第一，拜博士，旋為丞相，封侯。㉔驃騎，霍去病也，去病為驃騎將軍。祁連，山名，天山也，匈奴呼天曰祁連，在今甘肅張掖縣西南，去病擊匈奴至此，捕首虜甚多，因顯貴。㉕司馬相如以琴心挑成都富人卓王孫寡女文君，文君夜奔相如，王孫不得已，分予文君僮百人，錢百萬，見史記司馬相如傳。㉖武帝於伏日賜從官肉，東方朔拔劍割肉去，帝使起自責，朔乃自贊曰：「割之不多，又何廉也！歸遺細君，又何仁也！」見漢書東方朔傳。

賈讓治河議①

治河有上中下策。

①賈讓，哀帝時人，時求能濬川疏河者，讓因奏此議。

古者立國居民，疆理①土地，必遺川澤之分②，度水埶所不及③，大川亡防，小水得入，陂障卑下，以爲污澤，使秋水多得有所休息，左右游波，寬緩而不迫。夫土之有川，猶人之有口也，治土而防其川，猶止兒啼而塞其口，豈不遽止，然其死可立而待也，故曰善爲川者④，決之使道⑤，善爲民者，宣之使言。

①彊理，理定疆界之義。②遺，留也。言川澤水所留聚之處，皆留而置之，不以為居邑也。③言計水勢所不及之地，居而田之。④為，猶治也；下同。⑤道，讀曰導，引之使通也。

蓋隄防之作，近起戰國，雍①防百川，各以自利。齊與趙魏以河爲竟②，趙魏瀕山③，齊地卑下，作隄去河二十五里；河水東抵齊隄，則西汎趙魏，趙魏亦爲隄去河二十五里；雖非其正，水尚有所游盪，時至而去，則填淤肥美，民耕田之；或久無害，稍築室宅，遂成聚落；大水時至漂沒，則更起隄防以自救，稍去其城郭，排水澤而居之，湛溺自其宜也④。

①雍，讀曰壅。②竟，讀曰境。齊竟西北，趙東南，魏則三面跨。河，南連鴻溝也。③瀕山，猶言以山為邊界。④湛溺，即沉溺也此段言河患之由來。

今隄防陿者①，去水數百步，遠者數里，近黎陽③南故大金隄，從河西西北行，至西山南頭，迺折東與東山相屬③，民居金隄東爲廬舍，〔住〕往十餘歲，更起隄從東山南頭直南與故大隄會；又內黃④界中有澤方數十里，環之有隄，往十餘歲，太守以賦民⑤，民今起廬舍其中，此臣親所見者也。東郡白馬故大隄⑥，亦復數重，民皆居其間，從黎陽北盡魏界，故大隄去河遠者數十里，內亦數重，此皆前世所排也。河從河內⑦北至黎陽爲石隄，激使東抵東郡平剛⑧；又爲石隄使西北抵黎陽觀下⑨；又爲石隄使東北抵東郡津北；又爲石隄使西北抵魏郡昭陽⑩；又爲石隄激使東北，百餘里閒，河再西三東，迫阨如此，不得安息。⑪

①陿，同狹。　②黎陽，地名，後漢縣，故城在今河南濬縣東南。　③屬，連及也。　④內黃，縣名，今河南內黃縣。　⑤賦民，以隄中地給與民也。　⑥東郡，漢郡名，舊直隸大名府、山東東昌府及長清縣以西皆是。白馬，漢縣，故城在今河南滑縣東。　⑦河內，漢郡，今河南及河之北皆是。　⑧平剛，疑當為剛平。　⑨觀，漢縣，衛地也。　⑩魏郡，漢郡，今直隸舊大名府地。昭陽，地名，今河南濬縣東北有昭陽亭。　⑪此段言當時河之現狀。

今行上策，徙冀州①之民當水衝者，決黎陽遮害亭②，放河使北入海，河西薄大山，東薄金隄，埶不能遠泛濫，期月自定。難者將曰：「若如此，敗壞城郭田廬冢墓以萬數，百姓怨懟，昔大禹治水，山陵當路者毀之，故鑿龍門③，辟伊闕④，析底柱⑤，破碣石⑥，墮斷天地之性，此迺人功所造，何足言也。」今瀕河十郡⑦，治隄歲費且萬萬，及其大決，所殘亡數，如出數年治河之費，以業所徙之民，遵古聖之法，定山川之位，使神人各處其所而不相奸⑧。且以大漢方制萬里，豈其與水爭咫尺之地哉！此功一立，河定民安，千載亡患，故謂之上策。⑨

①冀州，漢十三州之一，今直隸、山西及河南黃河以北，奉天遼河以西地。②遮害亭，舊為河所經，在今河南濬縣西南。③龍門，山名，在山西河津、陝西韓城間，大禹所鑿。④辟，讀曰闢，開也。伊闕，山名，在河南洛陽縣南，禹疏之以通水，兩山相對，望之如闕，伊水歷其間，故名。⑤底柱，山名，在河南陝縣東北黃河中，有三門，禹所鑿。⑥碣石，山名，所在地說者不一，究不詳其處。⑦瀕河十郡，河南、河內、東郡、陳留、魏郡、平原、千乘、信都、清河、渤海也。⑧奸，音干（ㄍㄢ），犯也。⑨此段言上策。

若迺多穿漕渠於冀州地①，使民得以溉田，分殺水怒，雖非聖人法，然亦救敗術也。難者將曰：「河水高於平地，歲增隄防，猶尚決溢，不可以開渠。」臣竊按視遮害亭西十八里至淇水口②，迺有金隄，高一丈；自是東地稍下，隄稍高，至遮害亭，高四五丈；往五六歲，河水大盛，增丈七尺，壞黎陽南郭門入至隄下，水未踰隄二尺所，從隄上北望，河高出民屋，百姓皆走上山，水留十三日，隄潰二所，吏民塞之，臣循隄上行，視水埶南七十餘里至淇口，水適至隄半，計出地上五尺所；今可從淇口以東爲石隄，多張水門。初元中③，遮害亭下河去隄足數十步，至今四十餘歲，適至隄足，由是言之，其地堅矣；恐議者疑河大川，難禁制，滎陽④漕渠足以卜之，其水門但用木與土耳，今據堅地作石隄，埶必完安。冀州渠首，盡當卬此水門；治渠非穿地也，但爲東方一隄，北行三百餘里，入漳水中⑤，其西因山足高地諸渠，皆往往股⑥引取之，旱則開東方下水門溉冀州，水則開西方高門分河流。通渠有三利，不通有三害：民常罷於救水半失作業⑦；水行地上，湊潤上徹，民則病溼氣，木皆立枯，鹵不生穀⑧；決溢有敗，爲魚鼈食⑨；此三害也；若有渠溉，則鹽鹵下隰填淤加肥⑩；故種禾麥，更爲秔稻，高田五倍，下田十倍⑪；轉漕舟船之便⑫；此三利也。今瀕河隄吏卒郡數千人，伐買薪石之費，歲數千萬，足以通渠，成水門；又民利其灌溉，相率治渠，雖勞不罷，民田適治，河隄亦成；此誠富國安民，興利除害，支數百歲，故謂之中策。⑬

①漕渠，此指蒗蕩渠，在今河南滎澤縣。多穿漕渠於冀州，乃欲於今衛河流處開渠如蒗蕩也，在今淇水口東。　②淇水口，在今河南濬縣西南，曹操於水口下大枋木成堰，過淇水入白溝，故號其處為枋頭。
③初元，元帝年號。　④滎陽，見鄒陽諫吳王書注。　⑤漳水，見鄒陽諫吳王書注。　⑥股，支別也。
⑦一害。　⑧二害。　⑨三害。　⑩一利。　⑪二利。　⑫三利。　⑬此段中策。

若迺繕完故堤，增卑倍薄，勞費亡已，婁①逢其害，此最下策也。②

①婁，同屢。　②五句下策。

後漢文

班固封燕然山銘①

惟永元②元年秋七月：有漢元舅曰車騎將軍竇憲③，寅亮④聖皇，登翼⑤王室，納於大麓⑥，惟清緝熙⑦。乃與執金吾耿秉⑧，述職巡禦，治兵於朔方⑨，鷹揚之校⑩，螭虎之士，爰該六師，暨南單于東胡烏桓西戎氐羌侯王君長之群⑪，驍騎十萬，元戎輕武⑫，長轂⑬四分，雷輜蔽路⑭，萬有三千餘乘，勒以八陣⑮，涖以威神，元甲耀日，朱旗絳天。

①班固，後漢安陵人，字孟堅，明帝時為郎，典校祕書，續成父彪所著漢書。和帝初，竇憲征匈奴，以固為中護軍行中郎將事。燕然山，即今外蒙古三音諾顏部杭愛山，竇憲追北單于至此，刻石勒功，紀漢

威德，令固作此銘。 ②永元，後漢和帝年號。 ③竇憲字伯度，平陵人，和帝母竇太后之兄，和帝即位，年僅十歲，竇太后臨朝，以憲為侍中，擊匈奴，大破之，還為大將軍，族黨滿朝，帝長，與中常侍鄭衆定議誅憲，逼令自殺。 ④寅亮，敬恭翊輔也。 ⑤登翼，謂登用輔翊也。 ⑥納於大麓，書舜典語，謂堯使舜入山林相視原隰也。 ⑦維清緝熙，詩周頌語，清，清明也。緝，續也，熙，明也。 ⑧執金吾，官名，吾者，禦也，執金革以禦非常；一說金吾，鳥名，天子出行，職主先導以禦非常，故執此鳥之象；因以名官。耿秉，字伯初，茂陵人，與竇憲征北單于，封美陽侯。 ⑨朔方，漢郡，今內蒙古鄂爾多斯地。 ⑩鷹揚，言威武奮揚如鷹也。校，將校。 ⑪南單于，時匈奴分為南北，南單于屯屠河立，上言願發諸部胡會虜北，竇太后從之。東胡，種族名，在匈奴東，故名，今稱通古斯族。烏桓，部落名，東胡別種，漢初為匈奴所滅，退保烏桓山，因以為號，氐，羌，皆西戎種族名。 ⑫元戎，兵車也。輕，輕車，古戰車。武，亦戰車之一。 ⑬長轂，兵車也。 ⑭雷輜，猶雷車，淮南子：「電以為鞭策，雷以為車輪。」 ⑮八陣者，方陣、圓陣、牝陣、牡陣、衡陣、輪陣、浮沮陣、雁行陣也。

遂淩高闕①，下雞鹿②，經磧鹵③，絕大漠④，斬溫禺⑤以釁鼓，血尸逐以染鍔⑥；然後四校橫徂，星流彗埽，蕭條萬里，野無遺寇。於是域滅區殫，反旆而旋，考傳驗圖，窮覽其山川，遂踰涿邪⑦，跨安侯⑧，乘燕然，躡冒頓⑨之區落，焚老上⑩之龍庭，將上以攄高文之宿憤⑪，光祖宗之元靈，下以安固後嗣，恢拓境宇，振大漢之天聲，茲可謂一勞而久逸，暫費而永甯也。

乃遂封山刊石，昭銘盛德。

①高闕，塞名，在陰山西，內蒙古鄂爾多斯右翼黃河外，騰格里湖之東北。②雞鹿，塞名，在內蒙古鄂爾多斯右翼黃河西北岸。③磧鹵，謂沙石及鹹地也。④大漠，內蒙古大沙漠，即古瀚海也。⑤匈奴大臣，有左右日逐王，左右溫禺鞮王，皆單于子弟次第當為單于者也。⑥匈奴異姓大臣，有左右骨都侯，左右尸逐骨都侯。鍔，刀刃也。⑦涿邪，山名，在外蒙古西部。⑧安侯，河名，在外蒙古。⑨冒頓，讀如默突，頭曼單于之太子，殺頭曼自立。⑩冒頓死，子稽粥立，號曰老上單于。⑪攄，音褚（ㄔㄨˇ），舒也。高文，高祖文帝也。高祖既滅秦、楚，有天下，而匈奴為害北邊，屢出師討伐，未能奏功，文帝立，匈奴寇犯如故，終無如何也，故文云。

其辭曰：

鑠①王師兮征荒裔，勦凶虐兮截②海外，夐其邈兮亘地界，封神邱兮建隆嵑③，熙帝載④兮振萬世。

①鑠，美也。②截，整齊也。③竭，與碣同，立石也。④書舜典：「有能奮庸熙帝之載。」熙，廣也。載，事也。

崔瑗座右銘①

無道人之短，無說己之長。施人愼勿念，受施愼忽忘。世譽不足慕，唯仁爲紀綱②。隱心而後動③，謗議庸何傷。無使名過實，守愚聖所臧。在涅貴不緇④，曖曖⑤內含光。柔弱生之徒，老氏誡剛彊⑥。行行⑦鄙夫志，悠悠故難量。愼言節飲食，知足勝不祥。行之苟有恆，久久自芬芳。

①崔瑗，後漢安平人，字子玉，舉茂才，遷汲令，有善政，安帝初，朝臣交薦，遷濟北相，疾卒。②紀綱，法制也，書五子之歌：「亂其紀綱。」③隱，度也。言內反於心不慙，然後動也。④論語陽貨：

「涅而不緇。」涅可以染皁，染之於涅而不黑，言不言其守也。⑤曖曖，昏昧貌。⑥柔弱生之徒，語見老子。⑦行，讀如杭去聲；行行剛強貌。

蔡邕郭有道碑①

先生諱泰，字林宗，太原界休人也②。其先出自有周王季之穆③，有虢叔者④，實有懿德，文王咨焉⑤，建國命氏，或謂之郭⑥，即其後也。先生誕應天衷，聰睿明哲，孝友溫恭，仁篤慈惠，夫其器量弘深，姿度廣大，浩浩焉，汪汪焉⑦，奧乎不可測已。若乃砥節厲行，直道正辭，貞固足以幹事⑧，隱括⑨足以矯時。遂考覽六經⑩，探綜圖緯⑪，周流華夏，游集帝學，收文武之將墜，拯微言之末絕⑫。

①蔡邕，後漢陳留人，字伯喈，官至侍中，董卓辟之，遷尚書，卓被誅，被收，死獄中。郭有道，即郭泰，以舉有道，故云郭有道。邕為碑銘甚多，惟此碑謂泰當之無慚色。②太原，秦郡，地在今山西。界休，漢縣，故城在今山西介休縣東南。③王季。太王少子，文王之父。廟序，一世為昭，二世為穆。

④虢叔，文王弟，封公，國號虢，故稱。⑤咨，謀也。國語：「文王即位而咨於二虢。」二虢，虢仲、虢叔也。⑥郭，古文虢字。⑦汪汪，深廣貌。⑧貞固足以幹事，易乾卦語。⑨揉曲者曰隱。正方者曰栝。⑩六經，易、詩、書、禮、樂、春秋。⑪圖緯，占驗術數之書也，圖為河圖，緯則六經及孝經皆有之，謂之七緯，依託經義言符籙瑞應者也。⑫微言，微妙之言。此段言泰學行高遠。

于時纓緌①之徒，紳佩之士，望形表而景②附，聆嘉聲而響和者，猶百川之歸巨海，鱗介之宗龜龍也。爾乃潛隱衡門③，收朋勤誨④，童蒙賴焉，用祛其蔽⑤。

①緌，音蕤（ㄖㄨㄟˊ），纓飾也。②景，同「影。」③衡門，橫木為門，言卑陋也，見詩陳風。④收朋勤誨，謂泰閉門教授也。⑤祛，去也。此段言士之翕從。

州郡聞德，虛己備禮，莫之能致，群公休之①，遂辟司徒掾②，又舉有道③，皆以疾辭。將蹈洪崖之遐迹④，紹巢由之絕軌⑤，翔區外以舒翼，超天衢以高峙，稟命不融，享年四十有二，以建寧⑥二年正月乙亥卒。凡我四方同好之人，永懷哀悼，靡所置念，乃相與維先生之德，以圖不朽之事，僉以爲先民既沒，而德音猶存者，亦賴之于紀述也，今其如何而闕斯禮！於是樹碑表墓，昭銘景行⑦，俾芳烈奮乎百世，令聞顯于無窮。

①休，美也。②辟，音璧（ㄅㄧˋ），徵召也。司徒，三公之位。司徒掾，為司徒之佐也。③有道，舉名也。④洪崖，仙人名，或謂即黃帝之臣伶倫。⑤巢，巢父，堯時隱士，山居不營世利，以樹為巢，寢其上，故名，堯曾讓以天下，不受。由，許由，與巢父同時，亦高士，隱於箕山。⑥建寧，漢靈帝年號。⑦行，去聲。景行，高明之德行，詩小雅桑扈：「高山仰止，景行行止。」

其辭曰：

於①休先生，明德通玄②，純懿淑靈，受之自天，崇壯幽濬，如山如淵。禮樂是悅，詩書是敦，匪惟摭華③，乃尋厥根，宮牆重仞，允得其門④，懿乎其純，確乎其操，洋洋搢紳⑤，言觀其高，棲遲泌邱⑥，善誘能教，赫赫三事⑦，幾行其招。委辭召貢⑧，保此清妙，降年不永，民斯悲悼，爰勒茲銘，摛⑨其光耀，嗟爾來世，是則是效！

①於，讀如烏，歎辭。②通玄，知玄妙之理也。③摭，拾取也。揚子法言：「摭我華而不食我實。」④八尺曰仞。子貢稱孔子，譬之宮牆，其高數仞，不得其門而入，不見宗廟之美，百官之富。⑤搢紳，搢笏垂紳，謂仕者也。⑥棲遲，遊息也，見詩陳風。泌，泉水也。泌丘，謂水上之丘。⑦三事，三公也。⑧委辭召貢，言有召貢者委棄而辭之。⑨擿，音癡（ㄔ），布也。

蔡邕女誡①

禮，女始行服纁②，纁，降也，絳，正色也，紅紫不以爲褻服③，緗綠不以爲上服④，縉⑤貴厚而色尚深，爲其堅紉也⑥；而今之務在奢麗，志好美飾，帛必薄細，采必輕淺，或一朝之晏，再三易衣，從慶移坐，不因故服⑦。

①誡，警敕之辭。女誡，所以警敕女子也。②纁，淺絳也。女始行服纁，言女子始嫁時必服纁也。③語見論語鄉黨。紅紫，間色不正。褻服，私居服也。④緗，淺黃色，綠，青黃色，皆間色。上服，上身之服也。⑤縉，帛也。⑥紉，義通韌，柔而固也。⑦言凡遇祝賀之事，雖偶移其坐位，必更易新

衣也。

夫心猶首面也，是以甚致飾焉①，面一旦不修飾，則塵垢穢之，心一朝不思善，則邪惡入之，人咸知飾其面而莫修其心，惑矣！夫面之不飾，愚者謂之醜，心之不修，賢者謂之惡，愚者謂之醜猶可，賢者謂之惡，將何容焉！故覽照拭面，則思其心之潔也；傅脂②，則思其心之和也；加粉，則思其心之鮮也；澤髮，則思其心之順也；用櫛③，則思其心之理也；立髻④，則思其心之正也；攝鬢⑤，則思其心之整也。

①致飾，謂修養德性，啟發知識也。 ②傅，同附。 ③櫛，梳篦之總名。 ④立髻，綰髻也。 ⑤攝鬢，整理鬢髮也。

許慎說文序①

敘曰：古者庖犧氏②之王天下也，仰則觀象於天，俯則觀法於地，視鳥獸之文，與地之宜，近取諸身，遠取諸物，於是始作易八卦③，以垂憲象，及神農氏結繩爲治而統其事④，庶業其緐，飾僞萌生⑤。黃帝之史倉頡⑥，見鳥獸蹏迒⑦之迹，知分理⑧之可相別異也，初造書契，百工以乂⑨，萬品以察，蓋取諸夬⑩，夬揚于王庭，言文者宣教明化於王者朝廷⑪，君子所以施祿及下，居德則忌也⑫。倉頡之初作書，蓋依類象形，故謂之文⑬；其後形聲相益，即謂之字⑭。文者，物象之本，字者，言孳乳而浸多也⑮；箸於竹帛謂之書，書者如也⑯；以迄五帝三王之世，改易殊體⑰，封于泰山者七十有二代，靡有同焉⑱。周禮八歲入小學，保氏教國子⑲，先以六書：一曰指事，指事者，視而可識，察而見意，丄丅是也⑳；二曰象形，象形者，畫成其物，隨體詰詘㉑，日月是也；三曰形聲，形聲者，以事爲名，取譬相成，江河是也㉒；四曰會意，會意者，比類合誼，以見指撝，武信是也㉓；五曰轉注，轉注者，建類一首，同意相受，考老是也㉔；六曰假借，假借者，本無其字，依聲託事，令長是也㉕。及宣王大史籀著大篆十五篇㉖，與古文或異㉗；至孔子書六經，左邱明述春秋傳，皆以古文，厥意可得而說㉘。

①許慎，後漢汝南人，字叔重，博通經籍，官至太尉南閣祭酒。說文解字十四篇，慎所著，以小篆分五百四十部，推究六書之義，至為精密，自來言小學者皆宗之。②庖犧氏即伏羲，古帝名，有聖德象日

月之明，故稱太昊，教民佃漁、畜養、犧牲，以充庖廚，故又曰庖犧氏。③八卦，乾、坤、震、艮、離、坎、兌、巽也。④神農氏，見鼂錯論貴粟疏注。古無文字，結繩以記之，事大大結其繩，事小小結其繩。言自庖犧以前，及犧、農皆結繩為治而統其事也。⑤其，同綦，猶極也。萌生，謂多也。言神農以前，專恃結繩，然事繁偽滋，漸不可支。⑥黃帝，古帝名，姓公孫，以兵力誅蚩尤，為漢族戰勝異族之始。倉頡，黃帝史官，始造文字。⑦迒，音航（ㄏㄤˊ），獸迹也。⑧分理，猶文理。⑨百工，百官也。乂，治也。⑩夬，易卦也。⑪夬揚于王庭，夬卦象辭。文，即謂書契。此引易象辭而釋之也。⑫施祿及下，謂能文者加之以祿。居德則忌，言律己則貴德不貴文也。⑬依類象形，謂指事、象形二者也，指事亦所以象形也。文者，錯畫也，交錯其畫而物象在是。⑭其後，倉頡以後也。形聲相益，謂形聲、會意二者也，有形必有聲，聲形相軵為形聲，形形相軵為會意。倉頡衹有指事象形，其後文與文相合而為形聲、為會意，謂之字。⑮孳乳，猶言孳生繁息也。寖，漸也。⑯如者，謂如其事物之狀。⑰五帝、三王之間，文字之體，更改非一，傳於世者，概謂之倉頡古文，實則不皆倉頡所作也。⑱封泰山之七十二家，惟知無懷氏、伏羲氏、神農、炎帝、黃帝、顓頊、帝嚳、堯、舜、禹、湯、周之成王十二家，餘無考。黃帝以前未成字，故括之曰七十二代靡有同焉。⑲保氏，周禮官名，地官之屬。國子者，公卿大夫之子弟，師氏教之，保氏養之，世子亦齒焉。⑳意，音如憶，與識為韻。二一，上下之古文，有在一之上者，有在一之下者，視之而可識為上下，察之而見上下之意。㉑詰詘，猶言屈曲。㉒形聲，半為形，半為聲也。名，字也，古曰名，今曰字，譬，諭也，諭，告也，以事為名，謂半義也，取譬相成，謂半聲也。江河皆從水，以水取形，工可其聲也。㉓會意者，合二體之意，蓋一體不足以見義，必合二體以成字也。誼，義也。指撝，同指麾，謂所指向也。比合人言之誼，可以見信之意，比合戈止之誼，可以見武之意，是會意也，望文生義，就義可知意也。㉔轉注者，言指事、象形、形聲、會意四種文字，字雖異而義同，可輾轉互訓也。建類一首，謂分立其義之類而一其首。同意相受，謂不論數字，意旨略同，義可互受也。考老二字，考可訓老，老亦可訓考也。㉕假借者，因古文不備而生也。令、長之為官名，非古所有，乃由發號久遠之義，令之本義為發號，長之本義為久遠，引申輾轉而成，是假借也。㉖籀，人名，為周宣王太史，姓不詳。大篆，上別於古文，下別於小篆而為言。㉗或之云者，不必盡異也。㉘言雖今變更正文鄙俗訛蔽之世，真古文之意，未嘗不可說。

其後諸侯力政①，不統於王，惡禮樂之害己，而皆去其典籍②，分爲七國，田疇異晦③，車涂異軌④，律令異灋⑤，衣冠異制⑥，言語異聲⑦，文字異形⑧。秦始皇帝初兼天下，丞相李斯乃奏同之，罷其不與秦文合者⑨，斯作倉頡篇⑩，中車府令趙高作爰歷篇⑪，大史令胡毋敬作博學篇⑫，皆取史籀大篆，或頗省改⑬，所謂小篆者也⑭。是時秦燒滅經書，滌除舊典，大發吏卒，興戍役，官獄職務繇，初有隸書，以趣約易⑮，而古文由此絕矣⑯。

①力政，與力征同，專力於征戰也。②語見孟子。③晦，古畝字。田疇異晦，如周制六尺為步，步百為晦，秦孝公以二百四十步為晦是也。④車之轍廣曰軌，因以軌名涂之廣，七國時車不依轍廣八尺之定制，或廣或狹，涂不依諸侯經涂七軌、環涂五軌、野涂三軌之制，各以意為之，故曰車涂異軌。⑤律令異法者，如商鞅為左庶長，定變法之令是。⑥衣冠異制者，如趙武靈王之效胡服，齊王之側注冠等是。⑦言語異聲者，謂各用其方俗語言也，至是而音韻歧矣。⑧文字異形者，謂各用其私意省改文字也，至是而體製亂矣。⑨以秦文同天下之文。⑩倉頡為書一篇，上七章，為斯所作。⑪中車府令主乘輿路車之官。趙高，秦宦者，二世立，害李斯，代為丞相，又弒二世，立子嬰，為子嬰所誅。爰歷為書一篇，共六章，高所作。⑫大史令，掌天時星曆。毋，讀如無；胡毋，姓，敬名也。博學為書一篇，共七章。⑬言史籀大篆，古文亦在其中。或，不盡之詞。省，減其繁重。改，改其怪奇。⑭名史籀所作曰大篆，故名李斯等作為小篆以別之，亦謂之秦篆，漢時所言之「篆書」，皆小篆也。⑮官獄多事，而小篆難成，自程邈為簡易之書，而書又多一種，以其施於徒隸，故曰隸書，專為官司刑獄之用，餘尚用小篆焉。⑯秦時小篆隸書並行，而古文大篆遂不行，故曰古文由此絕。此段秦小篆。

自爾①秦書有八體：一曰大篆②；二曰小篆，三曰刻符③；四曰蟲書④；五曰摹印⑤；六曰署書⑥；七曰殳書⑦；八曰隸書。漢興，有艸書⑧。尉律⑨，學僮十七已上，始試⑩，諷籀書九千字⑪，乃得爲史⑫，又以八體試之⑬，郡移太史并課⑭，最者以爲尙書史⑮，書或不正，輒舉劾之⑯。今雖有尉律不課⑰，小學不修⑱，莫達其說久矣⑲。孝宣皇帝時⑳，召通倉頡讀者㉑，張敞從受之㉒。涼州刺史杜業㉓，沛人爰禮㉔，講學大夫秦近㉕，亦能言之。孝平皇帝時㉖，徵禮等百餘人，令說文字未央廷中，以禮爲小學元士㉗。黃門侍郎揚雄采以作訓纂篇㉘，凡倉頡已下十四篇，凡五千三百四十字㉙，群書所載，略存之矣。㉚

①爾，猶此也。　②曰大篆，古文亦在其中，字雖不行，其體固在，刻符、蟲書等未嘗不用也。　③刻符，用於符信者，竹而中分之，形半分。　④蟲書，為蟲鳥形，所以書幡信者，王莽六體書謂之鳥蟲書。⑤摹印，摹，規也，謂規度印之大小字之多少而刻之，王莽六體書謂之繆篆。　⑥署書，用於封檢題額者。　⑦殳書，殳及各兵器題識用之，隨其勢而書。　⑧漢之艸書，不知作者姓名，其書又為隸書之省，文字之變，至此已極，故許慎蒙八體而附著於此，言其不可為典要也。　⑨尉律者，謂漢廷尉所守律令也。　⑩始試，始應考試也。　⑪諷，背誦也，謂背誦尉律之文。籀書，抽繹其義為辭。籀書九千字，謂

能取尉律之義，推闡發揮而繕寫至九千字也。二者皆考試之事，所以試其記誦文理。⑫得為史，得為郡縣史，史掌起文書草之事。⑬試其字迹。⑭縣移之郡，郡移太史。太史，太史令也。并課者，合而試之。⑮最，善也。尚書史，尚書令史，秩二百石，主書。⑯劾，用法以糾有罪也。自尉律以下至此，言漢初尉律之法。⑰言不試以諷籀尉律九千字。⑱謂不以八體試之。謂字學為小學者，八歲入小學所教也。⑲謂莫解六書之説也。蓋漢自武帝時，重經學之士，廢棄以前之考試制，而小學衰矣。⑳孝宣皇帝，名詢，武帝曾孫，在位二十五年。㉑通倉頡讀者，能讀倉頡一書而不誤者也，蓋倉頡多奇字，時多失其讀。此通倉頡讀者為齊人，姓名不詳。㉒張敞，字子高，平陽人，好古文字，嘗為京兆尹，市無偷盜。從受之，從之學也。㉓涼州，漢置，今甘肅省。杜業，當為杜鄴，字子夏，繁陽人，母張敞女。㉔沛，秦縣，故城在今江蘇沛縣東。爰禮，未詳，其人通小學史篇文字。㉕講學大夫，王莽置官。秦近，或云即桓譚。㉖孝平皇帝，名衎，哀帝子，在位五年。㉗小學元士，通小學者之官名。㉘平帝時，徵天下通小學者以百數，各令記字於未央庭中，雄取其有用者，以作訓纂。㉙凡，都數也。自倉頡至於訓纂，其篇之都數為十四，字之都數為五千三百四十也。㉚此段入西漢。

及亡新居攝①，使大司空甄豐②等校文書之部，自以爲應制作③，頗改定古文。時有六書④：

一曰古文，孔子壁中書也⑤；二曰奇字，即古文而異者也⑥；三曰篆書，即小篆，秦始皇帝使下杜人程邈所作也⑦；四曰左書⑧，即秦書；五曰繆篆⑨，所以摹印也；六曰鳥蟲書，所以書幡信也⑩。

①王莽篡漢，國號新，莽初立孺子嬰，而自居攝，三年，始自稱帝。②甄豐，平帝初為少傅，以附王莽顯。③制作，制禮作樂也，莽曾奏起明堂辟雍等。④莽之六書，與周保氏六書異但損秦八體書之二耳。⑤孔子壁中書，秦以後，古文絕，惟孔子壁中書為古文，故莽六書首之 ⑥謂分古文為二，如儿為人之古文奇字等是。⑦下杜，城名，在今陝西長安縣南故杜縣西。程邈為衙獄吏，得罪被繫，曾減大篆體，去其繁複，始皇見而善之，出為御史，名其書曰隸書。此句應在下文「即秦隸書」句之下。⑧左，即佐字。左書，謂其法便捷，可以佐篆之不逮也。⑨繆讀綢繆之繆。⑩書幡，謂書旗幟，所以傳命。書信，謂書符節。按秦有刻符、署書、殳書三體，莽以其不離乎摹印書幡，故舉二以括之，而析古文為古文及奇字二種，以包大篆，蓋其意在復古，不欲襲秦制也。此段入新室。

壁中書者，魯恭王壞孔子而得禮記尚書春秋論語孝經①；又北平侯張蒼獻春秋左氏傳②；

郡國亦往往於山川得鼎彝，其銘即前代之古文，皆自相似③，雖叵復見遠流，其詳可得略說也④。而世人大共非訾⑤，以爲好奇者也，故詭更正文⑥，鄉壁虛造不可知之書⑦，變亂常行⑧，以燿於世。諸生競逐說字，解經誼⑨，稱秦之隸書爲倉頡時書，云父子相傳，何得改易⑩，乃猥曰馬頭人爲長⑪，人持十爲斗⑫，虫者屈中也⑬。廷尉說律，至以字斷法，苛人受錢，苛之字，止句也⑭；若此者甚衆，皆不合孔氏古文，謬於史籀。俗儒鄙夫，翫其所習，蔽所希聞，不見通學，未嘗覩字例之條⑮，怪書埶⑯而善野言，以其所知爲祕妙，究洞聖人之微恉⑰；又見倉頡篇中「幼子承詔」⑱，因曰古帝之所作也，其辭有神仙之術焉⑲；其迷誤不諭，豈不悖哉⑳！

①魯恭王，漢景帝五子，名餘，立為淮陽王，徙王魯，卒謚恭。恭王好治宮室，壞孔子宅，欲以為宮，於其壞壁中得禮記等書，皆古文也。禮，禮古經也，今儀禮為其中一部分，餘亡。記，禮之記也，上當再有一「禮」字，轉寫而奪之，蓋禮與禮記為二種，禮記乃七十子後學者所記也，如明堂陰陽記、孔子三朝記、王史氏記、樂記等皆是。尚書，尚書古文經也。春秋，春秋經也；或謂此二字衍文。論語，古文論語也，有二十一篇，與現行本異。孝經，古文孝經也，凡一篇二十二章，與今行本異。②張蒼，漢初陽武人，以功封北平侯，通律曆，明習圖書計籍，先為秦柱下御史，秦禁挾書，蒼遂藏左氏，至漢

弛禁，蒼乃以獻，漢時獻書者，蒼為最先，此亦壁中諸經之類也。③郡國所得秦以上鼎彝，其銘即前代之古文。皆自相似，謂其字與前代古文彼此多相類。④叵，音頗（ㄆㄛˇ），不可也。言雖不可再見古昔源流之詳，而其詳亦得略說之，以就恭王所得，北平所獻，郡國所得鼎彝，古文略具也。⑤口毀曰訾。⑥詭當作恑，恑更，變更也。⑦謂向孔氏之壁造不可知之書，指為古文。⑧正文與常行，當時人謂秦隸書也　⑨說字，謂說隸書之字。誼，與義通。⑩秦稱隸書即倉頡書，言此乃積古以來父傳之子者，安能改易？而謂其非古文，別造不可知之書為古文也。⑪謂馬上加人，即為長字，會意，此字罕見，蓋漢字之尤俗者。⑫漢隸斗作ʃ十，所謂人持十也。⑬虫，古文虺字，本象形字，所謂隨體詰詘者，隸字衹令筆畫有橫直可書，本非從中而屈其下也。⑭苛人受錢，漢之令乙（令之第二篇也）也，謂有治人之責者而受人錢也。苛，從艸，可聲，假借為訶字，並非從止句也，而隸書之尤俗者，乃訛為⿱止句，說律者曰：「此字從止句，句讀同鉤，謂止之而鉤取其錢。」其說無稽之甚。⑮字例之條，即謂周六書也。⑯埶，今藝字。⑰究，窮也。洞，同迵，迵者，達也。恉，意也。⑱幼子承詔，蓋倉頡篇中之一句也。⑲漢俗儒既謂隸書為倉頡時書，因謂李斯等所作倉頡篇為黃帝所作，以黃帝與倉頡同時也，其云幼子承詔者，謂黃帝乘龍上天少子嗣位為帝也。⑳自世人大共非訾至此，皆言尉律不課小學不修之害，士子專以通一藝進身，而不讀律，則不如今矣，所習皆隸書，而隸書之俗體又日以滋蔓，則不知古矣，以滋蔓之隸書俗體說經，焉得不為經害，故許不得不有說文解字之作。此段言壁中古文出而為世所毀。

書曰：「予欲觀古人之象。」①言必遵修舊文，而不穿鑿②。孔子曰：「吾猶及史之闕文，今亡矣夫。」③蓋非其不知而不問④，人用己私，是非無正，巧說衺辭⑤，使天下學者疑。蓋文字者，經藝之本，王政之始，前人所以垂後，後人所以識古，故曰：「本立而道生，知天下之至賾而不可亂也。」⑥今敘篆文⑦，合以古籀⑧，博采通人⑨，至於大小，信而有證，稽譔其說⑩，將以理群類⑪，解謬誤，曉學者，達神恉，分別部居，不相雜廁也；萬物咸覩，靡不兼載，厥誼不昭，爰明以諭；其偁易孟氏、書孔氏、詩毛氏、禮周官、春秋左氏、論語、孝經，皆古文也；其於所不知，蓋闕如也。⑬

①語見書臯陶謨。古人之象，即倉頡古文也，如舜取日月星辰、山龍花蟲等為旗章作服之飾，即皆依古人之象為之。②言必遵修舊文而不敢穿鑿，今仍妄行非古，自執謬見，豈不悖甚？③語見論語衛靈公。言猶及見史官，遇有可疑處，寧闕以有待，不肯妄造。④言其所不知者則非之，而又不問也，古制，書必同文，不知則闕，而問諸故老。⑤衺，與邪通。⑥上句見論語學而，下句為易繫辭傳文。⑦

篆文，小篆也。⑧古籀，古文與籀文也。⑨說文解字每字下常綴某某說字樣，此即所謂博采通人也。⑩譔音與詮同；稽譔，稽攷詮釋也。⑪理，條理，謂以文字之說說其條理。群類，如天地、鬼神、人事，靡不畢載也。⑫偁，揚也，揚，舉也。孟氏，孟喜也，喜所治易，人多宗之。孔氏有古文尚書，治書者所宗也。漢毛公所治詩，學詩者所宗也。周官，周官經也，亦謂之周禮。說文解字多舉上列諸經以為證，以為明諭厥誼之助。皆古文者，所說之義音形，皆倉頡古文、史籀大篆之義音形也。⑬此段述已作說文解字之恉及例。其下尚有五百四十部部目及後敘，不錄。

徐淑答夫秦嘉書㈠①

知屈珪璋②，應奉藏使③，策名王府④，觀國之光⑤，雖失高素皓然之業，亦是仲尼執鞭之操也⑥。

①徐淑，後漢秦嘉妻。秦嘉，隴西人。嘉被命為上郡掾，淑以疾還家，不能面別，嘉以書迎之曰：「不能養志，當給郡使，隨俗順時，僶俛當去，知所苦故爾，未有瘳損，想念悒悒，勞心無已。當涉遠路，

趨走風塵，非志所慕，慘慘少樂。又計往還，將彌時節，念發同怨，意有遲遲，欲暫相見，有所屬託，相必自力。」淑得書，以疾未愈，不能往，報以此書。　②珪璋，言嘉才能之美也。　③藏使，庫藏之使，嘉為上郡掾，輸賦於國庫，故以稱之。　④策名，言仕宦為臣，名書於所臣之策也。　⑤易觀卦語。　⑥論語：「富而可求也，雖執鞭之士，吾亦為之。」孔子語。此段慰其奉使。

自初承問，心願東還，迫疾未宜。抱歉而已！日月已盡，行有伴侶，想嚴裝已辦①，發邁在近②，「誰謂宋遠，企予望之」③，室邇人遐，我勞如何！深谷逶迤，而君是涉，高山巖巖，而君是越，斯亦難矣！長路悠悠，而君是踐，冰霜慘烈，而君是履，身非形影，何得動而輒俱，體非比目④，何得同而不離。於是詠萱草之喻⑤，以消兩家之思，割今者之恨，以待將來之歡⑥。

①嚴裝，行裝齊整也。　②邁，遠行。言即將出發遠行也。　③二句詩衛風河廣語。　④比目，比目魚也，其目皆比連於上面，故名。　⑤萱草可以望憂，亦名忘憂草。　⑥此段言不能往而憶念之意。

今適樂土，優游京邑①，觀王都之壯麗，察天下之珍妙，得無目玩②意移，往而不能出耶！③

①優游，閒暇自得貌。上郡地在今陝西，陝西為西漢都，故稱京邑。②玩，習也。③此段戒以無惑於紛華。

徐淑答夫秦嘉書(二)①

既惠令音，兼賜諸物，厚顧慇懃，出于非望。②

①嘉得淑前書，報之曰：「車還空返，甚失所望，兼叙遠別，恨恨之情，顧有悵然。間得此鏡，既明且好，形觀文彩，世所希有，意甚愛之，故以相與；并寶釵一雙；好香四種；素琴一張，常所自彈也。明鏡可以鑒形，寶釵可以耀首，芳香可以馥身，素琴可以娛耳。」淑得書，又以此答。②四句言得來書及物。

鏡有文彩之麗，釵有殊異之觀，芳香既珍，素琴益好，惠異物于鄙陋，割所珍以相賜，非豐恩之厚，孰有若斯！覽鏡執釵，情想髣髴①，操琴詠詩，思心成結。②

①髣髴，如見其人也。②此段覩物懷思。

勅①以芳香馥身，喻以明鏡鑒形，此言過矣，未獲我心也。昔詩人有飛蓬之感②，班婕妤有誰榮之歎③，素琴之作，當須君歸，明鏡之鑒，當待君還，未奉光儀④，則寶釵不列也，未侍帷帳，則芳香不發也。⑤

①勅，誡也。②飛蓬，言髮亂如蓬，見詩衛風伯兮，詩意夫正行役，無心修飾也。③婕妤，音杰魚（ㄐㄧㄝˊ）（ㄩˊ），漢宮中女官名。班婕妤，漢成帝時，被選入宮，以其官婕妤，故稱。婕妤賢才通辯，帝甚寵之，後得趙飛燕，婕妤寵衰，退處東宮，作賦自傷，賦中有「君不御兮誰為榮」之語。④光儀，光華之容儀也。⑤此段言來書之非，益以見情之重。

孔融論盛孝章書①

歲月不居，時節如流，五十之年，忽焉已至，公為始滿，融又過二，海內知識，零落殆盡，惟會稽②盛孝章尚存。其人困於孫氏，妻孥湮沒，單子獨立，孤危愁苦③，若使憂能傷人，此子不得復永年矣！④

孔融，字文舉，孔子之後也，漢獻帝時為北海相，歷官至將作大匠，遷少府，時天下方亂，融志在靖難，然才疏意廣，迄無成功，後為曹操所忌，被害。盛孝章，會稽人，名憲，器量雅偉，為時名士，孫策深忌之，融與友善，憂其不免，因與曹操是書，徵為都尉，詔命未至，果已為孫權所害。②會稽，秦郡，今江蘇東部浙江西部皆其地。③時憲方避難許昭家。④此段言憲之可危。

春秋傳曰：「諸侯有相滅亡者，桓公不能救，則桓公恥之。」①今孝章實丈夫之雄也，天下談士，依以揚聲，而身不免於幽縶，命不期於旦夕②，是吾祖不當復論損益之友③，而朱穆所以絕交也④。公誠能馳一介⑤之使，加咫尺之書，則孝章可致，友道可弘矣。⑥

①春秋公羊傳「僖元年邢亡，孰亡之？蓋狄滅之也，曷為不言狄滅之？為桓公諱也，曷為為桓公諱，上無天子，下無方伯，天下諸侯有相滅亡者，桓公不能救，則桓公恥之。」引此謂拯救孝章，為操所義不

容辭者。②言不能以旦或以夕為期，隨時可死也。③吾祖，即指孔子。論語季氏，孔子曾有「益者三友，損者三友」之語。④朱穆，後漢南陽宛人，字公叔，感世澆薄，莫尚敦篤，著絶交論以矯之。⑤一介，猶一个，介个古通用也。⑥此段言操宜救憲。

今之少年，喜謗前輩，或能譏評孝章，孝章要爲有天下大名，九牧之人①，所共稱嘆，燕君市駿馬之骨，非欲以騁道里，乃當以招絶足也②；惟公匡復漢室，宗社將絶，又能正之，正之之術，實須得賢；珠玉無脛而自至者，以人好之也③，況賢者之有足乎！昭王築臺以尊郭隗④，隗雖小才，而逢大遇，竟能發明主之至心，故樂毅自魏往⑤，劇辛自趙往⑥，鄒衍自齊往⑦；向使郭隗倒懸而王不解，臨溺而王不拯，則士亦將高翔遠引，莫有北首燕路者矣。凡所稱引，自公所知，而復有云者，欲公崇篤斯義。因表不悉。⑧

①九牧，謂九州也，九州皆有牧伯，故云。②燕君，謂燕昭王也。昭王欲招賢，郭隗謂王曰：「臣聞古之人君有市千里馬者，三年而不得，於是遣使者齎千金往，未至而馬已死，使者乃以五百金買其骨歸，期年而千里馬至者三，王欲招賢，請從隗始。」③蓋胥謂晉平公曰：「珠出於海，玉出於山，無足而

至者，好之也士；有足而不至者，君不好也。」④昭王，即燕昭王。王聞郭隗言，因改築宮而師事之，於是樂毅、鄒衍、劇辛皆往燕。⑤樂毅，見賈誼過秦論注。⑥劇辛 在燕，任國政，下齊之計，其功居多。⑦鄒衍，齊人，昭王師事之。⑧此段論救憲之益，及表明作書之故。

孔融薦禰衡表①

臣聞洪水橫流②，帝思俾乂③，旁求四方，以招賢俊：昔世宗④繼統，將弘祖業，疇咨熙載⑤，群士響臻⑥；陛下睿聖，纂承基緒，遭遇厄運，勞謙⑦日昃，維嶽降神⑧，異人並出。竊見處士平原⑨禰衡，年二十四，字正平，淑質貞亮，英才卓躒⑩，初涉藝文，升堂覩奧⑪，目所一見，輒誦于口，耳所暫聞，不忘于心，性與道合，思若有神，弘羊潛計⑫，安世默識⑬，以衡準之，誠不足怪。忠果正直，志懷霜雪，見善若驚，疾惡如讎，任座抗行⑭，史魚厲節⑮，殆無以過也！⑯

①禰衡，少有才辯，氣尚剛直，獻帝時，孔融上疏荐之，曹操怒其狂傲，遣至劉表處，表復不能容，使

見黃祖，被殺，參閱本文。②洪水橫流，謂帝堯時也。③書堯典：「湯湯洪水方割，有能俾乂。」俾，使也。乂，治也。④世宗，漢武帝廟號。⑤疇，誰也。咨，嗟也。熙，廣也。載，事也。疇咨熙載，猶曰嗟乎！誰能廣帝之事。⑥響臻，如響應而至也。⑦易謙卦：「勞謙君子，有終吉。」⑧詩大雅崧高：「惟嶽降神，生甫及申。」嶽，四嶽，四方大山，東泰、西華、南衡、北恆也。⑨平原漢郡名，地在今山東。⑩躒，音洛（ㄌㄛ）：卓躒，絕異也。⑪論語先進：「由也升堂矣，未入於室也。」室西南隅為奧。⑫弘羊，漢桑弘羊，以心計，年十三，拜侍中。⑬安世，張安世也，字少儒，漢武帝時為郎，帝行幸河東，亡書三篋，詔問莫能知，惟安世識之，後得書，以相校，無所遺失，擢拜尚書令。識讀如志，記也。⑭任座，戰國時人，魏文侯問諸大夫：「寡人何如主也？」座曰：「君不肖君也，克中山不以封君之弟，而以封君之子，是以知不肖君也。」抗行，猶抗顏。⑮史魚，春秋時衛大夫，名鰌，以靈公不用蘧伯玉而任彌子瑕，死以尸諫，孔子稱其直。厲，高也。⑯此段推重彌衡。

鷙鳥累百，不如一鶚①，使衡立朝，必有可觀，飛辯騁辭，溢氣坌涌②，解疑釋結，臨敵有餘：昔賈誼求試屬國，詭係單于③，終軍欲以長纓牽致勁越④，弱冠慷慨⑤，前世美之，近日路粹嚴象，亦用異才，擢拜臺郎⑥；衡宜與為比。⑦

①二語見鄒陽諫吳王書注。②坌，音盆（ㄆㄣˊ）；坌涌，聚而騰上也。③賈誼奏曰：「何不試臣以屬國之官，以主匈奴，行臣之計，必係單于之頸而制其命。」屬國，漢官名，掌蠻夷降者。詭，責也。詭係單于，自責必係單于也。④終軍，字子雲，漢武帝時，遣入南越，說令入朝，軍自請願受長纓羈南越王而致之闕下。⑤賈誼、終軍皆年少者，故曰弱冠。⑥路粹、嚴象，皆後漢末人，粹字文蔚，象字文則，皆有才略，俱拜尚書郎。⑦此段言衡之才。

如得龍躍天衢，振翼雲漢①，揚聲紫微②，垂光虹蜺③，足以昭近署之多士，增四門之穆穆④，鈞天廣樂⑤，必有奇麗之觀，帝室皇居，必蓄非常之寶；若衡等輩，不可多得，激楚陽阿⑥，至妙之容，掌技者之所貪⑦，飛兔騕褭⑧，絕足奔放，良樂⑨之所急，工匠等區區，敢不以聞。陛下篤慎取士，必須效試乞令衡以褐衣⑩召見，必無可觀采，臣等受面欺之罪！⑪

①雲漢，天河也。②紫微，天帝之座也。③蜺，與霓同；虹，雙出色鮮盛者為雄，雄曰虹，闇者為雌，雌曰蜺，④四門穆穆，書舜典語，四門，四方之門，穆穆，美也。⑤鈞，平也，為四方主，故曰鈞天。晉趙簡子曰：「我之帝所，甚樂，與百神遊夫鈞天，廣樂九奏萬舞，其聲動心。」⑥激楚，清

聲也。古之名倡名陽阿，善和，因以名其歌。⑦言為主技，樂之人所貪愛。⑧飛兔騕褭，古之俊馬，見司馬相如上林賦注。⑨良樂，王良、伯樂，皆古善相馬者。⑩褐衣，毛布所製衣，賤者所服也。⑪此段言衡若見用，必慶得人。

陳琳爲袁紹檄豫州①

左將軍領豫州刺史郡國相守②：蓋聞明主圖危以制變，忠臣慮難以立權，是以有非常之人，然後有非常之事，有非常之事，然後立非常之功。夫非常者，故非常人所擬也。曩者強秦弱主，趙高執柄，專制朝權，威福由己，時人迫脅，莫敢正言，終有望夷之敗③，祖宗焚滅，污辱至今，永爲世鑒。及臻呂后季年，產祿專政④，內兼二軍⑤，外統梁趙⑥，擅斷萬機，決事省禁，下陵上替，海內寒心，於是絳侯朱虛興兵奮怒，誅夷逆暴，尊立太宗⑦，故能王道興隆，光明顯融，此則大臣立權之明表也⑧。

①陳琳，字孔璋，後漢廣陵人，為先袁紹典文章，紹敗，歸曹操，操以為記室。豫州，指劉備，但當宣

此檄時，備已奔紹，故此二字應作「州郡」。②劉備歸陶謙，謙表為豫州刺史，後歸曹操，操表為左將軍，然左將軍非郡國相，豫州刺史亦非郡守，殊不能強合為一，且檄文實非檄備也，故郡上應有一「告」字；一說，此十二字為他人所竄入，原本無之云。③望夷，秦宮名，在長安西北。二世齋於望夷宮，趙高遣人就弒之。④產祿，皆呂后兄子，后臨朝，二人專政。⑤二軍，南軍、北軍也，為漢禁衛兵，南軍在城內，北軍在城外。⑥呂后以產為梁王，祿為趙王。⑦周勃封於絳，為絳侯。齊悼惠王子章，封朱虛侯。太宗，文帝廟號。勃與章共誅諸呂，立文帝，劉氏復興。⑧明表，明白之表儀。此段舉大臣立權建功之例。

司空曹操祖父中常侍騰①，與左悺徐璜②，竝作妖孽，饕餮③放橫，傷化虐民。父嵩乞匄攜養④，因贓假位，輿金輦璧，輸貨權門⑤，竊盜鼎司⑥，傾覆重器⑦。操贅閹遺醜，本無懿德，僄狡鋒協⑧，好亂樂禍。幕府董統鷹揚，埽除凶逆⑨，續遇董卓，侵官暴國⑩，於是提劍揮鼓，發命東夏，收羅英雄，棄瑕取用⑪，故遂與操同諮合謀，授以裨師⑫，謂其鷹犬之才，爪牙可任。至乃愚佻短略，輕進易退，傷夷折衄，數喪師徒⑬，幕府輒復分兵命銳，修完補輯，表行東郡領兗州刺史，被以虎文⑭，獎蹴⑮威柄，冀獲秦師一剋之報⑯。而操遂承資跋扈⑰，肆行凶忒⑱，割剝元元⑲，殘賢害善，故九江太守邊讓，英才俊偉，天下知名，直言正色，論不阿諂，身首被梟懸之誅，妻孥受灰滅之咎⑳。自是士林憤痛，民怨彌重，一夫奮臂，舉州同聲，故躬破於徐方㉑，地奪於呂布㉒，彷徨東裔，蹈據無所。幕府惟強幹弱枝之義㉓，且不登叛人之黨㉔，故復援旌擐甲㉕，席卷起征，金鼓響振，布衆奔沮㉖，拯其死亡之患，復其方伯之位。則幕府無德於兗土之民，而有大造於操也㉗。

①中常侍，秦官，得出入禁中，後漢改以宦者為之。騰，字季興，操祖父。②悺，音貫（ㄍㄨㄢˋ）；左悺，河南人，徐璜，下邳人，皆後漢宦者。③饕餮，音滔帖（ㄊㄠ）（ㄊㄧㄝˋ），本惡獸名，借為凶人之喻，貪財為饕，貪食為餮也。④嵩，字巨高，操父，姓夏侯氏，騰養子，莫審其生本末。⑤嵩於靈帝時，貨賂中官及輸西園錢一億萬，因官至太尉。⑥鼎司，謂公輔之職，古以鼎足喻三公，故稱。⑦重器，謂天下。⑧鋒協，猶鋒俠，言其如鋒之利也。⑨幕府，稱袁紹也，衛青征匈奴，大克獲，武帝就其幕中拜為大將軍，後因稱大將軍曰幕府，紹時為大將軍也。鷹揚，謂武士也，言其威武奮揚如鷹。何進為宦者所殺，紹勒兵入宮，盡捕諸閹人，無少長皆殺之。⑩董卓，字仲穎，隴西人。何進召卓以兵入誅宦官，卓聞命就道，既至洛陽進已被殺，宦官亦為紹所誅，卓乃專權自恣，廢少帝，立獻帝，山

東豪傑並起，以誅卓為名，卓逼獻帝徙都長安，盡燒洛陽宮室，王允密説其心腹將呂布誅之。⑪卓既專政，紹奔冀州，因拜為渤海太守，紹即以其地之兵攻卓。⑫裨師，偏師。紹發兵操亦同行。⑬衄俗字音忸（ㄏㄧㄡ），敗也。操為卓將徐榮所敗，兵多死傷。⑭虎文，虎文之衣，虎賁將所服。⑮蹵，當作就，就或作噈，又作⿰女就，形近蹴，而蹴又蹴之異體，因傳寫致譌，後漢書即作就，就，成也。⑯秦穆公使孟明伐晉，屢敗，穆公猶用之，後卒以其力敗晉而稱霸。⑰跋扈，猶強梁。操得兗州，兵衆強盛，遂有反紹意。⑱忒，惡也。⑲元，善也，民之類善，故稱民曰元元。⑳邊讓，字文禮，陳留浚儀人，善屬文，為九江太守，以世亂，去官歸，言議頗侵操，操殺之，族其家。懸首于木曰梟。㉑徐方，謂徐州也。操伐徐州陶謙，糧少，引還。㉒呂布，字奉先，初事丁原，後事董卓，皆不終。操伐布，與戰，不利。㉓語本漢書賈誼傳。㉔登，成也。叛人，即謂呂布。語本左傳圍宋彭城文。㉕擐，音關（ㄍㄨㄢ），貫也。㉖紹征呂布，諸史不載。㉗造，成也。此段言紹待操之厚。

後會鑾駕反旆，群虜寇攻①，時冀州方有北鄙之警，匪遑離局②，故使從事中郎徐勛就發遣操，使繕修郊廟，翊衛幼主；操便放志專行，脅遷當御省禁③，卑侮王室，敗法亂紀，坐領三臺④，專制朝政，爵賞由心，刑戮在口，所愛光五宗⑤，所惡滅三族⑥，群談者受顯誅，腹議者蒙隱戮，百僚鉗口　道路以目，尙書記朝會，公卿充員品而已。故太尉楊彪⑦，典歷二司⑧，享國極位，操因緣眦睚，被以非罪，榜楚參幷，五毒備至，⑨觸情任忒，不顧憲網⑩。又議郎趙彥，忠諫直言，義有可納，是以聖朝含聽，改容加飾，操欲迷奪時明，杜絕言路，擅收立殺，不俟報聞⑪。又梁孝王，先帝母昆⑫，墳陵尊顯，桑梓松柏，猶宜肅恭，而操帥將吏士，親臨發掘，破棺裸尸，掠取金寶⑬，至令聖朝流涕⑭，士民傷懷。操又特置發丘中郎將，摸金校尉⑮，所過隳突⑯，無骸不露。身處三公之位，而行桀虜之態，汚國虐民，毒施人鬼。加其細政苛慘，科防互設，罾繳充蹊，坑穽塞路⑰，舉手挂網羅，動足觸機陷。是以兗豫有無聊之民⑱，帝都有吁嗟之怨⑲。歷觀載籍，無道之臣，貪殘酷烈，於操爲甚。⑳

①董卓既誅，其部將作亂，長安大擾，韓暹等以獻帝還洛陽，中途頗遭寇犯，歷盡艱辛。②紹領冀州牧，公孫瓚自燕攻之。離局，遠其部曲也。獻帝東還，紹臣勸其奉迎，紹不聽，為操所先，及見詔書每下，有於己不便者，始悔其失，檄文極意彌縫之。③獻帝既還洛陽，操遂往衛，旋即迫還於許。④三臺，尚書中臺，御史憲臺，謁者外臺也。⑤五宗，上自高祖下及孫也。⑥三族，父母、兄弟、妻子也；一說，父族、母族、妻族。⑦楊彪，字文先，華陰人，博習舊聞。⑧彪嘗代董卓為司空，又代黃

琬為司徒，故曰典歷二司。⑨袁術僭逆，操託彪與術婚姻，誣以欲圖廢置，奏收下獄，孔融力救，乃免。榜楚，榜掠也，謂鞭笞。五毒，桁楊、荷校、桎梏、鋃鐺、拷掠也。⑩憲綱，猶法網。⑪報聞，奏報聞達於上也。⑫梁孝王，名武，景帝之弟。⑬操破孝王棺，收其金寶。⑭獻帝聞孝王墓被掘，為之哀泣。⑮二者皆操所置官，觀其名，即可知其所掌。⑯隳突，毀壞之意。⑰罾，讀如增，魚網也。繳，讀如灼，以繩繫矢而射也。二句喻其法律之苛。⑱無聊，民不聊生也。⑲帝都，即指洛陽。言都下人民皆怨恨也。⑳此段言操專制朝政，殘害人民。

幕府方詰外姦①，未及整訓，加緒含容，冀可彌縫，而操豺狼野心，潛包禍謀，乃欲摧燒棟梁，孤弱漢室，除滅忠正，專爲梟雄②。往者伐鼓北征公孫瓚③，強寇桀逆，拒圍一年，操因其未破，陰交書命，外助王師，內相掩襲，故引兵造河，方舟北濟④；會其行人發露，瓚亦梟夷，故使鋒芒挫縮，厥圖不果⑤。爾乃大軍過蕩西山⑥，屠各左校⑦，皆束手奉質，爭爲前登，犬羊殘醜，消淪山谷，於是操師震慴，晨夜逋遁，屯據敖倉⑧，阻河爲固，欲以螗蜋之斧，御隆車之隧⑨；幕府奉漢威靈，折衝⑩宇宙，長戟百萬，胡騎千群，奮中黃育獲之士⑪，騁良弓勁弩之勢，并州越太行⑫，青州涉濟漯⑬，大軍汎黃河而角其前⑭，荊州下宛葉而掎其後⑮，雷震虎步，竝集虜庭，若舉炎火以焫⑯飛蓬，覆滄海以沃熛炭⑰，有何不滅者哉⑱！

①詰，謂問其罪。此指紹伐公孫瓚也。②梟雄，桀傲者之稱。③公孫瓚，字伯圭，董卓專政時，封薊侯。瓚與紹相惡，紹因攻之。④方舟，二舟並行也。⑤操引兵渡河，託言助紹，實圖襲之，會瓚破滅，紹亦覺之，操乃退軍敖倉。⑥黑山賊于毒等為亂，紹以軍入朝歌鹿腸山，討破斬之。⑦屠各，胡族。左校，賊官名，為郭大賢等。⑧今河南滎澤縣西北有敖山，秦時山上有城，中置倉，故名其地為敖倉。⑨螗蜋，前二足如斧。隧，道也。螳臂當車，見韓詩外傳及淮南子。⑩折衝，拒敵也。⑪中黃，中黃伯，育，夏育，獲，烏獲，皆古勇士。⑫并州，謂紹甥高幹也，紹以幹為并州刺史，故稱。太行，山名，連亙今河南、河北、山西境。⑬青州，謂紹長子譚也，紹以譚為青州刺史，故稱。濟漯，二水名，皆在今山東境；漯，音榻（ㄊㄚˋ）。⑭汎，與泛同。角，謂如捕獸之捉其角。⑮荆州，謂劉表，表為荆州刺史，故稱，時與紹相結也。宛，秦縣，今河南南陽縣。葉，漢縣，今河南葉縣。掎，音器（ㄑㄧˋ），如捕獸之戾其足。⑯焫，音吶（ㄋㄛ），燒也。⑰沃，灌也。熛，音標（ㄅㄧㄠ），火飛也。⑱此段言操與紹相并。

又操軍吏士，其可戰者，皆出自幽冀，或故營部曲，咸怨曠思歸，流涕北顧；其餘兗豫之民，及呂布張揚之遺衆①，覆亡迫脅，權時苟從，各被創夷，人爲讐敵；若迴旆方徂，登高岡而擊鼓吹，揚素揮②以啓降路，必土崩瓦解，不俟血刃。③

①張揚，字稚叔，雲中人，董卓以為建義將軍河內太守，其將楊醜殺之，以衆降操。 ②揮，與徽通，旛也。 ③此段言操兵易散。

方今漢室陵遲，綱維弛絕，聖朝無一介之輔，股肱無折衝之勢，方畿之內，簡練之臣，皆垂頭搨翼，莫所憑恃，雖有忠義之佐，脅於暴虐之臣，焉能展其節。又操持部曲精兵七百，圍守宮闕，外託宿衛，內實拘執，懼其篡逆之萌，因斯而作。此乃忠臣肝腦塗地之秋，烈士立功之會，可不勖哉！①

①此段勗人以忠義。

操又矯命稱制，遣使發兵，恐邊遠州郡，過聽而給與，強寇弱主，違衆旅叛①，舉以喪名，爲天下笑，則明哲不取也。即日幽②幷青冀四州竝進，書到荆州，便勒見兵③，與建忠將軍協同聲勢④，州郡各整戎馬，羅落境界⑤，舉師揚威，竝匡社稷，則非常之功，於是乎著。其得操首者封五千戶侯，賞錢五千萬！部曲偏裨將校諸吏降者，勿有所問！廣宣恩信，班揚符賞，布告天下，咸使知聖朝有拘偪之難！如律令⑥！

①旅，或謂助也。②幽謂紹中子熙也，熙為幽州刺史，故稱。③見兵，現有之兵。④張繡以軍功還建忠將軍，方與表合。⑤羅落，聚集之意。⑥文書下綴如律令三字，言當動依律令而勿失。此段歸到檄文。

王粲登樓賦①

登茲樓以四望兮，聊暇②日以銷憂，覽斯宇之所處兮，實顯敞而寡仇③，挾清漳之通浦兮④，倚曲沮之長洲⑤，背墳衍之廣陸兮⑥，臨皋隰之沃流⑦，北彌陶牧⑧，西接昭丘⑨，華實蔽野，黍稷盈疇，雖信美而非吾土兮，曾何足以少留！⑪

①王粲，山陽人，字仲宣，獻帝西遷，粲從至長安，以西京擾亂，乃至荆州依劉表，博聞多識，問無不知，後仕魏為侍中，旋卒。登樓賦，粲登當陽縣城樓，以世不承平，而劉表又不足與有為，旅居荆州，心懷故國，因作此志感。②暇，讀如假。③仇，匹也。④漳，水名，出湖北當陽縣西北，流入當陽會於沮。大水有小江別通曰浦。⑤沮，水名，出湖北保康縣西南，與漳水會，又東南經江陵縣入江。水中可居者曰洲。⑥水涯曰墳。下平曰衍。⑦皋為澤之坎。下溼曰隰。⑧江陵縣西有陶朱公墓。郊外曰牧。⑨昭丘，楚昭王墓，在當陽縣東南。⑩此段因樓中美景而生感。

遭紛濁而遷逝兮①，漫踰紀②以迄今，情眷眷而懷歸兮，孰憂思之可任③！憑軒檻以遙望兮，向北風而開襟④，平原遠而極目兮，蔽荆山之高岑⑤，路逶迤而修迥兮⑥，川既漾而濟深⑦，悲舊鄉之壅隔兮，涕橫墜而弗禁！昔尼父之在陳兮，有歸與之歎音⑧，鍾儀幽而楚奏兮⑨，莊舄顯而越吟⑩，人情同於懷土兮，豈窮達而異心。⑪

①紛濁，喻世亂也。②十二年曰紀。③任，當也。④因吹北風，愈增鄉思。⑤荆山，在今湖北南漳縣西北。山小而高曰岑。⑥逶迤，衺去貌。迥，遠也。⑦漾，長也，羕之訛字。濟，渡也。⑧尼父，孔子也，孔子字仲尼，魯哀公謚之曰尼父，因其字以為之謚也；父，同甫，丈夫之美稱。孔子周遊列國，其在陳也，曾有「歸與！歸與！」之歎，見論語公冶長。⑨鍾儀，春秋楚人，被囚於晉，晉侯見而脱之，與之琴，操南音，見左傳成九年。⑩越人莊舃仕楚至執珪，有頃而病，楚王以其雖為越人，而在楚顯貴，當不思越，使人往聽其聲，則猶越聲也，見史記陳軫傳。⑪此段懷歸。

惟日月之逾邁兮①，俟河清其未極②，冀王道之一平兮，假高衢③而騁力，懼匏瓜之徒懸兮④，畏井渫之莫食⑤，步棲遲以徙倚兮⑥，白日忽其將匿，風蕭瑟而竝興兮，天慘慘而無色，獸狂顧以來群兮，鳥相鳴而舉翼，原野闃其無人兮，征夫行而未息，心悽愴以感發兮，意忉怛而憯惻⑦，循階除⑧而下降兮，氣交憤⑨於胸臆，夜參半⑩而不寐兮，悵盤桓以反側⑪。

①日月逾邁，光陰往逝之意也。②逸詩有「俟河之清，人壽幾何」之語，見左傳襄公八年。極，至也。③高衢，大道也。④匏瓜，瓠也。論語陽貨：「吾豈匏瓜也哉，焉能繫而不食。」孔子冀仕之語。⑤

易井卦：「井渫不食。」渫，治去汚穢之名也，井被渫治，則清潔可食，而不見食，猶人已修正其身而不見用也。⑥棲遲，謂遊息也。徙倚，低佪也。⑦忉怛，悲痛也。憯，讀如慘；憯惻，慘傷也。⑧除，樓階也；又門屛之間曰除。⑨交，狡之借字，戾也。憤，懣也。⑩夜參半，猶夜分，即夜半也。⑪盤桓，不進貌。此段悲世亂而不能得志。

魏文

魏文帝典論論文①

文人相輕，自古而然，傅毅②之于班固，伯仲之閒耳，而固小之，與弟超③書曰：「武仲以能屬文④，爲蘭臺令史⑤，下筆不能自休。」夫人善于自見，而文非一體，鮮能備善，是以各以所長，相輕所短⑥；里語曰：「家有弊帚，享之千金。」⑦斯不自見之患也。⑧

①魏文帝，曹操長子，名丕，代漢為帝，在位六年，性好文學，博聞強記，以著述為務，有集行世。典論，文帝撰，凡五卷。論文，典禮中之一篇也。②傅毅，字武仲，茂陵人，後漢章帝時，為蘭臺令史，與班固等同典校書，早卒。③超，字仲升，有平西域之功。④屬，讀如燭；屬文，猶作文，謂連綴字

句使相屬也。⑤蘭臺，藏祕書之宮觀。蘭臺令史，掌蘭臺之書奏。⑥言人以能自見為善，而文不一體，常長於此體，而短於他體，而我之所長，適為人之所短，因以輕之，人亦依此例以輕我，遂各忘其短，皆自許為獨步。⑦光武詔讓吳漢語。言視己之敝帚貴如千金而享用之，喻人不自知其短也。⑧此段言文人積習。

今之文人，魯國①孔融文舉，廣陵②陳琳孔璋，山陽③王粲仲宣，北海徐幹偉長④，陳留阮瑀元瑜⑤，汝南應瑒德璉⑥，東平劉楨公榦⑦，斯七子者⑧，于學無所遺，于辭無所假，咸以自騁騏驥於千里，仰齊足而並馳以此相服，亦良難矣！蓋君子審己以度人，故能免于斯累，而作論文。⑨

①魯國，漢國，在今山東。②廣陵，後漢郡，今江蘇江都縣即郡中地。③山陽，漢郡，地在今山東。④北海，漢郡，地在今山東。徐幹，字偉長，為司空軍謀祭酒，五官將文學。⑤陳留，縣名，今屬河南。瑀，讀如羽；阮瑀，字元瑜，為曹操司空軍謀祭酒，管記室，一時書檄，多出其手，有集行世。⑥汝南，漢郡，地在今河南。瑒，讀如陽；應瑒，字德璉，曹操辟為丞相掾，後為五官將文學，有集行

世。⑦東平，漢國，今山東本平縣，即國中地。劉楨，字公幹（榦），有逸才，文章為文帝所重。⑧上七人號建安七子，皆以能文名者。⑨此段言作論文之由。

王粲長於辭賦，徐幹時有齊氣①，然粲之匹也；如粲之初征登樓槐賦征思，幹之玄猿漏巵圓扇橘賦，雖張蔡不過也②；然於他文，未能稱是。琳瑀之章表書紀，今之雋也。應瑒和而不壯。劉楨壯而不密。孔融體氣高妙，有過人者，然不能持論，理不勝詞，以至乎雜以嘲戲；及其所善，揚班儔也③。常人貴遠賤近，向聲背實，又患闇於自見，謂己爲賢。④

①齊氣，謂齊俗文體舒緩，幹有此病也。②張蔡，張衡、蔡邕也。③揚班，揚雄、班固也。④此段言各人之短長。

夫文本同而末異，蓋奏議宜雅，書論宜理，銘誄尚實，詩賦欲麗，此四科不同，故能之者偏也；唯通才能備其體。文以氣爲主，氣之清濁有體，不可力強而致；譬諸音樂，曲度雖均，節奏同檢①，至于引氣不齊，巧拙有素，雖在父兄，不能以移子弟。②

①檢，法度也。②此段言文章能備文體之難。

蓋文章經國之大業，不朽之盛事，年壽有時而盡，榮樂止乎其身，二者必至之常期，未若文章之無窮。是以古之作者，寄身于翰墨，見意于篇籍，不假良史之辭，不託飛馳之勢，而聲名自傳于後。故西伯幽而演易①，周旦顯而制禮②，不以隱約而弗務，不以康樂而加思，夫然則古人賤尺璧而重寸陰③，懼乎時之過已。而人多不強力，貧賤則懾于飢寒，富貴則流于逸樂，遂營目前之務，而遺千載之功，日月逝于上，體貌衰于下，忽然與萬物遷化，斯志士之大痛也！融等已逝，唯幹著論，成一家言④。

①西伯，西方諸侯之長，周文王也。紂囚文王於羑里，因推演易象作卦。②周旦，周公旦也，武王弟，相成王，制禮作樂，天下大治。③淮南子原道訓：「聖人不貴尺之璧而重寸之陰。」④徐幹著有中論，凡二十篇，辭義典雅，傳於世。此段言文章之重。

魏文帝與朝歌令吳質書①

五月十八日，丕白季重無恙：塗路雖局②，官守有限，願言之懷，良不可任③。足下所治僻左，書問政簡，益用增勞，每念昔日南皮之游，誠不可忘。既妙思六經，逍遙百氏，彈碁間設⑤，終以六博⑥，高談娛心，哀箏順耳，馳騁北場，旅食⑦南館，浮甘瓜於清泉，沈朱李於寒水；白日既匿，繼以朗月，同乘並載，以遊後園，輿輪徐動，參從無聲，清風夜起，悲笳微吟，樂往哀來，愴然傷懷。余顧而言，斯樂難常，足下之徒，咸爲以然。今果分別，各在一方，元瑜長逝，化爲異物，每一念至，何時可言！⑧

①朝歌，縣名。今河南淇縣。吳質，魏濟陰人，字季重，為朝歌令，大軍西征，丕時為太子，南在孟津，與質此書。 ②局，近也。 ③任，當也。 ④南皮，縣名，今屬河北。 ⑤彈碁，遊戲名，出魏宮，大體以巾拂碁子也，今不傳。 ⑥六博，遊戲名，法用六箸，以竹為之，長六分，今不傳。 ⑦旅食，衆食也。 ⑧此段述舊遊及人事不常。

方今蕤賓紀時①，景風扇物②，天氣和暖，衆果具繁，時駕而游，北遵河曲③，從者鳴笳以啓路，文學④託乘以後車，節同時異，物是人非，我勞如何。今遣騎到鄴⑤，故使枉道相過，行矣自愛！丕白。⑥

①禮月令：「仲夏之月，律中蕤賓。」②景風，南風也，夏至則至。③黄河自山西永濟縣折而東，入芮城縣，謂之河曲。④漢時郡國皆置文學，即博士助教之任，魏晉因之。⑤鄴，漢縣，在今河南臨漳縣境。⑥此段敘致書相思之意。

曹植王仲宣誄①

建安②二十二年正月二十四日戊申，魏故侍中關內侯王君卒。嗚呼哀哉！皇穹神察③，哲人是恃④，如何靈祗，殲⑤我吉士。誰謂不痛，早世即冥⑥，誰謂不傷，華繁中零。存亡分流，夭流同期⑦，朝聞夕歿，先民所思⑧，何用誄德，表之素旗⑨，何以贈終，哀以送之。遂作誄曰：

猗歟侍中，遠祖彌芳，公高建業，佐武伐商⑩，爵同齊魯，邦祀絕亡，流裔畢萬，勳績惟光，晉獻賜封，於魏之疆⑪，天開之祚，末胄稱王⑫。厥姓斯氏，條分葉散，世滋芳烈，揚聲秦漢。會遭陽九⑬，炎光中矇⑭，世祖撥亂⑮，爰建時雍⑯；三台樹位⑰，履道是鍾，寵爵之加，匪惠惟恭。自君二祖，為光為龍，僉曰休哉，宜翼漢邦，或統太尉，或掌司空⑱，百揆惟敘⑲，五典克從⑳，天靜人和，皇教遐通。伊君顯考，奕葉佐時，入管機密，朝政以治㉑，出臨朔岱，庶績咸熙㉒。

①曹植，操第三子，字子建，工文章，封陳王，卒謚思，有集行世。王仲宣，即王粲也。累列生時之德行而稱之曰誄，後遂以名哀死之文。②建安，漢獻帝年號。③皇穹，天也。神察，燭照如神之意。④喆，與哲同；喆人，即哲人。⑤殲，音尖（ㄐㄧㄢ），殺害也。⑥謂早歲即死也，粲死年僅四十一。⑦遂，遂其生也。謂壽夭相去無幾。⑧論語里仁：「朝聞道，夕死可矣。」⑨何用，猶用何。旗，旌也，書誄辭其上也。⑩公高，畢公高也，為魏先祖。高佐武王伐紂，以功封於畢。⑪畢萬，春秋晉大夫。晉獻，晉獻公也。獻公滅魏，以封萬。⑫萬既受封，晉大夫卜偃曰：「萬，盈數也，魏，大名也，以是始賞，天啟之矣。」魏至文侯而盛，子孫遂稱王，為戰國七雄之一，其支庶以祖先稱王，遂以王為氏。⑬陽九之說有三：一為四千六百十七歲為一元，初入元百六歲中有九災歲也；二為太乙

數，以四百五十六年為一陽九；三為道家說，謂三千三百年為小陽九，九千九百年為大陽九。⑭炎光，漢以火德王，故稱。不明為矇。中矇，謂遭王莽之亂。⑮世祖，光武廟號。⑯時雍，太平之象，言天下大和也，見書堯典。⑰三台，星名，以稱三公；後漢以太尉、司徒、司空為三公。⑱二祖，粲曾祖父，龔，祖父暢也。詩小雅蓼蕭：「為龍為光」。龍，寵也。龔字伯宗，後漢順帝時，為太尉。暢字叔茂，靈帝時為司空。⑲百揆，唐虞時總持百政之官。敘，定也。⑳五典，父義、母慈、兄友、弟恭、子孝也。㉑顯考，古稱高祖，此稱粲父謙也。謙為大將軍何進長史。㉒朔岱，朔方及泰岱。庶績咸熙，書舜典語，猶言衆功皆興也。粲父官階無考。此段言粲先世。

君以淑懿，繼此洪基，既有令德，材技廣宣，強記洽聞，幽讚微言，文若春華，思若涌泉，發言可詠，下筆成篇，何道不洽，何藝不閑，碁局逞巧①，博奕惟賢。皇家不造②，京室隕顛，宰臣專制③，帝用西遷④，君乃羈旅，離⑤此阻艱，翕然鳳舉，遠竄荊蠻⑥，身窮志達，居鄙行鮮，振冠南嶽，濯纓清川⑦，潛處蓬室，不干勢權。⑧

①粲觀人圍棋，局壞，粲為復之，不誤一道。②造，成也。③謂董卓專政也。④西遷，謂董卓脅迫

獻帝遷都長安也。⑤離，與羅同。⑥粲以西京擾亂，乃依劉表於荆州；楚舊號荆，故謂為荆蠻。⑦湖北襄陽西南，舊有徐庶宅，宅西北有方山，山北際河水，山下有粲宅，故文云。⑧此段述粲之身世。

我公奮鉞，耀威南楚①，荆人或違，陳戎講武，君乃義發，算我師旅，高尚霸功，投身帝宇，斯言既發②，謀夫是與。是與伊何，饗我明德，投戈編鄀③，稽顙漢北④，我公實嘉，表揚京國，金龜紫綬⑤，以彰勳則。勳則伊何，勞謙靡已，憂世忘家，殊略卓峙，乃署祭酒⑥，與君行止⑦，算無遺策，畫無失理。我王建國，百司俊乂⑧，君以顯舉，秉機省闥⑨，戴蟬珥貂⑩，朱衣皓帶，⑪入侍帷幄，出擁華蓋，榮曜當世，芳風晻藹⑫。

①我公，太祖操也。建安十三年，操伐荆州。②操伐荆州，劉表已卒，子琮立，粲勸琮降操。斯言，即勸琮降之言也。③編鄀，漢縣，漢有若縣，屬南郡，故城在今湖北宜城縣東南，蓋即其地。④漢北，即漢水之北也。⑤漢列侯黃金龜紐，金印紫綬，粲歸魏，以為丞相掾，賜爵關內侯。⑥祭酒，漢官名，功高者為之，粲曾遷軍謀祭酒。⑦時行則行，時止則止。⑧俊乂，賢才也。⑨魏既為王建國，粲拜侍中，為魏門下省之長官。⑩侍中常侍，皆冠惠文冠，加貂附蟬。⑪皓帶，白色帶也。⑫晻藹，猶

披拂。此段粲見用於魏。

嗟彼東夷①，憑江阻湖，騷擾邊境，勞我師徒，光光戎路，霆駭風徂，君侍華轂，輝輝王塗②。思榮懷附，望彼來威③，如何不濟，運極命衰，寢疾彌留④，吉往凶歸！嗚呼哀哉！翩翩孤嗣⑤，號痛崩摧，發軫北魏⑥，遠迄南淮，經歷山河，泣涕如頹，哀風興感，行雲徘徊，游魚失浪，歸鳥忘栖。⑦

①東夷，謂吳國。②建安二十一年，操伐吳，粲從。③言粲思念寵榮，志在懷附異類，望彼吳畏威而來。④彌留，言病日甚，久留於身而不去也。⑤粲凡二子。⑥軫，車也。此言其子奔喪。⑦此段粲從征吳而亡。

嗚呼哀哉！吾與夫子，義貫丹青①，好和琴瑟，分過友生②，庶幾遐年，攜手同征，如何奄忽，棄我夙零③！感昔宴會，志各高厲，予戲夫子，金石難弊，人命靡常，吉凶異制，此驩之人，孰先隕越，何寤夫子，果乃先逝。又論生死，存亡數度，子猶懷疑，求之明據，儻獨有靈，游魂泰素④，我將假翼，飄颻高舉，超登景雲，要子天路。⑤

①丹青，二色名。言不渝也。　②友生，朋友也　③夙零，謂早死。　④泰素，質之始也，見列子天瑞。

⑤此段敘交誼。

喪柩既臻①，得反魏京，靈轜②迴軌，白驥悲鳴，虛廓無見，藏景蔽形，孰云仲宣，不聞其聲，延首歎息，雨泣交頸。嗟乎夫子！永安幽冥，人誰不沒，達士徇名③，生榮死哀④，亦孔之榮。嗚呼哀哉！⑤

①臻，至也。　②轜，音而（ㄦˊ），與輀同，喪車也。　③徇，同殉。莊子盜跖：「小人徇財，君子徇名。」　④論語子張：「夫子其生也榮，其死也哀。」　⑤此段哀死文之結處。

晉文

嵇康與山巨源絕交書①

康白：足下昔稱吾于潁川，吾常謂之知言②，然經怪③此意尚未孰悉于足下，何從便得之也；前年從河東還④，顯宗阿都⑤說足下議以吾自代，事雖未行，知足下故不知之；足下傍通⑥，多可而少怪⑦，吾直性狹中，多所不堪，偶與足下相知耳。閒聞足下遷，惕然不喜，恐足下羞庖人之獨割，引尸祝以自助⑧，手薦鸞刀⑨，漫之羶腥⑩，故具爲足下陳其可否。⑪

①嵇康，魏譙郡人，字叔夜，丰姿俊逸，導氣養性，著養生篇，拜中散大夫，不就，常彈琴以自樂，景元中，為司馬昭所害。山巨源，即山濤，巨源其字也，晉河內懷人，在魏為趙國相，遷尚書吏部郎，晉

武帝受禪，為吏部尚書十餘年，甄拔人物，皆一時之選，年七十九卒。巨源為吏部郎時，嘗舉嵇康以自代，康因以此書絕之。②潁川，山濤族父嶔也，為潁川守，故稱。濤嘗稱康情不願仕，愜其素志，故曰知言也。③經怪，常怪也。④河東，郡名，今山西黃河以東地。⑤顯宗，姓公孫，名崇，顯宗其字也，譙人，為尚書郎。阿都，姓呂，名仲悌，阿都其小字，東平人。⑥傍通，謂濤傍通眾藝也。⑦多可而少怪，謂濤多許可，少疑怪，甚寬容也。⑧尸祝，主讀祝者。莊子逍遙遊：「庖人雖不治庖，尸祝不越樽俎而代之。」此言恐濤舉己自代也。⑨薦，執也。鸞刀，刀環有鈴者。⑩漫，污也。⑪此段恐其薦舉。

吾昔讀書得并介之人①，或謂無之，今乃信其眞有耳，性有所不堪，眞不可強；今空語同知有達人無所不堪，外不殊俗，而內不失正，與一世同其波流而悔吝不生耳②。老子莊周，吾之師也，親居賤職③，柳下惠東方朔，達人也，安乎卑位④，吾豈敢短之哉；又仲尼兼愛，不羞執鞭⑤，子文無欲卿相，而三登令尹⑥，是乃君子思濟物之意也；所謂達能兼善而不渝⑦，窮則自得而無悶，以此觀之，故堯舜之君世，許由之巖棲⑧，子房之佐漢⑨，接輿之行歌⑩，其揆一也⑪，仰瞻數君，可謂能遂其志者也。故君子百行，殊塗而同致，循性而動，各附所安，故有處朝廷而不出，入山林而不反之論⑫。且延陵高子臧之風⑬，長卿慕相如之節⑭，志氣所託，不可奪也。吾每讀尚子平臺孝威傳⑮，慨然慕之，想其爲人。⑯

①并，謂兼善天下也。介，謂自得無悶也。②空語，猶虛說。同知，共知。悔吝，猶悔恨。言空言共知有通達之人於世事無所不堪，能同流合汙而不生悔恨耳。③老子，姓李，名耳，字伯陽，謚曰聃，亦稱老聃，相傳母懷之八十一歲而生，故號為老子，為周守藏室之吏。莊周，戰國蒙人，嘗為漆園吏。④柳下惠，春秋魯人，姓展，名禽，居柳下，謚曰惠，故曰柳下惠，為聖人之和者，而為士師。東方朔居卑位，見前答客難。⑤仲尼謂老聃曰：「兼愛無私，仁之情也。」見莊子天道。論語述而：「富而可求也，雖執鞭之士，吾亦為之。」⑥子文，春秋楚大夫，姓鬭，名穀於菟，三仕為令尹，無喜色，三已之，無慍色。令尹，楚上卿執政之官。⑦渝，變也。⑧許由，堯時隱士，字武仲，堯讓以天下，不受。⑨子房，張良佐漢高祖定天下。⑩接輿，見東方朔答客難注。⑪揆，道也。⑫山林之士，往而不能反，朝廷之士，入而不能出，二者各有所短，為班固漢書中贊語。⑬延陵，地名，今江蘇武進縣治，吳季札居之，故以稱焉。子臧，曹公子欣時，曹人欲立為君，拒不受。季札賢，父兄皆欲立之，札以有國非其節，願附於子臧以不失節，見左傳襄公十四年。⑭司馬相如小時名犬子，既學，慕戰國

趙相藺相如之為人，更名相如。⑮尚子平，即後漢時之向子平，名長，隱居不仕，性尚中和，通老易，男女嫁娶畢，遂入山，不知所終。臺孝威，亦後漢人，名佟，隱居武安山鑿穴為居，採藥為業。⑯此段引古自況。

少加孤露①，母兄見驕②，不涉經學；性復疏懶，筋駑肉緩，頭面常一月十五日不洗，不大悶癢，不能沐也，每常小便，而忍不起，令胞中略轉③，乃起耳；又縱逸來久，情意傲散，簡與禮相背，嬾與慢相成，而爲儕類見寬，不攻其過；又讀莊老④，重增其放，故使榮進之心日頹，任實之情轉篤；此猶禽鹿少見馴育，則服從教制，長而見羈，則狂顧頓纓⑤，赴蹈湯火，雖飾以金鑣⑥，饗以嘉肴，逾思長林而志在豐草也。阮嗣宗⑦口不論人過，吾每師之，而未能及，至性過人，與物無傷，唯飲酒過差耳，至爲禮法之士所繩，疾之如讎，幸賴大將軍保持之耳⑧；吾不如嗣宗之賢，而有慢弛之闕，又不識人情，闇于機宜，無萬石之愼⑨，而有好盡之累⑩，久與事接，疵釁日興，雖欲無患，其可得乎！⑪

①孤露言父母俱無也。　②母兄見驕，謂同母兄見愛也。　③略一作咯。　④莊老，莊子、老子之書。

⑤頓纓，謂絶去其系也。⑥鑣，馬銜也。⑦阮嗣宗，即阮籍，魏尉氏人，嗜酒放蕩，官至步兵校尉。⑧大將軍，謂曹操。何曾於太祖座斥籍敗傷禮教，言於操，宜投四裔，操不聽也。⑨萬石，漢石奮也，奮及其四子皆官二千石，故稱萬石君，為人謹慎。⑩好盡，謂言則盡情，不知避忌。⑪此段言己之性情。

又人倫有禮，朝廷有法，自惟至熟，有必不堪者七，甚不可者二：臥喜晚起，而當關呼之不置①，一不堪也；抱琴行吟，弋釣草野，而吏卒守之，不得妄動，二不堪也；危坐一時，痺不得搖②，性復多蝨，把搔無已③，而當裹以章服④，揖拜上官，三不堪也；素不便書，又不喜作書，而人間多事，堆案盈几，不相酬答，則犯教傷義，欲自勉強，則不能久，四不堪也；不喜弔喪，而人道以此爲重，已爲未見恕者，所怨至欲見中傷者⑤，雖瞿然自責⑥，然性不可化，欲降心順俗，則詭故不情⑦，亦終不能獲無咎無譽，如此五不堪也；不喜俗人，而當與之共事，或賓客盈坐，鳴聲聒耳⑧，囂塵臭處，千變百伎，在人目前，六不堪也；心不耐煩，而官事鞅掌⑨，機務纏其心，世故繁其慮，七不堪也；又每非湯武而薄周孔，在人間不止此事⑩，會顯⑪世教所不容，此甚不可一也；剛腸疾惡，輕肆直言，遇事便發，此甚不可二也：以促中小心之性⑫，統此九患，不有外難，當有內病，寧可久處人間邪！⑬

①當關，守門人也。②痺，音必（ㄅ一ˋ）濕病也。③把，讀如爬，亦搔也。④章服，居宦之服。⑤言已為，未見有恕之者，纔有所怨，乃至欲見中傷。⑥瞿然，心驚貌。⑦詭故，詐飾而非由衷之意。⑧聒，音括（ㄍㄨㄚ），譁語也。⑨鞅掌，煩勞也，見詩小雅北山。⑩不止此事，謂人間不止有湯武放伐之事，尚有尤甚者也。⑪會顯，獨顯為也。⑫促中，懷狹隘也。⑬此段力言已之不堪任。

又聞道士遺言①，餌朮黃精②，令人久壽，意甚信之；遊山澤，觀魚鳥，心甚樂之；一行作吏，此事便廢，安能舍其所樂而從其所懼哉！夫人之相知，貴識其天性，因而濟之禹不偪伯成子高，全其節也③，仲尼不假蓋于子夏，護其短也④，近諸葛孔明不偪元直以入蜀⑤，華子魚不強幼安以卿相⑥，此可謂能相終始，眞相知者也。足不下見直木必不可以爲輪，曲者不可以爲桷，蓋不欲以枉其天才令得其所也。故四民有業，各以得志爲樂，唯達者爲能通之，此足下度內耳⑦，不可自見好章甫，強越人以文冕也⑧，己嗜臭腐，養鵷雛以死鼠也⑨。吾頃學養生之術，方外榮華，去滋味，遊心于寂寞，以無爲爲貴，縱無九患，尚不顧足下所好者。又有心悶疾，頃轉增篤，私意自試，不能堪其所不樂，自卜已審，若道盡塗窮則已耳，足下無事寃之，令轉于溝壑也。⑩

①道士，有道之士也。②餌，服食也。朮，白朮，根細類指，黃精，根如管狀，俱可入藥，久服輕身延年。③伯成子高，堯時為諸侯，禹有天下，子高辭諸侯而耕，禹往問焉，子高耕而不顧。④子夏，姓卜，名商，衛人，孔子弟子。孔子將行，雨而無蓋，門人曰：「商也有之。」孔子曰：「商之為人也，嗇短於財，吾聞與人交，推其長者，違其短者，故能久也。」見家語。⑤諸葛孔明，諸葛亮也。元直，徐庶字。庶初事劉備，曹操執其母招之，庶遂辭備歸操，孔明不止。⑥華子魚，華歆也。幼安，管寧字。歆仕魏為相國，詔舉獨行君子，歆舉寧，寧拒而不受。⑦度，讀如揆度之度。此足下度內耳，猶言此自足下知之耳。⑧章甫，殷冠名。越人斷髮文身，無用乎冕也。⑨鵷雛，鳳類之鳥。鵷雛發南海而飛於北海，非梧桐不止，非竹實不食，非醴泉不飲，於是鴟得腐鼠，鵷雛過之，仰天而視之曰：「嚇！」見莊子秋水。此言山濤以已位為腐鼠，而康以鵷雛自況也。⑩此段言人各有性，不能強其所不樂。

吾新失母兄之歡，意常悽切，女年十三，男年八歲①，未及成人，況復多病，顧此悢悢②，如何可言！今但願守陋巷，教養子孫，時與親舊敘離闊，陳說平生，濁酒一杯，彈琴一曲，志願畢矣。足下若嬲之不置③，不過欲爲官得人，以益時用耳，足下舊知吾潦倒麤疏④，不切事情，自惟亦皆不如今日之賢能也；若以俗人皆喜華榮，獨能離之，以此爲快，此最近之，可得言耳⑤。然使長才廣度，無所不淹⑥，而能不營，乃可貴耳，若吾多病困，欲離事自全，以保餘年，此眞所乏耳⑦，豈可見黃門而稱貞哉⑧。若趣欲共登王塗，期於相致，時爲權益，一日迫之，必發其狂疾，自非重怨不至於此也。野人有快炙背而美芹子者，欲獻之至尊⑨，雖有區區之意，亦已疏矣，願足下勿似之！其意如此，既以解足下，并以爲別。嵇康白。⑩

①康子名紹，字延祖，十歲而孤。②悢悢，眷眷也，悲也。③嬲，音鳥（ㄋㄧㄠˇ），戲相擾也。④潦倒，蘊藉貌。⑤言俗人皆喜華榮，而已獨能離之，以此為快，此最近己之情，可獨言之耳。⑥淹，貫通也。⑦言此真性之所乏，非若長才廣度之士而不營也。⑧黃門，天閹之稱，因宦者皆閹人，故稱天閹者亦曰黃門。⑨列子楊朱：「宋國有田父，常衣縕黂，（讀如汾，枲實也。）至春，自暴於日，不知有廣夏隩室緜纊狐貉，顧謂其妻曰：『負日之暄，人莫知之，以獻吾君，將有賞也。』其室告之曰：『昔人有美戎菽，甘枲莖與芹子，對鄉豪稱之，鄉豪取嘗之，苦於口，躁於腹，衆哂之。』」⑩此段言己之不欲仕，並結出絕交之意。

羊祜讓開府表①

臣祜言：臣昨出②，伏聞恩詔，拔臣使同台司③，臣自出身以來④，適十數年，受任外內，每極顯重之地⑤，常以智力不可強進，恩寵不可久謬，夙夜戰慄，以榮爲憂。臣聞古人之言：「德未爲衆所服而受高爵，則使才臣不進；功未爲衆所歸而荷厚祿，則使勞臣不勸。」⑥今臣身託外戚⑦，事遭運會，誠在寵過，不患見遺而猥超然降發中之詔⑧，加非次之榮，臣有何功可以堪之？何心可以安之？以身誤陛下，辱高位，傾覆亦尋而至，願復守先人弊廬，豈可得哉！違命誠忤天威，曲從即復若此，蓋聞古人申於見知⑨，大臣之節，不可則止，臣雖小臣，敢緣所蒙，念存斯義。⑩

①羊祜，南城人，字叔子，武帝受禪，頗見寵任，累官尚書右僕射，帝欲滅吳，以祜都督荊州諸軍事，祜在軍，輕裘緩帶，身不被甲，務修德以懷吳人，後加車騎將軍，開府如三司之儀，祜上表固讓，不聽，吳未亡，病卒。開府，謂開建府第，辟置僚屬，漢制惟三公開府，魏晉時開府者多，別置開府儀同三司，謂威儀百物，使同三公也。　②昨出，為沐浴而出也。　③台司，三公也，參看曹植王仲宣誄三台注。

④出身，謂入仕也。⑤祜當司馬昭時，曾拜從事中郎，遷中領軍，事兼內外。⑥四句語本管子。⑦祜同胞姊配景帝，為弘訓太后，故云。⑧猥，曲也。發中，猶發心也。⑨晏子春秋內篇雜上載越石父謂晏子曰：「臣聞之，士者屈於不知己，而申於知己。」語本此。⑩此段言不敢辱高位。

今天下自服化以來，方漸八年，雖側席求賢，不遺幽賤，然臣等不能推有德，進有功，使聖聽知勝臣者多，而未達者不少；假令有遺德於板築之下①，有隱才於屠釣之間②，而令朝議用臣不以爲非，臣處之不以爲愧，所失豈不大哉③！

①板築，牆以兩板相夾，以杵築之，營建之役也。孟子告子：「傳說舉於板築之間。」②太公呂尚未達時，屠牛朝歌，釣於磻溪。③此言用而不以為非，是為累朝，處而不以為愧，是為殃身，其失甚大。此段言宜訪求遺逸。

且臣竊忝雖久，未若今日兼文武之極寵①，等宰輔之高位也②。臣所見雖狹，據今光祿大夫李喜③，秉節高亮，正身在朝，光祿大夫魯芝④，潔身寡欲，和而不同，光祿大夫李胤⑤，莅政弘簡，在公正色，皆服事華髮⑥，以禮終始，雖歷內外之寵，不異寒賤之家，而猶未蒙此選，臣更越之，何以塞天下之望，少益日月⑦；是以誓心守節，無苟進之志。今道路未通，方隅多事⑧；乞留前恩，使臣得速還屯⑨，不爾留連⑩，必於外虞有闕⑪，臣不勝憂懼，謹觸冒拜表，惟陛下察匹夫之志不可以奪！⑫

①兼文武，謂為車騎而又開府。②等宰輔，謂儀同三司。③李喜，一作李憙，銅鞮人，字季和，少有高行，官至尚書僕射，特進光祿大夫，以年老遜位。④魯芝，郿人，字世英，耽思文籍，武帝時為鎮東將軍，後徵為光祿大夫。⑤李胤，襄平人，字宣伯，官至尚書僕射，轉光祿大夫。⑥服事，服公家之事也。華髮，白髮也。⑦日月，喻君也。⑧方隅，謂全國之一部也。⑨還屯，請還荆州也，泰始五年，以祜都督荆州諸軍事。⑩不爾留連，謂不速還也。⑪外虞，猶言外備。⑫此段推舉當時諸臣，並請還鎮。

李密陳情表①

臣密言：臣以險釁②，夙遭閔凶③，生孩六月，慈父見背④，行年四歲，舅奪母志⑤，祖母劉，愍臣孤弱，躬親撫養。臣少多疾病，九歲不行，零丁孤苦，至於成立，既無叔伯，終鮮兄弟，門衰祚薄⑥，晚有兒息⑦，外無朞功強近之親⑧，內無應門五尺之僮，煢煢孑立⑨，形影相弔；而劉夙嬰疾病⑩，常在牀蓐⑪，臣侍湯藥，未曾廢離。⑫

①李密，武陽人，一名虔，字令伯，仕蜀漢為郎，父早亡，母何氏更適人，密見養於祖母劉氏，以孝聞，蜀亡，晉武帝徵為太子洗馬，密上表陳情，帝嘉之，賜奴婢二人，使郡縣供其祖母奉膳，劉卒，服終，徙尚書郎。②險釁，艱難禍罪也。③閔，憂也。④見背，謂不復面，即死也。⑤舅奪母志，謂舅嫁其母，不得守志也。⑥祚，福也。⑦晚有兒息，言得子甚遲也。⑧周年服曰朞，九月服曰大功，五月服曰小功。強，上聲；強近，強為親近也。⑨煢煢孤獨貌。⑩嬰，絆也，縈也。⑪蓐，同褥。

⑫此段言養於祖母之由，及家門之單弱。

逮奉聖朝①，沐浴清化，前太守臣逵，察臣孝廉②，後刺史臣榮，舉臣秀才③，臣以供養無主，辭不赴命。詔書特下，拜臣郎中④，尋蒙國恩，除臣洗馬⑤，猥以微賤⑥，當侍東宮⑦，非臣隕首所能上報⑧，臣具以表聞，辭不就職；詔書切峻，責臣逋慢⑨，郡縣逼迫，催臣上道，州司臨門，急於星火，臣欲奉詔奔馳，則劉病日篤，欲苟徇私情，則告訴不許⑩，臣之進退，實爲狼狽⑪！

①聖朝，謂晉也。 ②漢武帝始令郡國歲舉孝廉各一人，歷代因之，隋唐廢。 ③秀才，科目名，始於漢，唐與明經進士並為科，宋時凡應舉者皆稱之。 ④郎中，官名，為郎居中，故稱。 ⑤除，拜官也。洗馬，太子屬官。 ⑥猥，頓也。 ⑦東宮，太子所居宮，因以東宮表太子。 ⑧隕首，舍身圖報也。戰國時，齊孟嘗君被讒出奔，有受恩賢者自刎宮門以明其無罪。 ⑨逋慢，緩而倨也。 ⑩州縣不許也。 ⑪狼狽，二獸名，狼足前長後短，狽足前短後長，狼無狽不立，狽無狼不行，相離則進退不得，以喻進退皆難也。此段敘難於應召。

伏惟聖朝以孝治天下，凡在故老，猶蒙矜育①，況臣孤苦，特爲尤甚。且臣少仕僞朝②，歷職郎署，本圖宦達，不矜名節，今臣亡國賤俘，至微至陋，猥蒙拔擢，寵命優渥③，豈敢盤桓④，有所希冀⑤；但以劉日薄西山⑥，氣息奄奄⑦，人命危淺，朝不慮夕，臣無祖母，無以至今日，祖母無臣，無以終餘年，母孫二人，更相爲命，是以區區不能廢遠⑧。臣密今年四十有四，祖母劉今年九十有六，是臣盡節於陛下之日長，報劉之日短也，烏鳥私情⑨，願乞終養！臣之辛苦，非獨蜀之人士，及二州牧伯所見明知⑩，皇天后土，實所共鑒，願陛下矜愍愚誠，聽臣微志，庶劉僥倖，卒保餘年，臣生當隕首，死當結草⑪。臣不勝犬馬怖懼之情，謹拜表以聞。⑫

①矜育，矜憐養育也。②僞朝，謂蜀漢也。③優渥，謂恩澤之厚。④盤桓，不進貌。⑤希冀，謂希望立名節也。密本蜀臣，恐以固辭蹈沽名之嫌，故反覆辨之，以免獲罪。⑥薄，讀如迫；日薄西山，言劉老暮也。⑦奄奄，將絕也。⑧廢遠，廢奉養之事而遠離也。⑨烏鳥，孝鳥也，反哺其母。⑩二州，梁州、益州也。牧伯，州長。⑪春秋時，晉魏武子有嬖妾，無子，武子疾，命子顆曰：「必嫁是！」病亟，又曰：「必以為殉！」顆嫁之，後顆與秦師戰於輔氏，見一老人結草亢秦將杜回，因獲之而敗秦師，夜夢老人自稱嬖妾之父，特助顆獲回以報云，事見左傳宣公十五年。⑫此段敘不應召之故，及致請求之意。

陸機文賦①

余每觀才士之所作②，竊有以得其用心③。夫放言遣辭，良多變矣，姸蚩好惡，可得而言④，每自屬文，尤見其情，恆患意不稱物，文不逮意。蓋非知之難，能之難也。故作文賦以述先士之盛藻⑤，因論作文之利害所由⑥，佗日殆可謂曲盡其妙⑦。至於操斧伐柯，雖取則不遠⑧，若夫隨手之變，良難以辭逮⑨，蓋所能言者，具於此云⑩。

①陸機，吳郡人，字士衡，祖遜，父抗，世仕吳，機少有異才，文章冠世，年二十，吳亡，太康末，與弟雲俱入洛，張華甚重之，後事成都王穎，為人所譖，遇害。機妙解文理，心識文體，故作文賦。 ②作，謂作文也。 ③用心，言才士用心於文也。 ④謂可得而言論。 ⑤藻，水草之有文者，因以喻文。 ⑥利害，猶好惡。 ⑦佗，同他。言既作此文賦，異日觀之，殆可謂曲盡文章之妙道。 ⑧詩豳風：「伐柯伐柯，其則不遠。」柯，斧柄。則，法也。伐柯必用柯，大小長短，近取法於柯，故云其則不遠也。 ⑨文隨手變改，難以辭逮，言作之不易也。 ⑩蓋所言文之體，具於此賦。

佇中區以玄覽①，頤情志於典墳②。遵四時以歎逝③，瞻萬物而思紛④。悲落葉於勁秋，喜柔條於芳春。心懍懍以懷霜⑤，志眇眇而臨雲⑥。詠世德之駿烈⑦，誦先人之清芬⑧。遊文章之林府，嘉麗藻之彬彬⑨。慨投篇而援筆，聊宣之乎斯文。

①佇，久待也。中區，區中也。心居玄冥之處，覽知萬物，是謂玄覽。②頤情志，謂寧息情志也。典墳，古書名，墳三而典四；三墳，伏羲、神農、黃帝之書；五典，少昊、顓頊、高辛、唐堯、虞舜之書。③循四時而歎其逝往之事。④視萬物之盛衰而思慮紛紜。⑤懍懍，危懼貌。懷霜，志高潔也。⑥眇眇，高遠貌。臨雲，意同懷霜。⑦駿，大也。烈，美也。⑧誦，誦述。先人，先世之人。清芬，清美芬芳之德。⑨彬彬，文質相半貌。

其始也，皆收視反聽①，耽思傍訊②，精騖八極③，心遊萬仞其致也④，情曈曨而彌鮮⑤，物昭晰而互進⑥，傾群言之瀝液，漱六藝之芳潤⑦，浮天淵以安流，濯下泉而潛浸⑧。於是沈辭怫悅⑨，若遊魚銜鉤而出重淵之深；浮藻聯翩⑩，若翰鳥纓繳而墜曾雲之峻⑪。收百世之闕文，採千載之遺韻。謝朝華於已披⑫，啓夕秀於未振⑬。觀古今於須臾，撫四海於一瞬。

①收視反聽，言不視聽也。②耽思傍訊，言靜思而求之也。③八極，八方極遠之地。④致，至也。⑤曈曨日初出，將明未明之貌。⑥昭晰，明也。⑦易、詩、書、禮、樂、春秋為六藝。⑧浮天淵二句，言思慮無處不至，上至天淵於安流之中，下至下泉於潛浸之所也。⑨怫悅，難出貌。⑩聯翩，不絕之義。⑪翰，高飛也。纓，係也。繳，生絲縷也。曾，與層同。⑫華，喻文也。已披，已用也。⑬秀，與「華」同意。

然後選義按部，考辭就班①，抱景者咸叩，懷響者畢彈②。或因枝以振葉，或沿波而討源；或本隱以之顯，或求易而得難；或虎變而獸擾③，或龍見而鳥瀾④；或妥帖而易施，或岨峿而不安⑤。罄澄心以凝思，眇衆慮而爲言⑥。籠天地於形內，挫萬物於筆端。始躑躅於燥吻⑦，終流離於濡翰⑧。理扶質以立幹，文垂條而結繁。信情貌之不差，故每變而在顏。思涉樂其必笑，方言哀而已歎。或操觚以率爾⑨，或含毫而邈然⑩。伊茲事之可樂，固聖賢之所欽。課虛無以責有，叩寂寞而求音。函緜邈於尺素⑪，吐滂沛乎寸心。言恢之而彌廣，思按之而逾深。播芳蕤之馥馥⑫，發青條之森森。粲風飛而猋豎⑬，鬱雲起乎翰林⑭。

①班，次也。②言皆叩擊而用之。③易革卦：「大人虎變，其文炳也。」擾，馴也。皆言文章之變化。④莊子在宥：「君子尸居而龍見。」鳥瀾，謂鳥在波瀾之中。亦皆言文之變化。⑤岨峿，同鉏鋙，不安貌。⑥眇通「妙。」⑦躑躅，踟躕也。⑧流離，猶陸離，參差衆盛貌。翰，筆也。⑨觚，木簡，古用以代紙。操觚，執簡為文也。⑩邈然，不入貌。⑪函，含也。⑫蕤，草木華垂貌。馥馥，香也。⑬猋，見司馬相如子虛賦注。⑭翰林，文翰之多若林也，猶詞壇文苑之義。

體有萬殊，物無一量，紛紜揮霍①，形難爲狀。辭程才以效伎，意司契而爲匠②。在有無而僶俛③，當淺深而不讓。雖離方而遯員，期窮形而盡相④。故夫夸目者尚奢，愜心者貴當⑤；言窮者無隘，論達者唯曠。詩緣情而綺靡⑥，賦體物而瀏亮⑦；碑披文以相質⑧，誄纏緜而悽愴；銘博約而溫潤⑨，箴頓挫而清壯；頌優遊以彬蔚⑩，論精微而朗暢；奏平徹以閑雅，說煒曄而譎誑。雖區分之在茲，亦禁邪而制放。要辭達而理舉，故無取乎冗長。

①揮霍，疾貌。②司，司察也。契，契信也。能雕琢文書者，謂之史匠。言取捨由意與司契為匠相類也。③僶俛，同黽勉，勉強也。④言文無定體，而以有體為常。⑤愜心，猶快心。⑥綺靡，精妙

之言。 ⑦瀏亮，清明之稱。 ⑧碑以敘德，故文質相半。 ⑨博約，謂事博文約也。 ⑩彬蔚，言文采之盛也。

其爲物也多姿，其爲體也屢遷，其會意也尚巧，其遣言也貴妍。暨音聲之迭代，若五色之相宣①。雖逝止之無常②，固崎錡而難便③。苟達變而識次，猶開流以納泉④，如失機而後會，恆操末以續顛⑤。謬玄黃之袟敘⑥，故淟涊而不鮮⑦。

①宣，明也。 ②逝止，猶去留也。 ③崎錡，不安貌。 ④言其易也。 ⑤言失次也。 ⑥袟，與秩通；袟敘，品節次第也。言其類繡之玄黃謬敘。 ⑦淟涊，垢濁也。

或仰逼於先條，或俯侵於後章，或辭害而理比①，或言順而義妨，離之則雙美，合之則兩傷，考殿最於錙銖，定去留於毫芒，苟銓衡之所裁②，固應繩其必當。或文繁理富，而意不指適，極無兩致，盡不可益，立片言而居要，乃一篇之警策③，雖眾辭之有條，必待茲而效績，亮功多而累寡，故取足而不易。或藻思綺合，清麗千眠④，炳若縟繡，悽若繁絃，必所擬之不殊，乃闇合乎曩篇，雖杼軸於予懷⑤，怵佗人之我先，苟傷廉而愆義，亦雖愛而必捐。或苕發穎豎，離衆絕致⑥，形不可逐，響難爲係⑦，塊孤立而特峙，非常音之所緯，心牢落而無偶⑧，意徘徊而不能揥⑨，石韞玉而山輝，水懷珠而川媚，彼榛楛之勿翦⑩，亦蒙榮於集翠，綴下里於白雪⑪，吾亦濟夫所偉⑫。或託言於短韻⑬，對窮迹而孤興，俯寂寞而無友，仰寥廓而莫承，譬偏絃之獨張，含清唱而靡應。或寄辭於瘁音⑭，言徒靡而勿華⑮，混妍蚩而成體，累良質而爲瑕，象下管之偏疾，故雖應而不和⑯。或遺理以存異，徒尋虛以逐微，言寡情而鮮愛，辭浮漂而不歸⑰，猶絃幺而徽急⑱，故雖和而不悲⑲。或奔放以諧合，務嘈囋而妖冶⑳，徒悅目而偶俗，固高聲而曲下，寤防露與桑間㉑，又雖悲而不雅。或清虛以婉約，每除煩而去濫，闕大羹之遺味㉒，同朱絃之清汜㉓，雖一唱而三歎㉔，固既雅而不豔。

①比，去聲。 ②銓衡，所以知輕重之具。 ③警策，謂文之動目處，鞭辟入裡也。 ④千眠，茂密貌。 ⑤杼柚予懷，以織為喻，言文由己出也。 ⑥苕，葦草，抽條生花而無莩蕚，今人取為帚。禾穗謂之穎。言文難盡美，或有句如苕穎異乎常句也。 ⑦言比於影而形不可逐，譬之聲而響難係。 ⑧牢落，猶遼落也。 ⑨揥，音帝（ㄉㄧˋ），去也；一說，蓋摕之誤，摕者，取也，意並可通。言意徘徊而不能去或取

也。⑩榛木叢生也，梏濫惡也，二者喻庸音，言若草木之叢雜濫惡未翦除也。⑪下里，俗謠也。白雪，樂曲名，高曲也。言以庸音偶佳句。⑫偉，奇也。言吾知美惡不倫，然且以濟所奇也。⑬短韻，小文也。⑭瘁音，惡辭也。⑮靡，美也。言雖美而不光華。⑯下管，堂下吹管。音瘁而言徒靡，有類下管，其聲偏疾，升歌與之間奏，雖相應而不和諧也。⑰不歸，謂不歸於實。⑱么，小也。鼓琴循絃謂之徽。⑲悲雅俱有所以成，樂直雅而悲則不成。⑳嘈囋，聲也，猶言嘈雜。妖冶，蕩態也。㉑防露、桑間，皆古悲曲也。或以桑間解用桑中，似非。㉒大，與太同。太羹，肉汁不調五味者也。遺，猶餘也。言文少質多，比之太羹，尚闕餘味，質之甚也。㉓朱絃，瑟之練朱絃也，其聲疏越。言方之古樂，同其清氾，亦形其質也。㉔一唱三嘆，一人唱，三人從而贊歎之也。

若夫豐約之裁，俯仰之形，因宜適變，曲有微情，或言拙而喻巧，或理朴而辭輕，或襲故而彌新，或沿濁而更清①，或覽之而必察，或研之而後精，譬猶舞者赴節以投袂②，歌者應絃而遣聲，是蓋輪扁所不得言③，故亦非華說之所能精④。

①沿，猶因述也。②投袂猶振袂。③輪扁，斲輪人名扁也。扁聞齊桓公讀書，以為聖人之糟粕，意謂

物各有性劾，學之無益，見莊子天道。④華說，浮華之說也。

普辭條與文律，良余膺之所服。練世情之常尤，識前脩之所淑①。雖濬發於巧心，或受欰於拙目②。彼瓊敷與玉藻③，若中原之有菽④，同橐籥之罔窮⑤，與天地乎並育。雖紛藹於此世，嗟不盈於予掬，患挈缾之屢空⑥，病昌言之難屬⑦，故踸踔於短垣⑧，放庸音以足曲，恆遺恨以終篇，豈懷盈而自足，懼蒙塵於叩缶，顧取笑乎鳴玉⑨。

①前脩，前代遠賢也，見離騷。淑，善也。②欰，音義與嗤同。③瓊敷玉藻，以喻文也。④詩小雅小宛：「中原有菽，庶民采之。」中原，原中也。菽，藿也。言力采者得之。謂瓊敷玉藻之文，惟勤學能致。⑤橐籥，冶工用具，即鞴韛，橐為外之櫝，籥為內之管，中空虛，能育聲氣，老子言其虛而不屈，動而愈出。⑥挈缾，喻小智之人。⑦昌言，正當之言也。智小，故昌言難屬。⑧踸踔，音鍖卓（ㄔㄣ）（ㄓㄨㄛ），蹢躅不進也。⑨缶，瓦器，不鳴，更蒙以塵，故取笑乎玉之鳴聲。

若夫應感之會，通塞之紀，來不可遏，去不可止，藏若景滅，行猶響起，方天機之駿利①，夫何紛而不理，思風發於胸臆，言泉流於脣齒，紛威蕤以馺遝②，唯毫素之所擬，文徽徽以溢目，音泠泠而盈耳。

①天機，自然也。②威蕤，盛貌。馺遝，音趿沓（ㄙㄨㄛ）（ㄊㄚ），多貌。

及其六情底滯①，志往神留，兀若枯木，豁若涸流，攬營魂以探賾②，頓精爽於自求③，理翳翳而愈伏④，思乙乙其若抽⑤，是以或竭情而多悔，或率意而寡尤，雖茲物之在我，非余力之所勠⑥，故時撫空懷而自惋，吾未識夫開塞之所由。

①六情，喜、怒、哀、樂、好、惡。底，著也。滯，發也。②營魂，魂魄之意。③自求，自求於文。
④翳翳，隱隱也。⑤乙，音軋（一ㄚ）；乙乙，難出貌。⑥勠，常讀如六，此處音留（ㄌㄧㄡˊ），并也。

伊茲文之為用，固衆理之所因。恢萬里而無閡，通億載而為津。俯貽則於來葉，仰觀象乎古人。濟文武於將墜①，宣風聲於不泯。塗無遠而不彌，理無微而弗綸②。配霑潤於雲雨，象變化乎鬼神。被金石而德廣③，流管絃而日新。

①文武，謂文王、武王之道也，論語子張：「文武之道，未墜於地。」 ②綸，彌綸，纏裹也。 ③金石，鐘鼎與碑碣也。

張載劍閣銘①

巖巖梁山②，積石峩峩，遠屬荆衡③，近綴岷嶓④。南通邛僰⑤，北達褒斜⑥，狹過彭碣⑦，高踰嵩華⑧。惟蜀之門，作固作鎮，是曰劍閣，壁立千仞。窮地之險，極路之峻，世濁則逆，道清斯順。閉由往漢⑨，開自有晉⑩。秦得百二⑪，幷吞諸侯，齊得十二⑫，田生獻籌⑬。矧茲狹隘，土之外區，一人荷戟，萬夫趑趄⑭，形勝之地，匪親勿居。昔在武侯，中流而喜，山河之固，見屈吳起⑮，興實在德，險亦難恃，洞庭孟門，二國不祀⑯。自古迄今，天命匪易，憑阻作昏，鮮不敗績，公孫既滅⑰，劉氏銜璧⑱，覆車之軌，無或重迹，勒銘山阿，敢告梁益！

①張載，安平人，字孟陽，父收官蜀郡太守，太康初，至蜀省父，道經劍閣，著銘誡，益州刺史張敏表上其文，武帝遣使鐫之於劍閣山，起家佐著作郎，累及中書侍郎而卒。劍閣，在四川劍閣縣北，即大劍山也，與小劍山相連，武侯相蜀鑿石架空，以通行道，故名曰劍閣。②巖巖，積石貌。梁山，高梁之山，在四川梁山縣東北，山尾東跨江，西首劍閣，東西數千里。③荆衡，二山名，荆山在湖北南漳縣西，衡山在湖南衡山縣東北。④岷嶓，二山名，岷山在四川松潘縣北，嶓冢山在陝西寧羌縣北。⑤邛，蜀都西部，僰，音菔（ㄅㄛ），夷名：四川滎經縣西之大關山，即在邛崍山，亦曰邛僰。⑥褒斜，陝西終南山之谷也，南口曰褒，在陝西褒城縣北，北口曰斜，在陝西郿縣西南，長四百五十里。⑦彭，彭門山，在四川彭縣西北。碣，碣石，海畔山也。⑧嵩華，嵩山、華山也。⑨閉由劉備，故曰往漢。⑩晉滅蜀而道通。⑪秦得百二，謂秦形勝之國，二萬人足當諸侯百萬人也，田肯謂高帝語，見史記高帝紀。⑫齊得十二，亦田肯語，言齊地方二千里，持戟百萬，縣隔千里之外，齊得十二焉。⑬田生，即田肯。⑭趑趄，難行也。⑮武侯，魏武侯也，名擊，文侯子。吳起，見賈誼過秦論註。武侯浮西河而下，中流而顧謂吳越曰：「美哉山河之固，此魏國之寶也。」吳起對曰：「在德不在險，若君不修德，舟中之人，盡為敵國。」武侯曰：「善。」見史記吳越傳。⑯洞庭，湖名，在今湖南境。孟門，山名，在山西太行山東。二國不祀，謂三苗左洞庭，右彭蠡，禹滅之，殷紂左孟門，右太行，武王滅之也，亦吳起對魏武侯語，見史記吳起傳。二句或在興實在德之上。⑰公孫，謂公孫述，述於西漢末在蜀自立

為天子，光武帝遣吳漢滅之。⑱劉氏，謂蜀後主被滅於晉也。

劉伶酒德頌①

有大人先生，以天地爲一朝，萬期爲須臾，日月爲扃牖，八荒爲庭衢②，行無轍迹，居無室廬，幕天席地，縱意所如，止則操卮執觚③，動則挈榼提壺④，唯酒是務，焉知其餘。

①劉伶，沛國人，字伯倫，放性肆志，不妄交游，嗜酒，泰始初，為建威將軍，以壽終。伶嘗渴甚，求酒於其妻，妻捐酒毀器，涕泣諫之，伶曰：「善，吾不能自禁，惟當祝鬼神自誓耳，便可具酒肉！」妻從之，伶跪祝曰：「天生劉伶，以酒為名，一飲一斛，五斗解酲，婦兒之言，慎不可聽！」仍引酒御肉，陶然復醉，因述酒德以自頌。②八荒，見賈誼過秦論注。③卮，飲酒圜器。觚，酒爵，容三升。④榼，酒器。

有貴介公子①，搢紳處士②，聞吾風聲，議其所以，乃奮袂攘襟，怒目切齒，陳說禮法，是非鋒起。先生於是方捧甖承槽③，銜杯漱醪④，奮髯踑踞⑤，枕麴藉糟，無思無慮，其樂陶陶。

①介，大也。②搢紳，見蔡邕郭有道碑注。③甖，同罌，瓶之大腹小口者。槽，齊俗名之如酒槽也。④漱醪，謂以濁酒蕩口也。⑤踑，長踞也。踞，蹲也。

兀然而醉，豁爾而醒，靜聽不聞雷霆之聲，熟視不覩泰山之形，不覺寒暑之切肌，利欲之感情，俯觀萬物，擾擾焉如江漢之載浮萍，二豪侍側焉①，如蜾蠃之與螟蛉②。

①二豪，即謂公子及處士也。②蜾蠃，讀如果裸，蒲蘆也，蜂之一種。古人謂蜾蠃養螟蛉以為子。言二豪隨己而化，類蜾蠃之變螟蛉也。

張華女史箴①

芒芒造化②，兩儀始分③，散氣流形，既陶既甄④，在帝庖犧，肇經天人，爰始夫婦，以及君臣，家道以正，而王猷有倫⑤。婦德尚柔，含章貞吉⑥，婉嫕淑慎⑦，正位居室。施衿結褵⑧，虔恭中饋⑨，肅慎爾儀，式瞻清懿。樊姬感莊，不食鮮禽⑩，衛女矯桓，耳忘和音⑪，志厲義高，而二主易心。玄熊攀檻，馮媛趨進⑫，夫豈無畏，知死不恡⑬。班妾有辭，割歡同輦⑭，夫豈不懷，防微慮遠。道罔隆而不殺，物無盛而不衰，日中則昃，月滿則微，崇猶塵積⑮，替若駭機。人咸知飾其容，而莫知飾其性，性之不飾，或愆禮正，斧之藻之⑯，克念作聖⑰。出其言善，千里應之⑱，苟違斯義，則同衾以疑。

①張華，方城人，字茂先，學業優博，圖緯方技之書，莫不詳覽，封廣武侯，後為趙王倫所害，著有博物志。惠帝時，賈后之族方盛，華作女史箴以諷。②造化，天地也。③兩儀，天地也。④陶甄，猶陶鈞，陶家名轉者為鈞，蓋取周回調鈞耳。二句言萬物不外乎形氣，皆受天地之陶甄也。⑤倫，常也。⑥含章貞吉，內含章美之道，待命乃行，可以得正也。⑦嫕，音翳（ㄧˋ），一作娩，婉嫕，順從也。⑧施，放也。纓帶曰衿。女嫁，母施衿結帨，曰：「勉之敬之，夙夜無違父母之誡。」見儀禮。帶結而垂曰褵，女子既嫁之所著，示係屬於人，詩幽風東山：「親結其褵。」⑨中饋，言婦人在家，主飲食之事，見易家人卦。⑩樊姬者，楚莊王之夫人。莊王初即位，好狩獵，樊姬諫不止，不食禽獸之肉，

三年而王改，見列女傳。⑪衛姬者，衛侯之女，齊桓公之夫人。桓公好淫樂，衛姬不聽鄭衛之聲，見列女傳。⑫馮媛，漢元帝馮婕伃也。幸虎圈鬬獸，熊佚出圈，攀檻欲上殿，婕伃直前當熊而立，帝嗟歎，倍加敬重，見漢書外戚傳。⑬恡，與吝同。⑭班妾，即班婕伃，見徐淑答夫秦嘉書注。成帝遊後庭，欲與婕妤同輦，婕妤辭。⑮崇，聚也。⑯法言：「吾未見斧藻其德，若斧藻其楶者。」楶，梁上短柱也。⑰書多方：「惟狂克念作聖」。言存自克之念，即聖人也。⑱二句孔子語。

夫出言如微，而榮辱由茲，勿謂幽昧，靈監無象，勿謂玄漠，神聽無響。無矜爾榮，天道惡盈。無恃爾貴，隆隆者墜。鑒於小星①，戒彼攸遂②，比心螽斯，則繁爾類③。驩不可以黷，寵不可以專，專實生慢，愛極則遷，致盈必損，理有固然。美者自美④，翩以取尤⑤，冶容求好⑥，君子所仇，結恩而絕，職此之由。故曰翼翼矜矜⑦，福所以興，靖恭自思⑧，榮顯所期。女史司箴⑨，敢告庶姬。

①詩召南：「嘒彼小星，三五在東。」註言衆妾進御，不敢當夕，見星而往，見星而還。②攸遂，擅成事也，言盡婦人之正義，無所必遂也，見易家人。③螽斯，蟲名。詩周南：「螽斯羽，詵詵兮，宜爾

子孫，振振兮。」言后妃不妒忌，則子孫衆多也。④列子黃帝：「其美者自美，吾不知其美也。」⑤翩，猶偏也，古通。⑥冶容，妖冶之容，易繫辭：「冶容誨淫」。⑦翼翼矜矜，小心謹慎也。⑧詩小雅小明：「靖共爾位。」靖，謀也。恭敬也。⑨女史，女官，古后夫人必有之，彤管之法，女史不記其過，其罪殺。

潘岳哀永逝文①

啓夕兮宵興②，悲絕緒兮莫承③，俄龍輀兮門側④，嗟俟時兮將升，嫂姪兮慞惶⑤，慈姑兮垂矜，聞雞鳴兮戒朝⑥，咸驚號兮撫膺。逝日長兮生年淺，憂患衆兮歡樂尠⑦，彼遙思兮離居，歎河廣兮宋遠⑧，今奈何兮一舉，邈終天兮不返！

①潘岳，中牟人，字安仁，美姿儀，為文詞藻絕麗，尤長於哀誄，官至散騎侍郎，散騎常侍隸門下省，故亦稱潘黃門，後被誣族誅。哀永逝文，哀其妻之文也。②啟夕，將啟殯之前夕也。③絕緒，言人死如緒已絕，緒，絲端也。④龍輀，喪車之軸畫以龍也。⑤慞惶，懼也。⑥詩齊風：「雞既鳴矣，朝

既盈矣。」言賢妃御於君所，至將旦，告君以雞鳴而會朝之臣已盈也。⑦尟，與鮮同。⑧詩衛風：「誰謂河廣，一葦杭之，誰謂宋遠，跂予望之。」宋襄公母歸於衛，思而不能去，故作此詩也。

盡余哀兮祖之晨①，揚明燎兮援靈輴②，徹房帷兮席庭筵，舉酹觴兮告永遷③。悽切兮增欷，俯仰兮揮淚，想孤魂兮眷舊宇，視倏忽兮若髣髴。徒髣髴兮在慮，靡耳目兮一遇，停駕兮淹留，徘徊兮故處，周求兮何獲，引身兮當去。

①祖，祭名，出行時祭道神也。②燎，爇火也。輴，音椿（ㄔㄨㄣ）；靈輴載柩車也。③酹，音類（ㄌㄟˋ），以酒沃地也。

雲華輦兮初邁①，馬迴首兮旋旆，風泠泠兮入幃，雲霏霏兮承蓋，鳥俛翼兮忘林，魚仰沫兮失瀨②。悵悵兮遲遲，遵吉路兮凶歸，思其人兮已滅，覽餘跡兮未夷③，昔同塗兮今異世，憶舊歡兮增新悲。

①言華藿如雲之遠邁。②沫，浮沫，凝於水面者。③夷，滅也。

謂原隰兮無畔，謂川流兮無岸，望山兮寥廓，臨水兮浩汗，視天日兮蒼茫，面邑里兮蕭散，匪外物兮或改，固歡哀兮情換。

嗟潛隧兮既敞①，將送行兮長往，委蘭房兮繁華，襲窮泉兮朽壤②。中慕叫兮擗摽③，之子降兮宅兆④，撫靈櫬兮訣幽房，棺冥冥兮埏窈窈⑤，戶闔兮燈滅，夜何時兮復曉！

①隧，墓道也。敞，高顯也。②襲，還也。③擗摽，拊心貌。④墓穴曰宅。塋域曰兆。⑤埏，墓隧也。窈窈，深遠貌。

歸反哭兮殯宮□①，聲有止兮哀無終，是乎非乎何皇②，趣一遇兮目中，既遇目兮無兆，曾寤寐兮弗夢，既顧瞻兮家道，長寄心兮爾躬。重曰③：已矣，此蓋新哀之情然耳，渠懷之其幾何，庶無愧兮莊子④。

①反哭，自墓反哭於正寢也。殯宮，停柩處也。②皇之言暀，往也。③重，重言以申明之也。④莊子妻死，鼓盆而歌，言察其始本無生，非徒無生，本無形，非徒無形，本無氣，既偃然寢於巨室，若隨而哭之，是不通乎命云，見莊子至樂。

江統徙戎論①

夫夷蠻戎狄，地在要荒②。禹平九土而西戎即敘③，其性氣貪婪④，凶悍不仁，四夷之中，戎狄爲甚，弱則畏服，彊則侵叛；當其彊也，以漢高祖困於白登⑤，孝文軍於霸上⑥，及其弱也，以元成之微，而單于入朝⑦，此其已然之效也。是以有道之君牧夷狄也，惟以待之有備，禦之有常，雖稽顙執贄，而邊城不弛固守，彊暴爲寇，而兵甲不加遠征，期令境內獲安，疆場不侵而已。⑧

①江統，陳留人，字應元，襲爵亢父男，除山陰令，官至散騎常侍。惠帝時，關、隴屢為氐寇所擾，統深維四夷亂華，宜杜其萌，著徙戎論上之，帝不能用，未十年而亂作，人服其先見。②書禹貢：「五

百里要服，五百里荒服。」要服去王畿千五百里至二千里之地，要束以文教者也，荒服去王畿二千里至二千五百里之地，五服之最遠者也。③九土，九洲也。西戎即敘，見書禹貢。④婪，音嵐（ㄌㄢˊ），貪也。⑤白登，山名，在山西大同縣東。高祖征匈奴，匈奴圍之於白登，七日乃解。⑥霸上亦作灞上，即白鹿原，在陝西長安縣東，接藍田縣界。文帝後六年，匈奴入雲中，以宗正劉禮為將軍，次霸上。⑦元成，漢元帝，成帝。元帝竟寧元年，匈奴呼韓邪單于入朝，自言願壻漢氏以自親，帝以宮女王嬙妻之，匈奴自是世稱漢甥，不復寇邊。⑧此段論禦戎狄之道。

及至周室失統，諸侯專征，封疆不固，利害異心，戎狄乘閒得入中國，或招誘安撫以爲己用，自是四夷交侵，與中國錯居①。及秦始皇幷天下，兵威旁達，攘胡走越②，當是時，中國無復四夷也。③

①錯居，雜居也。東周初，隴山以東及乎伊、洛，有犬戎、驪戎、義渠、大荔、揚拒、泉臯、蠻氏、陸渾諸戎。②始皇南取南越、陸梁地，北伐匈奴，收河南之地。③此段周秦。

漢建武中①，馬援領隴西太守②，討叛羌，徙其餘種於關中，居馮翊河東空地③，數歲之後，族類蕃息，既恃其肥彊，且苦漢人侵之；永初之元④，群羌叛亂，覆沒將守，屠破城邑，鄧隲敗北，侵及河內，十年之中，夷夏俱敝，任尚馬賢，僅乃克之⑤。自此之後，餘燼不盡，小有際會，輒復侵叛，中世之寇，惟此爲大。魏興之初，與蜀分隔，疆埸之戎，一彼一此。⑥

①建武，後漢光武帝年號。②馬援，字文淵，茂陵人，征西羌、南蠻，多立戰功，卒於軍。隴西，漢郡，在隴山以西，故名，今甘肅東部地。援曾為隴西太守。③羌，種族名，王莽末，入居塞內金城，後漢初，諸種數萬，屯聚寇鈔，馬援征服之，而徙其衆。關中，見賈誼過秦論注。馮翊，本漢之左馮翊，後漢為馮掖郡，即今陝西大荔縣。河東，在今山西境，黃河以東之地。④永初，後漢安帝年號。⑤鄧隲，後漢新野人，字昭伯，永初元年，西羌叛，隲與校尉任尚討之，尚大敗，羌衆大盛，五年，羌寇河內，尚擊破之，建光元年，燒當羌入寇，校尉馬賢擊破之。河內，見揚雄解嘲注。⑥此段言漢、魏之際，氐、羌得居內地。

武帝徙武都氐於秦川①，欲以弱寇彊國，扞禦蜀虜，此蓋權宜之計，非萬世之利也；今者當之，已受其敝矣。夫關中土沃物豐，帝王所居，未聞戎狄宜在此土也，非我族類，其心必異，而因其衰敝，遷之畿服②，士庶翫習，侮其輕弱，使其怨恨之氣，毒於骨髓，至於蕃育衆盛，則坐生其心，以貪悍之性，挾忿怨之情，候隙乘便，輒爲橫逆③，而居封域之內，無障塞之隔，掩不備之人，收撒野之積，故能爲禍滋蔓，暴害不測，此必然之勢，已驗之事也。當今之宜，宜及兵威方盛，衆事未罷，徙馮翊北地新平安定界內諸羌④，著先零罕幵析支之地⑤，徙扶風始平京兆之氐⑥，出還隴右，著陰平武都之界⑦，廩其道路之糧，令足自致，各附本種，反其舊土，使屬國撫夷，就安集之，戎晉不雜，竝得其所，縱有猾夏之心⑧，風塵之警，則絕遠中國，隔閡山河，雖有寇暴，所害不廣矣。⑨

①武帝，晉武帝也。武都，見王褒僮約註。氐，種族名，羌棲處青海之地，氐在其東南，散居岷山附近至巴蜀間。秦川，今陝西甘肅地。②畿服，稱天子所都之地。③橫逆謂以非理加人也，孟子離婁：「其待我以橫逆。」④北地，郡名，郡故治在今甘肅環縣東南。新平，郡名，今陝西邠縣。安定，郡名，今甘肅鎮原縣。⑤著，入聲，附著也。先零，讀如先連，羌族，今甘肅導河縣西，至青海之境，皆其地。罕幵，羌之別種，漢滅此二族，以為罕幵縣，在今甘肅天水縣南境。析支，西羌別種，今自青

海大積石山至甘肅貴德縣皆其地。⑥扶風，漢右扶風，後漢為扶風郡，今陝西鳳翔縣。始平，郡名，郡故治在今陝西興平縣東南。京兆，漢三輔之一，魏為京兆郡，郡故治在今陝西長安縣西北。⑦陰平，漢縣，故治在今甘肅文縣西北。⑧猾夏，言亂中國，見書舜典。⑨此段言宜徙戎於外。

難者曰：「氐寇新平，關中饑疫，百姓愁苦，咸望寧息，而欲使疲悴之衆，徙自猜之寇，恐勢盡力屈，緒業不卒，前害未及弭，而後變復橫出矣。」答曰：「子以今者群氐爲尙挾餘資，悔惡反善，懷我德惠而來柔附乎？將勢窮道盡，智力俱困，懼我兵誅以至於此乎？」曰：「無有餘力，勢窮道盡，故也。」「然則我能制其短長之命，而令其進退由己矣。夫樂其業者不易事，安其居者無遷志，方其自疑危懼，畏怖促遽，故可制以兵威，使之左右無違也；迨其死亡流散，離逷未鳩①，與關中之人，戶皆爲讎，故可遐遷遠處，令其心不懷土也。夫聖賢之謀事也，爲之於未有，治之於未亂，道不著而平，德不顯而成；其次則能轉禍爲福，因敗爲功，值困必濟，遇否能通，今子遭敝事之終，而不圖更制之始，愛易轍之勤，而遵覆車之軌，何哉？」②

①逷，與逖同，遠也。鳩，聚也。　②北段言宜乘群氐勢窮而徙之。

且關中之人，百餘萬口，率其少多①，戎狄居半，處之與遷，必須口實②，若有窮乏糝粒不繼者，故當傾關中之穀，以全其生生之計，必無擠於溝壑而不爲侵掠之害也；我今遷之，傳食而至③，附其種族，自使相贍，而秦地之人，得其半穀，此爲濟行者以廩糧，遺居者以積倉，寬關中之逼，去盜賊之原，除旦夕之損，建終年之益；若憚暫舉之小勞，而忘永逸之弘策，惜日月之煩苦，而遺累世之寇敵，非所謂能創業垂統謀及子孫者也④。

①率，讀如律。②口實，口中之食物也，見易頤卦。③傳食，謂輾轉受人之供養也。④創業垂統，言創造基業於前，而垂統緒於後也，見孟子梁惠王。此段言戎徙可策久遠。

并州之胡，本實匈奴①，桀惡之寇也，建安中，使右賢王去卑誘質呼廚泉②，聽其部落散居六郡③，咸熙之際④，以一部太彊，分爲三率⑤，泰始之初⑥，又增爲四，於是劉猛內叛，連結外虜⑦，近者郝散之變，發於穀遠⑧；今五部之衆，戶至數萬，人口之盛，過於西戎，其天性驍勇，弓馬便利，倍於氐羌，若有不虞，風塵之慮，則并州之域，可爲寒心。正始中⑨，毌丘儉討句驪⑩，徙其餘種於滎陽⑪，始徙之時，戶落百數，子孫孳息，今以千計，數十之後，必至殷熾；今百姓失職，猶或亡叛，犬馬肥充，則有噬齧，況於夷狄，能不為變，但顧其微弱，勢力不逮耳。夫為邦者，憂不在寡，而在不安，以四海之廣，士民之富，豈須夷虜在內，然後為足哉！此等皆可申諭發遣，還其本域，慰彼羈旅懷土之思，釋我華夏纖介之憂；惠此中國，以綏四方，德施永世，於計為長也。⑫

①自兩漢時單于先後歸漢，匈奴種族遂入塞內，與漢人雜居，年月既久，寖難禁制，曹操憂其強大，分為五部，散居并州諸郡，各立其貴人為帥，選漢人監之。②呼廚泉，後漢時南匈奴單于，建安中朝漢，曹操固留於鄴，遣右賢王去卑監其國。③六郡，太原、上黨、西河、樂平、雁門、新興也。④咸熙，魏元帝年號。⑤率，同帥。⑥泰始，晉武帝年號。⑦泰始七年，單于劉猛叛屯孔邪城，武帝遣婁侯、何楨討之，楨潛誘猛左部督李恪殺猛，於是匈奴震服。⑧元康中，匈奴郝散攻上黨，殺長史，入守上郡，明年，散弟度元又率馮翊、北地、羌胡攻破二郡，自此北狄漸盛，中原亂矣。穀遠，漢縣，故城在今山西沁源縣南。⑨正始，魏明帝年號。⑩毌丘儉，魏聞喜人，字仲恭，累遷幽州刺史，討句驪破之。句，讀如鉤；句驪，高句驪也，其先本漢縣，在今遼寧興京老城地，其土酋曰高句驪侯，後漢漸強，遂建王國，漢徙高句驪縣於瀋陽附近以避之。⑪滎陽，漢縣，故城在今河南滎澤縣西南。⑫此段

言并州之胡滎陽之夷皆宣遷徙。

郭璞爾雅序①

夫爾雅者，所以通詁訓之指歸②，敘詩人之興詠，總絕代之離詞③，辯同實而殊號者也④；誠九流之津涉⑤，六藝之鈐鍵⑥，學覽者之潭奧⑦，摛翰者之華苑也⑧。若乃可以博物不惑⑨，多識於鳥獸草木之名者⑩，莫近於爾雅。

①郭璞，聞喜人，字景純，博學高才，詞賦為東晉冠，元帝甚重之，以為著作佐郎，遷尚書郎，後為王敦所殺。爾雅，書名，凡十九篇，訓詁名物，通古今之異言，為五經之館鎋，書為何人所作，先儒迄無定論，大抵始於周公，成於孔門，綴緝增益於漢儒，非出於一人之手也，璞為之注。②詁訓，猶言注解，詁，古也，通古今之言使人知也，訓，道也，道物之貌以告人也。指歸，指意歸嚮也。③離詞，猶異詞也。④同實而殊號，謂同物而異名也。⑤儒、道、陰陽、法、名、墨、縱橫、雜、農九家為九流。津涉，猶津梁。⑥六藝，易、詩、書、禮、樂、春秋也。鈐鍵，鎖鑰也。⑦潭奧，深祕之地也。

⑧摛翰，猶作文也。華苑，掇其英華，有若園苑也。⑨博物，博識庶物也。⑩識，讀如志。句見論語陽貨。

爾雅者，蓋興於中古，隆於漢氏，豹鼠既辯，其業亦顯①，英儒贍聞之士，洪筆麗藻之客②，靡不欽玩耽味，爲之義訓；璞不揆檮昧③，少而習焉，沈研鑽極，二九載矣，雖注者十餘，然猶未詳備，竝多紛謬，有所漏略，是以復綴集異聞，會稡舊說④，考方國之語⑤，采謠俗之志，錯綜樊孫⑥，博關群言，剟其瑕礫⑦，搴其蕭稂⑧，事有隱滯，援據徵之，其所易了，闕而不論，別爲音圖⑨，用袪未寤。輒復擁篲清道，企望塵躅者⑩，以將來君子爲亦有涉乎此也。

①漢武帝時，終軍既辨豹文之鼠，人服其博物，爭相傳授，爾雅之業遂顯。②洪筆，大筆也。麗藻，喻文章之美，麗，美也，藻，水草。③檮昧，無知貌。④會稡，收聚也。⑤方國，四方之國也。⑥錯綜，交錯綜聚也。樊孫，謂樊光、孫炎二家之注也。⑦剟，削也。瑕礫，謂非精品。⑧蕭，蒿也，稂，童粱莠類，意與瑕礫同。⑨音圖，謂注解之外，別為音一卷，圖贊二卷也。⑩篲，帚也。擁篲，見史記燕世家。塵躅，謂芳塵美跡也。二語即希人指正之意。

王羲之蘭亭集序①

永和九年②，歲在癸丑，暮春之初，會於會稽山陰之蘭亭③，修褉事也④。群賢畢至，少長咸集。此地有崇山峻嶺，茂林修竹，又有清流激湍，映帶左右，引以爲流觴曲水，又列坐其次⑤。雖無絲竹管絃之盛，一觴一詠，亦足以暢敘幽情。

①王羲之，會稽人，字逸少，仕為右軍將軍會稽內史，世稱王右軍，草隸為古今冠，既去官，與東土人士，盡山水之遊，弋釣自娛，卒年五十有九。蘭亭，在今浙江紹興縣之西南，地有蘭渚，渚有亭，羲之與太原孫統、孫綽；廣漢王彬之；陳郡謝安、高平、郄雲；太原王蘊釋、支遁；并其子凝之、徽之等四十一人，以上巳日修祓褉之禮於此，作蘭亭集序。②永和，晉穆帝年號。③會稽，山名，在浙江紹興縣東南。④三月上巳日，臨水灌濯以祓妖邪，謂之褉。⑤古人修褉曲水，與會者散列兩旁，投觴於水之上游，聽其隨波而下，止於某處則其人取而飲之，文即指此。

是日也，天朗氣清，惠風和暢，仰觀宇宙之大，俯察品類之盛，足以游目騁懷，極視聽之娛，信可樂也。

夫人之相與，俯仰一世，或取諸懷抱，晤言一室之內，或因寄所託，放浪形骸之外，雖取舍萬殊，靜躁不同，當其欣於所遇，暫得於己，快然自足，曾不知老之將至，及其所之既倦，情隨事遷，感慨係之矣；向之所欣，俛仰之間，已爲陳迹，猶不能不以之興懷，況修短隨化，終期於盡，古人云：「死生亦大矣。」①豈不痛哉！

①孔子語，見莊子德充符。

每覽昔人興感之由，若合一契①，未嘗不臨文嗟悼，不能喻之於懷；因知一死生爲虛誕，齊彭殤爲妄作②，後之視今，亦猶今之視昔，悲夫！故列敍時人，錄其所述，雖世殊時異，所以興懷，其致一也；後之覽者，亦將有感於斯文。

①契有左右，各執其一以取信，故曰合契。②彭，彭祖，古之長壽者。殤者，未成人而死也。莊子齊物論：「予惡乎知夫死者不悔其始之蘄生乎。」此一死生之說。又：「莫壽乎殤子，而彭祖為夭。」此齊

彭殤之說。言人皆與感於死生壽夭，莊子兩說實為虛誕妄作，非心理上之真際。

王羲之報殷浩書①

吾素自無廊廟志②，直王丞相時③，果欲內吾④，誓不許之，手跡猶存，由來尚矣，不於足下參政而方進退⑤。俟兒婚女嫁，便懷向子平之志⑥，數與親知言之，非一日也。

①殷浩，長平人，字深源，好老易，建元初，徵為建武將軍，永和九年，遣兵襲姚襄，軍敗，廢為庶人。羲之少有美譽，朝廷公卿，皆愛其材器，徵召皆不就，授護國將軍又不拜，浩時為揚州刺史，勸使應命，因報以此書。②廊廟志，為官於朝之心也。③王丞相，王導也。④果，必也。內，與納同。⑤謂不於足下參政之日，方決定進止。⑥向子平，見嵇康與山巨源絕交書注。

若蒙驅使，關隴巴蜀，皆所不辭，若雖無專對之能①，直謹守時命，宣國家威德，固當不同於凡使，必令遠近咸知朝廷留心於無外②，此所益，殊不同居護軍也③。漢末使太傅馬日磾慰撫關東④，若不以吾輕微，無所爲疑，宜及冬初以行，吾惟恭以俟命。

①專對，謂隨問而答，不泥成命也。論語子路：「使於四方，不能專對，雖多，亦奚以為。」②王者無外，率土皆當綏撫也。③時拜羲之為護國將軍，故云。④馬日磾，後漢馬融族子，獻帝初，為太傅，持節慰撫天下。關東，函谷關以東也。

范寧罪王何論①

或曰：「黃唐緬邈②，至道淪翳③，濠濮輟詠④，風流靡託⑤，爭奪兆於仁義，是非成於儒墨⑥，平叔神懷超絕，輔嗣妙思通微⑧，振千載之頹綱，落周孔之塵網⑨，斯蓋軒冕之龍門⑩，豪梁之宗匠⑪，嘗聞夫子之論，以為罪過桀紂，何哉？」

①范寧，順陽人，字武子，少篤學，多所通覽，官至豫章太守，大設庠序，改革舊制，遠近至者千餘人，後免官，猶勤學不輟，著有穀梁春秋集解。王何，王弼、何晏也。自魏正始中，王弼、何晏祖述老、莊，

清談遂起，其後王衍、樂廣慕之，俱宅心事外，名重於時，後進效之，競為浮誕，遂成風尚，寧以二人開其端，其罪浮於桀、紂，因著此論。②黃唐，黃帝、唐堯也。面邈，遠也。③淪翳，沒滅也。④濠濮二水名，見莊子秋水。輟詠，歎莊子之不作也。⑤風流，流風餘韻也。⑥儒墨，儒家墨家也。⑦平叔，何晏字。⑧輔嗣，王弼字。⑨落，猶言解脫也。⑩龍門，喻聲望之高也；河津一名龍門，水險不通，魚鼈之屬莫能上，上則為龍云。⑪豪梁，豪傑強梁之人也。宗匠，猶宗師也。

答曰：「子信有聖人之言乎？夫聖人者，德侔二儀①，道冠三才②，雖帝皇殊號，質文異制，而統天成務，曠代齊越，王何蔑棄典文，不遵禮度，游辭浮說，波蕩後生③，飾華言以翳實④，騁繁文以惑世，縉紳之徒⑤，翻然改轍，洙泗之風⑥，緬焉將墜⑦，遂令仁義幽淪，儒雅蒙塵，禮壞樂崩，中原傾覆，古之所謂言僞而辯，行僻而堅者⑧，其斯人之徒歟！昔夫子斬少正於魯⑨，太公誅華士於齊⑩，豈非曠世而同誅乎⑪！

①二儀，見張華女史箴兩儀注。②三才，天、地、人也。③波蕩，猶言波動也。④翳，掩也。⑤縉紳，見蔡邕郭有道碑注。⑥洙泗，二水名，在今山東曲阜縣北，史記孔子世家：「孔子設教於洙泗

之上。」⑦緬焉，遠也。⑧言偽而辨，行僻而堅，見下。⑨孔子為魯司寇，七日誅亂政大夫少正卯，曰：「天下有大惡者五，而竊盜不與焉：一曰心逆而險；二曰行僻而堅；三曰言偽而辨；四曰記醜而博；五曰順非而飾：有一於人而不免君子之誅，而少正卯有之，不可以不除。」⑩太公誅華士，見家語。⑪曠世，猶異世也。

桀紂暴虐，正足以滅身覆國，爲後世鑒戒耳，豈能迴百姓之視聽哉！王何叨海內之浮譽，資膏粱之傲誕①，畫魑魅以爲巧②，扇無檢以爲俗③，鄭聲之亂樂，利口之覆邦④，信矣哉！吾固以爲一世之禍輕，歷代之罪重，自喪之釁小⑤，迷衆之愆大也。」

①膏粱，肥肉美穀也。②螭，亦作魑，山神，獸形。魅，老精物也。此指莊子而言。③扇同煽。言扇惑世人，使無檢束也。④論語陽貨：「惡鄭聲之亂雅樂也，惡利口之覆邦家者。」二語皆斥莊子。⑤釁，罪也。

陶潛五柳先生傳①

先生不知何許人也②，亦不詳其姓字，宅邊有五柳樹，因以為號焉。閒靜少言。不慕榮利。好讀書，不求甚解③；每有會意，便欣然忘食。性嗜酒，家貧不能常得，親舊知其如此，或置酒而招之，造飲輒盡，期在必醉，既醉而退，曾不恡情去留④。環堵蕭然⑤，不蔽風日，短褐穿結⑥，簞瓢屢空⑦，晏如也。常著文章自娛，頗示己志，忘懷得失，以此自終。

①陶潛，尋陽人，字淵明，一名元亮，少有高趣，博學善屬文，著五柳先生傳以自況，為彭澤令，在官八十餘日去職，宋元嘉初卒，世稱靖節先生。②不知何許人，言不以地傳也。③不求甚解，言讀書但通大意也。④恡，與吝同。⑤禮儒行：「儒有一畝之宮，環堵之室。」堵，長一丈，高一尺，環一堵為方丈，故曰環堵之室。⑥短褐，貧者之服。⑦簞，盛飯竹器也。瓢，剖瓠為之，用以挹水及盛酒漿之器也。空，去聲，窮也。屢空，屢告窮乏。

贊曰：

黔婁有言①：「不戚戚於貧賤②，不汲汲於富貴③。」其言茲若人之儔乎！銜觴賦詩，以樂其志，無懷氏之民歟！葛天氏之民歟④！

①黔婁，齊人，魯恭公聞其賢，賜粟三千鍾，辭不受，著書四篇，號黔婁子。②戚戚，憂也。③汲汲，欲速之意。④無懷氏，葛天氏，皆上古之帝。

陶潛歸去來辭①

歸去來兮，田園將蕪胡不歸！既自以心爲形役②，奚惆悵而獨悲？悟已往之不諫，知來者之可追，實迷途其未遠，覺今是而昨非③，舟遙遙以輕颺，風飄飄而吹衣，問征夫以前路，恨晨光之熹微④。

①歸去來，言去彭澤而至家也，就彭澤言，謂之歸去，就所居之南村言，謂之來。辭，文體名。潛為彭澤令，郡遣督郵至，吏白當束帶見之，潛歎曰：「吾不能為五斗米折腰！」乃自解印綬歸田里，作歸去

來辭以明志，時晉安帝義熙元年乙巳十一月也。②心為形役，言心在求祿，不能自主，反為形體所役也。②悟已往二句，語本論語微子篇。③今是昨非，言辭官是而求祿非也。④熹微，光未明也。此段言棄官歸去。

乃瞻衡宇①，載欣載奔②，僮僕歡迎，稚子候門，三徑就荒③，松菊猶存，攜幼入室，有酒盈罇，引壺觴以自酌，眄庭柯以怡顏④，倚南窗以寄傲，審容膝之易安，園日涉以成趣，門雖設而常關，策扶老以流憩⑤，時矯首而遐觀⑥，雲無心以出岫，鳥倦飛而知還，景翳翳以將入⑦，撫孤松而盤桓⑧。

①衡宇，謂橫木為門之屋也。②載，語助詞，則也。③西漢末，有蔣詡者，舍中開三徑，惟故人羊仲、求仲從之游。④柯，樹枝也。⑤扶老，杖也，龜山多扶竹，高節實中，宜為杖，名扶老竹，見山海經。流憩，周流而憩息也。⑥矯首，舉首。⑦翳翳，漸陰也。⑧盤桓，不進也。此段抵家後情況。

歸去來兮，請息交以絕游，世與我而相遺，復駕言兮焉求①，悅親戚之情話，樂琴書以消憂，農人告余以春及，將有事於西疇②，或命巾車③，或棹孤舟，既窈窕以尋壑，亦崎嶇而經丘④，木欣欣以向榮，泉涓涓而始流⑤，羨萬物之得時，感吾生之行休⑥。

①言，助詞。焉求，何求也。②西疇，即先疇，西先古通用，宿疇也；今亦謂先代所遺之田。③巾車，有幕之車。④崎嶇，不平貌。⑤涓涓，泉流貌。⑥行休，謂昔行而今休也。此段言家鄉之景物。

已矣乎，寓形宇內復幾時，曷不委心任去留①，胡爲乎遑遑欲何之②！富貴非吾願，帝鄉不可期③，懷良辰以孤往，或植杖而耘耔④，登東皋以舒嘯⑤，臨清流而賦詩，聊乘化以歸盡⑥，樂夫天命復奚疑。⑦

①委心任去留，言委棄名利之心，聽時之去留也。②遑遑，不安貌。③帝鄉，上帝所居，謂成仙也。莊子天地：「乘彼白雲，至於帝鄉。」④耘，除草也。耔，壅苗本也。⑤東皋，營田之所，春事起東，故云東也，皋，田也。⑥乘化歸盡，乘陰陽之化，以同歸於盡也。⑦此段襟懷曠達。

陶潛桃花源記①

晉太元中②，武陵人捕魚爲業③，緣溪行，忘路之遠近，忽逢桃花林，夾岸數百步，中無雜樹，芳草鮮美，落英繽紛④，漁人甚異之。復前行，欲窮其林，林盡水源，便得一山，山有小口，髣髴若有光，便捨船從口入，初極狹，纔通人，復行數十步，豁然開朗，土地平曠，屋舍儼然，有良田美池桑竹之屬，阡陌交通⑤，雞犬相聞，其中往來種作，男女衣著⑥，悉如外人，黃髮垂髫⑦，並怡然自樂。⑧

①潛以當晉衰亂，超然有高舉之志，作桃花源記以寓意，不必真有其地也。②太元，晉孝武帝年號。③武陵，漢郡，今湖南常德縣。④繽紛，雜亂貌。⑤阡陌，田間小路，南北曰阡，東西曰陌；又河南以東西為阡，南北為陌。⑥著，讀如酌；衣著，猶衣服。⑦黃髮，老人髮白轉黃也，垂髫，小兒垂髮也，猶言老人與小兒。⑧此段漁人發見桃花源。

見漁人，乃大驚，問所從來，具答之，便要還家，設酒殺雞作食。村中聞有此人，咸來問訊，自云：「先世避秦時亂，率妻子邑人，來此絕境，不復出焉，遂與外人間隔。」問今是何世，乃不知有漢，無論魏晉，此人一一爲具言所聞，皆歎惋。餘人各復延至其家，皆出酒食。停數日，辭去，此中人語云：「不足爲外人道也。」①

①此段桃花源中人與世無聞。

既出，得其船，便扶向路①，處處誌之；及郡下詣太守說如此，太守即遣人隨其往，尋向所誌，遂迷不復得路。南陽劉子驥②，高尚士也，聞之欣然規往③，未果，尋病終，後遂無問津者④。

①扶，緣也。向路，前時來路。②南陽，今河南南陽縣。劉子驥，名驎之，子驥其字，南陽人，嘗採藥至衡山，深入忘返。③規往，言謀欲前往也。④論語微子載孔子行路迷道，見長沮、桀溺，使子路問津焉（津，濟渡處。），後遂謂迷路問人為問津。此段故引數人為證，一若真有其地者，而仍從虛處作結。

宋文

顏延之陶徵士誄①

夫璿玉致美②，不爲池隍之寶③，桂椒信芳，而非園林之實，豈其樂深而好遠哉，蓋云殊性而已；故無足而至者，物之藉也④，隨踵而立者，人之薄也⑤。若乃巢高之抗行⑥，夷皓之峻節⑦，故已父老堯禹⑧，錙銖周漢⑨；而綿世浸遠，光靈不屬，至使菁華隱沒，芳流歇絕，不其惜乎！雖今之作者⑩，人自爲量⑪，而道路同塵⑫，輟塗殊軌者多矣，豈所以昭末景，汎餘波⑬。

①顏延之，臨沂人，字延年，工文章，宋初為太子舍人，官至太常，居身儉約，嗜酒，不護細行，性激直，所言無忌諱，論者謂之顏彪。陶徵士，即陶潛，延之為始安太守，道經尋陽，常飲潛舍，潛卒，延

之為誄，極其思致。②瑤玉，即璇玉。③池隍，城池也，有水曰池，無水曰隍。④韓詩外傳：「夫珠出於江海，玉出於崑山，無足而至者，由主君之好也。」藉，資藉也。⑤薄，賤薄也。⑥巢高，巢父、伯成子高也；高，一作由。⑦夷皓，伯夷及四皓也。⑧父老堯禹，言以堯禹為父老之人也，語本後漢書郅惲傳。⑨錙銖周漢，言視周漢之得天下，輕如錙銖也。⑩作者，興起之人，見論語憲問。⑪人自為量，言人之度量淺深不一也。⑫周塵，同乎流俗也。⑬汎，同泛。

有晉徵士尋陽陶淵明①，南岳之幽居者也②，弱不好弄，長實素心③，學非稱師④，文取指達⑤，在衆不失其寡⑥，處言愈見其默；少而貧病，居無僕妾，井臼弗任⑦，藜菽不給，母老子幼⑧，就養勤匱⑨，遠惟田生致親之議⑩，追悟毛子捧檄之懷⑪，初辭州府三命，後爲彭澤令⑫，道不偶物⑬，棄官從好⑭；遂乃解體世紛，結志區外，定迹深棲，於是乎遠，灌畦鬻蔬，爲供魚菽之祭⑮，織絇緯蕭⑯，以充糧粒之費；心好異書，性樂酒德⑰，簡棄煩促⑱，就成省曠，殆所謂國爵屏貴⑲，家人忘貧者與⑳！

①尋陽，晉郡，治今江西九江。②南岳，廬山之南也，潛所居栗里，在廬山南。③素心，心地潔白

也。④學非稱師，言其學不自詡為人師也。⑤指違，猶違意也。⑥不失其寡，言不失其獨行之概也。⑦井臼，謂汲水舂米也。⑧母疑作父，靖節年十二喪母，三十七乃喪父也。⑨禮祭義：「小孝用力，中孝用勞，大孝不匱。」⑩田生，田過也。過對齊宣王曰：「受之於君，致之於親，凡事君者，以為親也。」⑫追，一作近。毛子捧檄，後漢廬江毛義，家貧，以孝稱，南陽張奉慕其名，往候之，坐定而府檄適至，義捧檄而入，喜動顏色，奉心賤之，及義母死，公車徵不至，奉歎曰：「賢者固不可測，往日之喜，乃為親也。」見後漢書劉平等傳序。⑫彭澤，漢縣，故城在今江西湖口縣東。⑬謂不諧於俗也。⑭從好，從其所好也。⑮公羊傳哀七年，齊大夫陳乞曰：「常之母有魚菽之祭。」⑯絇，音劬（ㄑㄩˊ），屨頭也。穀梁傳襄公二十七年載寧喜出奔晉，織絇邯鄲，終身不言衛。緯，織也，蕭，蒿也。莊子列禦寇：「河上有家貧恃緯蕭而食者。」⑰劉伶有酒德頌。⑱煩促，恬曠之反。⑲屏，音丙（ㄅㄧㄥˇ），除棄之謂也。莊子天運：「至貴國爵屏焉，至富國財屏焉。」⑳莊子則陽：「故聖人其窮也使家人忘貧。」

有詔徵爲著作郎①，稱疾不到②。春秋若干③，元嘉四年月日④，卒於尋陽縣之某里⑤，近識悲悼，遠士傷情，冥默福應，嗚呼淑貞！夫實以誄華，名由謚高，苟允德義，貴賤何算焉；

若其寬樂令終之美，好廉克己之操，有合謚典，無愆前志，故詢諸友好，宜謚曰靖節徵士⑥。

①著作郎，官名，掌撰述國史。②到，一作赴。③若干一作六十有三。④元嘉，宋文帝年號。⑤某里，一作柴桑里。⑥謚法，寬樂令終曰靖，好廉自克曰節。

其辭曰：

物尚孤生，人固介立①，豈伊時遘，曷云世及，嗟乎若士，望古遙集，韜此洪族②，蔑彼名級。睦親之行，至自非敦③，然諾之信，重於布言④，廉深簡潔，貞夷粹溫，和而能峻，博而不繁。依世尚同，詭時則異，有一於此，兩非默置，豈若夫子，因心違事⑤，畏榮好古，薄身厚志。世霸虛禮⑥，州壤推風，孝惟義養，道必懷邦，人之秉彝⑦，不隘不恭⑧，爵同下士，祿等上農⑨。度量難鈞，進退可限⑩，長卿棄官⑪，稚賓自免⑫，子之悟之，何悟之辯，賦詩歸來⑬，高蹈獨善。

①介立，特立也。②洪族，大族也，徵士為陶侃曾孫，故云。③言睦親之行，推而至於非所宜敦之人

也。④布言，季布之言也。漢季布重然諾。⑤言為人之道，依俗而行，必譏之以尚同，詭違於時，必譏之以好異，有一於身，必被譏論，非為默置，豈若夫子因心而能違於世乎，言不同不異也。⑥世霸，謂當世而霸者。虛禮，虛己備禮也。⑦秉彝，謂秉受於天之常道也，見詩大雅蒸民篇。⑧孟子公孫丑：「伯夷隘，柳下惠不恭，隘與不恭，君子不由也。」此不恭謂不為不恭。⑨禮王制：「諸侯之下士視上農夫，祿足以代其耕。」⑩言世人度量難齊，而徵士則進退有度也。⑪長卿，漢司馬相如。相如嘗病免客游梁。⑫漢太原郇相，字稚賓，舉州郡茂林，數病去官，見漢書鮑宣傳。⑬賦詩歸來，言賦歸去來辭也；詩，一作辭。

亦既超曠，無適非心①，汲流舊巘，葺宇家林，晨煙暮靄，春煦秋陰，陳書綴卷，置酒絃琴。居備勤儉，躬兼貧病，人否其憂，子然其命，隱約就閑，遷延辭聘，非直也明②，是惟道性。糾纆斡流③，冥漠報施，孰云與仁，實疑明智④，謂天蓋高，胡諐斯義⑤，履信曷憑，思順何寘⑥。年在中身⑦，疢維痁疾⑧，視死如歸，臨凶若吉，藥劑弗嘗，禱祀非恤，傃幽告終⑨，懷和長畢。嗚呼哀哉！

①無適非心，言無所不適於心。②非直也明，言非但明哲也。③糾纏，交相纏繞也。幹流，猶言幹轉。賈誼鵩鳥賦：「夫禍之與福，何異糾纏。」又「幹流而遷，或推而還。」④言老子有天道無親，常與善人之語，我實疑之。明智，即指老子。⑤僁，與愆同。⑥易有「履信思乎順」之語。⑦中身，中年也，見書無逸。⑧疢，讀如遈，熱病也。痁，久瘧也。⑨傃向也。死，人之終也。

敬述靖節，式尊遺占①，存不願豐，沒無求贍，省訃卻賻，輕哀薄斂，遭壤以穿，旋葬而窆②。嗚呼哀哉！

①遺占，謂遺命也，不起草而口誦其文曰口占。②窆，葬下棺也。

深心追往，遠情逐化①，自爾介居，及我多暇，伊好之洽，接閻鄰舍②，宵盤晝憩，非舟非駕③。念昔宴私，舉觴相誨，獨正者危，至方則閡，哲人卷舒，布在前載④，取鑒不遠，吾規子佩。爾實愀然，中言而發，違眾速尤，迕風先蹶⑤，身才非實，榮聲有歇⑥，叡音永矣⑦，誰箴余闕！嗚呼哀哉！

①化而生，亦化而死。②閻，里中門也。③非舟非駕，言無須車馬也。④前載，猶前事也。⑤迕風，違逆世風也。蹶，顛仆也。⑥恐己恃才以傲物，憑寵以凌人，故以相戒。⑦叡音，猶嘉言也。

仁焉而終，智焉而斃，黔婁既沒，展禽亦逝，其在先生，同塵往世，旌此靖節，加彼康惠①。

嗚呼哀哉！

①黔婁，春秋高士，歿，其妻以康為謚，謂其甘天下之淡味，安天下之卑位，求仁得仁，求義得義云。惠，春秋魯展禽之謚，禽食邑柳下，又稱柳下惠。

鮑照登大雷岸與妹書①

吾自發寒雨，全行日少，加秋潦浩汗②，山谿猥至③，渡泝無邊④，險徑游歷，棧石星飯⑤，結荷水宿，旅客貧辛，波路壯闊，始以今日食時，僅及大雷，塗登千里，日踰十晨，嚴霜慘節，悲風斷肌，去親爲客，如何如何！

①鮑照，東海人，字明遠，文辭贍逸，宋文帝時，為中書舍人，臨海王子頊為荆州，照為前軍參軍，子頊敗，為亂軍所殺；照，一作昭，乃唐人避武后嫌名而改之也。大雷，今安徽望江縣，水經注所謂大雷口也。照妹名令暉，工文詞，照自以為其才不及左思，而妹才則遠勝左芬；芬思妹也。②浩汗，水廣大無際貌。③猥，盛也。④逆流而上曰泝。⑤板閣曰棧。

向因涉頓①，憑觀川陸，遨神清渚，流睇方曛②，東顧五洲之隔③，西眺九派之分④，窺地門之絕景⑤，望天際之孤雲，長圖大念，隱心者久矣⑥。

①頓，止也。②睇，傾視也。曛，黃昏時也。③水中可居者為洲，五個相接，故曰五洲。④九派，謂江流分九派也。⑤武關山為地門，上與天齊。⑥隱，度也。

南則積山萬狀，爭氣負高，含霞飲景，參差代雄，凌跨長隴①，前後相屬，帶天有匝，橫地無窮。東則砥原遠隰②，亡端靡際，寒蓬夕卷，古樹雲平，旋風四起③，思鳥群歸，靜聽無聞，極視不見。北則陂池潛演④，湖脈通連，苧蒿攸積，菰蘆所繁，棲波之鳥，水化之蟲，智呑愚彊捕小，號噪驚聒，紛牣其中⑤。西則迴江永指⑥，長波天合，滔滔何窮，漫漫安竭，創古迄今，舳艫相接⑦，思盡波濤，悲滿潭壑，煙歸八表⑧，終爲野塵，而是注集，長寫不測，修靈浩盪⑨，知其何故哉！

①隴，大坂也。②砥原，平原也，其平如砥，故云。③旋風，迴風也。④演，水脈行地中也。⑤牣，滿也。⑥迴江，江流迴曲也。⑦舳艫，舟尾與船頭也。⑧八表，八方之外也。⑨修，遠也。靈，神也。

西南望廬山①，又特驚異，基獻江潮②，峯與辰漢連接，上常積雲，霞雕錦縟③，若華夕曜④，巖澤氣通，傳明散綵，赫似絳天，左右青靄，表裡紫霄，從嶺而上，氣盡金光，半山以下，純爲黛色⑤，信可以神居帝郊，鎮控湘漢者也。

①廬山，在今江西星子縣北，九江縣南，名山也。②獻，一作壓。潮，一作湖。③縟，繁菜飾也。④若華，若木之華。⑤黛色，青黛色，似空青而色深。

若潨洞所積①，谿壑所射，鼓怒之所豗擊②，涌澓之所宕滌③，則上窮荻浦④，下至狶洲，南薄鵞爪，北極雷澱⑤，削長埤短⑥，可數百里。其中騰波觸天，高浪灌日，吞吐百川，寫泄萬壑，輕煙不流，華鼎振涾⑦，弱草朱靡，洪漣隴蹙，散渙長驚，電透箭疾，穹溘崩聚⑧，坻飛嶺覆⑨，回沫冠山，奔濤空谷，碪石為之摧碎⑩，碕岸為之虀落⑪，仰視大火，俯聽波聲，愁魄脅息⑫，心驚慓矣。

①潨，音叢（ㄘㄨㄥˊ），小水入大水也。②豗，音灰（ㄏㄨㄟ），相擊也。③澓，複流也。④荻浦水名，在安徽繁昌縣西。⑤狶洲，鵞爪，雷澱，皆未詳。⑥埤，增也。⑦涾，音沓（ㄊㄚˋ），涫溢也，河朔方言以謂沸溢。⑧溘，水也。⑨坻，岸也。⑩碪石，同砧石，擣衣石也。⑪碕岸，曲岸。虀即齏字，此處訓碎，見莊子大宗師。⑫脅息，謂恐懼之甚，竦體而喘息也。

至於繁化殊育，詭質在章，則有江鵝海鴨魚鮫水虎之類①，豚首象鼻芒鬚鍼尾之族②，石蠏土蚌燕箕雀蛤之儔③，折甲曲牙逆鱗反舌之屬④，掩沙漲，被草渚，浴雨排風，吹澇弄翮⑤，夕景欲沈，曉霧將合，孤鶴寒嘯，游鴻遠吟，樵蘇一嘆⑥，舟子再泣，誠足悲憂，不可說也。

①海鴨，大如常鴨，斑白文，亦謂之文鴨。魚鮫，即沙魚，皮可飾刀。沔水中有物，膝頭似虎，常沒水中，名曰水虎。②豚首，即海豚，鯨屬，古名海豨。真臘國有魚名建同，鼻如象，吸水上噴，高五六十丈。③石蜐，蟹屬，生溪澗石穴中，小而殼堅。魟魚頭圓禿如燕，其身圓褊如簸箕，是為燕箕。雀入大水為蛤也。④拆，一作折；拆甲，即鼉也。曲牙，海獸之屬。逆鱗，蜃蛟之屬，其狀如蛇而大，有角，如龍狀，腰以下鱗盡逆。反舌，百舌鳥也。⑤澇，大波也。⑥取薪曰樵，取草曰蘇。

風吹雷飇，夜戒前路，下弦內外①，望達所屆。寒暑難適，汝專自慎，夙夜戒護，勿我為念！恐欲知之，聊書所睹，臨塗草蹙②，辭意不周。

①陰曆每月二十二、三月光下缺其半，謂之下弦，弦以月形如弓而名。②草蹙，猶倉猝也。

鮑照蕪城賦①

瀰迆平原②，南馳蒼梧漲海③，北走紫塞鴈門④，柂以漕渠⑤，軸以崑岡⑥，重江複關之隩⑦，四會五達之莊⑧。

①蕪城賦，鮑照登廣陵故城而作也，廣陵，今江蘇江都縣，孝建三年，竟陵王誕據以反，沈慶之討平之，命悉誅城內丁男，以女口為軍實，照蓋感事而賦。②瀰迆，讀如彌以，相連斜平之貌。平原，即指廣陵。③蒼梧，見司馬相如上林賦注。漲海，南海之別稱。④秦築長城，土色皆紫，漢塞亦然，故稱紫塞。雁門，漢郡，在今山西，地有雁門關，古稱要塞。⑤柂，同拖，引也。漕渠，邗溝也，即今江南運河，春秋時吳所穿也。⑥崑岡，在今江蘇江都縣；一名阜岡；亦名廣陵岡。⑦重江複關，一作重關複江。隩，藏也。⑧言為輻湊之地。爾雅釋宮：「五達謂之康，六達謂之莊。」此七句言地勢之雄闊。

當昔全盛之時①，車絓轊②，人駕肩③，廛閈撲地，歌吹沸天，孳貨鹽田④，鏟利銅山⑤，才力雄富，士馬精妍，故能奓秦法⑥，佚周令⑦，劃崇墉，刳濬洫⑧，圖修世以休命。是以板築雉堞之殷⑨，井幹烽櫓之勤⑩，格高五嶽⑪，袤廣三墳⑫，崒若斷岸⑬，矗似長雲⑭，制磁石以禦衝⑮，糊赬壤以飛文⑯，觀基扃之固護⑰，將萬祀而一君；出入三代，五百餘載⑱，竟瓜剖而豆分。⑲

①全盛之時，謂漢時也。②絓，行有所阻礙也。轊，車軸頭也。③駕，凌也，謂相迫切也。④孳，蕃也。⑤鏟，削平也。吳有豫章郡銅山，見漢書吳王濞傳。⑥奓與侈同。⑦佚與軼通，過也。⑧澮洫，深池也。⑨築牆以兩版夾土，以杵築之為板築。雉堞，城上女牆也。殷，盛也。⑩幹，讀如寒；井幹，樓名，漢武帝所築。櫓，望樓也。⑪格，量度也。山之高而等者曰嶽，五嶽，嵩、泰、華、衡、恆也。⑫墳，土脈墳起也，書禹貢兗州土黑墳，青州土白墳，徐州土赤埴墳，此三州與揚州接。⑬崒，高峻也。⑭矗，直立也。⑮制，一作製。磁石俗稱吸鐵石，阿房宮以為門，懷刃者止之。⑯糊，黏也。頳壤，赤土也。飛文，言文采生動也。⑰文士之言基扃，多泛論城闕。⑱廣陵，郡城，為吳王濞所築，自漢迄晉，為三代五百餘載也。⑲此段言昔時之盛。

澤葵依井①，荒葛罥塗②，壇羅虺蜮③，階鬭麏鼯④，木魅山鬼⑤，野鼠城狐⑥，風嘷雨嘯，昏見晨趨，饑鷹厲吻，寒鴟嚇雛⑦，伏虣藏虎⑧，孔血餐膚，崩榛塞路⑨，峥嶸古馗⑩，白楊早落，塞草前衰，稜稜霜氣⑪，蔌蔌風威⑫，孤蓬自振，驚砂坐飛，灌莽⑬杳而無際，叢薄⑭紛其相依，通池⑮既已夷，峻隅⑯又已頹，直視千里外，惟見起黃埃，凝思寂聽，心傷已摧！⑰

①澤葵，苔類。②罥，猶綰也。③虺，小蛇。蜮，短狐也。④麏，麞也，與麇音義同。鼯，鼠也。⑤魅，老物精也。⑥野鼠，即謂社鼠。城狐，窟城之狐。見韓非子及晉書謝鯤傳。⑦寒鴟嚇雛，見嵇康與山巨源絶交書注。⑧虣，古暴字，虎屬。⑨榛，木叢生也。⑩崢嶸，深冥也。馗，九交之道也。⑪稜稜，嚴霜貌。⑫蔌，素鹿切（ㄙㄨˋ）；蔌蔌，風聲動疾貌。⑬灌莽，叢草也。⑭叢薄，草木交錯也。⑮通池，城壕也。⑯峻隅，城隅也。⑰此段極寫其蕪。

若夫藻扃黼帳歌堂舞閣之基①，璿淵碧樹弋林釣渚之館②，吳蔡齊秦之聲，魚龍爵馬之玩③，皆薰歇燼滅，光沈響絕。東都妙姬，南國麗人，蕙心紈質，玉貌絳脣，莫不埋魂幽石，委骨窮塵，豈憶同輿之愉樂④，離宮之苦辛哉⑤！天道如何，吞恨者多，抽琴命操⑥，爲蕪城之歌。歌曰：

邊風急兮城上寒，井徑⑦滅兮邱隴殘，千齡兮萬代，共盡兮何言！⑧

①藻扃，扃施藻畫也。黼帳，白黑相間之帳也。②璿淵，玉池也。碧樹，玉樹也。③魚龍，爵馬，皆戲玩之事。④同輿，謂帝后相約而同輦也。⑤此謂貶居他宮之妃后。⑥命，名也。操，琴曲也。

⑦周制，九夫為井，夫間有遂，遂上有徑。　⑧此段帶敘宮館，結出蕪字，以歌寄慨。

鮑照飛白書勢銘①

秋毫②精勁，霜素③凝鮮，霑此瑤波，染彼松煙④。超工八法⑤，盡奇六文⑥，鳥企龍躍，珠解泉分，輕如游霧，重似崩雲。絕鋒劍摧，驚勢箭飛，差池燕起，振迅鴻歸，臨危制節，中險騰機。圭角星芒⑦，明麗爛逸，絲縈髮垂，平理端密，盈尺錦兩，片字金鎰⑧，故僊芝煩弱⑨，既匪足雙，蟲虎瑣碎⑩，又安能匹！君子品之，是最神筆。

①飛白，書體之一種，筆畫枯槁而中空者，蔡邕在鴻都門見匠人施堊帚，遂創意焉。　②秋毫，筆也。
③霜素，白縑也。　④松煙，以松炱所製之墨。　⑤書法有側、勒、努、趯、策、掠、啄、磔，謂之八法，唐張懷瓘論書法，以永字為例，稱永字八法，一曰側，即點也，二曰勒，即橫畫也，三曰努，即十畫也，四曰趯，即鈎也，五曰策，即斜畫向上者也，六曰掠，即撇也，七曰啄，即右之短撇也，八曰磔，即捺也；或謂為王羲之所創；一說即秦之八體，見許慎說文序。　⑥六文，六種書體也，晉衛恆以古文

奇字、篆書、隸書、繆篆、鳥書當之。⑦圭角，謂圭之鋒鋩有稜角。⑧二十兩為鎰。⑨僊芝，書體也，僊人書與芝英書。⑩蟲虎，亦書體，蟲書與虎書也。

謝惠連祭古冢文①并序

東府掘城北壍②，入丈餘，得古冢，上無封域③，不用塼甓④，以木爲槨，中有二棺，正方，兩頭無和⑤；明器之屬⑥，材瓦銅漆有數十種，多異形，不可盡識，刻木爲人，長三尺可，有二十餘頭，初開見，悉是人形，以物根撥之⑦，應手灰滅；棺上有五銖錢百餘枚⑧；水中有甘蔗節及梅李核瓜瓣，皆浮出，不甚爛壞；銘誌不存，世代不可得而知也。公命城者改埋於東岡，祭之以豚酒，既不知其名字遠近，故假爲之號曰冥漠君云爾。

①謝惠連，陽夏人，幼聰敏，年十歲，能屬文，元嘉十年卒，年三十七。元嘉七年，惠連為司徒彭城王義康法曹參軍，義康脩東府，城壍中得古冢，為改葬，使惠連為文祭之。②建康城西為簡文為會稽王時第，東則孝文王道子府，道子領揚州，仍住先舍，故稱東府。壍，同塹，音欠（ㄑㄧㄢˋ），繞城水也。

③聚土曰封。墓限曰域。④甓，瓴甋也，今亦謂之磚。⑤棺題曰和。⑥明器，送死之器，所以埋於冢中者。⑦棖，音橙（ㄔㄥˊ），以物觸物也。⑧五銖錢，漢武帝所鑄錢。

元嘉①七年九月十四日，司徒御屬領直兵令史統作城錄事臨漳令亭侯朱林②，具豚醪之祭，敬薦冥漠君之靈：忝聽徒旅，板築是司，窮泉爲塹，聚壤成基，一榔既啓，雙棺在茲，捨畚③悽愴，縱鍤漣而④，芻靈⑤已毀，塗車⑥既摧，几筵糜腐，俎豆傾低，盤或梅李，盎或醢醯，蔗傳餘節，瓜表遺犀⑦。

①元嘉，宋文帝年號。②司徒，官名，宋制掌治民事。令史，官名，有直事令史，直兵令史，位次尚書郎。作城錄事，臨時職銜。臨漳，縣名，今屬河南省。亭侯，宋時屬第五品。朱林，人姓名，不詳。③畚，音本（ㄅㄣˇ）盛土器也。④鍤，鍫也，起土之具。漣而，垂涕貌。⑤芻靈，束草為人馬以殉葬也。⑥塗車，泥製之車，明器之一。⑦遺犀，瓜瓣也。

追惟夫子，生自何代，曜質①幾年，潛靈②幾載，爲壽爲夭，寧顯寧晦。銘誌湮滅，姓字不傳，今誰子後？曩誰子先？功名美惡，如何蔑然！

①曜質，謂生時也。②潛靈，謂死後也。

百堵皆作，十仞斯齊，墉不可轉，塹不可迴，黃腸①既毀，便房②已頹，循題③興念，撫俑④增哀。射聲⑤垂仁，廣漢⑥流渥，祠骸府阿⑦，掩骼⑧城曲，仰羨古風，爲君改卜，輪移北隍⑨，窀穸⑩東麓，壙即新營，棺仍舊木。合葬非古，周公所存⑪，敬遵昔義，還祔⑫雙魂酒以兩壺，牲以特豚⑬，幽靈髣髴，歆我犧樽⑭。嗚呼哀哉！

①以柏木黃心，致累棺外，故曰黃腸。②便房，冢壙中室也。③題，謂題湊，棺木頭皆內向，故稱。④俑，從葬木偶人也。⑤射聲，官名，後漢曹褒為射聲校尉，射聲營舍有停棺不葬百餘所，褒悉葬其無主者，見後漢書曹褒傳。⑥廣漢，漢郡名，地在今四川。後漢陳寵轉廣漢太守，先是雒陽城南骸骨不葬者多，寵乃勅縣掩埋。⑦阿，近也。府阿，謂東府附近。⑧骼，音格（ㄍㄜˊ），枯骨也。⑨隍，見顏延之陶徵士誄注。⑩窀穸，墓穴也，長埋謂之窀，長夜謂之穸。⑪禮檀弓：「合葬非古，自周公

以來，未之有也。」　⑫祔，合葬也。　⑬特豚，一牲也。　⑭歆，享也。犧尊，刻為犧牛之形，用以為尊也。

謝莊月賦①

陳王初喪應劉②，端憂③多暇，綠苔生閣，芳塵凝榭④，悄焉疚懷⑤，不怡中夜。迺清蘭路⑥，肅桂苑⑦，騰吹寒山，弭⑧蓋秋坂，臨濬壑⑨而怨遙，登崇岫而傷遠。於時斜漢左界⑩，北陸南躔⑪，白露曖空，素月流天，沈吟齊章⑫，殷勤陳篇⑬，抽毫進牘，以命仲宣⑭。

①謝莊，陽夏人，字希逸，年七歲，能屬文，仕至光祿大夫，泰始二年卒，謚憲子。　②陳王，陳思王曹植也。賦係假陳王、仲宣立局。應劉，應瑒、劉楨也。　③端憂，端坐而憂思也。　④臺有屋曰榭。　⑤悄焉，憂貌。疚，病也。　⑥蘭路，有蘭之路。　⑦桂苑，有桂之苑；吳有桂林苑。　⑧弭，案也。　⑨濬壑，深壑也。　⑩漢，天河也。　⑪北陸，虛宿別名，亦稱玄枵，亦稱顓頊之虛。躔，處也；亦次也。　⑫齊章，詩齊風：「東方之月兮。」　⑬陳篇，詩陳風：「月出皦兮。」　⑭仲宣，王粲字。

仲宣跪而稱曰：臣東鄙幽介①，長自邱樊②，昧道懵學③，孤奉明恩。臣聞沈潛既義，高明既經④，日以陽德，月以陰靈，擅扶光於東沼⑤，嗣若英於西冥⑥，引玄兔於帝臺⑦，集素娥於后庭⑧。朒朓警闕⑨，朏魄示沖⑩，順辰通燭⑪，從星澤風⑫，增華台室⑬，揚采軒宮⑭，委照而吳業昌⑮，淪精而漢道融⑯。

①仲宣，山陽人，故云東鄙。幽介，猶言隱居之人也。②邱樊，鄉僻之地。③懵，音蒙（ㄇㄥˊ），目不明也。④書洪範：「沈潛剛克，高明柔克。」沈潛謂地，高明謂天。孝經：「夫孝，天之經也，地之義也。」引伸為凡正當不易之理之義。⑤扶光，扶桑之光。東沼，暘谷也，日所出處。月盛於東故曰擅。⑥若英，若木之英也，山海經：「灰野之山，有赤樹青葉，名曰若木，日之所入處。」西冥，昧谷也，書堯典：「宅西曰昧谷。」昧，冥也。⑦月者，陰精之宗，積成為獸，象兔形。帝臺，天臺也。⑧素娥，即常娥，羿妻也，羿請不死之藥於西王母，常娥竊而奔月。后庭，猶帝庭，太微宮也。⑨朒，音忸（ㄏㄩ），朔而月見東方也。朓，晦而月見西方也。警闕，謂朒朓失度，警人君有闕德也。⑩月未成光曰朏。月始生曰魄，魄，月體黑處也。示沖，言朏魄得所，示人君有謙沖也。⑪順辰通燭，言月順十二辰以照天下也。⑫書洪範：「月之從星，則以風雨。」月經于箕則多風，離于畢則多雨。

澤，即雨也。⑬台室，三台之位也。⑭軒宮，軒轅之宮也；軒轅，星名。⑮孫策母夢月入懷而生策，故曰吳業昌。⑯漢元后母夢月入懷而生后，故曰漢道融。

若夫氣霽地表，雲斂天末，洞庭始波，木葉微脫①。菊散芳於山椒②，鴈流哀而江瀨③，升清質之悠悠，降澂輝之藹藹。列宿掩縟④，長河韜映⑤，柔祇雪凝⑥，圓靈水鏡⑦，連觀霜縞⑧，周除冰淨⑨。君王乃厭晨懽，樂宵宴，收妙舞，弛清縣⑩，去燭房，即月殿，芳酒登，鳴琴薦。

①楚辭：「洞庭波兮木葉下。」②山椒，山巔也。③而，一作於。瀨，水流沙上也。④縟，繁采色也。⑤長河，天河也。⑥柔祇，地也。⑦圓靈，天也。⑧觀，宮觀也。⑨除，殿陛也。⑩弛，廢也。縣，與懸同，謂所縣之鐘磬也。

若乃涼夜自淒，風篁成韻①，親懿莫從②，羈孤遞進③，聆皐禽之夕聞④，聽朔管之秋引⑤。於是絲桐練響⑥，音容選和，徘徊房露⑦，惆悵陽阿⑧，聲林虛籟，淪池滅波⑨，情紆軫其何託⑩，愬皓月而長歌。

①竹叢生曰篁。風篁，風吹篁也。②親懿，言至親也。③羇孤，羇臣孤客也。④皋禽，鶴也，詩有鶴鳴於九皋句，故以謂鶴。⑤朔管，羌笛也，管十二月位在北方，故云朔。秋引，商聲也。⑥絲桐，琴也。練，音義與揀同。⑦房露，古曲名，即陸機文賦之防露房與防通。⑧陽阿，古之善歌者，因以名歌。⑨聲林虛籟二句，言風將息也。凡空虛所發之聲皆曰籟。波小涌曰淪。⑩楚辭：「鬱結紆軫兮，離愍而長鞠。」紆，曲也。軫，痛也。⑪愬，向也。

歌曰：美人邁兮音塵闕，隔千里兮共明月，臨風歎兮將焉歇，川路長兮不可越。歌響未終，餘景就畢，滿堂變容，迴遑如失①。又稱歌曰：月既沒兮露欲晞②，歲方晏兮無與歸，佳期可以還，微霜霑人衣。陳王曰：「善。」迺命執事，獻壽羞璧③，敬佩玉音，復之無斁④。

①迴遑，猶旁皇也。②晞，乾也。③獻壽，稱觴為壽也。羞璧，置璧也。④斁，音亦（一），厭也。

齊梁文

孔稚圭北山移文①

鍾山之英，草堂之靈②，馳煙驛路，勒移山庭③。夫以耿介拔俗之標，蕭灑出塵之想，度白雪以方絜，干青雲而直上，吾方知之矣。若其亭亭物表④，皎皎霞外⑤，芥千金而不盼，屣萬乘其如脫，聞鳳吹於洛浦⑥，值薪歌於延瀨⑦，固亦有焉。豈期終始參差，蒼黃翻覆，淚翟子之悲，慟朱公之哭⑧，乍迴迹以心染⑨，或先貞而後黷⑩，何其謬哉！⑪

①孔稚圭，南齊山陰人，字德璋，風韻清潔，好文詠，飲酒至七八斗，高帝時，為記室參軍，仕至都官尚書。北山移文，嘲周顒也，顒汝南人，字彥倫，隱於江北，後應詔出為海鹽令，秩滿入京，復經此山，

稚圭借山靈之意移之，使不許再至。北山，即鍾山，在今江蘇江寧縣北。②周顒以蜀草堂寺林壑可懷，乃於鍾嶺雷次宗學館立寺，名曰草堂。③馳煙驛路二句，謂山靈馳驅煙霧，刻移文於山庭也。④亭亭，高聳貌。⑤皎皎，潔白貌。⑥周靈王太子晉吹笙作鳳鳴，游於伊、洛之間。⑦蘇門先生游於延瀨，見一人採薪，謂之曰：「子以此終乎？」採薪人曰：「吾聞聖人無懷，以道德為心，何怪乎而為哀也？」遂為歌二章而去。⑧翟子，墨翟也。楊朱見歧路而哭之，為其可以南，可以北，墨子見練絲而泣之，為其可以黃，可以黑。朱公，即楊朱也。⑨迴跡心染，言暫避跡山林，而心猶染於俗也。⑩黷，污濁也。⑪此段泛論隱者。

嗚呼！尚生不存①，仲氏既往②，山阿寂寥，千載誰賞！世有周子，雋俗之士③，既文既博，亦玄亦史④。然而學遁東魯⑤，習隱南郭⑥，竊吹草堂⑦，濫巾北岳⑧，誘我松桂，欺我雲壑，雖假容於江皋⑨，乃纓情於好爵⑩。

①尚生，向子平也，見王羲之報殷浩書注。②仲氏，謂後漢仲長統，每州郡命召，輒稱疾不就。③雋俗，俗中之雋士也。④玄，謂莊、老之道。史，謂文多質少。⑤東魯，謂顏闔也。魯君聞顏闔得道人

也，使人以幣先焉，闔對曰：「恐聽謬而遺使者罪，不若審之。」使者反審之，復來求之，則不得矣。

⑥南郭，南郭子綦也，隱几而坐，仰天嗒然，若喪其偶。⑦竊吹，借用南郭先生吹竽事。竊一作偶。⑧濫巾，言濫服隱士之巾也。⑨假容，言假託隱者之容也。⑩好爵，謂人爵也。此段總寫周顒之隱，實非其本意。

其始至也，將欲排巢父①，拉許由②，傲百氏，蔑王侯，風情張日，霜氣橫秋，或歎幽人長往，或怨王孫不游③，談空空於釋部④，覈玄玄於道流⑤，務光何足比⑥，涓子不能儔⑦。

①排，推也。巢父，堯時隱士，夏常居巢，故號。②拉，音蠟（ㄌㄚˋ），折也。許由，見東方朔答客難注。③王孫，指隱者。④空空，釋家以空明空也。⑤玄玄，道家玄之又玄也。⑥務光，夏時人，湯得天下，讓之，光不受而逃。⑦涓子，齊人，好餌朮，隱於宕山。此段敘顒之初志。

及其鳴騶入谷①，鶴書②赴隴，形馳魄散，志變神動。爾乃眉軒席次，袂聳筵上，焚芰製而裂荷衣③，抗塵容而走俗狀，風雲悽其帶憤，石泉咽而下愴，望林巒而有失，顧草木而如喪④。

①鳴，官吏之有喝道。騶為前導及後騎者。謂使人來徵召也。②鶴書，詔書也，在漢謂之尺一簡，髣髴鶴頭，故有是稱。③芰，菱也。芰製荷衣，隱者之服也。④喪，去聲，失也。此段敘顒之將出。

至其紐金章①，綰墨綬②，跨屬城之雄③，冠百里之首④，張英風於海甸⑤，馳妙譽於浙右⑥，道帙⑦長擯，法筵⑧久埋，敲扑諠囂犯其慮，牒訴倥傯裝其懷⑨，琴歌既斷，酒賦無續，常綢繆於結課⑩，每紛紜於折獄，籠張趙於往圖⑪，架卓魯於前籙⑫，希蹤三輔豪⑬，馳聲九州牧⑭。

①金章，銅印也。②漢制，秩六百石以上，皆銀印墨綬。③屬城之雄，言海鹽為諸城之冠也。④百里之首，猶言一邑之長，縣大率百里，故云。⑤郊外曰甸，海鹽近海，故云。⑥浙右，江水東至會稽山陰為浙右。⑦帙，音秩（ㄓˋ），書衣。道帙，道書也。⑧法筵，講席也。⑨牒訴，謂文牒及訴訟也。倥傯，讀如孔總，忙迫之狀。⑩結課，考成之次第也。⑪張趙，漢張敞及趙廣漢也，皆為京兆尹，有能名。⑫卓魯，漢卓茂及魯恭也，咸善為令。⑬漢之京兆、左馮翊、右扶風為三輔。⑭古分天下為九州，州有牧。此段敘顒既仕後之情形。

使我高霞孤映，明月獨舉，青松落蔭，白雲誰侶，磵戶①摧絕無與歸，石逕荒涼徒延佇②。至於還飈入幕，寫霧出楹，蕙帳③空兮夜鶴怨，山人去兮曉猿驚，昔聞投簪逸海岸④，今見解蘭⑤縛塵纓。於是南岳獻嘲，北隴騰笑，列壑爭譏，攢峯⑥竦誚，慨游子之我欺，悲無人以赴弔。故其林慙無盡，澗媿不歇，秋桂遺風，春蘿罷月，騁西山之逸議⑦，馳東皋之素謁⑧。

①磵，通澗，山夾水也。②延佇，遠望也。③蕙，香草。蕙帳，山人葺蕙以為帳也。④謂漢疏廣棄官歸東海也。⑤蘭，蘭佩。⑥攢，聚也。⑦西山，謂首陽山。⑧東皋，東澤。阮籍奏記：「方將耕於東皋之陽。」素謁，謂以情素相告也。此段言其遺羞山靈。

今又促裝下邑①，浪上栧上京②，雖情殷於魏闕③，或假步於山扃④，豈可使芳杜⑤厚顏，薜荔⑥蒙恥，碧嶺再辱，丹崖重滓，塵游躅於蕙路，汙淥池⑦以洗耳。宜扃岫幌⑧，掩雲關，斂輕霧，藏鳴湍，截來轅於谷口，杜妄轡於郊端。於是叢條瞋膽，疊穎⑨怒魄，或飛柯以折輪，乍低枝而埽迹，請迴俗士駕，為君謝逋客⑩。

①下邑謂海鹽也。②浪栧，鼓槳也。上京，建康也，今江蘇江寧縣。③魏闕，亦曰象魏，古宮門懸法之所也。④山扃，山門也。⑤芳杜，香草也。⑥薜荔，讀如備例，草名，緣牆而生。⑦淥池，猶清池也。⑧岫幌，山窗也。⑨穎，草穗也。⑩逋，亡也。以辭相告曰謝。俗士逋客，皆謂顒也。此段不許其再至。

謝朓辭隨王子隆牋①

故吏文學謝朓死罪死罪！即日被尙書召，以朓補中軍新安王記室參軍。朓聞潢汙之水②，願朝宗③而每竭，駑蹇之乘④，希沃若⑤而中疲，何則？皋壤搖落⑥，對之惆悵，歧路西東⑦，或以歔唈⑧；況乃服義徒擁，歸志莫從⑨，邈若墜雨，翩似秋蔕⑩。

①謝朓，南齊陳郡人，字玄暉，少好學，有美名，文章清麗，工五言詩，官至尚書吏部郎，兼知衛府事，曾為宣城太守，世稱謝宣城。隨郡王蕭子隆，齊武帝第八子，為都督荆州刺史，好詞賦，朓為其鎮西功曹，轉文學，長史王秀之以朓年少，欲密啟武帝，朓知之因事求還，武帝除為新安王中軍記室，朓乃以

戔辭王。　②潢汙之水，低窪之積水。　③朝宗，言水之歸海，猶諸侯之朝見天子也。　④駑蹇之乘，最駑下之馬也。　⑤沃若，調柔也，詩小雅皇華：「六轡沃若」。　⑥皋壤，高地也。楚辭：「草木搖落而變衰。」　⑦歧路西東，見孔稚圭北山移文墨子注。⑧歔唈，與嗚唈同，悲哀短氣貌。　⑨擁，抱也。二句言徒抱服義之情，莫能從其歸志也。　⑩秋蔕，將枯之蔕：蔕，艸木根也。

朓實庸流，行能無算①，屬天地休明②，山川受納③，褒采一介，抽揚小善④，故舍耒場圃，奉筆兔園⑤，東亂三江⑥，西浮七澤⑦，契闊戎旃⑧，從容讌語，長裾日曳，後乘載脂⑨，榮立府庭，恩加顏色，沐髮晞陽⑩，未測涯涘，撫臆論報，早誓肌骨。

①無算猶言不足數也。　②天地，喻帝也。　③山川，喻王也。　④抽一作搜。　⑤兔園，一名梁苑，漢梁孝王所築，在今河南商丘縣治東。　⑥亂，絕流而渡也。江至尋陽，合澎蠡江分為三以入海，是為三江，其地皆在今長江下游。　⑦浮，一作游。七澤，見司馬相如子虛賦，雲夢其一也。　⑧契闊，勤苦也。戎旃，猶戎幕。　⑨魏文帝與吳質書，有文學託乘於後車之語。詩衛風：「載脂載舝。」脂，以膏塗物也。　⑩楚辭：「朝濯髮於湯谷兮，夕晞余身乎九陽。」晞，乾也。

不寤滄溟未運①，波臣自蕩②，渤澥③方春，旅翮④先謝，清切藩房⑤，寂寥舊蓽⑥，輕舟反溯，弔影獨留，白雲在天，龍門不見⑦，去德滋永，思德滋深⑧。唯待青江可望，候歸艎於春渚⑨，朱邸⑩方開，效蓬心於秋實⑪。如其簪履或存⑫，衽席無改⑬，雖復身塡溝壑，猶望妻子知歸⑭。攬涕告辭，悲來橫集，不任犬馬之誠！

①不寤，一作不悟，猶不意也。滄溟，海也，喻王。運，轉也。②車轍中有鮒魚，自稱為東海之波臣，見莊子外物，朓自喻也。③渤澥，即渤海，亦喻王。④旅翮，以鳥自況也。⑤藩房，謂王府。⑥舊蓽，朓舍也；蓽同篳，荆竹。⑦江陵南關三門，一名龍門。⑧莊子徐無鬼：「不亦去人滋久者，思人滋深乎。」⑨艎，舟也。二語冀王入朝而已候於江渚。⑩諸侯朝天子，於天子所立舍曰邸，諸侯朱户，故曰朱邸。⑪蓬心，自謙之詞，莊子逍遙游：「則夫子猶有蓬之心也夫。」春樹桃李，秋食其實，言補報有時也。⑫有婦人刈著薪而失簪，哭甚哀，見韓詩外傳。楚昭王亡其踦履，已行三十步，復還取之，見賈子。⑬衽席，草席。晉文公歸國，至河，令捐席蓐，舅犯哭曰：「席蓐，所臥也，而君棄之，臣不勝其哀。」⑭二語言身雖死而猶將托以妻子也。

丘遲與陳伯之書①

遲頓首：陳將軍足下，無恙，幸甚幸甚。將軍勇冠三軍，才為世出，棄燕雀之小志，慕鴻鵠以高翔②，昔因機變化，遭遇明主，立功立事，開國承家，朱輪華轂，擁旄萬里，何其壯也③！如何一旦為奔亡之虜，聞鳴鏑而股戰，對穹廬以屈膝，又何劣邪④！尋君去就之際，非有他故，直以不能內審諸己，外受流言，沈迷猖獗⑤，以至於此。⑥

①丘遲，梁吳興人，字希範，八歲能屬文，辭采麗逸，初仕齊，梁武帝時任為中書郎，出為永嘉太守，後遷司空從事中郎。陳伯之，梁睢陵人，齊末，為江州刺史，據尋陽拒武帝，旋降，即以為江州刺史，後又舉兵反，兵敗，與其子俱入魏，魏以為使持節散騎常侍，都督淮南諸軍事，梁天監四年，詔臨川王宏率軍北討，遲時為宏記室，宏令與此書，伯之即擁衆歸梁。　②漢書陳勝傳：「燕雀安知鴻鵠之志哉。」

③此指伯之歸順武帝事。　④鏑，箭鏑也，如今響箭，漢時匈奴冒頓單于所作。穹廬，旃帳也。此指伯之降北魏。　⑤猖獗，勢盛也。　⑥此段言伯之之降魏之非。

聖朝赦罪責功，棄瑕錄用，推赤心於天下①，安反側於萬物②，此將軍之所知，非假僕一二談也；朱鮪喋血於友于，張繡剚刃於愛子，漢主不以為疑，魏君待之若舊③，況將軍無昔人之罪，而勳重於當代。夫迷途知反，往哲是與，不遠而復，先典攸高④，主上屈法申恩，吞舟是漏⑤，將軍松柏不翦⑥，親戚安居，高堂未傾，愛妾尚在，悠悠爾心，亦何可言！今功臣名將，鴈行有序，佩紫懷黃，讚帷幄之謀，乘軺建節⑦，奉疆埸之任，並刑馬作誓⑧，傳之子孫，將軍獨靦顏惜命⑨，馳驅氈裘之長⑩，寧不哀哉！⑪

①光武不疑降人，降者謂其推赤心置人腹中，見後漢書光武帝紀。②光武破邯鄲，誅王郎，收文書，得吏人與郎交關謗毀者數千章，會諸將軍悉燒之，曰：「令反側子自安。」見後漢書光武帝紀。③殺血滂沱為喋血。朱鮪譏光武兄縯於更始，害之，後光武圍洛陽，鮪不敢降，堅守，光武語以無慮，鮪乃開城降，事見後漢書岑彭傳。剚，音緇（ㄗ），插刀也。張繡降曹操，既而復反，操與戰，軍敗，為流矢所中，長子昂、弟子安民遇害，後繡又率衆降，操封為列侯，見魏志張繡傳。④不遠而復，言不以道遠而復還也，易復卦語。⑤史記酷吏傳：「漢興，網漏於吞舟之魚。」⑥松柏不翦，謂祖墓如故也。⑦乘軺，猶乘傳，軺傳，一馬二馬也。節，使臣執以示信之物。⑧殺馬取血以盟也。⑨惜命，一作借

命。 ⑩氈裘之長，指魏帝。 ⑪此段勸其歸梁。

夫以慕容超之強，身送東市①，姚泓之盛，面縛西都②，故知霜露所均，不育異類，姬漢舊邦，無取雜種③，北虜④僭盜中原，多歷年所，惡積禍盈，理至燋爛，況偽孽昏狡，自相夷戮⑤，部落攜離，酋豪猜貳⑥，方當繫頸蠻邸⑦，懸首藁街⑧，而將軍魚游於沸鼎之中，燕巢於飛幕之上，不亦惑乎！⑨

①慕容超，慕容德兄子，為北燕主，以兵南犯，大掠淮北，劉裕——宋武帝——抗表北討，護超，送京師，斬於市。 ②姚泓，字元子，姚興長子，據長安，裕擒送建康，斬之。面縛，縛手於背而面向前也。 ③四語言天下當歸於一，不容夷族久僭。姬漢，猶周、漢。 ④北虜，謂北魏。 ⑤此指魏咸陽王禧以反賜死事。 ⑥此指魏諸蠻氏之反。 ⑦繫頸，以組係頸也。蠻邸，蠻夷入朝時所居邸舍。 ⑧藁街，街名，在漢長安城內，蠻邸即設此。 ⑨此段告以華夷之辨，及在魏之危。

暮春三月，江南草長，雜花生樹，群鶯①亂飛，見故國之旗鼓，感生平於疇昔，撫弦登陴②，豈不愴悢③！所以廉公之思趙將④，吳子之泣西河⑤，人之情也，將軍獨無情哉？想早勵良規，自求多福。當今皇帝⑥盛明，天下安樂，白環西獻⑦，楛矢東來，夜郎滇池，解辮請職⑨，朝鮮昌海，蹶角受化⑩，惟北狄野心，崛強沙塞之間⑪，欲延歲月之命耳。中軍臨川殿下⑫，明德茂親，總茲戎重⑬，方弔民洛汭⑭，伐罪秦中⑮，若遂不改，方思僕言，聊布往懷，君其詳之！邱遲頓首。⑯

①鸎，與鶯同。②陴，城上女牆也。③愴悢，悲也。④廉頗為趙將，伐齊，大破之，拜為上卿，後趙使樂乘代頗，頗怒，攻乘，乘走，頗奔魏，趙以數困於秦，思復得頗，頗亦思復用於趙，見史記頗傳。⑤吳起治西河，王錯譖之魏武侯，武侯使人召起，起臨行止車望西河泣數下，曰：「西河之為秦不久矣！」起入荆，西河果入秦，見呂氏春秋仲冬紀長見。⑥皇帝，指梁武帝。⑦帝舜九年，西王母來朝，獻白環玉玦，見竹書紀年。⑧楛，木名，材矢中幹。周武王時，肅慎氏貢楛矢石砮。⑨夜郎，今貴州地。滇池，在今雲南。⑩昌海，今蒲類海。蹶角，稽首至地，如角之崩，見孟子。⑪沙塞，沙漠邊塞也。⑫宏於武帝天監元年封臨川郡王，三年，為中軍將軍。殿下，百官對諸王之稱。⑬戎重，言軍事重任也。⑭水曲流曰汭，洛汭，洛水入河處，在河南鞏縣。⑮秦中，今陝西，其地為古秦國，故

云。⑯此段動以故國之情，並言梁之盛強以致招降之意。

江淹恨賦①

試望平原，蔓草縈骨，拱木②歛魂，人生到此，天道寧論；於是僕本恨人，心驚不已，直念古者伏恨而死。③

①江淹，梁考城人，字文通，少孤貧好學，洎於強仕，漸得聲譽，世稱江郎，歷仕宋齊，梁天監中，官至金紫光祿大夫，封醴泉侯。恨賦，意謂自古以來，如帝王、列侯、名將、美人、才士、高人及窮困、榮華者，皆不稱其情，飲恨而死也。②拱木，言墓木兩手合抱也，見左傳僖公三十二年。③八句總起。

至如秦帝按劍①，諸侯西馳，削平天下，同文共規②，華山爲城③，紫淵爲池④，雄圖既溢，武力未畢，方架黿鼉以爲梁⑤，巡海右以送日⑥，一旦魂斷，宮車晚出⑦。

①至如，一作假如，秦帝，謂始皇也。②規，法也。禮中庸：「車同軌，書同文。」③華山，見賈誼過秦論注。④紫淵，見司馬相如上林賦注。⑤架，一作駕。周穆王東至九江，叱黿鼉以為梁，見竹書紀年。⑥周穆王駕八駿之乘，乃西觀日所入，見列子周穆王。⑦人主崩曰晏駕，以臣子之心，祇冀其未死，猶謂呂車當駕而晚出也。此段言帝王之恨。

若乃趙王既虜①，遷於房陵②，薄暮心動，昧旦③神興，別豔姬與美女，喪金輿及玉乘，置酒欲飲，悲來塡膺，千秋萬歲，爲怨難勝④。

①趙王，戰國趙末王遷也，趙為秦滅，遷被虜，流房陵，思故鄉，作山水之謳，聞者莫不隕涕，見淮南子泰族訓。②房陵，縣名，今湖北房縣。③昧旦，將明未明時也。④怨，一作恨。此段言列侯之恨。

至於李君降北①，名辱身冤，拔劍擊柱，弔影慙魂，情往上郡②，心留鴈門③，裂帛繫書④，誓還漢恩，朝露溘至⑤，握手何言。⑥

①於，一作如。李君，李陵也，見司馬遷報任安書注。②往，一作住。上郡，秦郡，地在今陝西。③雁門。見鮑照蕪城賦注。④漢蘇武為匈奴所囚，給漢不在，漢使求之，詐言天子射上林中，得雁足，有繫帛書，言武等在某澤中，匈奴驚，後卒歸武。⑤朝露，喻不能久也。溘，奄忽也。⑥此段言名將之恨。

若夫明妃去時①，仰天太息，紫臺②稍遠，關山無極，搖風③忽起，白日西匿，隴鴈少飛，代雲寡色，望君王兮何期，終蕪絕兮異域。④

①明妃，王嬙也，字昭君，晉人以犯司馬昭諱，改為明妃，在掖廷中，漢元帝使嬪於匈奴。②紫臺，漢天子之臺也。③搖風，即扶搖風，見司馬相如上林賦注。④此段言美人之恨。

至乃敬通見抵①，罷歸田里，關閉卻掃，塞門不仕②，左對孺人③，右顧稚子，脫略④公卿，跌宕⑤文史，齎志沒地，長懷無已。⑥

①敬通，後漢馮衍字，明帝以衍才過其實，抑而不用，見東觀漢紀。②三國吳張昭稱疾不朝，孫權恨之，土塞其門，見吳志昭傳。③大夫妻曰孺人，見禮曲禮。④脫略，言簡易也。⑤跌宕，言放逸不羈也。⑥此段言才士之恨。

及夫中散下獄①，神氣激揚，濁醪夕引，素琴晨張，秋日蕭索，浮雲無光，鬱青霞之奇意②，入修夜之不暘③。

①中散，嵇康也，康拜中散大夫。東平呂安以事繫獄，以語康辭相證引，遂復收康，見晉書康傳。②青霞奇意，志意高也。③修夜，猶長夜。暘，明也。此段言才人之恨。

或有孤臣危涕，孽子墜心①，遷客海上②，流戍隴陰③，此人但聞悲風汨起④，血⑤下霑衿，亦復含酸茹歎⑥，銷落湮沈。⑦

①心當云危，涕當云墜，江氏愛奇，故互文以見意。②遷客海上，即指漢蘇武困匈奴事。③隴陰，隴

山之北。漢婁敬戍隴西。④汨起，一作颮起，猶疾起也。⑤血，一作泣。⑥茹歎，欲歎而又咽下之狀。⑦此段言窮困之恨。

若乃騎疊迹，車屯軌①，黃塵帀地，歌吹四起，無不煙斷火絕，閉骨泉裏。②

①屯，陳；一作同。②此段言榮華之恨。

已矣哉！春草暮兮秋風驚，秋風罷兮春草生，綺羅畢兮池館盡，琴瑟滅兮邱隴平①，自古皆有死②，莫不飲恨而吞聲。③

①隴，一作壟。②語見論語顏淵。③此段一切皆歸於盡，為總結。

江淹別賦①

黯然銷魂者，唯別而已矣。況秦吳兮絕國，復燕宋兮千里②，或春苔兮始生，乍秋風兮蹔起③。是以行子腸斷，百感悽惻，風蕭蕭④而異響，雲漫漫⑤而奇色，舟凝滯於水濱，車逶遲⑥於山側，櫂容與⑦而詎前，馬寒鳴而不息，掩金觴而誰御⑧，橫玉柱而霑軾⑨。居人愁臥，怳若有亡，日下壁而沈彩，月上軒而飛光，見紅蘭之受露，望青楸之離霜⑩，巡層楹而空揜⑪，撫錦幕而虛涼，知離夢之躑躅⑫，意別魂之飛揚。⑬

①別賦，立格與恨賦同，言富貴、任俠、從軍、絕國、伉儷、方外、狹邪等各類之人，無不以別為最不堪也。②二句言秦、吳、燕、宋四國，川塗既遠，別恨必深，故舉以為喻。③二句言此二時別恨愈切也。④蕭蕭，風聲。⑤漫漫，無崖際之貌。⑥遲，一作迤；逶遲，歷遠貌。⑦容與，閒暇自得貌。⑧御，進也。⑨玉柱，琴也，琴有柱，以玉為之。霑軾，言涕多也。軾，車前橫木也。⑩離，與罹通。⑪層楹，高柱也。揜，揜涕也。⑫躑躅，行不進也。⑬此段總起。

故別雖一緒，事乃萬族①。至若龍馬②銀鞍，朱軒繡軸，帳飲東都③，送客金谷④，琴羽張兮⑤簫鼓陳，燕趙歌兮傷美人⑥，珠與玉兮豔暮秋，羅與綺兮嬌上春，驚駟馬之仰秣，聳淵魚之赤鱗⑦，造分手而銜涕，感寂漠而傷神⑧。

①族，類也。②馬八尺以上為龍。③東都，長安東都門也。漢疏受、疏廣乞骸骨，公卿大夫故人邑子為設祖道，供帳東都門外，見漢書疏廣傳。④金谷，地名，在河南洛陽縣西，谷中有水，入於瀍水。晉石崇有別廬在金谷澗中，王詡還長安，崇送之於此。⑤琴羽，琴之羽聲，聲細不過羽也。⑥古詩：「燕趙多佳人。」⑦仰秣，仰而不食也。伯牙鼓琴而淵魚出聽，瓠巴鼓瑟而六馬仰秣，見韓詩外傳。⑧感，一作各；又作咸。此段言富貴之別。

乃有劍客慙恩，少年報士①，韓國趙廁②，吳宮燕市③，割慈忍愛，離邦去里，瀝泣共訣，抆血④相視，驅征馬而不顧，見行塵之時起，方銜感於一劍，非買價於泉裏，金石震而色變，骨肉悲而心死。⑤

①報士，言人以國士待之，即感而為之報仇也。②韓國，指戰國時聶政為嚴仲子刺殺韓相俠累事，趙廁，指戰國豫讓為智伯刺趙襄子於塗廁事，並見史記刺客傳。③吳宮，指春秋時專諸為吳公子光置匕首魚腹中刺殺王僚，見左傳昭二十七年。燕市，指戰國時荆軻為燕太子丹刺秦王，見史記刺客傳。④抆血，拭血也。⑤此段任俠之別。

或乃邊郡未和，負羽①從軍，遼水無極②，雁山參雲③，閨中風暖，陌上草薰④，日出天而耀景，露下地而騰文，鏡朱塵之照爛⑤，襲青氣之煙熅⑥，攀桃李兮不忍別，送愛子兮霑羅裙。⑦

①負羽，言負羽檄也，古時征召之書，有急事則以鳥羽插之。②遼水，即遼河，在今遼寧境。③雁山，雁所出，見山海經。④薰，香氣也。⑤照爛，猶照耀也。⑥煙熅，與絪縕同，元氣蘊釀也。⑦此段從軍之別。

至如一赴絕國，詎相見期，視喬木兮故里①，決北梁兮永辭②，左右兮魂動，親賓兮淚滋，可班荆兮贈恨③，唯罇酒兮敘，悲值秋雁兮飛日，當白露兮下時，怨復怨兮遠山曲，去復去兮長河湄④。

①孟子梁惠王：「所謂故國者，非謂有喬木之謂也，有世臣之謂也。」②決，一作訣，北梁，見楚辭。
③班荆，布荆於地面坐也，見左傳襄二十六年。贈，一作增。④水草交為湄。此段言遠赴絕國之別。

又若君居淄右①，妾家河陽②，同瓊珮之晨照，共金爐之夕香，君結綬兮千里③，惜瑤草之徒芳，慙幽閨之琴瑟，晦高臺之流黃④，春宮閟此青苔色⑤，秋帳含茲明月光，夏簟清兮晝不暮，冬釭凝兮夜何長，織錦曲兮泣已盡，迴文詩兮影獨傷⑥。

①淄，水名，在今山東萊蕪縣。淄右，淄水之右也。②河陽，縣名，在今河南孟縣西。③結綬，言將仕也。④流黃，簟也。⑤閟，閉也。⑥前秦扶風竇滔與寵姬趙陽臺之任，而遺其妻蘇蕙於家，蕙織錦迴文，題詩二百餘首以寄滔。此段去婦之別。

儻有華陰上士，服食還仙①，術既妙而猶學，道已寂而未傳，守丹竈而不顧②，鍊金鼎而方堅③，駕鶴上漢，驂鸞騰天，蹔遊萬里，少別千年④，惟世間兮重別，謝主人兮依然⑤。

①華陰，縣名，今陝西華陰縣。修羊公隱華陰山下石室中，食黃精，不知所終。②丹竈，鍊丹之竈也。③金鼎，鍊丹之鼎也。④少時之別，世已千年也。⑤謝，辭也。此段方外之別。

下有芍藥之詩①，佳人之歌②，桑中衛女，上宮陳娥③，春草碧色，春水淥波，送君南浦④，傷如之何！⑤

①芍藥，香草名。詩鄭風：「維士與女，伊其相謔，贈之以芍藥。」言淫亂也。②李延年歌：「北方有佳人，遺世而獨立。」③詩鄘風：「期我乎桑中，要我乎上宮。」桑中、上宮，皆所期之地。衛莊姜無子，以陳女戴媯子完為子，完為公子州吁所弒，戴媯乃大歸於陳。④楚辭：「送美人兮南浦。」⑤此段狹邪之別。

至乃秋露如珠，秋月如珪，明月白露，光陰往來，與子之別，思心徘徊，是以別方不定，別理千名①，有別必怨，有怨必盈，使人意奪神駭，心折骨驚，雖淵雲之墨妙②，嚴樂之筆精③，金閨之諸彥④，蘭臺之群英⑤，賦有凌雲之稱⑥，辯有雕龍之聲⑦，誰能摹暫離之狀，寫永訣之情者乎！⑧

①千名，言多也。 ②淵雲，謂漢王子淵、揚子雲也。 ③嚴樂，漢嚴安、徐樂也。 ④金閨，一作金門，金馬門也。 ⑤蘭臺，漢藏祕書之宮觀，漢傅毅、班固為蘭臺令史。 ⑥司馬相如既奏大人賦，天子大悅，飄飄乎有凌雲之氣，見史記相如傳。 ⑦戰國時，鄒奭修鄒衍之術，文飾之若雕鏤龍文，故曰雕龍奭。 ⑧此段總結。

任昉為卞彬謝修卞忠貞墓啟①

臣彬啓：伏見詔書并鄭義泰宣敕，當賜修理臣亡高祖晉故驃騎大將軍建興忠貞公壺墳塋。臣門緒不昌，天道所昧，忠搆身危，孝積家禍②，名教同悲，隱淪惆悵③。而年世貿遷④，孤裔淪塞，遂使碑表蕪滅，丘樹荒毀，狐兔成穴，童牧哀歌⑤，感慨自哀，日月纏迫。

①任昉，梁博昌人，字彥昇，武帝時，為義興新安太守，為政清省，吏民便之，所著文章數十萬言，卒謚敬。卞彬，字士蔚，官至綏建太守。卞忠貞，名壼，字望之，晉尚書令，蘇峻作亂，壼及二子俱為賊所害，贈侍中驃騎將軍，謚忠貞，後七十餘年，盜發其墓，安帝賜錢十萬封之，入梁復毀，武帝又加修治。②二句言壼死忠，二子死孝也。③王隱晉書載壼及二子死，徵士翟湯聞而歎曰：「父為忠臣，子為孝子，忠孝之道，萃於一門。」名教，指王隱言。隱淪，指翟湯言。④貿遷，遷易也。⑤雍門周以琴見孟嘗君曰：「臣切悲千秋萬歲後，墳墓生荆棘，狐兔穴其中，樵兒牧豎，躑躅而歌其上也。」見桓譚新論。

陛下弘宣教義，非求效於方今，壼餘烈不泯，固陳力於異世①；但加等之渥②，近闕於晉典，樵蘇之刑，遠流於異代③，臣亦何人，敢謝斯幸。不任悲荷之至，謹奉啓事以聞！謹啓。

①陳力，出力也，見論語季氏。②左傳僖四年：「凡諸侯薨於朝會，葬加一等，死王事，加二等。」
③樵蘇，樵採也。秦攻齊，令敢有去柳下季壟五十步而樵採者，殺無赦，見戰國策。參看鮑照登大雷岸與妹書注。

沈約梁武帝集序①

文思安安，欽明所以光宅②，日月光華③，南風所以興詠④，日角之主，出自諸生，銳頂之君，少明古學⑤，漢高宋武，雖闕章句，歌大風以還沛，好清談於暮年⑥，夫成天地之大功，膺樂推之寶運⑦，未或不文武兼資，能事斯畢者也。⑧

①沈約，梁武康人，字休文，善屬文，武帝受齊禪，為尚書僕射，遷尚書令，時謝朓善為詩，任昉工於筆，約兼而有之，卒諡隱。梁武帝，姓蕭，名衍，篡齊即帝位，博學能文有集行世。②書堯典：「欽明文思安安。」經緯天地謂之文。慮深通敏謂之思。安安，謂安天下之所當安。威儀悉備謂之欽，照臨四方謂之明，光，充也，宅，居也，言德充滿居止於天下而遠著也。③虞舜卿雲歌：「日月光華，旦復旦兮。」④南風，歌名，舜作五絃之琴以歌之。⑤日角，額上骨高起如日，銳頂，頂上高起，皆貴相也。⑥宋武，南朝宋開國之帝，姓劉名裕，篡晉即帝位，在位三年而歿。漢高帝，沛人，既為帝，過沛，置酒沛宮，酒酣，擊筑歌曰：「大風起兮雲飛揚，威加海內兮歸故鄉，安得猛士兮守四方。」沛，縣名，故城在今江蘇沛縣東。宋武清談，史無確徵，其在暮年，曾議興學，或即所指。⑦樂推，謂天

下樂於推戴也。 ⑧此段敘古帝王兼資文武。

我皇誕縱自天①，生知在御②，清明內發，疏通外典③，爰始貴遊，篤志經術④，究淹中之雅旨⑤，盡曲臺之奧義⑥，莫不因流極源，披條振藻，若前疑往滯，舊學罕通，而超然直詣，妙援終古，善發談端，精於持論，置疊難蹤，摧鋒莫擬，有同成誦，無假含毫，興絕節於高唱⑦，振清辭於蘭畹⑧。至於春風秋月，送別望歸，皇王高宴，心期促賞⑨，莫不超挺睿興，濬發神衷⑩，及登庸歷試⑪，辭翰繁蔚，牋記風動，表議雲飛，雕蟲小藝，無累大道，懷君人之大德，有事君之小心，爲下奉上，形於辭旨，雖密奏忠規，遺稿必削⑫，而國謨藩政，存者猶多。⑬

①論語子罕：「故天縱之將聖。」 ②論語季氏：「生而知之者，上也。」 ③外典，謂佛經也，武帝信佛，製涅槃、大品、淨名、三慧諸經義數百卷。 ④武帝少而好學，能事畢究，製有周易講疏、尚書大義、毛詩春秋答等二百餘卷。 ⑤淹中，魯里名，禮古經出處。 ⑥曲臺，行禮射之地，后蒼記之，漢書藝文志有曲臺后蒼記。 ⑦絕節高唱，猶言絕調高唱也。 ⑧楚辭：「余既滋蘭之九畹兮。」畹者，二十畝，又曰十二畝，又曰三十畝。 ⑨心期，言兩相期許也，指應制為詩言。 ⑩神衷，猶聖衷。 ⑪登

庸，登用也，指其仕齊而言。⑫遺稿必削，謂有所進諫，不留稿以表暴於外也，漢書孔光傳：「時有所言，輒削草藁，以為章主之過，以奸忠直，人臣大罪也。」⑬此段言武帝受禪前之文。

逮乎俯應歸運①，仰修乾錄，載筆握簡②，各有司存，如綸之旨③，時或染翰。暨於設簴靈囿④，愷樂在鎬⑤，鹿鳴四牡皇華常棣之歌⑥，伐木采薇出車杕杜之讌⑦，皆詠志摛藻⑧，廣命群臣，上與日月爭光，下與鐘石比韻，事同觀海⑨，義等窺天⑩，觀之而不測，遊之而不知者矣。⑪

①俯應歸運，謂其受禪也。②禮曲禮：「史載筆。」③如綸，言其大也，禮緇衣：「王言如絲，其出如綸，王言如綸，其出如綍。」綸粗於絲，綍又大於綸。④簴音巨（ㄐㄩˋ），所以懸鼓者。設簴，指臨幸學宮也。靈囿，周文王之囿也。此指臨幸園囿言。⑤詩小雅賓之初筵：「王在在鎬，豈樂飲酒。」鎬，周武王所都，在今陝西長安縣西。此指在宮言。⑥詩小雅有鹿鳴篇，燕群臣嘉賓也；有四牡篇，勞使臣也；有皇華篇，君遣使臣也；有常棣篇，燕兄弟之詩也。⑦詩小雅有伐木篇，燕朋友故舊也；有采薇篇，遣戍役也；有出車篇，勞還率也；有杕杜篇，勞還役也。杕，音第（ㄉㄧˋ）。⑧摛，布也，

發也。藻，文藻。⑨孟子盡心：「故觀於海者難為水。」⑩東方朔答客難：「以筦闚天。」⑪此段言武帝即位後之文。

竊惟左史記言，右史記事①，君舉必書②，無論大小；況乎感而後思，思而後積，積而後滿，滿而後言，若斯而已哉！謹因事立名，隨源編次。③

①漢書藝文志：「左史記言，右史記事，事為春秋，言為尚書。」②左傳莊公二十三年：「君舉必書，書而不法，後嗣何觀？」③此段結作序。

鍾嶸詩品卷上序①

氣之動物，物之感人，故搖蕩性情，形諸舞詠，照燭三才②，暉麗萬有，靈祇③待之以致饗，幽微藉之以昭告，動天地，感鬼神，莫近於詩。昔南風之辭④，卿雲之頌⑤，厥義夐矣⑥。夏歌曰：「鬱陶乎予心，」⑦楚謠曰：「名余曰正則。」⑧雖詩體未全，然是五言之濫觴也⑨。

逮漢李陵，始著五言之目矣⑩。古詩眇邈，人代難詳，推其文體，固是炎漢之製⑪，非衰周之倡也。⑫

①鍾嶸，梁潁川人，字仲偉，與兄岏、弟嶼並好學，有思理，天監中，為晉安王記室。詩品，嶸著，列古今五言詩自漢魏以來百有三人，論其優劣，分上中下三品，析為三卷，卷各有序，本篇為卷上之序，實含總序之意。②三才，見范寧罪王何論注。③靈祇，地也。④南風，見沈約梁武帝集序注。⑤舜作卿雲歌曰：「卿雲爛兮，糺漫漫兮，日月光華，旦復旦兮。」⑥夐，遠也。⑦語見尚書五子之歌。鬱陶，哀思也。⑧楚辭：「名余曰正則兮，字余曰靈均。」正則，屈原名，正，平也，則，法也。⑨家語：「夫江始於岷山，其源可以濫觴。」言其發源之始，僅泛濫一觴之微也，今凡謂事之開始曰濫觴。⑩李陵，見司馬遷報任安書注。陵有與蘇武五言詩三首。⑪漢以火德王，故曰炎漢。⑫此段敘五言之始。

自王揚枚馬之徒①，詞賦競爽②，而吟詠靡聞。從李都尉迄班婕妤③，將百年間，有婦人焉，一人而已，詩人之風，頓已缺喪。東京二百載中，惟有班固詠史④，質木無文。降及建安⑤，曹公父子⑥，篤好斯文，平原兄弟，鬱爲文棟⑦，劉楨王粲，爲其羽翼⑧，次有攀龍託鳳自致於屬車者⑨，蓋將百計，彬彬之盛⑩，大備於時矣。⑪

①王，王褒，揚，揚雄，枚，枚乘，馬，司馬相如，皆工詞賦者。②競爽，競明也，見左傳昭三年。③李都尉，即李陵，陵為騎都尉，故云。班婕妤，班昭也，曾作怨歌行，見徐淑答夫秦嘉書注。④班固，見封燕然山銘注。固有詠史詩。⑤建安，見曹植王仲宣誄注。⑥曹公父子，謂操及丕、植也。⑦平原兄弟，謂應瑒、應璩也，瑒為魏武掾屬，後轉為平原侯庶子，故云，參看魏文帝典論論文注。⑧劉楨，見魏文帝典論論文注。王粲，見登樓賦注。⑨屬車，天子侍從之車也。⑩彬彬，見陸機文賦注。⑪此段漢魏。

爾後陵遲①衰微，迄於有晉，太康中②，三張二陸③，兩潘一左④，勃爾復興，踵武前王，風流未沬⑤，亦文章之中興也。永嘉時⑥，貴黃老⑦，稍尚虛談⑧，于時篇什，理過其辭，淡乎寡味。爰及江表，微波尙傳⑨，孫綽許詢桓庾諸公⑩，詩皆平典，似道德論，建安風力盡矣。⑪

①陵遲，言如丘陵之逶遲稍卑下也，與陵夷同。②太康，晉武帝年號。③三張，張華、張協、張翰也，張華見女史箴注，張協，字景陽，安平人，張翰，字季鷹，吳人。二陸，陸機、陸雲也，陸機見文賦注，雲，機弟，字士龍。④兩潘，潘岳、潘尼也，潘岳見哀永逝文注，尼，岳從子，字正叔。一左，左思也，字太沖，臨淄人。八人皆善詩賦。⑤沫，已也。⑥永嘉，晉懷帝年號。⑦黃老，黃帝、老子，謂道家之言。⑧虛談，即晉時之清談，祖述老莊，排棄世務，專談空理也。⑨謂晉渡江為東晉時也。⑩孫綽，中都人，字興公。許詢，高陽人，與綽俱有高尚之志。桓，桓彝，字茂倫，龍亢人。庾，庾亮，字元規，鄢陵人。⑪此段晉。

先是郭景純用儁上之才，變創其體①，劉越石仗清剛之氣，贊成厥美②，然彼衆我寡，未能動俗；迨義熙中③，謝益壽斐然繼作④，元嘉初⑤，有謝靈運，才高詞盛，富豔難蹤⑥，固已含劉郭⑦，陵轢潘左⑧。故知陳思爲建安之傑⑨，公榦仲宣爲輔⑩，陸機爲太康之英，安仁景陽爲輔⑪，謝客篇元嘉之雄⑫，顏延年爲輔⑬，斯皆五言之冠冕，文詞之命世也⑭。

①郭景純，即郭璞，見爾雅序注。②劉越石，晉劉琨也，魏昌人。③義熙，晉安帝年號。④謝益壽，

晉謝混也，混字叔源，益壽其小字。⑤元嘉，見謝惠連祭古冢文注。⑥謝靈運，宋陽夏人。⑦劉郭，劉楨、郭璞也。⑧轢，讀如歷；陵轢，駕而上之之意。潘左，潘岳、左思也。⑨陳思，曹植也，植封陳王，謚思。⑩公幹、仲宣，劉楨、王粲也。⑪安仁、景陽，潘岳、張協也。⑫謝客，即謝靈運，靈運生旬日而祖玄亡，其家以子孫難得，送錢塘養之，十五方還都，故名客兒。⑬顏延年，即顏延之，見陶徵士誄注。⑭命世，有名於世之人也。此段晉宋合。

夫四言①文約意廣，取效風騷②，便可多得，每苦文繁而意少，故世罕習焉。五言居文詞之要，是衆作之有滋味者也，故云會於流俗，豈不以指事造形，窮情寫物，最爲詳切者耶！故詩有六義焉③，一曰興，二曰比，三曰賦；文已盡而意有餘，興也，因物喻志，比也，直書其事，寓言寫物，賦也，弘斯三義，酌而用之，幹而以風力④，潤之以丹彩，使味之者無極，聞之者動心，是詩之至也。若專用比興，則患在意深，意深則詞躓⑤；若但用賦體，則患在意浮，意浮則文散，嬉成流移⑥，文無止泊有蕪漫之累矣⑦。

①古之詩有三言、四言、五言、六言、七言、九言。②風騷，謂國風、離騷也。③六義，風、雅、

頌、賦、興、比也。④風力，猶風骨也。⑤躓，音致（ㄓˋ），礙也。⑥嬉成，游戲之詞也。流移，謂文不確切，可移至他處也。⑦蕪漫，離亂散漫也。此段論詩體。

若乃春風春鳥，秋月秋蟬，夏雲暑雨，冬月祁寒①，斯四候之感諸詩者也。嘉會寄詩以親，離群託詩以怨。至於楚臣去境②，漢妾辭宮③，或骨橫朔野，或魂逐飛蓬，或負戈外戍，殺氣雄邊，塞客衣單，孀閨淚盡，或士有解珮出朝，一去忘返，女有揚蛾入寵，再盼傾國，凡斯種種，感蕩心靈，非陳詩何以覽其義，非長歌何以騁其情。故曰：「詩可以群，可以怨。」④使窮賤易安，幽居靡悶，莫尚於詩矣。故詞人作者，罔不愛好。⑤

①祁寒，大寒也。見書君牙。②楚臣去國，謂屈原被放逐也。③漢妾辭宮，謂王嬙也。④語見論語陽貨。群，和而不流。怨，怨而不怒也。⑤此段敘作詩之人。

今之士俗，斯風熾矣，纔能勝衣①，甫就小學，必甘心而馳騖焉，於是庸音雜體，各各爲容。至於膏腴子弟，恥文不逮，終朝點綴②，分夜呻吟③，獨觀謂爲警策④，衆覩終淪平鈍。次有輕蕩之徒，笑曹劉爲古拙⑤，謂鮑照羲皇上人⑥，謝朓今古獨步；而歸鮑照，終不及日中市朝滿⑦，學謝朓，劣得黃鳥度青枝⑧，徒自棄於高聽，無涉於文流矣。⑨

①勝衣，謂兒童稍長體纔任衣服也。②點綴，猶襯飾也。③呻吟，詠誦之聲。④警策，見陸機文賦注。⑤曹劉，曹植、劉楨也。⑥羲皇上人，猶言太古之人。⑦日中市朝滿，鮑照代結客少年場行句。⑧黃鳥度青枝，虞炎詩句。⑨此段言詩格之日卑。

觀王公縉紳之士，每博論之餘，何嘗不以詩爲口實①？隨其嗜慾，商搉不同，淄澠并泛②，朱紫相奪，喧議競起，準的無依；近彭城劉士章③，俊賞之士，疾其淆亂，欲爲當世詩品，口陳標榜④，其文未遂，感而作焉。昔九品論人⑤，七略裁士⑥，校以賓實⑦，誠多未值⑧；至若詩之爲技，較爾可知以類推之，殆均博弈，方今皇帝⑨，資生知之上才，體沉鬱之幽思，文麗日月，學究天人，昔在貴遊，已爲稱首；況八紘既奄⑩，風靡雲蓋，抱玉者聯肩，握珠者踵武，以瞰漢魏而不顧，吞晉宋於胸中，諒非農歌轅議⑪，敢致流別。嶸之今錄，庶周旋於閭里，均之於談笑耳。⑫

①口實，見江統徙戎論注。②淄澠，二水名，淄水，在今山東臨淄縣南，澠水在縣北。③彭城，郡名，今江蘇銅山縣等地。劉士章，南齊劉繪也，彭城人，有盛才。④標榜，謂表暴而稱揚之也；亦作標搒。⑤漢班固撰漢書，表述古今人，列為九品；三國魏陳群為尚書，制九品官人之法。⑥漢劉歆總群書而奏其七略，為輯略、六藝略、諸子略、詩賦略、兵書略、術數略、方技略。⑦賓實，猶言名實，莊子逍遙遊：「名者，實之賓也。」⑧值，當也。⑨皇帝，謂梁武帝。⑩淮南子地形訓：「八殯之外有八紘。」紘，維也。言既有天下。⑪農歌轅議，猶巷語塗歌也。⑫此段言作詩品之旨。

劉峻送橘啓①

南中橙甘②，青鳥所食③，始霜之旦④，采之風味照座，劈之香霧噀人⑤，皮薄而味珍，脈不黏膚，食不留滓⑥，甘踰萍實⑦，冷亞冰壺⑧，可以薰神⑨，可以芼鮮⑩，可以漬蜜，氈鄉之果⑪，寧有此邪！

①劉峻，梁平原人，字孝標，好學家貧，寄人廡下，自課讀書，居東陽，吳人士多從之學，普通二年卒，

年六十，門人謚曰玄靜先生。②南中，謂江南也，橘類出江南。橙甘，二果名，橘屬；甘，通作柑。③箕山之東，青鳥之所，有盧橘夏熟，見伊尹書。④始霜，季秋之月。⑤噀，音巽（ㄒㄩㄣˋ），噴也。⑥滓，渣滓也。⑦家語載楚昭王渡江，江中有物大如斗，圓而赤，直觸王舟，群臣莫識，使之問孔子，孔子曰：「此萍實也。」⑧冰壺，喻心之清也，鮑照樂府：「清如玉壺冰。」⑨薰，和悅貌。⑩芼，音冒（ㄇㄠˋ），菜也。芼鮮，謂用菜雜肉為羹也。⑪氈鄉，氈裘之鄉，指夷狄也。峻送橘於北地，故云。

劉峻廣絕交論①

客問主人曰：朱公叔絕交論②，為是乎？為非乎？主人曰：客奚此之問？答曰：夫草蟲鳴則阜螽躍③，雕虎嘯④而清風起，故絪縕相感⑤，霧涌雲蒸，嚶鳴相召⑥，星流電激；是以王陽登則貢公喜⑦，罕生逝而國子悲⑧；且心同琴瑟，言鬱郁於蘭茝⑨，道叶膠漆，志婉孌於塤篪⑩，聖賢以此鏤金版而鐫盤盂，書玉牒而刻鍾鼎⑪。若乃匠人輟成風之妙巧⑫，伯子息流波之雅引⑬，范張款款於下泉⑭，尹班陶陶於永夕⑮，駱驛縱橫，煙霏雨散，巧曆所不知，心計莫能測。而朱益州汨彝敘，粵謨訓⑯，捶直切⑰，絕交游，比黔首以鷹鸇，媲⑱人靈於豺虎，蒙有猜焉，請辨其惑！

①劉峻見任昉諸子，流離不能自振，昉生平舊交，莫有收卹者，乃廣朱公叔絕交論而作此。②朱公叔，名穆，後漢人，感時澆薄，著絕交論。③詩小雅出東：「嚶嚶草蟲，趯趯阜螽。」草蟲鳴則阜螽跳躍而從之，異類相應也。④雕虎，象獸名也。尸子：「余左執太行之獶而右搏雕虎。」⑤絪縕，元氣蘊釀也。⑥嚶鳴，鳥鳴求友也，詩小雅伐木：「嚶其鳴矣，求其友聲。」⑦後漢王吉，字子陽，與貢禹為友，世稱王陽在位，貢公彈冠，言其趣舍同也。⑧罕生，春秋鄭大夫子皮。國子，子產也。子產聞子皮卒，哭且曰：「吾以無為為善，唯夫子知我也。」⑨鬱郁，香也。⑩膠漆，言交誼之堅，如膠如漆不相離也。婉孌，猶親愛也。塤篪，皆樂器，聲能相和。心和琴瑟，則言香蘭茝，道合膠漆，則志順塤篪，言和順之甚也。⑪二句言聖賢以良朋之道，故著簡策而傳之也。⑫郢人堊墁其鼻端若蠅翼，使匠石斲之，匠石運斤成風，斲之盡堊而鼻不傷，宋元君召試之，匠石曰：「臣質死久矣。」見莊子徐無鬼。⑬伯子，即伯牙也。鍾子期死，伯牙輟琴不彈，見司馬遷報任安書注。⑭後漢時，范式與張劭友善，式夢劭告以已死，式素服奔赴，如期會葬，見後漢書范式傳。款款，見司馬遷報任安書注。下泉，

猶言黃泉。⑮陶陶，相隨行貌。伊敏與班彪相厚，每相與談，常晏暮不食晝即至冥，夜徹旦，彪曰：「相與久語，為俗人所怪，然鍾子期死，伯牙破琴，曷為陶陶哉。」⑯穆卒，贈益州刺史，故稱朱益州。言朋友之義，備在典謨，公叔亂常道而絕之也。⑰捶，擊也。直切，猶切直，爾雅謂丁丁嚶嚶者，相切直也。⑱媲，妃也。

主人听然①而笑曰：客所謂撫絃徽音，未達燥濕變響，張羅沮澤，不覩鴻雁雲飛②；蓋聖人握金鏡③，闡風烈，龍驤蠖屈，從道汙隆④，日月聯璧⑤，贊亹亹之弘致⑥，雲飛電薄⑦，顯棣華之微旨⑧，若五音之變化，濟九成之妙曲⑨，此朱生得玄珠於赤水⑩，謨神睿而爲言⑪。

①听然，見司馬相如上林賦注。②徽，琴之標識處。沮澤，生草之澤。四句言朋友之道，乃隨時而盛衰，今以絕交為惑，是未達隨時之義，猶撫絃者未知變響，張羅者不覩雲飛也。③金鏡，喻明道也。④禮檀弓：「道隆則從而隆，道汙則從而汙。」汙，猶殺也。⑤日月聯璧，太平之象。⑥亹亹，微妙之意。⑦雲飛電薄，言衰亂也。⑧論語子罕：「棠棣之華，偏其反而。」此為逸詩，棠棣之華，反而後合，賦此詩以言權反而後至於大順也。⑨樂一終為一成，九成，終九奏也。書益稷：「簫韶九成。」

⑩莊子天地：「黃帝游於赤水之北，遺其玄珠，使象罔求而得之。」赤水，水假名。玄珠，喻道也。⑪謨，謀也。神睿，猶言神聖。

至夫組織仁義①，琢磨道德②，驩其愉樂，恤其陵夷③，寄通靈臺之下④，遺迹江湖之上⑤，風雨急而不輟其音⑥，霜雪零而不渝其色⑦，斯賢達之素交⑧，歷萬古而一遇。逮叔世民訛⑨，狙詐飆起，谿谷不能踰其險，鬼神無以究其變，競毛羽之輕，趨錐刀之末⑩，於是素交盡，利交興，天下蚩蚩⑪，鳥驚雷駭。然則利交同源，派流則異，較⑫言其略，有五術焉。

①道德仁義，天性也，織之以成其物，練之以成其情。②禮大學：「如切如磋，道學也，如琢如磨，自修也。」③陵夷，言其頹替，如丘陵之漸平也。④通，通神也。靈臺，心也。⑤遺跡，相忘于江湖也。⑥詩鄭風：「風雨如晦，雞鳴不已。」喻君子雜居亂世，不論改其節度也。⑦呂氏春秋孝行覽慎人篇：「大寒既至，霜雪既降，吾是以知松柏之茂也。」⑧素交，雅素之交。⑨叔世，末世也。詩小雅沔水「民之訛言。」訛，偽也。⑩錐刀，言其小也。左傳昭六年：「錐刀之末，將盡爭之。」⑪蚩蚩，無知也。詩衛風：「氓之蚩蚩。」⑫較，明也。

若其寵鈞董石①，權壓梁竇②，雕刻百工，鑪捶萬物，吐漱興雲雨，呼噏下霜露，九域聳其風塵，四海疊其熛灼③，靡不望影星奔，藉響川騖④，雞人⑤始唱，鶴蓋⑥成陰，高門且開，流水接軫⑦，皆願摩頂至踵，隳膽抽腸，約同要離焚妻子⑧，誓殉荊卿湛七族⑨；是曰勢交，其流一也。

①董，漢哀帝幸臣，董賢，石，漢元帝時宦者石顯，皆貴寵一時。②梁竇，後漢時外戚梁氏、竇氏也，皆曾握有重權，勢傾中外。③疊，懼也。熛灼，言勢盛也。④藉響，聞聲響和也。川騖，如百川之歸海。⑤雞人，周官，凡國事，為期則告之時，象雞之知時，故名。⑥鶴蓋，言車蓋如飛鶴。⑦言車如流水也。⑧春秋時，吳王闔廬欲殺王子慶忌，要離詐以罪亡，令吳王燔其妻子，要離走見慶忌，慶忌不疑而納之，要離遂乘間以劍刺殺慶忌。⑨戰國時，荊軻為燕刺秦王，不成而死，其族坐之。湛，同沉，沒也。

富埒陶白①，貲巨程羅②，山擅銅陵③，家藏金穴④，出平原而聯騎，居里閈而鳴鍾⑤；則有窮巷之賓，繩樞之士⑥，冀宵燭之末光⑦，邀潤屋之微澤⑧，魚貫鳧躍，颯沓鱗萃⑨，分鴈鶩之稻粱⑩，霑玉斝之餘瀝⑪，銜恩遇，進款誠，援青松以示心，指白水而旌信⑫，是曰賄交，其流二也。

①陶白，陶朱公、白圭也，陶朱見賈誼過秦論注，白圭，周人，樂觀時變，天下言治生者祖之，見漢書貨殖傳。②程羅，程鄭、羅襃也，程鄭，山東遷虜，冶鑄賈魋結民成大富，羅襃，成都人，貲至鉅萬，並見漢書貨殖傳。③銅陵，銅山也。漢文帝賜宦者鄧通嚴道銅山，得專鑄錢，鄧氏錢布天下，見漢書佞幸傳。④後漢光武帝郭皇后弟況為大鴻臚，數賞賜金錢，京師號況家為金穴，見後漢書郭皇后紀。⑤食時擊鐘，為富貴之儀。⑥繩樞，以繩係户樞，貧者之居也。⑦貧女以家無燭，與人共處，冀得其光，見戰國策。⑧禮大學：「富潤屋。」⑨颯，思答切：颯沓，衆盛貌。鱗萃，如魚之聚也。⑩貴家以稻粱飼雁鶩，而希分之。⑪玉斝，玉爵也。⑫左傳僖二十四年：「所不與舅氏同心者，有如白水。」晉文公對舅犯語。

陸大夫宴西都①，郭有道人倫東國②，公卿貴其籍甚③，搢紳羨其登仙④，加以頷頤蹙頞，涕唾流沫⑤，騁黃馬之劇談⑥，縱碧雞之雄辯⑦，敘溫郁則寒谷成暄⑧，論嚴苦則春叢零葉⑨，飛沈出其顧指，榮辱定其一言；於是有弱冠王孫，綺紈公子，道不挂於通人，聲未遒於雲閣⑩，攀其鱗翼，丐其餘論，附駔⑪驥之旄端，軼歸鴻於碣石⑫；是曰談交，其流三也。

①陸大夫，漢陸賈。高祖拜賈為大中大夫，陳平以錢五百萬遺賈為飲食費。西都，長安也。②郭有道，後漢郭泰。泰善人倫，謂臧否人物。東園，洛陽也。③籍甚，聲名狼籍甚盛也。④郭泰游洛陽，後歸鄉，諸儒送之，與李膺同舟而濟，衆賓望之，以為神仙，見後漢書泰傳。⑤二語見揚雄解嘲注。⑥黃馬，戰國公孫龍之辯辭。⑦碧雞，亦公孫龍辯辭。⑧溫郁，與溫燠同，溫暖也，燕有寒谷，鄒衍吹律，溫氣乃至。⑨風霜壯謂之嚴。苦，急也。噓枯則冬榮，吹生則夏落，皆指善談。⑩遒，健也。雲閣，上騰之所。⑪駔，音葬（ㄗㄤˋ），上聲，壯馬也。⑫軼，過也。碣石，山名。

陽舒陰慘①，生民大情，憂合驩離，品物恆性，故魚以泉涸而呴沫②，鳥因將死而鳴哀③，同病相憐，綴河上之悲曲④，恐懼寘懷，昭谷風之盛典⑤，斯則斷金由於湫隘⑥，刎頸起於苫蓋⑦，是以伍員濯溉於宰嚭⑧，張王撫翼於陳相⑨；是曰窮交，其流四也。

①人在陽時則舒，在陰時則慘。②煦，吹也。泉涸，魚相與處於陸，相煦以溼相濡以沫，見莊子大宗師。③論語泰伯：「鳥之將死，其鳴也哀。」④伍子胥有河上之歌者，同病相憐，同憂相救之語。⑤詩谷風：「將恐將懼，寘予於懷。」⑥易繫辭：「二人同心，其利斷金。」湫隘，低下窄小之地也。⑦白蓋為苦。⑧伯嚭來奔於吳，子胥請以為大夫，宰嚭實因子胥濯溉而榮顯，然後之害子胥者嚭也。⑨張耳、陳餘為刎頸交，餘因耳撫翼而起，乃以襲耳。

馳騖之俗，澆薄之倫，無不操權衡，秉纖纊，衡所以揣其輕重，纊所以屬其鼻息①，若衡不能舉，纊不能飛，雖顏冉龍翰鳳雛②，曾史蘭薰雪白③，舒向金玉淵海④，卿雲黼黻河漢⑤，視若游塵，遇同土梗⑥，莫肯費其半菽⑦，罕有落其一毛⑧，若衡重錙銖，纊微影撇，雖共工之蒐慝⑨，驩兜之掩義⑩，南荊之跋扈⑪，東陵之巨猾⑫，皆為匍匐逶迤，折枝舐痔⑬，金膏翠羽將其意⑭，脂韋便辟導其誠⑮；故輪蓋所游，必非夷惠之室⑯，苞苴所入⑰，實行張霍之家⑱，謀而後動，毫芒寡忒；是曰量交，其流五也。

①纊，新綿，易動搖，將死，置口鼻上以為候。②顏冉，顏淵、冉伯牛也，皆孔子弟子。三國魏崔琰謂

邴原張範為龍翰鳳翼。龐統號鳳雛。③曾史，曾參、史魚也，曾參，孔子弟子，史魚，衛大夫。蘭薰，若蘭之香。雪白，如雪之白。④舒向，漢董仲舒、劉向也，其人如世之金玉，其辭同於淵海。⑤卿雲，司馬長卿、揚子雲也，其文可黼黻天之河漢。⑥言雖如顏、冉、曾、史、舒、向、卿、雲，亦以游塵土梗遇之。⑦半菽，食蔬菜以菽雜半之也。⑧楊朱為我，拔一毛而利天下，不為也，見孟子盡心。⑨共工，堯時四凶之一，為舜所流。蒐慝，言隱惡也。⑩驩兜，堯時四凶之一，為舜所放。⑪南荆，謂楚也。⑫莊子駢拇：「盜跖死利於東陵之上。」⑬孟子梁惠王：「為長者折枝。」秦王有病召醫，破癰潰痤者得車一乘，舐痔者得車五乘，見莊子列禦寇。⑭將，助也。⑮脂，脂油。韋，軟皮，言柔滑也。便辟，習於威儀而不直。⑯夷惠，伯夷、柳下惠也。⑰苞苴，謂包裹也，禮曲禮：「凡以弓劍苞苴簞笥問人者。」故納賄於人，亦曰苞苴。⑱張霍，漢張安世、霍光，皆貴家也。

凡對五交，義同賈鬻①，故桓譚譬之於闤闠②，林回喻之於甘醴③。夫寒暑遞進，盛衰相襲，或前榮而後悴，或始富而終貧，或初存而末亡，或古約而今泰，循環翻覆，迅若波瀾，此則殉利之情未嘗異，變化之道不得一，由是觀之，張陳所以凶終④，蕭朱所以隙末⑤，斷焉可知矣；而翟公方規規然勒門以箴客⑥，何所見之晚乎！因此五交，是生三釁：敗德殄義，禽獸相若，一釁也；難固易攜，讐訟所聚，二釁也；名陷饕餮⑦，貞介所羞，三釁也。古人知三釁之爲梗，懼五交之速尤⑧，故王丹威子以檟楚⑨，朱穆昌言而示絕，有旨哉！有旨哉！

①賈，買也。鬻，賣也。②桓譚，後漢人，字君山，光武時拜議郎，著新論。譚集並無以市喻交之文，國策譚拾子語孟嘗君，則有市喻之言，疑拾誤為桓，遂居譚上。③林回，戰國時人，有君子之交淡若水，小人之交甘如醴之語，見莊子山木。④張陳凶終，即張耳、陳餘事，見前。⑤漢蕭育與朱博友善，後育為九卿，博先至丞相，與博有隙，見漢書蕭育傳。⑥翟公，漢下邽人，為廷尉，賓客填門，及廢，門外可設雀羅，後復為廷，賓客欲往，公大署其門曰：「一死一生，乃知交情，一貧一富，乃知交態，一貴一賤，交情乃見。」見漢書鄭當時傳。規規然，自失也。⑦饕餮，見陳琳為袁紹檄豫州注。⑧速尤，召尤也。⑨後漢王丹子有同門生喪親，家在中山，白丹欲奔慰；丹怒而扭送之，見後漢書王丹傳。檟楚，二木名，即夏楚，夏檟古今字，古者扑作教刑，以此為之。

近世有樂安任昉①，海內髦傑，早綰銀黃②，夙昭民譽，遒文麗藻，方駕曹王③，英跱④俊邁，聯横許郭⑤，類田文之愛客⑥，同鄭莊之好賢⑦，見一善則盱衡⑧扼腕，遇一才則揚眉抵掌，雌黃出其脣吻⑨，朱紫由其月旦⑩，於是冠蓋輻湊，衣裳雲合，輜軿擊轊，坐客恆滿，蹈其閫閾，若升闕里之堂⑪，入其隩隅，謂登龍門之阪⑫，至於顧盼增其倍價⑬，剪拂使其長鳴⑭，影組雲臺者⑮摩肩，趨走丹墀者疊迹，莫不締恩狎，結綢繆，想惠莊之清塵⑯，庶羊左之徽烈⑰。

①樂安晉，國名，地在今山東。任昉，見為卞彬謝修卞忠貞墓啟注。②銀黃，銀印與金印。③曹王，曹植、王粲也。④跱，或謂當作特。⑤許郭，許劭、郭泰也，二人皆好人倫，多所賞識，天下言拔士者咸稱許、郭。⑥田文，孟嘗君也，見賈誼過秦論注。⑦漢鄭當時，字莊，為大司農，每朝候，上問說，未嘗不言天下長者，見漢書當時傳。⑧眉之上為衡，盱衡，舉眉揚目也。⑨晉王衍能言，於意有不安者，輒更易之，時號口中雌黃。⑩後漢汝南太守宗賢等任用善士，以朱紫為別。許劭與從兄靖俱有高名，好論鄉黨人物，月旦輒更其品題，故汝南俗有月旦評，二人為汝南人。⑪闕里，孔子所居，在今山東曲阜縣。⑫登龍門，見范寧罪王何論龍門注。⑬售駿馬立市，莫與之言，伯樂一顧而價增十倍，見戰國策。⑭剪拂，與湔祓同，謂去其舊日之不善，見戰國策。⑮雲臺，漢宮中高臺，後漢永平中圖畫二十八將於此。⑯惠莊，惠施、莊周也。施死而周之說止，以世莫可與語也。⑰羊左，羊角哀、左伯桃也，二人為死友，聞楚王賢，往尋之，道遇雨雪，計不俱全，伯桃乃并衣糧與角哀，自入樹

中死。

及暝目東粵①，歸骸洛浦②，繐帳猶懸③，門罕漬酒之彥④，墳未宿草⑤，野絕動輪之賓⑥，藐爾諸孤，朝不謀夕，流離大海之南，寄命障癘之地⑦，自昔把臂之英，金蘭之友，曾無羊舌下泣之仁⑧，寧慕郈成分宅之德⑨。嗚呼！世路險巇⑩，一至於此，太行孟門，豈云嶄絕⑪！是以耿介之士，疾其若斯，裂裳裹足，棄之長鶩，獨立高山之頂，歡與麋鹿同群，皦皦然絕其雰濁⑫，誠恥之也！誠畏之也！

①任昉為新安太守，終焉，其地在今浙江。②謂歸葬揚州也。③繐帳，死者靈帳。④後漢徐穉弔喪，常於家預炙雞一隻，一兩綿漬酒曝乾，以裹雞，徑到所赴冢隧外，以水漬之，使有酒氣，醊酒畢，留謁而去，不見喪主，見後漢書穉傳。⑤宿草，隔年之草，禮檀弓：「朋友之墓，有宿草而不哭焉。」⑥范式弔張劭，未至，柩不進，及式至執引，柩乃前，見後漢書式傳。⑦障，古瘴字。⑧春秋晉羊舌肸見司馬侯之子，撫而泣之。⑨春秋時，郈成子自魯聘，晉過於衛，右宰穀臣止而觴之，陳樂而不作，酣畢而送以璧，成子不辭，行三十里而聞衛亂作，穀臣死，成子乃迎其妻子，還其璧，隔宅而居之。

⑩險巇，猶顛危也。⑪太行，山名，見陳琳為袁紹檄豫州注。孟門，山名。見弭載劍閣銘注。言太行、孟門未為險，今之世路斯險耳。⑫皦皦然，潔白也。雺，同氛，雺濁，濁氣也。

劉潛謝始興王賜花紈簟啟①

麗兼桃象②，周洽昏明，便覺夏室已寒，冬裘可襲③，雖九日煎沙④，香粉猶棄⑤，三旬沸海⑥，團扇可捐⑦。

①劉潛，字孝儀，工屬文，大同中官御史中丞，出為臨海太守，大寶元年，卒，年六十七。始興王，姓蕭，名憺，字僧達，武帝第十一子，天監元年，封始興郡王。②桃，桃枝簟。象，象牙簟。③襲，重衣也。④煎沙，言大旱也，湯時大旱七年，煎沙爛石。⑤少汗，故不須敷粉。⑥曹植以三伏為三旬。沸海，言酷暑也。⑦捐，亦棄也。

劉令嫻祭夫徐敬業文①

惟梁大同五年②，新婦謹薦少牢③，於徐府君之靈曰：惟君德爰禮智，才兼文雅，學比山成④，辨同河瀉⑤，明經擢秀，光朝振野，調逸許中⑥，聲高洛下⑦，含潘度陸⑧，超終邁賈⑨。

①劉令嫻，梁祕書監孝綽妹也，孝綽有三妹，令嫻最幼，世稱劉三孃。徐敬業，名悱，剡人，為晉安內史卒，喪還建業，令嫻為此文祭之，敬業父勉欲造哀文，睹令嫻此作，遂閣筆。②大同，梁武帝年號。③少牢，一羊也。④論語子罕：「譬如為山，未成一簣。」⑤世說：「吐章成文，如懸河瀉水，注而不竭。」⑥許中，謂今河南許昌縣。⑦洛下，謂今河南洛陽縣。⑧潘，潘岳，陸，陸機。⑨終，終軍。賈，賈誼。

二儀既肇①，判合②始分，簡賢依德，乃隸③夫君，外治徒奉，內佐無聞，幸移蓬性，頗習蘭薰，式傳琴瑟④，相酬典墳⑤。

①二儀，見張華女史箴兩儀注。肇，始也。②判，亦作牉，半也。得耦為合。③隸，附著也。④琴瑟，言夫婦和諧也。⑤典墳，見陸機文賦注。

輔仁①難驗，神情易促，雹碎春仁，霜雕②夜綠，躬奉正衾③，親觀啟足④，一見無期，百身何贖⑤。

①論語顏淵：「君子以文會友，以友輔仁。」②雕通作凋，半傷也。③春秋時，齊黔婁沒而衾不蔽體，曾子令邪之，其妻曰：「邪而有餘，不若正而不足」④論語泰伯：「曾子有疾，召門弟子曰：『啟予足！啟予手！』」蓋以身體受於父母，不敢毀傷，使其弟子開其衾而視之也。⑤贖，猶續也。

嗚呼哀哉！生死雖殊，情親猶一，敢遵先好，手調薑橘①，素俎空乾，奠觴徒溢，昔奉齊眉②，異於今日。

①木耳責而細切之，和以薑橘，可為葅，滑美。②漢梁鴻妻孟光每饋食，舉案齊眉，見後漢書鴻傳。

從軍暫別，且思樓中①，薄游未反，尚比飛蓬②，如當此訣，永痛無窮，百年何幾，泉穴方同③！

①曹植七哀詩：「明月照高樓，流光正徘徊，上有愁思婦，悲歎有餘哀。」 ②飛蓬，見徐淑答夫秦嘉書注。 ③泉穴方同，言至死始同葬也，詩王風：「穀則異室，死則同穴。」

梁簡文帝與蕭臨川書①

零雨送秋，輕寒迎節，江楓曉落，林葉初黃，登舟已積，殊足勞止②，解維金闕，定在何日③？八區內侍④，厭直御史之廬⑤，九棘外府⑥，且息官曹之務，應分竹南川⑦，剖符千里。

①梁簡文帝，武帝第三子，姓蕭名綱，字世讚，幼聰睿，識悟過人，九流百氏，經目必記，著書甚多，侯景反，為所弒，在位二年。蕭臨川，蕭子雲也。梁時蕭子顯、子雲並為臨川內史，此書當是與子雲者，蓋梁中大通三年，簡文始立為太子，而子雲適遷臨川內史，若子顯則簡文為太子時，已歷侍中國子祭酒

矣。臨川，郡名，在今江西。②止，語助詞。詩大雅民勞：「民亦勞止。」③維，所以繫舟。解維金闕，言開舟離京也。④武帝後宮八區，有昭陽、飛翔、增成、合歡、蘭林、披香、鳳凰、鴛鸞等殿。內侍，謂供奉內庭也。⑤直，侍也。廬，直宿所止之處。⑥周禮秋官：「朝士，掌建外朝之法，左九棘，孤卿大夫位焉，右九棘，公侯伯子男位焉。」周禮天官：「外府，掌邦布之入出。」⑦南川，即指臨川。⑧符，符節。剖符，謂剖而分半以與之。服官臨川，乃封之於外也。

但黑水初旋①，未申十千之飲②，桂宮既啓，復乖雙闕之宴③，文雅縱橫，即事分阻④，清夜西園⑤，眇然未剋⑥，想征艫而結歎⑦，望橫席而霑襟。

①黑水，雍州之水，書禹貢：「黑水西河惟雍州。」梁普通四年，簡文為雍州刺史，中大通三年，還立為皇太子，故云。②曹植有美酒斗十千句。③言為太子後，又未筵聚也。④言雅集每因事阻。⑤曹植詩：「清夜遊西園。」⑥未剋，猶未能。⑦船尾謂之艫。此指臨川之行舟。

若使弘農書疏，脫還鄴下①，河南口占，儻歸鄉里②，必遲青泥之封③，且覿朱明之詩④。

白雲在天，蒼波無極，瞻之歧路，眷慨良深，愛護波潮⑤，敬勖光采。⑥

①魏曹植留守鄴，數與弘農楊修書，修亦答書焉。弘農，地在今河南。鄴，漢縣，在今河南臨漳縣境。
②漢陳遵為河南太守，治私書謝京師故人，遵憑几口占書文，親疏各有意。河南，漢郡，地在今河南。
③遲，待也。後漢鄧訓為烏桓校尉，故吏知訓好青泥封書，特遠載至上谷貽之。④夏為朱明。六句言吏或因公來京，則土泥之信可待，夏時所作詩可見⑤望其在舟中珍重。⑥此書蓋送臨川之行。

梁簡文帝相官寺碑①

眞人西滅②，羅漢東游，五明盛士③，竝宣北門之教，四姓小侯④，稍罷南宮之學⑤，超洙泗之濟濟⑥，比舍衛之洋洋⑦；是以高檐三丈，乃爲祀神之舍，連閣四周，竝非中官之宅⑧。雪山忍辱之草⑨，天宮陁樹之花⑩，四照芬吐⑪，五衢異色⑫，能令扶解說法，果出妙衣⑬；鹿苑豈殊⑭，祇林何遠⑮。

①相官寺，一作湘宮寺，在今江蘇江寧縣東青溪之北，宋明帝初為湘東王，及即位，以舊地建此寺。②西滅，得道於西方也。③五明：聲明，工巧明，醫方明，因明，內明也，見天竺大論。④漢永平中為外戚樊氏、郭氏、陰氏、馬氏諸子弟立學，號四姓小侯，以非列侯，故曰小侯。⑤漢高祖過魯，申公以弟子從師入見於魯南宮，見漢書儒林傳。⑥洙泗，見范寧罪王何論注。⑦沙祇，大國，即舍衛國，在月氏南萬里，見括地志。⑧中官，朝內之官。⑨葱嶺冬夏有雪，彼土人名為雪山。山有草，名忍辱草。⑩拘尼陁樹，其花見月光即開，見酉陽雜俎。⑪鵲山有木，其華四照，見山海經。⑫少室之山，其上有木，名曰帝休，其枝五衢，見山海經，言樹枝重錯五出，有象衢路也。⑬加那牟尼將諸比丘遊行教化，時有王女請佛及僧，三月受請，四事供養，還復以妙衣各施一領，見百緣經。⑭迦尸國波羅捺城東北許，得仙人鹿野苑精舍，見佛國記。⑮須連請太子欲買園，造精舍，祇陀太子言園地屬卿樹木屬我，二人共立精舍，號為太子祇陀樹給孤獨食園，見賢愚經。

皇太子蕭綽，自昔藩邸①，便結善緣，雖銀藏蓋寡，金地多闕，有慚四事②，久立五根③。泗川出鼎④，尚刻之罘之石⑤，岷峨作鎮，猶銘劒壁之山⑥，矧伊福界，寧無鐫刻。

①藩邸，見謝朓辭隨王子隆牋朱邸注。②寶如來三昧經：「佛言菩薩以四事，可知有勞：聞無央數人，其心恐怖，是為一勞；聞不可度生死，其心恐怖，是為二勞；聞不可限諸佛智，其心恐怖，是為三勞；聞無央數功德而成一相，其心恐怖，是為四勞。」③信根，精進根，念根，定根，慧根，是為五根，見諸法本無經。④泗川，即泗水，源出山東泗水縣南，至江蘇入淮，此禹迹也，今徐州以南之淤黃河，即其故道。史記秦始皇紀：「始皇還過彭城，欲出周鼎泗水，使人沒水求之，弗得。」⑤之罘，秦始皇刻石於此，今地見司馬相如子虛賦注。⑥二語見張載劍閣銘岷嶓注。

銘曰：洛陽白馬①，帝釋天冠②，開基紫陌，峻極雲端，實惟爽塏③，棲心之地，譬若淨土④，長爲佛事，銀鋪曜色，玉礙金光，墖如僊掌⑤，樓疑鳳皇⑥，珠生月魄⑦，鐘應秋霜⑧，鳥依交露⑨，幡承杏梁⑩，窗舒意蕋，室度心香⑪，天琴夜下⑫，紺馬朝翔⑬，生滅可度⑭，離苦獲常⑮，相續有盡，歸乎道場⑯。

①洛陽，見揚雄解嘲注。白馬，寺名。後漢明帝遣使至西域求經，白馬負經而來，因以名寺，在今河南洛陽縣東故洛陽城西。②因本經：「須彌山頂為帝釋天。」天冠，天星寺名。③爽塏，軒爽高燥處

也。④法華論：「無煩惱衆生住處，名為淨土。」⑤墖，古塔字。⑥鳳皇，晉宮中樓名，在洛陽。⑦淮南子地形訓：「蛤蟹珠龜，與月盛衰。」魄，月始生也。⑧豐山有九鐘焉，是知霜鳴，見山海經，霜降則鐘鳴，故言知也。⑨交露，言幔也，妙法蓮華經序：「珠交露幔。」⑩杏梁，杏木之梁也。⑪二句出佛經。⑫簡文帝大法師頌：「天琴夜張。」⑬起世經：「轉輪王紺馬之寶，名婆羅訶，日初出時，乘此寶馬流大地，還至本宮，乃始進食。」⑭生滅，猶生死也。⑮天人中有十六苦，六曰愛別離苦，見正法念經。⑯道場，宣行道法之地也；成道及修道之地，亦曰道場。

陳及北朝文

徐陵玉臺新詠序①

淩雲槪日②，由余之所未窺③，萬戶千門，張衡之所曾賦④，周王璧臺之上⑤，漢帝金屋之中⑥，玉樹以珊瑚作枝⑦，珠簾以玳瑁爲押⑧，其中有麗人焉。其人也，五陵豪族⑨，充選掖庭⑩，四姓良家⑪，馳名永巷⑫。亦有潁川新市⑬，河間觀津⑭，本號嬌娥⑮，曾名巧笑⑯。楚王宮內，無不推其細腰⑰，魏國佳人，俱言訝其纖手⑱。閱詩敦禮，非直東鄰之自媒⑲，婉約風流，無異西施之被教⑳。弟兄協律，自小學歌㉑，少長河陽，由來能舞㉒。琵琶新曲，無待石崇㉓，箜篌雜引，非因曹植㉔。傳鼓瑟於楊家㉕，得吹簫於秦女㉖。

①徐陵，陳郯人，字孝穆，博涉史籍，縱橫有口辯，仕梁為御史中丞，陳受禪後，文檄詔誥，多出其手，為一代文宗，官至太子太傅，至德元年，卒，年七十七，謚章，有徐孝穆集。玉臺新詠，書名，梁簡文帝為太子時，好作豔詩，乃令陵撰玉臺新詠，所錄為梁以前詩，雖皆綺麗之作，尚不失溫柔敦厚之旨，未可概以淫豔斥之也。②淩雲概日，言其高也，周書武帝紀：「或層臺累構，概日淩雲。」③由余，戎人，使觀秦，秦繆公示以宮室積聚，由余曰：「此乃所以亂也。」見史記秦紀。④張衡，後漢西鄂人，字平子，作兩京賦，十年乃成，其西京賦有萬戶千門之句。⑤周王，周穆王也。王為姬作臺，曰重璧之臺。⑥漢武帝年數歲，謂長公主曰：「若得阿嬌，當以金屋貯之。」阿嬌，長公主女也。⑦漢武帝起神屋於前庭，植玉樹，以珊瑚為枝。⑧漢武故事：「以白珠為簾，玳瑁押之。」玳瑁，見司馬相如子虛賦注。押，壓也，鎮簾之具；一作柙，又作匣。⑨五陵，長陵、安陵、陽陵、茂陵、昭陵也，漢時士人多宅於此。⑩掖庭，宮旁舍也。⑪六朝氏族，以郡望分甲乙丙丁四等為貴族，謂之四姓。⑫永巷，宮中獄名，中有長巷，故稱。⑬潁川，東漢郡，地在今河南。新市，後漢侯國，地在今湖北。⑭河間，漢河間國，在今河北。觀津，地名，在今河北河間縣。四地皆漢外戚所生處也。⑮方言：「秦謂好曰娥。」⑯古今注：「段巧笑，魏文帝宮人，始作紫粉拂面。」⑰後漢書馬廖傳：「楚王好細腰，宮中多餓死。」⑱詩魏風：「摻摻女手。」摻摻，纖手貌。⑲非直，不善其為也。宋玉登徒子好色賦：「嫣然一笑，惑陽城，迷下蔡，然此女登牆闚臣三年，至今未許也。」⑳西施，春秋時越美人。

㉑漢書佞幸傳：「李延年，中山人，女弟得幸於上，號李夫人，延年善歌，由是為協律都尉。」㉒河陽，謂河陽公主也。漢書五行志：「成帝微行出遊，過河陽主作樂，見舞者趙飛燕而悅之。」㉓石崇王明君序：「昔公主嫁烏孫，令琵琶馬上作樂，以慰其道路之思，其送明君，亦必爾也，其造新曲，多哀怨之聲。」石崇，晉南皮人，字季倫，官至衛尉，好奢，為趙王倫所誅。㉔箜篌，樂器名，釋名謂為師延所作，空國之侯所存也，故亦作空侯；或謂漢武帝使樂人侯暉為之，其聲坎坎，故又作坎侯。樂府有曹植箜篌引。㉕漢書楊惲傳：「婦趙女也，雅善鼓瑟。」㉖秦穆公時有簫史者，善吹簫，能致孔雀白鶴，穆公女弄玉好之，公妻焉。

至若寵聞長樂，陳后知而不平①，畫出天僊，閼氏覽而遙妒②。至如東鄰巧笑，來侍寢於更衣③，西子微顰④，將橫陳於甲帳⑤。陪游馺娑⑥，騁纖腰於結風⑦，長樂鴛鴦⑧，奏新聲於度曲。妝鳴蟬之薄鬢⑨，照墮馬之垂鬟⑩，反插金鈿⑪，橫抽寶樹。南都石黛⑫，最發雙蛾⑬，北地燕脂⑭，偏開兩靨⑮。

①長樂，宮名，漢高祖所作，在陝西長安縣西北故城中，衛子夫居之。陳后，漢武帝后，聞子夫得幸，

幾死者數焉。②漢高祖困於平城，陳平圖美女閼氏，謂欲獻單于，閼氏言於單于，開其一角，得突出，見桓譚新論。閼氏，讀如烟支，猶漢言皇后也。③更衣，如廁也。漢武帝過平陽主，既飲，起更衣，子夫侍尚衣軒中，得幸。④西施病心，捧而顰，人見而美之，見莊子。⑤司馬相如好色賦有玉體橫陳句。甲帳，以甲乙次第名之也，見漢書西域傳贊。⑥馺娑，漢殿名，在建章宮中。⑦傅毅舞賦序：「激楚結風，阿陽之舞。」⑧鴛鸞，漢武帝時殿名。⑨魏文帝宮人莫瓊樹始製為蟬鬢，望之縹緲如蟬翼。⑩後漢梁冀妻孫壽作墮馬髻，見後漢書冀傳。⑪金鈿，金華也，其為飾田田然，故名。⑫石黛，石墨之類，廣東始興縣溪中石墨，婦女取以畫眉，名畫眉石。⑬雙蛾，喻雙眉也。⑭紂以紅藍花汁凝作燕脂，以燕國所生，故名。⑮口輔微渦為靨。

亦有嶺上僊童，分丸魏帝①，腰中寶鳳，授曆軒轅②。金星與婺女爭華③，麝月共嫦娥競爽④。驚鸞冶袖，時飄韓掾之香⑤，飛燕長裾⑥，宜結陳王之佩⑦。雖非圖畫，入甘泉而不分⑧，言異神僊，戲陽臺而無別⑨。眞可謂傾國傾城⑩，無對無雙者也！

①魏文帝折楊柳行：「西山一何高，高高殊無極，上有兩仙童，不飲亦不食，與我一丸藥，光耀有五

色。」②漢書律曆志注：「鳳鳥氏為曆正。」軒轅，黃帝，受河圖、作甲子，歲紀甲寅，日紀甲子。③金星，一名長庚。婺女，星名。④麝月，或曰星名。嫦娥，見謝莊月賦素娥注。⑤韓壽，美姿容，賈充辟為掾，充女午悅焉，時西域貢奇香，著人經月不歇，武帝賜充，充女密盜以遺壽，見晉書賈充傳。⑥飛燕，即趙飛燕。⑦曹植洛神賦：「解玉佩以要之。」陳王，即植也。⑧漢書外戚傳：「李夫人早卒，武帝圖畫其形於甘泉宮。」⑨陽臺，山名，在今湖北漢川縣南。宋玉高唐賦：「妾在巫山之陽，高丘之岨，朝朝暮暮，陽臺之下。」⑩李延年歌曰：「北方有佳人，絕世而獨立，一顧傾人城，再顧傾人國。」見漢書外戚傳。

加以天情①開朗，逸思彫華，妙解文章，尤工詩賦，琉璃硯匣，終日隨身，翡翠筆牀②，無時離手，清文滿篋，非惟芍藥之花③，新製連篇，寧止蒲萄之樹④，九日登高⑤，時有緣情之作，萬年公主，非無誄德之辭⑥。其佳麗也如彼，其才情也如此。

①情，一作晴。②漢末一筆之匣，文以翡翠。梁簡文製筆牀，以四管為一牀。③傅統妻有芍藥花頌。④前涼張洪茂有葡萄酒賦。⑤費長房令桓景九月九日登高以避禍。⑥萬年公主，晉武帝女也。左貴嬪

有萬年公主誄。

旣而椒房宛轉①，柘館陰岑②，絳鶴晨嚴③，銅蠡晝靜④，三星未夕⑤，不事懷衾⑥，五日猶賒⑦，誰能理曲，優游少託，寂莫多閒，厭長樂之疎鐘，勞中宮之緩箭⑧，輕身無力，怯南陽之擣衣⑨，生長深宮，笑扶風之織錦⑩，雖復投壺玉女，爲歡盡於百驍⑪，爭博齊姬，心賞窮於六箸⑫，無怡神於暇景，惟屬意於新詩，可得代彼萱蘇⑬，微蠲愁疾。

①椒房，殿名，在未央宮，漢皇后所居。②柘館，漢上林苑館。岑，高貌。③鶴宮，太子所居。絳，赤色也。④公輸班見水中蠡引閉其户，終不可開，遂象之立於門户。⑤三星，參星也，詩唐風：「三星在天。」⑥詩召南：「抱衾與裯。」⑦漢律，吏五日一休沐。⑧箭，漏箭也，晝夜共百刻。⑨秭歸縣有擣衣石，但秭歸漢時屬南郡，此云南陽，不詳。⑩扶風織綿，見江淹別賦織錦曲注。⑪東王公與玉女投壺，每投千二百矯，矯即驍，驍者，箭自壺躍出，復以手接之，屢投屢躍而不墜也。⑫齊姬，未詳。六箸，即六博，古博具。⑬萱，忘憂草。蘇，紫蘇也。

但往世名篇，當今巧製，分諸麟閣①，散在鴻都②，不藉篇章③，無由披覽，於是然脂暝寫④，弄墨晨書，撰錄豔歌⑤，凡爲十卷，曾無參於雅頌，亦靡濫於風人⑥，涇渭之閒⑦，若斯而已。

①分諸，一作分封。麟閣，麒麟閣，在未央宮左，漢蕭何建以藏書。②鴻都，門名，後漢靈帝時，置鴻都門學士。③不藉篇章，一作不務連章。④脂，石脂也，可薰烟為墨。⑤撰錄，一作選錄。⑥風人，詩人也。⑦涇渭，區別之意，見司馬相如上林賦注。

於是麗以金箱，裝之寶軸，三臺妙迹①，龍伸蠖屈之書②，五色花牋③，河北膠東之紙④，高樓紅粉，仍定魯魚之文⑤，辟惡生香，聊防羽陵之蠹⑥，靈飛六甲，高擅玉函⑦，鴻烈僊方，長推丹枕⑧。至如青牛帳裏⑨，餘曲未終，朱鳥窗前⑩，新妝已竟，方當開茲縹帙⑪，散此緗繩⑫，永對翫於書帷⑬，長循環於纖手。豈如鄧學春秋⑭，儒者之功難習，寶傳黃老⑮，金丹之術不成。固勝西蜀豪家，託情窮於魯殿⑯，東儲甲觀，流詠止於洞簫⑰。孌彼諸姬⑱，聊同棄日，猗與彤管⑲，麗矣香奩⑳。

①後漢書蔡邕傳：「補侍御史，又轉侍御書史，遷尚書，三日之間，周歷三臺。」②龍伸蠖屈，狀書體也。③石虎詔書，以五色紙著鳳皇口中，令銜之飛下端門。④河北、膠東皆出紙處。⑤魯魚，言訛字也，抱朴子遐覽：「書三寫，魯為魚，虛為虎。」⑥羽陵，藏書之所，見穆天子傳。⑦漢武帝受西王母真形六甲靈飛十二事，盛以黃金几，封以白玉函，見漢武內傳。⑧淮南有枕中鴻寶苑祕書，劉向父德治淮南獄，得之，即淮南子也。⑨魏文帝迎薛靈芸，車皆鏤金為帳，駕以青色之牛。⑩博物志：「王母降於九華殿，東方朔竊從殿南廂朱鳥牖中窺母。」⑪縹帙，青白色之書衣也。⑫綌繩，織絲縷為之。⑬翫，同玩。⑭後漢鄧皇后從曹大家受經，傳見後漢書鄧皇后傳。⑮漢景帝母竇皇后好黃帝、老子之言，見漢書外戚傳。⑯蜀劉琰侍婢數十，皆教讀魯靈光殿賦，見三國志蜀志。⑰漢王褒為洞簫頌，元帝為太子，常嘉之，令後宮貴人左右皆誦讀之，見漢書褒傳。⑱孌彼諸姬，詩衛風語。孌，好也。⑲猗與，歎美之辭。彤管，赤管筆也，古女史執以記事納誨者。⑳香奩，盛香器，婦女所用。後通稱詩語涉及閨閣者為香奩體。

陳後主與詹事江總書①

管記陸瑜，奄然殂化②，悲傷悼惜，此情何已！吾生平愛好，卿等所悉，自以學涉儒雅，不逮古人，欽賢慕士，是情尤篤。梁室亂離，天下糜沸③，書史殘缺，禮樂崩淪，晚生後學，匪無牆面④，卓爾出群，斯人而已！

①陳後主，宣帝子，名叔寶，小字黃奴，荒淫無度，嘗起結綺、臨春、望仙三閣，日與妃嬪狎客游宴其中，隋師至，匿於胭脂井，引之出，俘至長安，在位七年。江總，陳濟陽人，字總持，仕梁為太子中舍人，陳授中書令，善五七言，為後主所愛幸，當時謂之狎客。後主為太子時，以管記陸瑜卒，為之流涕，與總書，論述其美，時總為詹事。②陸瑜，陳吳郡人，字幹玉，仕陳為東宮學士，後兼東宮管記，美詞藻，後主在東宮，命瑜抄撰子集，未就而卒。殂化，死也。③糜沸，言擾亂也，見揚雄九州箴。④書周官：「不學牆面。」謂人而不學，猶面牆而立，無所見也。

吾識覽雖局①，未曾以言議假人，至於片善小才，特用嗟賞，況復洪識奇士，此故忘言之地②。論其博綜子史，諳究儒墨，經耳無遺，觸目成誦，一褒一貶，一激一揚，語玄析理，披文摘句，未嘗不聞者心伏，聽者解頤③，會意相得，自以爲布衣之賞④。

①局，促也。　②忘言，謂得意忘言也。　③解頤，謂開口笑也，見漢書匡衡傳。　④謂願與為布衣之交也。

吾監撫之暇①，事隙之辰，頗用談笑娛情，琴尊閒作，雅篇豔什，迭互鋒起。每清風朗月，美景良辰，對群山之參差，望巨波之滉瀁②，或翫新花，時觀落葉，既聽春鳥，又聆秋鴈，未嘗不促膝舉觴，連情發藻，且代琢磨，閒以嘲謔，俱怡耳目，竝留情致，自謂百年爲速，朝露可傷③。豈謂玉折蘭摧④，遽從短運，爲悲爲恨，當復何言！遺迹餘文，觸目增泫⑤，絕絃⑥投筆，恆有酸恨。以卿同志，聊復敘懷，涕之無從，言不寫意。

①監撫，太子有監國撫軍之責，後主時為太子，故云。　②滉瀁，大水貌。　③朝露，見江淹恨賦注。　④玉折蘭摧，謂夭折也。　⑤泫，流涕貌。　⑥後漢書陳元傳：「夫至音不合衆聽，故伯牙絕絃。」

沈炯經通天臺奏漢武帝表①

臣聞橋山雖掩②，鼎湖之竈可祠③，有魯遂荒，大庭之迹無泯④，伏惟陛下，降德猗蘭⑤，纂靈豐谷⑥，漢道既登，神僊可望，射之罘於海浦⑦，禮日觀而稱功⑧，橫中流於汾河⑨，指柏梁而高宴⑩，何其甚樂，豈不然與！

①沈炯，陳武康人，字初明，仕梁，侯景亂，陷於賊，陳武帝受禪，官散騎常侍，後以疾卒於吳中。通天臺，漢武帝元封二年作，在今陝西涇陽縣西北甘泉山。荆州陷，炯為西魏所虜，以母老在東，恆思歸國，嘗獨行經通天臺，為表奏之，陳己思歸之意；無何，獲歸。②橋山，在今陝西中部縣西北，亦曰子午山，上有黃帝冢。③黃帝鑄鼎於荆山下，鼎既成，黃帝騎龍上天，後世因名其處曰鼎湖。武帝時，李少君上言祠竈則致物，致物而丹沙可化為黃金，黃金成，以為飲食器，則益壽，益壽而海中蓬萊仙者乃可見，見之以封禪，則不死，黃帝是也，於是帝乃親祠竈。④大庭，古國名，在魯城內，魯於其處作庫。⑤猗蘭，殿名。漢景帝夢一赤彘從雲中直下入芳蘭閣，乃改為猗蘭殿，後王夫人誕，武帝於此殿，見洞冥記。⑥豐谷，今江蘇豐縣，漢高祖起於豐沛。⑦之罘，見司馬相如子虛賦注。⑧日觀，

峯名，在山東泰安縣泰山上，雞鳴時見日出。⑨汾河，源出山西管涔山，注於黃河，武帝於此修祠事。⑩柏梁，臺名，武帝元鼎二年築，以香柏為梁，在未央宮北闕內。

既而運屬上僊，道窮晏駕①，甲帳珠簾，一朝零落，茂陵玉盌，遂出人間②，凌雲故基③，與原田而膴膴④，別風餘趾⑤，帶陵阜而芒芒⑥，羈旅縲臣⑦，能不落淚！

①晏駕，見江淹恨賦宮車晚出注。②茂陵，武帝陵，在今陝西興平縣東。玉盌，茂陵殉葬之物，赤眉之亂，掘漢諸陵，遂流落人間。③凌雲，臺名，樓觀精巧，見世說。④原田，高平處之田。膴膴，土肥美也。⑤建章宮東有折風闕，一作別風。⑥芒芒，大貌。⑦縲臣，縲絏之之臣，炯自謂也。

昔承明既厭，嚴助東歸①，駟馬可乘，長卿西反②，恭聞故實，竊有愚心。黍稷非馨③，敢望徼福，但雀臺之弔，空愴魏君④，雍邱之祠，未光夏后⑤，瞻仰煙霞⑥，伏增悽戀。

①武帝賜嚴助書曰：「君厭承明之廬，勞侍從之事，懷故土，出為郡吏。」承明，廬名，在石渠閣外。

既厭，一作見罷。 ②司馬長卿初西去，過昇仙橋，題柱曰：「大丈夫不乘駟馬車蓋，不復過此橋。」 ③書君陳：「黍稷非馨，明德惟馨。」 ④雀臺，魏武帝所造銅雀臺也。 ⑤雍丘，縣名，今河南杞縣。陳留風俗記：「雍丘縣有夏后祠。」 ⑥煙霞，一作徽猷。

北齊文宣帝禁浮華詔①

頃者風俗流宕②，浮競日滋，家有吉凶，務求勝異，婚媏喪葬之費，車服飲食之華，動竭歲資，以營日富③。又奴婢帶金玉，婢妾衣羅綺，始以刱出爲奇，後以過前爲麗，上下貴賤，無復等差。今運屬維新④，思蠲往弊⑤，反樸還淳，納民軌物⑥，可量事具立條式，使儉而獲中！

①北齊文宣帝，姓高，名洋，字子進，高歡第二子，初即位，頗留心治術，征伐四克，威震華夏，六七年後，以功業自矜，肆行淫暴，在位十年。禁浮華詔，文宣帝天保元年六月所下，其時纔僭位也。 ②宕，過也。 ③日富，一日之富也，詩小雅小苑：「彼昏不知，壹醉日富。」 ④維新，謂國運方新也。

詩大雅文王：「周雖舊邦，其命維新。」⑤蠲，除也。⑥左傳隱五年：「君將納民於軌物者也。」軌物，法度也，講事以度軌量謂之軌，取材以章物采謂之物。

庾信春賦①

宜春苑中②春已歸，披香殿裏③作春衣，新年鳥聲千種囀，二月楊花滿路飛，河陽一縣併是花④，金谷從來滿園樹⑤，一叢香草足礙人，數尺游絲即橫路。

①庾信，新野人，字子山，文章摛藻豔麗，與徐陵齊名，時稱為徐庾體，梁元帝時，以左衛將軍使西魏，被留不遣，周明帝、武帝並恩禮之，累遷驃騎大將軍開府儀同三司，世稱庾開府。春賦，信仕南朝時為東宮學士之文也。②宜春苑，見司馬相如上林賦注。③披春殿，漢宮殿名。④河陽，見江淹別賦注。潘岳為河陽令，滿縣皆栽桃花。⑤金谷，見江淹別賦注。晉石崇有別館在金谷。六朝小賦，每以五七言相雜成文，信始創類七言詩之體。

開上林①而競入，擁河橋②而爭渡，出麗華之金屋③，下飛燕之蘭宮④，釵朵多而訝重，髻鬟高而畏風，眉將柳而爭綠，面共桃而競紅，影來池裏，花落衫中。

①上林，漢苑名，見司馬相如上林賦注。②河橋，在河南孟縣南，晉杜預所造，東晉以後，常為兵爭之地。③後漢陰皇后，名麗華，有姿容。金屋，見徐陵玉臺新詠序注。④飛燕，見徐陵玉臺新詠注。趙皇后居昭陽殿，有女弟，俱為婕妤，貴傾後宮，昭陽舍蘭房椒壁。

苔始綠而藏魚，麥纔青而覆雉，吹簫弄玉之臺①，鳴佩淩波之水②，移戚里而家富③，入新豐而酒美④。石榴聊汎⑤，蒲桃醱醅⑥，芙蓉玉盌，蓮子金杯，新芽竹筍，細核楊梅，綠珠捧琴至⑦，文君送酒來⑧。

①吹簫弄玉，見徐陵玉臺新詠序注。②曹植洛神賦：「淩波微步。」③漢書石奮傳：「徙家長安中戚里。」於上有姻戚者皆居之，故名。④新豐，縣名，故城在今陝西臨潼縣東北。高祖太上皇思慕鄉里，高祖徙豐沛屠兒酤酒煮餅商人，立為新豐。⑤頓孫國有安石榴，取汁停杯中，數日成美酒。⑥蒲桃，

即葡萄。西域有葡萄酒。醱，音破（ㄆㄛˋ），酒再釀也。醅，音胚（ㄆㄟ），酒未熟也。⑦綠珠，晉石崇愛妾，美而豔，善吹笛，孫秀求之，崇不許，秀矯詔收崇，綠珠自投樓下而死。⑧文君，卓文君也，漢司馬相如以琴心挑之，文君夜奔相如，俱之臨邛，設酒舍，令文君當罏。

玉管初調，鳴弦暫撫，陽春淥水之曲①，對鳳迴鸞之舞，更炙笙簧②，還移箏柱③，月入歌扇④，花承節鼓⑤，協律都尉⑥，射雉中郎⑦，停車小苑，連騎長楊⑧，金鞍始被，柘弓新張⑨，拂塵看馬埒⑩，分朋入射堂⑪，馬是天池之龍種⑫，帶乃荊山之玉梁⑬，豔錦安天鹿⑭，新綾織鳳皇⑮。

①陽春，高曲名。淥水，古詩也，見淮南子俶真訓。②炙，薰炙烘焙也。簧，笙管中之金薄鍱。笙簧必以高麗銅為之，艷以綠蠟，簧暖則字正而聲清越，故必焙而後可。③箏長六尺，應律數，絃十有二，象四時，柱高三寸，象三才。④班婕妤詩：「裁為合歡扇，團欒似明月。」⑤夏加四足於大鼓，謂之節鼓。⑥協律都尉，見徐陵玉臺新詠序注。⑦晉潘岳有射雉賦，岳官太尉掾兼虎賁中郎將。⑧長楊，漢宮名，在今陝西盩厔縣東南，揚雄有長楊賦。⑨柘樹枝長而勁，故以為弓。⑩石虎於樓下開馬

埒射場。⑪射堂，所以習射。⑫隴西神馬山，有泉，乃龍馬所生。⑬荆山，在今湖北南漳縣西，楚卞和得玉於此。北朝陳順破趙青雀，魏文帝解所服金縷玉梁帶賜之。⑭天鹿，獸名。言織成綾錦，上有鳥獸之文也。⑮鳳皇，鳳皇錦也。

三日曲水①向河津，日晚河邊多解神②，樹下流杯客③，沙頭渡水人④，鏤薄⑤窄衫袖，穿珠帖領巾。百丈山頭日欲斜，三晡⑥未醉莫還家，池中水影縣勝鏡⑦，屋裏衣香不如花。

①晉武帝問三日曲水之義，束皙曰：「昔周公成洛邑，因流水以汎酒；又秦昭王以三日置酒河曲，見金人奉水心之劍，曰：『令君制有西夏，乃霸諸侯。』因此立為曲水，二漢相沿，皆為盛集。」顏延之有三月三日曲水詩序。②解神，建築竣事，謝土神也。③三月三日士民並為流觴曲水之飲，見荆楚歲時記。④元日至月晦，為餔食渡水，士女悉湔裳酹酒水湄以度厄。⑤正月七日，翦綵或鏤金薄為人以貼屏風，亦戴之頭鬢，其俗起於晉代。⑥晡，申時，三晡，蓋申時之將盡也；又申時食曰餔，晡或餔字之誤。⑦勝鏡，言春水照人有如明鏡也；鏡，一作錦。

庾信枯樹賦①

殷仲文②風流儒雅，海內知名，世異時移，出爲東陽太守③，常忽忽不樂，顧庭槐而歎曰：「此樹婆娑，生意盡矣！」④至如白鹿貞松⑤，青牛文梓⑥，根柢盤魄⑦，山崖表裏，桂何事而銷亡⑧，桐何爲而半死⑨。昔之三河徙植⑩，九畹移根⑪，開花建始之殿⑫，落實睢陽之園⑬，聲含嶰谷⑭，曲抱雲門⑮，將雛集鳳⑯，比翼巢鴛⑰，臨風亭而唳鶴⑱，對月峽而吟猿⑲。

①枯樹賦，信思鄉之作也，信初至北方，文士多輕之，信示以此賦，於後無取言者。②殷仲文，晉陳郡人，累官新安太守，尋投桓玄，玄敗歸朝，自謂必當重位，乃由尚書還東陽太守，意彌不平，義熙中，以謀反誅。③東陽，郡名，地在今浙江。④仲文至桓司馬府，府中有老槐樹，顧之歎曰：「此樹婆娑，生意盡矣。」婆娑，舞貌。⑤敦煌有白鹿塞，地多古松，白鹿棲息其下。⑥秦文公伐雍州南山文梓木，有青牛出走豐水。⑦盤魄，與旁礴同，廣博也，充塞也。⑧漢武帝悼李夫人辭：「桂枝落而銷亡。」⑨枚乘七發：「龍門之桐，高百尺而無枝，其樹半死半生。」⑩三河，河東、河南、河內也。徙植，未詳。⑪九畹，見沈約梁武帝集序蘭畹注。⑫建始殿在洛陽，曹操所建。⑬睢陽，縣名，故

城在今河南商丘縣南。縣有梁孝王東苑，中有修竹園。⑭嶰，讀如蟹；嶰谷，崑崙之北谷也。黃帝使伶倫取竹於嶰之谷。⑮雲門，樂名，黃帝所作。⑯步出夏門古辭：「鳳凰鳴啾啾，一母將九雛。」集鳳，言鳳凰來集也，黃帝時鳳集帝庭，食常竹實，棲常梧桐。⑰宋康王埋韓憑夫妻，宿昔梓生，有鴛鴦，雌雄各一。⑱晉陸機為成都王穎將兵，與長沙王乂戰，敗於河橋，穎收之，將刑，機歎曰：「華亭鶴唳，豈可復聞乎。」華亭，地名，即今松江縣西之平原村，機故宅在其側。⑲荊州記載明月峽兩岸連山，常有高猿長嘯，峽在今四川巴縣境。

乃有拳曲擁腫①，盤坳②反覆，熊彪顧盼，魚龍起伏，節豎山連③，文橫水蹙④，匠石⑤驚視，公輸⑥眩目。雕鐫始就，剞劂仍加⑦，平鱗鏟甲，落角摧牙，重重碎錦，片片眞花，紛披草樹，散亂煙霞⑧。

①莊子逍遙遊：「吾有樹，人謂之樗，其大本擁腫而不中繩墨，其小枝拳曲而不中規矩。」拳曲，屈如拳也。擁腫，磊塊不平也。②坳，讀如凹；盤坳，盤曲也。③節，柱頭斗栱也，刻鏤為山。④文橫水蹙，言甫經雕鐫之狀也。⑤匠石，匠人名石也，見劉峻廣絶交論匠人注。⑥公輸，見王褒聖主得賢

臣頌注。⑦剞劂，曲刀也，用以雕刻者。⑧言巧匠得此樹，窮致其工，雕成魚龍、麒麟、牙獸之狀，錦花、草樹、煙霞之文。

若夫松子古度，平仲君遷①，森梢百頃②，槎枿千年③，秦則大夫受職④，漢則將軍坐焉⑤，莫不苔埋菌壓，鳥剝蟲穿，低垂於霜露，撼頓於風煙⑥。東海有白木之廟⑦，西河有枯桑之社⑧，北陸以楊葉爲關⑨，南陵以梅根作冶⑩，小山則藂桂留人⑪，扶風則長松繫馬⑫，豈獨城臨細柳之上⑬，塞落桃林之下⑭。

①松子古度，平仲君遷，皆木名，或謂松子係松梓之誤，古度樹不華而實，平仲實白如銀，君遷之子如瓠形。②森梢，垂貌。③斜斫曰槎。枿，音孽（ㄏ一ㄝ），斬而復生也。④秦始皇東封泰山，風雨驟至，避於松下，因封為五大夫。⑤後漢馮異值諸將爭功，常屏處大樹下，軍中號為大樹將軍。⑥撼頓，搖動顛躓也。⑦東海，東至於海也。鄭縣東伍伯村有白榆連理樹，士民奉為社，是即白木廟。⑧西河，西至於河也。燕慕容皝於龍城植松為社，燕滅，大風拔之，後數年，社處有桑二根生焉。⑨北陸，北方之地也。楊葉關，未詳。⑩南陵，縣名，在今安徽。江南有梅根及冶塘二冶，見宋書百官志。四

句言四方有廟社關冶，皆以木得名者也。⑪漢淮南王安好客，八公之徒，分造詩賦，或稱小山，或稱大山。有「桂樹叢生兮山之幽」、「攀援桂枝兮聊淹留」等句。⑫劉琨扶風行：「繫馬長松下。」扶風，漢郡名，即右扶風。⑬細柳，見司馬相如上林賦注。⑭自河南靈寶縣以西至潼關，皆古桃林地，周武王克愛，放牛於此，春秋時，晉使詹嘉處瑕，守桃林之塞。

若乃山河阻絕，飄零離別，拔本垂淚，傷根流血①，火入空心，膏流斷節，横洞口而欹臥，頓山腰而半折，文斜者合體俱碎，理正者中心直裂，戴癭銜瘤②，藏穿抱穴③，木魅睒暘④，山精妖孽⑤。

①若乃以下喻己失國喪家流離異域，如木之拔本傷根也。②五嶺之間多楓木，歲久則生瘤癭，見南方草木狀。癭，木上隆起者也。③藏穿抱穴，言樹老心空也。④睒暘，讀如閃是，光閃爍也。⑤山精，即山魈也。

沉復風雲不感，羈旅無歸，未能採葛①，還成食薇②，沈淪窮巷，蕪沒荆扉，既傷搖落，彌嗟變衰，淮南子云：「木葉落，長年悲。」③斯之謂矣！乃爲歌曰：「建章三月火④，黃河千里槎⑤，若非金谷滿園樹，即是河陽一縣花⑥。」桓大司馬⑦聞而歎曰：「昔年移柳，依依漢南⑧，今看搖落，悽愴江潭，樹猶如此，人何以堪。」⑨

①采葛，詩篇名，喻小臣以事使出。此信自傷出使而被留也。②此信借夷齊食薇事自傷屈節魏周也。③淮南子，書名，漢淮南王安著，書中有桑葉落而長年悲之句；長，上聲。④此當指赤眉焚西京宮室事。⑤漢使張騫尋河源，乘槎經月而至，見荊楚歲時紀。⑥二句見春賦注。⑦桓大司馬，桓溫也，字子元，官至大司馬。⑧依依，柔弱貌。⑨桓溫北伐，見少時所植柳，皆已十圍，慨然曰：「木猶如此，人何以堪？」。此賦首引仲文，末引淮南桓溫，皆假以致意，故諸人不必同時也。

庾信小園賦①

若夫一枝之上，巢父得安巢之所②，一壺之中，壺公有容身之地③；況乎管寧藜牀，雖穿而可坐④，嵇康鍛竈，既煖而堪眠⑤；豈必連闥洞房⑥，南陽樊重之第⑦，赤墀青瑣⑧，西漢王根之宅⑨。余有數畝弊廬，寂寞人外，聊以擬伏臘⑩，聊以避風霜，雖復晏嬰近市，不求朝夕之利⑪，潘岳面城，且適閒居之樂⑫；況乃黃鶴戒露⑬，非有意于輪軒⑭，爰居避風⑮，本無情于鐘鼓⑯；陸機則兄弟同居⑰，韓康則甥舅不別⑱，蝸角蚊睫⑲，又足相容者也。

①小園賦，信傷其屈體魏周，欲為隱居而不可得，以鄉關之思，發為哀怨之辭也。②巢父居巢，見孔稚圭北山移文注。③壺公，仙人也，常懸一壺空屋上，日入之後，跳入壺中，人莫能見，惟費長房樓上見之，知非凡人也。④管寧，字幼安，後漢末北海朱虛人，常坐一木榻，積五十年未嘗箕踞，榻上當膝處皆穿。⑤晉嵇康性好鍛，宅中有一柳樹，每夏月居其下以鍛。鍛，以金入火而椎之也。⑥闉，宮門小者，連闉，謂門闉相連屬也。⑦後漢樊重，南陽湖陽人，好貨殖，其所起廬舍，皆有重堂高閣。南陽，郡名，地在今河南。⑧墀，階上地也。青瑣者，刻為連環文而以青塗之也。⑨漢王根，驕奢僭上，赤墀青瑣。文起端言一枝一巢，猶可居處，已本羈旅之人，結廬容身而已，不必高堂大廈也。⑩伏日在夏，臘日在冬，秦漢時令節，因正朔之不同，故曰擬。⑪齊景公欲更晏嬰之宅，嬰辭，有小人近市，朝夕得所求，小人之利之語，見左傳昭公三年。⑫潘岳閒居賦：「背京泝伊，面郊後市。」⑬鶴性警，八月露降，滴草葉有聲則鳴。⑭春秋時衛懿公好鶴，鶴有乘軒者，見左傳閔公二年。言懿公

好鶴，故鶴乘軒，非黃鶴有意於輪軒也。⑮海鳥曰爰居，止於魯東門外，臧文仲祀之，展禽知其避風而來，是歲，海多大風，見國語。⑯言臧文仲不知，故祀爰居，爰居本無意于鐘鼓也。以上四句喻魏、周強欲己仕，己本無情於祿仕也。⑰陵機兄弟，機及弟雲也。蔡司徒在洛，見機兄弟住參佐廨中，三間瓦屋，雲住東頭，機住西頭，見世說。⑱晉韓伯，字康伯，殷浩甥也，浩素賞愛之，隨至徙所，經年還都，浩送至渚側，因而泣下，見晉書殷浩傳。信時流寓長安，故云。⑲蝸，音瓜（ㄍㄨㄚ），蝸牛也。莊子則陽：「有國於蝸之左角者曰觸氏，有國於蝸之右角者曰蠻氏，相與爭地而戰。」野人結圓舍，如蝸之殼，曰蝸舍。東海有蟲，巢於蚊睫，再飛而蚊不為驚，見晏子春秋外篇。

爾乃窟室徘徊①，聊同鑿坏②，桐間露落，柳下風來，琴號珠柱③，書名玉杯④，有棠梨而無館，足酸棗而非臺⑤，猶得攲側八九丈⑥，縱橫數十步，榆柳兩三行，梨桃百餘樹，撥蒙密兮見窗，行攲斜兮得路，蟬有翳兮⑦不驚，雉無羅兮⑧何懼。

①窟室，地室也。晉孫登於山為土窟居之。②鑿坏，見揚雄解嘲注。③珠柱，琴名，琴有柱，以珠為之。④漢董仲舒說春秋事，有玉杯、繁露等書。⑤棠梨，館名，在甘泉宮中，見揚雄甘泉賦。酸棗，

縣名，故城在今河南延津縣北，城西有韓王望氣臺，孫子荊故臺，見水經注。言園中但有梨棗，而無臺館也。⑥攲側，不正也。⑦翳，蔽也。⑧羅，鳥罟也。

草樹溷淆，枝格相交①，山爲簣覆②，地有堂坳③，藏貍并窟，乳鵲重巢④，連珠細菌⑤，長柄寒匏⑥，可以療飢，可以棲遲，攲嶇兮⑦狹室，穿漏兮茅茨，簷直倚而妨帽，戶平行而礙眉⑧，坐帳無鶴⑨，支牀有龜⑩，鳥多閑暇，花隨四時，心則歷陵枯木⑪，髮則睢陽亂絲⑫，非夏日而可畏⑬，異秋天而可悲⑭。

①格，音閣（ㄍㄜˊ），樹高長枝也。言園中草樹，隨其所長，不加修葺也。②簣，土籠也。論語子罕：「譬如平地，雖覆一簣，進，吾往也。」言為山也。③地，一作水。莊子逍遙遊：「覆杯水於坳堂之上，則芥為之舟。」言園之極小，任其自然而成山水也。④重，一作同。⑤連珠細菌，言菌之細者，連綴如貫珠也。⑥匏，壺盧也。陸機詣劉道真，劉無他言，惟問吳有長柄壺盧，得種來不，見世說。⑦攲嶇，讀如崎嶇，義同。⑧四句言園小而處所亦極狹陋。⑨介象字元則，吳王徵至武昌，詔令立宅供帳，後告言病，須臾便死，帝埋葬之，以日中死，晡時已至建業，吏以表聞，發棺視之，惟一符耳，

王思之，與立廟，時時往祭，常有白鶴來集座上，遲迴復去。此言無仙術可歸也。⑩南方老人，以龜支牀足，後老人死，龜尚生，見史記龜策傳。比喻已久居長安，若龜支牀。⑪歷陵，縣名，漢屬豫章郡，故城在今江西九江縣東。晉永嘉六年七月，豫章郡有樟樹久枯，是月，忽更榮茂。⑫睢陽，故宋國。墨翟為宋人，嘗見染素絲者而歎，故云睢陽亂絲。言園中雖有花鳥可樂，而已心灰髮白也。⑬夏日可畏，見左傳文七年。⑭宋玉風賦有「悲哉秋之為氣也」之句。言心中祇有畏悲，而無樂趣。

一寸二寸之魚，三竿兩竿之竹，雲氣蔭于叢蓍①，金精養于秋菊②，棗酸梨酢③，桃榹李薁④，落葉半牀，狂花滿屋⑤，名為埜人之家⑥，是謂愚公之谷⑦。試⑧偃息于茂林，迺久羨于抽簪⑨，雖有門而長閉，實無水而恆沈⑩，三春負鋤相識⑪，五月披裘見尋⑫，問葛洪之藥性⑬，訪京房之卜林⑭，草無忘憂之意⑮，花無長樂之心⑯，鳥何事而逐酒⑰，魚何情而聽琴⑱。

①蓍，音尸（ㄕ），筮草也。蓍生滿莖者，其上必有雲氣覆之，見史記龜策傳。②甘菊九月上寅日采，名曰金精。③棗酸，棗之變種。酢，醋之本字。梨酢，梨之有酸味者。④榹，音思（ㄙ），似桃而小。薁，音郁（ㄩˋ），山李也。⑤狂花，花不以時而開者。以上言園中草木繁茂也。⑥野人家，見宋

書隱逸傳。⑦愚公谷，谷名，今山東臨淄縣西有之，見說苑政理。⑧試，一作誠。⑨抽簪，謂棄官也，髮無簪則散。⑩人中隱者，譬無水而沉，見莊子則陽篇注。言己雖顯達，實志在隱遁。⑪魏林類年百歲，底春披裘拾遺穗，且歌且進，孔子遇之，以為可與言，見高士傳。⑫延陵季子出遊，見道中有遺金，有披裘採薪者，季子顧令取之，披裘者怫然曰：「五月披裘而負薪，豈拾金者哉！」季子驚謝，問其姓名，披裘者曰：「吾子皮相之士，何足語姓名也。」⑬葛洪，晉句容人，字稚川，著抱朴子，其內篇言神仙方藥等事。⑭京房，漢頓丘人，字君明，治易甚精，著有周易集林。⑮萱草，一名忘憂草。⑯紫華，一名長樂花。信即景傷懷，視園中花草皆含憂。⑰海鳥止於魯郊，魯侯御而觴之廟，鳥眩視懸憂，不飲，三日而死，見莊子至樂。⑱伯牙鼓琴，淵魚出聽，見韓詩外傳。二句言己如魚鳥，失其故性，非所樂也。

加以寒暑異令，乖違悳性①，崔駰以不樂損年②，吳質以長愁養病③，鎮宅神以薶石④，厭山精而照鏡⑤，屢動莊舄之唫⑥，幾行魏顆之命⑦。薄晚閑閨，老幼相攜⑧，蓬頭王霸之子⑨，椎髻梁鴻之妻⑩，焦麥兩甕，寒菜一畦⑪，風騷騷而樹急⑫，天慘慘而雲低，聚空倉而雀噪⑬，驚懶婦而蟬嘶⑭。昔草濫于吹噓⑮，藉文言之慶餘⑯，門有通悳⑰，家承賜書⑱，或陪玄武之觀⑲，時參鳳凰之虛⑳，觀受鼇于宣室㉑，賦長楊于直廬㉒。

①自此以下八句，言己之憂鬱。②崔駰，後漢安平人，字亭伯，竇憲辟為掾，憲擅權驕恣，駰數諫之，憲不能容，出為長岑長，駰以遠出，不得意，不之官而歸，卒於家。③魏吳質見友於曹丕，魏大疫，知友皆死，質與丕書，有「白髮生鬢，所慮日深」之語。④薶，同埋。十二月暮日，掘宅四角，各埋一大石，謂可鎮宅，見荊楚歲時紀。⑤厭，禳也。萬物之老者，其精能假託人形，惟不能於鏡中易其真形，古之入山道士，皆以明鏡懸於背後，則老魅不敢近人，見抱朴子嘉遯。⑥莊舄事見王粲登樓賦注。⑦魏顆，事見李密陳情表注。此言己思故國，至於昏疾也。⑧此下十句，言全家入長安。⑨後漢王霸，光武時連徵不仕，妻亦美志行，初霸與同郡令狐子伯為友，後子伯為楚相，令子奉書於霸，車馬服從，雍容如也，霸子時方耕於野，聞賓至，投耒而歸，見令狐子，沮怍不能仰視，霸以子蓬頭不知禮為愧，見後漢書霸傳。⑩後漢梁鴻娶同縣孟氏女，始以裝飾入門，七日而鴻不答，乃更為椎髻，著布衣，操作而前，鴻喜曰：「此真梁鴻妻也。」見後漢書鴻傳。椎髻，一撮之髻，其形似椎也。⑪一畦，一區也。⑫風，一作樹。騷騷，風動貌。樹，一作風。⑬漢蘇伯玉妻盤中詩：「空倉雀，常苦饑。」⑭促織鳴，懶婦驚，非蟬而云蟬嘶，以其鳴聲相似也；一說，蟬疑作蛩。⑮草濫，謂以草莽而

濫居吹竽之列，以曆祿位也；一說，草疑作早。吹噓，相佐助也。此下言仕梁。⑯藉，憑藉也。言仕梁承先世之德，易乾卦文言：「積善之家，必有餘慶。」信初仕梁，父子出入禁闥。⑰孔融告高密縣為鄭玄廣開門衢，令容高車，號為通德門。⑱漢班彪與仲兄嗣共游學，家有賜書。⑲玄武觀，玄武湖之亭觀也，湖在江蘇江寧縣太平門外，梁築園亭其上，名玄圃。⑳鳳凰虛，見韓非子外儲說。梁時建康有鳳凰臺。㉑漢文帝思賈誼，徵之，至，入則上方受釐，坐宣室上。釐，音僖（ㄒ一），祭餘肉也。宣室，漢齋宮也。㉒長楊，見春賦注。直廬，直宿所止處也。

遂乃山崩川竭①，冰碎瓦裂②，大盜潛移③，長離永滅④，摧直轡于三危⑤，碎平途于九折⑥，荊軻有寒水之悲⑦，蘇武有秋風之別⑧，關山則風月悽愴⑨，隴水則肝腸斷絕⑩，龜言此地之寒⑪，鶴訝今年之雪⑫。百齡兮倏忽，光華兮已晚⑬，不雪雁門之踦⑭，先念鴻陸之遠⑮，非淮海兮可變⑯，非金丹兮能轉⑰，不暴骨于龍門⑱，終低頭于馬坂⑲，諒天造兮昧昧⑳，嗟生民兮渾渾㉑。

①山崩川竭，亡之徵也，見國語。②冰碎瓦裂，言破碎不全也。③大盜潛移，言梁武帝太清二年侯景之亂也。④長離，鳳也，指梁武子孫；一說，星名。⑤三危，山名，所在地各書不同。⑥九折，坂

名，在今四川榮涇縣西邛峽山，山路艱險，登者九折乃得上，漢王陽至此回車，王尊叱馭於此。⑦燕太子丹遣荊軻入秦刺秦王，丹餞之易水上，軻友高漸離歌曰：「風蕭蕭兮易水寒，壯士一去兮不復還。」⑧漢蘇武使匈奴，匈奴欲降之，留不遣，李陵降匈奴，往顧之，臨別與詩曰：「欲因晨風發，送子以賤軀。」二句喻己出聘西魏而被留也。⑨古樂府有關山月，傷別離也。⑩隴水在今陝西隴縣西。隴頭歌辭：「隴頭流水，鳴聲幽咽，遙望秦川，肝腸斷絕。」二句言在西魏時有鄉關之思也。⑪苻堅建元十二年，得大龜凡二尺六寸，堅為石池養之，十六年而死，取其骨以問吉凶，名為客龜，大卜佐高夢龜言：「我將歸江南，不遇，死於秦。」見水經注。此信言思歸江南，不欲如龜客死也。⑫晉太康二年冬，大雪，南洲人見二鶴語於橋下曰：「今茲寒不減，堯崩年也。」言梁元帝為魏人所殺若堯崩也。⑬光華，猶年華也。⑭雪，除也，洗也。漢段會宗為都護，谷永予書戒曰：「顧吾子因循舊貫，毋求奇功，終更亟還，亦足以復雁門之踦。」踦，讀如羈，隻也。會宗從沛郡下為雁門，又坐法免，為踦隻不偶也。此信言己亦踦隻不偶。⑮易漸卦：「鴻漸於陸，夫征不復。」言己遠征不復也。⑯雀入於水為蛤，雉入於水為蜃。郭璞游仙詩：「淮海變微禽。」此言己屈節事人，非如雀雉入淮海之能變也。⑰抱朴子金丹：「九轉內神，鼎中金丹，有一轉至九轉之法。」此自傷非如金丹之能轉也。⑱暴，同曝。骨，一作腮。龍門山在河東界，魚登者化為龍，不登者點額暴腮而返。⑲騏驥駕鹽車上吳坂，遷延負轅而不敢進，遭伯樂，仰天而鳴，知伯樂知己，見戰國策。二語喻己不能死節致罹此辱也。⑳易屯卦：「天造草昧。」天造，猶言天運。此言天道昧昧不可問也。㉑渾渾，言安於不識不知也。

庾信哀江南賦①并序

粵以戊辰之年②，建亥之月③，大盜移國④，金陵瓦解⑤。余乃竄身荒谷⑥，公私塗炭⑦，華陽奔命，有去無歸⑧，中興道銷，窮於甲戌⑨，三日哭於都亭⑩，三年囚於別館⑪，天道周星⑫，物極不反，傅燮之但悲身世，無處求生⑬，袁安之每念王室，自然流涕⑭。

①哀江南賦，哀梁亡也，信在北朝雖位望通顯，常作鄉關之思，故作此以致意。楚辭：「魂兮歸來哀江南。」②粵，發語詞也。戊辰之年，梁武帝太清二年也。③建亥之月，十月也。④大盜移國，謂侯景為亂也。景於太清二年八月反，十月兵至京城。⑤金陵，戰國楚邑，今江蘇江寧縣，梁所都也。⑥臺城既陷，信奔江陵。荒谷，楚地。⑦言己去後，公室私門，皆遭其害也。⑧華陽，地名，為商州，有華陽川，即古陽華藪，山藪并在華山之陽，指南郡江陵也。言梁元帝承聖三年，被使西魏，而江陵陷，遂留北不歸也。⑨元帝平侯景，勢成中興，而西魏兵至，陷江陵，殺帝，時承聖三年，歲在甲戌也。

⑩都亭，都會之亭也。蜀漢羅憲守永安城，知後主降，率所部臨於都亭三日。⑪別館，別一館舍也。春秋時，晉執魯叔孫婼，別館諸箕，見左傳昭公二十三年。此言江陵之陷，已方奉使，為敵所執，遙臨國亡也。⑫歲星十二歲為一周。⑬傅爕，後漢寧州人，字南容，為漢陽太守，賊王國、韓遂等圍之，兵少糧盡，爕以為世亂不能養浩然之志，食祿又焉避難，慷慨進兵，臨陣戰歿。⑭袁安，後漢汝陽人，官司徒，以天子幼弱，外戚擅權，每進見及與公卿言國家事，未嘗不嗚咽流涕。歲星既周，極者宜反，而元帝敗後竟不能復，則但有身世王室之悲矣。此段敘作賦之由。

昔桓君山之志事①，杜元凱之平生②，竝有著書，咸能自敘，潘岳之文彩，始述家風③，陸機之辭賦，先陳世德④，信年始二毛⑤，即逢喪亂，藐是流離⑥，至於暮齒，燕歌遠別，悲不自勝⑦，楚老相逢，泣將何及⑧，畏南山之雨⑨，忽踐秦庭⑩，讓東海之濱，遂餐周粟⑪，下亭漂泊⑫，高橋羈旅⑬，楚歌非取樂之方⑭，魯酒無忘憂之用⑮，追爲此賦，聊以紀言，不無危苦之辭，惟以悲哀爲主。⑯

①後漢桓譚，字君山，著有新論。事，一作士。②晉杜預，字元凱，伐吳，平之，功成之後，著春秋左

傳集解，自序有曰：「在官則觀於吏治，在家則滋味典籍。」③潘岳有家風詩。④陸機有祖德、述先二賦。⑤二毛，毛髮有白色者，半老之人也。⑥藐是，一作狼狽。⑦王褒作燕歌，元帝及諸文士和之，競為淒切，及元帝出降，驗焉。信集中亦有此作。⑧楚老，彭城之隱人，見徐州先賢傳。信本楚人，故引之。⑨南山有玄豹，霧雨七日而不下食，欲以澤其毛而成文章，見列女傳。⑩吳伐楚及郢，申包胥如秦乞師，立依於庭牆而哭，勺飲不入口七日，秦師乃出，見左傳定公四年。⑪讓東海之濱，指魏、周受禪也，蓋用田和遷齊康公於海上事，云讓者，微辭也。周粟，見枯樹賦注。此言己先事魏，後又仕周，特借用夷、齊之典耳。⑫後漢孔嵩辟公府，之京師，道宿下亭，盜共竊其馬。⑬高橋，一作皐橋，在今江蘇吳縣閶門外，後漢梁鴻曾依臯伯通居於此。⑭漢高祖謂戚夫人曰：「為我楚辭，吾為若楚歌。」⑮魯酒，魯國之酒，楚會諸侯，魯嘗獻之楚王，詳見莊子胠篋篇注。漢東方朔有「銷憂莫若酒」之語。⑯此段言己遭亂，不能無言愁之作。

日暮途遠①，人間何世②，將軍一去，大樹飄零③，壯士不還，寒風蕭瑟④，荊璧睨柱，受連城而見欺⑤，載書橫階，捧珠槃而不定⑥，鍾儀君子，入就南冠之囚⑦，季孫行人，留守西河之館⑧，申包胥之頓地，碎之以首⑨，蔡威公之淚盡，加之以血⑩，釣臺移柳，非玉關之可望⑪，華亭鶴唳，豈河橋之可聞⑫。

①日暮途遠，楚伍子胥語，窮無所歸之意也。②莊子有人間世篇，言世變之多故也。③此馮異事，見枯樹賦注。④此荆軻事，見小園賦注。⑤荆璧，卞和璧，本楚物，故稱。此藺相如完璧歸趙事，見史記相如傳。言相如奉使不辱，己乃為魏所欺也。⑥載書，盟書也。珠槃，珠飾之槃，以盛牛，盟會用之。毛遂從平原君入楚，定縱而還，見史記平原君傳。此言己聘西魏，反遭其兵，是縱不定也。⑦鍾儀，春秋楚人，為晉所囚，冠南冠，樂操南音，范文子稱為君子，見左傳成九年。⑧晉執季孫，將館之西河，事見左傳昭十三年。此言己遂留長安也。⑨秦既允出師，申包胥乃九頓首而坐。⑩下蔡威公閉門而泣，三日三夜，泣盡繼血，曰：「吾國且亡。」見說苑權謀。此言己在魏見國亡難救也。⑪晉陶侃鎮武昌，嘗課諸營種柳；又侃嘗整陣於釣臺。玉關，玉門關也，在今甘肅敦煌縣西，班超所謂但願生入玉門關者也。⑫見枯樹賦注。河橋，見春賦注。言釣臺柳非戍玉關者能望，華亭鶴非敗河橋者可聞。此段言己奉使被留。

孫策以天下爲三分，衆纔一旅①，項籍用江東之子弟，人惟八千②，遂乃分裂山河，宰割天下，豈有百萬義師，一朝捲甲，芟夷斬伐，如草木焉③；江淮無涯岸之阻，亭壁無藩籬之固④，頭會箕斂者，合從締交⑤，鋤耰棘矜者，因利乘便⑥，將非江表王氣，終於三百年乎⑦！是知幷吞六合⑧，不免軹道之災⑨，混一車書⑩，無救平陽之禍⑪。嗚呼！山岳崩頹，既履危亡之運，春秋迭代，必有去故之悲，天意人事，可以悽愴傷心者矣！⑫

①魏、蜀、吳三分天下，開吳業者孫策也，其初起時，兵一旅耳。五百人為旅。 ②楚霸王項籍渡江而西，滅秦，與漢爭天下，其渡江時，惟率江東子弟八千人。 ③侯景破建業，西魏亡江陵，梁兵百萬，絕無用處。此兩痛之也。 ④二語言梁亡之易。 ⑤史記陳餘傳：「頭會箕斂，以供軍費。」言家家人頭數出穀，以箕斂之。合從締交，賈誼過秦論語。 ⑥鋤耰棘矜，因利乘便，皆賈誼過秦論語。此二語指陳霸先以布衣起兵受梁禪也。 ⑦江表，謂江之外，即江南也。自孫權都建業，至梁敬帝太平二年，共二百九十二年，云三百，舉成數也。 ⑧六合，見賈誼過秦論注。 ⑨軹道，在今陝西咸陽縣東北，漢高祖入秦，秦王子嬰降軹道旁。 ⑩禮中庸：「車同軌，書同文。」言天下一統也。 ⑪平陽，縣名，今山西臨汾縣。晉永嘉五年，劉聰遷懷帝於平陽，建興四年，劉曜送愍帝於平陽，皆遇害。此言臺城之禍，擬於平陽，江陵出降，符於軹道也。 ⑫此段痛梁亡。

況復舟楫路窮，星漢非乘槎可上①，風飈道阻，蓬萊無可到之期②，窮者欲達其言，勞者須歌其事，陸士衡聞而撫掌③，是所甘心，張平子見而陋之④，固其宜矣。

①天河與海通，年年八月，有浮槎去來不失期，有好奇者，齎糧乘槎而去，初猶見星辰日月，後茫茫不覺晝夜，奄至一處，遙望宮中，多織婦，一丈夫牽牛飲於渚，此人歸後，至蜀問嚴君平，彼為何地，君平言某年月日有客星犯牽牛，計之，正此人到彼地時也，蓋其人所到處為星漢中焉，見博物志。②蓬萊、方丈、瀛洲為海中三神山，自戰國齊、燕諸王及漢武帝皆使人求之，終莫能至云。③陸機初入洛，擬作三都賦，聞左思作之，撫掌大笑，及左賦出，不覺自失而輟筆。④張平子，後漢張衡也。班固作兩都賦，平子薄而陋之，因更造焉。此段言己不得東歸而作賦。自首至此為序文。

我之掌庾承周①，以世功而爲族，經邦佐漢，用論道而當官②，稟嵩華之玉石，潤河洛之波瀾③，居負洛而重世④，邑臨河而晏安⑤，逮永嘉之艱虞，始中原之乏主⑥，民枕倚於牆壁，路交橫於豺虎，值五馬之南奔⑦，逢三星之東聚⑧，彼凌江而建國⑨，始播遷於吾祖⑩，分南陽而賜田⑪，裂東嶽而胙土⑫，誅茅宋玉之宅⑬，穿徑臨江之府⑭，水木交運⑮，山川崩竭⑯，家有直道，人多全節⑰，訓子見於純深，事君彰於義烈⑱，新野有生祠之廟⑲，河南有胡書之碣⑳。

①庾氏得姓之先，為周掌庾大夫，庾，倉稟也，在邑曰倉，在野曰庾。②庾氏在漢無顯者，惟後漢隱逸庾乘子孫為鄢陵著姓。③稟嵩華二句，敘潁川、鄢陵之地，在漢、晉時庾氏世居於此，代有名人也。④言庾氏本鄢陵人，鄢陵屬潁川，在洛陽東南，洛陽在北，故云負洛。重世，猶再世也。⑤臨河，言再世之後，分徙新野，又臨河也。河指淯水。⑥中原乏主，言懷、愍二帝皆遇害也。⑦晉惠帝時，童謠云：「五馬浮渡江，一馬化為龍。」後瑯琊、汝南、西陽、南頓、彭城五王同至江東，瑯琊即帝位為元帝。⑧永嘉六年，熒惑歲星太白聚牛女之間，占曰：「牛女揚分。」後兩都傾覆，而元帝中興揚土。⑨凌江建國，謂元帝都建康也。⑩吾祖，謂庾滔也，為信八世祖。元帝渡江，滔始徙居江陵。⑪南陽，春秋晉地，即今河南沁陽縣。此言滔封遂昌侯也。⑫東嶽，泰山也。左傳隱八年：「胙之土而命之氏。」胙，報也。⑬誅茅，誅鋤草茅也。宋玉宅，在湖北江陵縣城北，庾滔徙江陵居此。⑭漢立共敖為臨江王，都江陵。⑮水木交運，謂南宋以水德王，南齊以木德王也。⑯山川崩竭，見小園賦注。⑰言自遠祖滔至於高曾，當宋、齊興亡之際，家多直道全節之人。⑱二句言世傳忠孝。⑲新野，縣名，今屬河南省。⑳胡書，科斗文也。信遠代居鄢陵，鄢陵在河南豫州境，後徙新野，及滔徙江陵，史傳

謂信新野人，稱其本也，二語歷敘庾氏世有生祠碑碣。此段敘世德。

況乃少微眞人，天山逸民①，階庭空谷，門巷蒲輪②，移談講樹③，就簡書筠④，降生世德，載誕貞臣⑤，文詞高於甲觀⑥，楷模盛於漳濱⑦，嗟有道而無鳳⑧，歎非時而有麟⑨，既奸回之畀逆，終不悅於仁人⑩。

①少微，星名，一名處士星。易遯卦：「天下有山，遯。」逸民，見論語微子。二句言信祖庾易志性恬靜，不交外物也。②蒲輪，以蒲裹輪，取其安也。此言齊永明三年，曾以蒲車束帛徵易也。③冀州裴使君召管輅為文學從事，一見，清談終日，時大熱，移牀於庭前樹下，向晨乃出。④晉代徐伯珍少孤貧，學書無紙，因以竹葉箭箬代之。⑤貞臣，信父肩吾也，肩吾不受賊職，潛奔江陵，故稱。⑥甲觀，太子宮。言庾肩吾為東宮通事舍人，累官太子率更令也。⑦漳濱，漳水之濱。漳水出湖北南漳縣，合沮水逕江陵縣入江，肩吾家於江陵，又嘗為相東王錄事諮議參軍，故云漳濱也。⑧有道無鳳，傷梁之亂世也。⑨魯哀公十四年，西狩獲麟，孔子傷其出不以時。⑩奸回，指侯景黨宋子仙也。畀，音備（ㄅㄧ），不醉而怒也。逆，一作匿。侯景矯詔，使肩吾出喻諸不順者，肩吾因東遁，子仙購得之，幸

得釋，間道奔江陵。此段敘祖父。

王子濱洛之歲①，蘭成射策之年②，始含香於建禮③，仍矯翼於崇賢④，游洊雷之講肆⑤，齒明離之胄筵⑥，既傾蠡而酌海，遂測管以窺天⑦，方塘水白，釣渚池圓⑧，侍戎韜於武帳⑨，聽雅曲於文絃⑩，乃解懸而通籍⑪，遂崇文而會武⑫，居笠轂而掌兵⑬，出蘭池而典午⑭，論兵於江漢之君⑮，拭玉於西河之主⑯。

①王子，周靈王太子晉也。晉好吹笙，作鳳鳴，遊伊、洛間，晉叔譽聘於周，與之言，不能勝，還告平公，言太子年十五而弗能與言，謂公事之，濱洛之歲，十五歲也。②蘭成，信小字。射策，應試者對考試之策問也，漢武帝立五經博士，開弟子員，設科射策，中甲科，補郎中，中乙科，為太子舍人，丙科補文學掌故。此言昔日王子濱洛之歲，乃今蘭成射策之年也。或謂蘭成句亦為十五歲之故事，無以己小字與古人作對之理，庾文言一事常以兩故實出之云；然蘭成為何典，無所考。③漢桓帝時，侍中刁存口臭，上出雞舌香與含之，故含香為尚書郎之典。建禮，門名。漢尚書郎主作文書起草，晝夜更直於建禮門。信解褐，授安南府參軍，尋轉尚書度支郎。④矯翼，謂登仕途，漸顯跡也。崇賢，太子門。

信為度支郎，旋聘於東魏，還為東宮學士，自抄撰學士在東宮，還復為東宮，故云仍也。信年十五為東宮講讀，故前用十五歲之典作擬。⑤易震卦：「洊雷震。」洊，重也，因仍也，雷相因仍，乃為威震，震為長子，指太子也。肆，音肄（ㄧˋ）；講肄，即講習也。⑥易離卦：「明兩作離。」離為日，日為明，今有上下兩體，故云。胄，長也。胄筵，太子之講筵。太子入學，以年大小為次，不以天子之子為上，故用齒字。⑦二句見東方朔答客難注。⑧釣渚，館名，見鮑照蕪城賦。⑨兵事總謂之戎。韜，劍衣也。武帳，置兵，闌五兵於帳中也。⑩雅，正也，梁諸樂多以雅名曲。琴本宮、商、角、徵、羽五絃，周文王增二絃，曰少宮、少商，故借用文絃二字。⑪漢劉向疏有云：「宜以時解懸通籍，除過勿治，尊寵爵位，以勸有功。」⑫信又為東宮領直，青宮兵馬，並受節度，蓋任兼文武也。⑬兵車無蓋，邊人執笠依轂而立，以御寒暑，名曰笠轂，見左傳宣四年。⑭蘭池，漢宮名。典午，司馬也，午屬馬，晉姓司馬，故以典午為隱謎，而司馬為掌兵官，故借用典午二字，意即掌兵也。⑮江漢之君，指元帝為湘東王時，湘東在江陵，乃楚地，故曰江漢。信嘗與元帝論中流水戰事。⑯西河之主，謂東魏也，西河故魏地，亦借用字。拭玉，顯名之意，信使東魏，與其國人士接對，頗為所稱。此段自敘仕梁之聲望。

於時①朝野歡娛，池臺鐘鼓，里爲冠蓋②，門成鄒魯③，連茂苑於海陵④，跨橫塘於江浦⑤，東門則鞭石成橋⑥，南極則鑄銅爲柱⑦，橘則園植萬株，竹則家封千戶⑧，西賮浮玉⑨，南琛沒羽⑩，吳歈越吟⑪，荊豔楚舞⑫，草木之遇陽春，魚龍之逢風雨，五十年中，江表無事⑬，王歙爲和親之侯⑭，班超爲定遠之使⑮，馬武無預於甲兵⑯，馮唐不論於將帥⑰。

①於時，梁承平時也。②言其多富貴也。宜城縣有太山，山下有廟，漢末多士，朱軒華蓋，同會廟下，荊州刺史行部見之，歎其盛況，號曰冠蓋里，見水經注。③鄒、魯多大儒，門成鄒魯，言其多文學也。④茂苑，繁茂之林苑。海陵，縣名，今江蘇泰縣。此喻天監中立建興苑於秣陵之建興里也。⑤橫塘，在今江蘇江寧縣西南，緣江築隄，故稱。此喻天監九年緣淮作塘也。⑥東門，言梁地東至於海也。秦始皇作石橋橫於海上，欲過海觀日出處，有神人驅石下海，石去不速，神人鞭之，皆流血，見述異記。⑦南極，南方極遠處，謂交阯也。後漢馬援征交阯立銅柱，以為漢之極界。⑧蜀漢江陵千樹橘，渭川千畝竹，此其人與千戶侯等，見漢書貨殖傳。⑨賮，音燼（ㄐㄧㄣ），貨以將意，謂外夷之入貢也。西海之西有浮玉山，見拾遺記。⑩堯時，僬僥氏貢沒羽，見竹書紀年。僬僥在南方。二語敘梁全盛時期，遠方皆入貢。⑪吳歌為歈。越吟，莊舄故事，見王粲登樓賦注。⑫吳、越、荊、楚，皆梁地，言其太

平歌舞也。⑬梁興四十七年，境內無事，人民不見兵甲，此云五十年，舉成數也。⑭王歙，王昭君兄子也，為和親侯，王莽遣往匈奴。⑮班超，字仲升，扶風平陵人，使西域，通三十六國，後漢和帝永元七年，封定遠侯。⑯馬武，後漢湖陽人，光武時，上言欲擊匈奴，光武不許，自是諸將莫敢言兵事。⑰馮唐，漢安陵人，文帝顧問之，與論將帥。四句言南北通好，不事干戈；蓋天監後，梁每舉兵侵魏，及魏分東西，東魏和梁，西魏亦不聞邊警。此段述梁承平之盛。

豈知山嶽闇然，江湖潛沸①，漁陽有閭左戍卒②，離石有將兵都尉③。天子方刪詩書，定禮樂④，設重雲之講⑤，開士林之學⑥，談劫燼之灰飛⑦，辨常星之夜落⑧，地平魚齒⑨，城危獸角⑩，臥刁斗於滎陽⑪，絆龍媒於平樂⑫，宰衡以干戈爲兒戲⑬，搢紳以清談爲廟略⑭，乘漬水以膠船⑮，馭奔駒以朽索⑯，小人則將及水火，君子則方成猿鶴⑰，敝笱不能救鹽池之鹹⑱，阿膠不能止黃河之濁⑲。既而魴魚赬尾⑳，四郊多壘㉑，殿狎江鷗，宮鳴野雉㉒，湛盧去國㉓，艅艎失水㉔，見被髮於伊川，知百年而爲戎矣㉕。

①言梁狃於太平，禍機潛伏，侯景之亂將起也。②漁陽，秦郡，地在今河北。閭左，閭左之居民也。秦

二世元年，發閭左戍漁陽九百人，陳勝為戍長，因以起兵，見漢書勝傳。侯景起家為北鎮戍兵，此借勝事指之。③離石，縣名，今屬山西省。劉淵為離石之將兵都尉。侯景受高歡命，擁兵十萬，專制河南，此即指之。④天子，謂梁武帝。武帝著毛詩問答、尚書大義、樂社義等書，何佟之等撰五禮千餘卷，帝稱制斷疑焉。⑤重雲，殿名。武帝於重雲殿講說，僧學聽衆萬餘人。⑥士林，館名。武帝開士林館以延學士。⑦漢武帝鑿昆明池，極深，無土，皆為灰墨，至後漢明帝時，有西域道人來中國，或以問之，道人言天地將盡則劫燒，此劫燒之餘也，見搜神記。⑧常星，即恆星，其星常見。春秋魯莊公七年，四月八日，夜明，恆星不見，佛從左脇墮地生。二語言武帝溺情釋教。⑨魚齒，山名，在今河南寶豐縣南，春秋時楚師伐鄭，涉於魚齒之下，見左傳襄公十八年。⑩猛獸之角，能以為城，見呂氏春秋行論篇。二語言梁不能完城郭以為保守計。⑪刁斗，兵營所用，以銅為之，晝炊飯，夜擊持行，滎陽庫中曾有之，漢李廣治兵有恩，不擊刁斗以自衛。⑫龍媒，馬名。平樂，館名。後漢明帝至長安，取飛廉并銅馬置之西門外，為平樂館。二語言其不整武備。⑬宰衡，宰輔也，漢王莽曾有此號。此指朱异勸武帝侯景之降，時梁、魏方和，景叛魏來降，不宜輕許，以生鄰怨。⑭清談，見范寧罪王何論注。⑮濆水，疑作積水；一作潰水。膠船，周昭王事，昭王南征，濟於漢，船人以膠船進，中流膠解船散，王沒於水。⑯書五子之歌：「予臨兆民，凜乎若朽索之馭六馬。」二語極言其危。⑰周穆王南征，一軍盡化，君子為猿鶴，小人為蟲沙，見抱朴子。⑱箄，音悲（ㄅㄟ），竹器，以蔽甑底，能淡鹽味，以鹽多著其上也。⑲山東東阿縣有井以其水煮膠名阿膠。句見抱朴子嘉遯篇。⑳詩汝濆：「魴魚赬尾，王室如燬。」赬，赤也。魚勞則尾赤。㉑禮曲禮語。壘，軍壁，數見侵伐則多。㉒二語言妖異迭見，為亡國之徵。㉓湛盧，寶劍名。此劍本為吳有，楚昭王臥而得之於牀，問於風胡子，風胡子言吳王無道，殺君謀楚，故湛盧去國。㉔艅艎，舟名。楚敗吳師，獲其乘舟餘皇，見左傳昭公十七年；餘皇，即艅艎也。㉕周平王東遷，辛有適伊川，見被髮而祭於野者，曰：「不及百年，此其戎乎，其禮先亡矣。」至魯僖公二十三年，秦、晉果遷陸渾之戎於伊川。伊川，伊河所經地，在今河南境。二語言侯景將來也。此段言禍將作而梁君臣猶忽於武備。

彼姦逆之熾盛，久遊魂而放命①，大則有鯨有鯢②，小則爲梟爲獍③，負其牛羊之力，凶其水草之性④，非玉燭之能調⑤，豈璿璣之可正⑥，值天下之無爲，尚有欲於羈縻⑦，飲其琉璃之酒，賞其虎豹之皮⑧，見胡柯於大夏⑨，識鳥卵於條枝⑩，豺牙密厲，虺毒潛吹，輕九鼎而欲問⑪，聞三川而遂窺⑫。

①姦逆，謂侯景。景少而不羈，先事魏爾朱榮，榮敗，歸東魏高歡，又欲事魏宇文泰，後又歸梁，故言

其遊魂放命，反覆無常之意也。②鯨鯢，喻不義之人，吞食小國。③梟獍，惡獸，梟食母，獍食父，喻惡人。④匈奴畜牧多馬牛羊，逐水草而居，喻景為夷狄也。⑤四時調和謂之玉燭，見爾雅。⑥璿璣玉衡，以齊七政，見書舜典。⑦二語言梁許景降。馬絡曰羈，牛繮曰縻，謂籠絡之如牛馬也。⑧二語言梁之納景也。春秋時，戎有獻虎豹皮於晉以求和者，見左傳襄公四年。⑨胡柯，一作胡桐，出古西域鄯善國。大夏，西域古國，在阿母河南。⑩條枝，西域古國，今幼發拉底、底格里斯兩河間地；其地有鳥卵如甕。二語喻梁通使於景。⑪春秋時，楚子觀兵於周疆，周使王孫滿勞之，楚子問周九鼎之大小輕重，見左傳宣公三年，蓋有無王之意也。⑫戰國時，秦武王嘗言欲車通三川，見史記秦本紀，蓋有窺周室之意也。三川，指周之伊、洛、河三水。四語言景潛圖反叛。此段敘侯景內附，及其謀叛。

始則王子召戎①，姦臣介胄②，既官政而離逷③，遂師言而泄漏④，望廷尉之逋囚⑤，反淮南之窮寇⑥，出狄泉之蒼鳥⑦，起橫江之困獸⑧，地則石鼓鳴山⑨，天則金精動宿⑩，北闕龍吟⑪，東陵麟鬬⑫。

①王子，謂蕭正德也。正德，臨川王宏子，武帝胤嗣未立時，養以為子，正德自謂應居儲貳，既不能得，

憤恨，陰伺國釁，侯景反，遂與通，而朝廷不知，以為平北將軍，正德遂引賊入，梁之傾覆，皆正德致之也。②姦臣介胄，即指以正德領兵也。③逷，音惕（ㄊㄧ），遠也。賊先以正德為天子，及臺城開，乃降為侍中大司馬，故云。④春秋時，齊寺人貂漏師於多魚，言其泄軍情也。正德既為賊所賣，乃密書與鄱陽王契，令以兵入，賊遮得書，矯詔殺之，故引寺人貂事為喻。⑤廷尉，秦官，主聽獄。逋囚，逋逃之囚。謂景得罪東魏奔梁也。晉詔徵蘇峻，峻言臺下云我反，反豈得活，我能山頭望廷尉，不能廷尉望山頭，遂作亂，此句引用其事。⑥景附梁，東魏討之，景敗於渦陽，故稱為窮寇。反，轉盛之詞。三國魏諸葛誕據淮南反，此引其事。⑦狄泉，地名，在今河南洛陽縣故洛陽城中。晉永嘉中，洛陽步廣里地陷，有蒼白二鵝出，蒼者飛去，白者不能飛，陳留人董養謂步廣為周狄泉盟會地，白為國諱，蒼為胡象，旋有劉淵之亂。此以景比劉淵也。⑧橫江，在今安徽和縣東南。景敗渦陽，退襲壽春而據之，梁又與東魏和，以景無能為也，景不自安，遂自壽陽舉兵內向。⑨吳興長城夏架山有石鼓，鳴則主三吳有兵，晉安帝時曾大鳴，遂有孫恩之亂。⑩金精，太白星也，兵象，梁太清三年，太白晝見。⑪梁普通五年，龍鬬於曲阿王陂。⑫東陵，梁帝陵，建陵也。中大同元年，陵口石麒麟動，有大蛇鬬隧中。四句言先時災異之迭見。此段敘內奸引寇。

爾乃桀黠①橫扇，馮陵畿甸②，擁狼望於黃圖③，填盧山於赤縣④，青袍如草，白馬如練⑤，天子履端廢朝⑥，單于長圍高宴⑦，兩觀當戟⑧，千門受箭，白虹貫日，蒼鷹擊殿⑨，竟遭夏臺之禍⑩，終視堯城之變⑪，官守無奔問之人，干戚非平戎之戰⑫，陶侃空爭米船⑬，顧榮虛搖羽扇⑭。

①桀黠，謂性情兇狡也。②馮，讀如憑，馮陵，倚勢欺凌也。王國地千里曰畿。去王城五百里為甸。③狼望，匈奴中地名。黃圖，謂畿輔也。④盧山，單于南庭山。中國名赤縣神州。揚雄有前代豈樂傾無量之資，快心於狼望之北，填盧山之壑而不悔之語。⑤大同中童謠云：「青絲白馬壽陽來。」景渦陽之敗，求錦於朝，給以青布，及景圍臺城（梁宮城），皆以所給用為袍，乘白馬，青絲為轡。古詩：「青袍似春草。」孔子與顏淵俱上泰山，望吳昌門外，孔子見白馬，指問淵，淵言見有繫練之狀，見家語。⑥天子，指武帝。端，正月。履端，猶言在曆之始。武帝被圍，正月不視朝。⑦單于，指景。景於臺城外築長圍，在東宮置酒奏樂以為樂。⑧兩觀，兩臺雙植，又稱兩闕，昔者帝居，每門樹此於前，以標表宮門，登之可偏觀。⑨聶政之刺韓傀也，白虹貫日；要離之刺慶忌也，蒼鷹擊於殿上，見戰國策。太清元年及三年，皆曾白虹貫日。⑩夏臺，夏時獄名，在今河南鞏縣西南，桀囚湯於此。⑪竹書紀年

謂堯德衰，為舜所囚，今山東莒縣，西有小城陽，俗諺以為囚堯城云。⑫干戚，即今之盾斧。二語言援兵之不力，時援兵二、三十萬在城外，不能奏勤王之效也。⑬爭，一作裝。晉蘇峻反，溫嶠借資蓄器用於陶侃，卒平之，景圍臺城，元帝自荆州遣王琳獻米萬石，未至而都城陷，琳乃中江沉米，輕舸而還，此以侃喻琳。侃成功而琳無成，故曰空。⑭晉陳敏反，顧榮臨陣，以白羽扇揮之，敏衆皆潰，景圍臺城，羊鴉仁攻之，為所敗，此以榮喻鴉仁。榮卻陳敏而鴉仁敗於景，故曰虛。此段敘侯景圍臺城。

將軍死綏①，路絕長圍，烽隨星落②，書逐鳶飛③，遂乃韓分趙裂，鼓臥旗折，失群班馬④，迷輪亂轍⑤，猛士嬰城⑥，謀臣卷舌，昆陽之戰象走林⑦，常山之陣蛇奔穴⑧。五郡則兄弟相悲⑨，三州則父子離別⑩。護軍慷慨，忠能死節，三世為將，終於此滅⑪。濟陽忠壯，身參末將，兄弟三人，義聲俱倡，主辱臣死，名存身喪，爲人歸元，三軍悽愴⑫。尚書多算，守備是長，雲梯可拒，地道能防，有齊將之閉壁，無燕師之臥牆，大事去矣，人之云亡⑬！申子奮發，勇氣咆勃，實總元戎，身先士卒，胄落魚門，兵塡馬窟，屢犯通中，頻遭刮骨，功業夭枉，身名埋沒⑭。

①綏，卻也。語見司馬法。②邊備晝舉燧，夜舉烽，故曰隨星落。景侯圍臺城，數月不舉，糧盡，詐表解圍，以緩援兵，武帝許之，及援兵稍散，景已得糧，遂背盟，城內舉烽鼓譟。③景築長圍圍城，中外隔絕，有獻計放紙鳶，藏敕於中，冀得外達，然為賊所射落，計卒不果。④班馬，離群之馬，班，別也，左傳襄十八年：「有班馬之聲，齊師其遁。」⑤迷輪亂轍，師遁無序之狀，見左傳長勺之戰。四句言援兵之潰散。⑥嬰城，閉城自守也。⑦昆陽，今河南葉縣。漢光武與王莽兵大戰於昆陽，莽兵驅虎豹犀象之屬以助威。⑧諸葛亮造八陣圖，累石為八，相去二丈，桓溫見之曰：「此常山陣蛇勢也。」⑨五郡，湘東王繹、邵陵王綸、武陵王紀、廬陵王續、南康王績也。五人皆武帝子，為兄弟。——續先已卒，有子嗣爵。⑩三州，湘東為荊州，武陵為益州，邵陵時在潁州也。三人於武帝為父子。二語敘梁宗室，以下敘諸將。⑪護軍，韋粲也，粲字長倩，與景戰，死之，贈為護軍將軍。粲祖叡、父放皆將兵，故曰三世為將。將三世者敗，語見史記王離傳。⑫江子一、子四、子五兄弟三人，籍濟陽（當時郡，地在今安徽。）考城，子一字元亮，為南津校尉，城被圍，與兩弟開門出，皆力戰死。主辱臣死，語見史記越王句踐世家。春秋晉先軫死於狄，狄人歸其元，面如生，賊義子一而歸之，故以為喻。元，首也。⑬尚書，羊侃也，侃字祖忻，為都官尚書，賊至，守禦有方，尋以疾卒，臺城遂陷。齊將閉壁，指樂毅以燕師入齊，諸城皆下，獨田單拒守即墨也。燕師臥牆，指慕容寶兵敗，慕容垂憤疾，築城而還也。垂疾而築城，侃疾遂死，故云亡（無）。大事去矣，為陶侃討蘇峻時，長史殷羨謂侃語。

⑭申子，柳仲禮小字，仲禮有膽力，賊渡江，被推為大都督，與賊戰，為賊所刺，被救幸免，自此壯氣外衰，不復言戰，後遂降賊。魚門，邾國城門。邾與魯戰，獲僖公胄，懸諸魚門，見左傳僖公二十五年。馬窟，長城下往往有泉窟，可飲馬，古詩因有飲馬長城窟行。通中，被創深入也。刮骨，指關羽中毒矢貫臂，醫為刮骨去毒之事，自冑落至刮骨四句，言仲禮臨陣之遇險，此段敘援兵之無用，及諸將之覆敗。

或以隼翼鷃披①，虎威狐假②，沾漬鋒鏑，脂膏原野，兵弱虜強，城孤氣寡，聞鶴唳而心驚③，聽胡笳而淚下④，據神亭而忘戟⑤，臨橫江而棄馬⑥，崩於鉅鹿之沙⑦，碎於長平之瓦⑧。

①鷃，小鳥。鷃披隼翼，不明者以為隼，明者視之知為鷃，見亢倉子。②虎隨狐而行，百獸見之，皆走，虎不知獸之畏己，以為畏狐，見戰國策。③苻堅伐晉，戰於淝水，大敗，懼甚，至聞風聲鶴唳，亦以為晉兵。④晉劉琨為胡騎所圍，中夜奏胡笳，賊聞之，皆為流涕。⑤神亭，地名，在今江蘇金壇縣西北。太史慈與孫策鬭於神亭，策得其戟。⑥橫江，見前。此引孫策說袁術謀脫身事。⑦鉅鹿，即鉅鹿，今河北平鄉縣，項羽大破秦軍於此。縣東北有紂所作沙丘臺。⑧長平，戰國趙邑，在今山西高

平縣西北，秦白起大破趙兵於此。趙將趙奢與秦軍相距武安，秦兵鼓譟，武安屋瓦皆震。此當言碎於武安之瓦，而言長平者，合兩役言之。二句言兵之振動。此段總敘敗兵之狀。

於是桂林顛覆①，長洲麋鹿②，潰潰沸騰，茫茫墋黷，天地離阻，神人慘酷，晉鄭靡依③，魯衛不睦④，競動天關⑤，爭迴地軸⑥，探雀鷇而未飽⑦，待熊蹯而詎熟⑧，乃有車側郭門⑨，筋懸廟屋⑩，鬼同曹社之謀⑪，人有秦庭之哭⑫。

①桂林，吳苑名。②長洲，吳苑名，吳王闔廬遊獵處。伍子胥有見麋鹿遊姑蘇之臺之語。二語言臺城既陷，建康荒蕪也。③左傳隱元年：「周之東遷，晉鄭焉依。」④二語言臺城陷後，諸王自相殘害，無圖賊之意也。⑤黑帝行德，天關為之動，見史記天官書。⑥木華海賦：「又似地軸挺拔而爭迴。」⑦鳥子初生，須母哺而食者名鷇，音口（ㄎㄡ）。戰國趙武靈王被圍，欲出不得，探雀鷇而食之，三月餘餓死。⑧春秋楚太子商臣圍其父成王，王請食熊蹯而死，不聽，乃縊，蓋熊掌難熟，冀時久得援也。二語敘武帝之死，武帝徵求於景，多不稱旨，至御膳亦被裁抑，因憤而疾，疾久口苦，索蜜不得，再曰荷荷而崩。⑨葬埋不殯於廟曰側。武帝葬時，景使衛士於要地以大釘釘之，謂欲令其後世滅絕。此句

言景惡葬武帝。⑩戰國齊閔王無道，淖齒弒之，擢其筋，懸之東廟。此言景又弒簡文帝也。⑪春秋時，曹人或夢衆君子立於社宮而謀亡曹，見左傳哀七年。此句總結建康之亡。⑫此句言已奔江陵求援之意，引出後文。此段敘臺城陷落，兩帝遇害，建康滅亡。

爾乃假刻璽於關塞①，稱使者之酬對②，逢鄂坂之譏嫌③，值耏門之征稅④，乘白馬而不前⑤，策青騾而轉礙⑥，吹落葉之扁舟，飄長風於上游，彼鋸牙而鉤爪，又循江而習流⑦，排青龍之戰艦⑧，鬬飛鷰之船樓⑨，張遼臨於赤壁⑩，王濬下於巴丘⑪，乍風驚而射火⑫，或箭重而回舟⑬，未辨聲於黃蓋⑭，已先沈於杜侯⑮，落帆黃鶴之浦，藏船鸚鵡之洲⑯，路已分於湘漢，星猶看於斗牛⑰。

①漢甯成詐刻傳出關歸家，見漢書酷吏傳。②楚太子元入質於秦，黃歇使變服為楚使者，御以出關。③鄂坂，指今湖北境。伍子胥自楚奔吳，嘗遇厄於昭關，信自吳奔楚，備受查察，故引其事。④鄋瞞伐宋，耏班御皇父充石敗之，宋武公以門賞耏班，使食其關門之租，因名為耏門；音而（ㄦˊ）。⑤公孫龍常持白馬非馬之論，人不能屈，後乘白馬無符傳，欲出關，關吏不聽，故虛言難以奪實，見桓譚新論。

⑥李少君死後，人有見其在河東蒲坂乘青騾者，漢武帝聞而發其棺，無所有。⑦信西上江陵，又遇景遣大兵襲擊郢州。鋸牙鉤爪，喻景也。循江習流，喻景襲郢之兵也。⑧青龍，舟名，借為戰艦之號。⑨飛燕，戰船名。船樓，樓船也。⑩張遼，三國魏將，字文遠，官至征東將軍，時江陵以王僧辯為征東將軍，故以比之。赤壁，山名，在今湖北嘉魚縣東，吳周瑜大破曹操於此。張遼本以合肥之戰著名，赤壁疑合肥之誤。⑪王濬，晉滅吳之將，字士治，以喻胡僧祐也。景兵陷郢，進攻荆州，僧辯命衆軍乘城固守，元帝又命僧祐援之。巴丘，山名，在今湖南岳陽縣城內。⑫景攻荆州，不克，乃為火艦燒柵，風不便，反自焚。⑬賊數敗，景乃燒營夜遁，旋軍夏首，倍道歸建康。孫權乘大船觀曹操軍，操令弓弩亂發，箭著船，偏重，幾覆，此引其事以喻景也。⑭黃蓋，字公覆，孫權將，赤壁之役，權以火攻計破曹操，先令蓋往詐降，蓋駕舟急進，乘風縱火，忽為流矢所中，墮水，為吳人所得，不知為蓋，置廁牀中，蓋強以一聲呼韓當，當曰：「此黃公覆聲也。」急為易衣，因以得生，江陵將陸法和破景將任約，約逃入水，因擒之，此以黃蓋事為喻也。⑮景既遁歸，王僧辯率兵沿流而進，攻郢州，景將宋子仙、丁和等困蹙，僧辯命杜龕乘其不備襲擊，大破之，子仙、和皆被擒，郢州平。杜侯，三國魏杜畿，字伯侯，受詔作御船，船成，試之，遇風覆沒，畿溺死，此即引以喻杜龕擒宋、丁事也。⑯黃鶴，山名，在今湖北武昌縣西南，西北有黃鶴磯，黃鶴樓在焉。鸚鵡洲，在武昌縣西南江中。落帆藏船，謂避之也。⑰信由郢巴至江陵，故曰路分湘漢。斗牽牛，為吳分野。二句言己漸至江陵，猶悵望舊國舊都也。此段

敘初去金陵，中途所歷。

若乃陰陵失路①，釣臺斜趣②，望赤壁而沾衣，艤烏江而不渡③，雷池柵浦④，鵲陵焚戍⑤，旅舍無煙，巢禽無樹，謂荊衡杞梓，庶江漢之可恃⑥，淮海維揚，三千餘里⑦，過漂渚而寄食⑧，託蘆中而渡水⑨，居於七澤⑩，濱於十死⑪。

①陰陵，山名，在今安徽和縣，項羽至此迷失道，為漢兵追及。②釣臺，在武昌。斜趣，言兵敗而遁。③曹操敗於赤壁，見前。烏江，在今安徽和縣東北。項羽兵敗，至烏江，烏江亭長艤船待，而羽不渡，艤，音蟻（ㄧˇ），整船向岸也。二句以操、羽之敗比景。④雷池，即大雷水，在安徽望江縣南。柵浦，於江浦築柵以為防也。⑤鵲陵，即鵲頭山，在今安徽銅陵縣。景戍兵於鵲頭，為王僧辯兵所破。⑥杞梓，皆美材，產荊、衡。二語言諸王皆無能為，惟江陵之元帝可靖亂也。⑦書禹貢：「淮海維揚州。」信自金陵溯江而上，約三千餘里。⑧韓信微時窮困，釣於城下，一漂母哀之，飯信十餘日。漂，以水擊絮也。⑨伍子胥奔吳，追者在後，江中一漁父，令止蘆之漪，後渡使過江。⑩七澤，見司馬相如子虛賦注。⑪十死，言屢瀕於死也。此段敘己至江陵，見所過殘破，及途中之艱苦。

嗟天保之未定①，見殷憂之方始②，本不達於危行③，又無情於祿仕，謬掌衛於中軍④，濫尸丞於御史⑤。信生世等於龍門，辭親同於河洛⑥，奉立身之遺訓，受成書之顧託⑦，昔三世而無慙，今七葉而方落⑧，泣風雨於梁山⑨，惟枯魚之銜索⑩。入攲斜之小徑，掩蓬藋之荒扉，就汀洲之杜若⑪，待蘆葦之單衣⑫。

①詩小雅天保：「天保定爾。」潘岳西征賦：「憂天保之未定。」②殷憂，憂心也。③危行，高峻之行，見論語憲問。④元帝即位，以信為右衛將軍。⑤元帝先承制除信御史中丞。在位不事事曰尸。數語言信至江陵，復為元帝所任用。⑥龍門，山名，在今山西，大禹所鑿，司馬遷生於此，故以稱遷。信以遷自比，故曰等。遷父談為太史官，病且卒，遷使蜀適反，父子見於河、洛之間，信父肩吾卒於江陵，故以為喻。⑦司馬談臨歿，囑遷復為太史，不忘己所著論。⑧陳寔及子紀、孫群，事漢、魏，世有重名，而德漸減。金日磾、張安世皆七代仕漢，此信引以為喻，言先世皆無慙盛德，及己身而衰落也。⑨曾子耕泰山下，雨雪不得歸，思其父母，作梁山操。⑩枯魚銜索，幾何不蠹，二親之壽，忽如過隙，為子路語，言以索貫枯魚之口而售之，不久生蠹也。二句信自敘思親。⑪楚辭：「搴汀洲兮杜若。」汀，平也。杜若，香草。⑫三國吳諸葛恪當國時，童謠云：「吁汝恪，何若若，蘆葦單衣篾鉤絡，於

何相求常子閣。」恪誅，以葦席裹身，篾束腰，投於石子岡。元帝猜忌，信憂讒待死，自擬屈原、諸葛恪，故云。此段敘仕於元帝，思親慮患。

於是西楚霸王①，劍及繁陽②，鏖兵金匱③，校戰玉堂④，蒼鷹赤雀，鐵軸牙檣⑤，沈白馬而誓衆⑥，負黃龍而渡江⑦，海潮迎艦，江萍送王⑧，戎車屯於石城⑨，戈船掩於淮泗⑩，諸侯則鄭伯前驅⑪，盟主則荀罃暮至⑫，剖巢熏穴，奔魑走魅⑬，堵長狄於駒門⑭，斬蚩尤於中冀⑮，然腹爲燈⑯，飮頭爲器⑰，直虹貫壘⑱，長星屬地⑲，昔之虎踞龍蟠⑳，加以黃旗紫氣㉑，莫不隨狐兔而窟穴，與風塵而殄瘁㉒。西瞻博望㉓，北臨玄圃㉔，月榭風臺，池平樹古，倚弓於玉女窗扉㉕，繫馬於鳳凰樓柱㉖，仁壽之鏡徒懸㉗，茂陵之書空聚㉘。

①項羽自立為西楚霸王，以喻元帝；一說，指陳霸先。②繁陽，楚地。此言命將討景也。③鏖，音敖（ㄠˊ），苦戰多殺也。金匱，以金為匱，漢高祖與功臣剖符作誓，丹書鐵券，金匱石室，藏之宗廟。④玉堂，見揚雄解嘲注。⑤四者皆戰艦名，此下十句敘陳霸先、王僧辯等討景。⑥見丘遲與陳伯之書注。⑦禹南巡渡江，黃龍負舟。⑧楚昭王渡江，得萍實，大如斗，孔子謂惟霸者能得之。⑨屯，聚

也。石城，即石頭城，在今江蘇江寧縣西，孫權所築。陳霸先於石頭西築柵攻景。⑩戈船，船下置戈者，借喻戰船。掩，蔽也。王僧辯督諸軍乘潮入淮。⑪左傳魯昭公四年，諸侯如楚，鄭伯先待於申。⑫魯襄公十一年，諸侯伐鄭，齊、宋先至，其暮荀罃至。荀罃，晉大夫。時晉主夏盟，故曰盟主。⑬此二句言師之進逼，侯景及賊臣之出奔。⑭魯文公十一年，魯獲長狄、僑如，殺之，埋其首於子駒之門，子駒，魯郭門也。⑮黃帝戮蚩尤於中冀之野。二句敘斬侯景，景出奔，將自滬瀆入海，羊鯤殺之，送於王僧辯。⑯漢董卓被誅，尸於市，體肥，守尸者燃火置其臍中，光明達旦，景尸暴建康市，百姓爭取屠膾，故以卓為喻。⑰趙襄子怨智伯、荀瑤，既殺之，漆其頭以為飲器，飲器，飲酒之器也，景首傳至江陵，元帝命懸市三日，然後煮而漆之，以付武庫，故以荀瑤為喻。⑱虹為百殃之本，衆亂所基，見而頭尾至地，為流血之象。壘，軍壘也。⑲長星屬地，長星墜也，主亡主將。⑳金陵素以龍蟠虎踞之形勢著稱。㉑有言黃旗紫氣，恆見東南，揚州之君，終成天下，即指建康之地也。㉒殄，盡也。瘁，病也。㉓博望，山名，在今安徽當塗縣西南，一名天門，亦曰東梁山，與和縣西梁山相對。㉔玄圃，苑名，梁簡文帝嘗於其中述武帝所製五經講疏。㉕王延壽魯靈光殿賦：「玉女窺窗而下視。」㉖鳳凰樓，晉宮闕名也，在洛陽。㉗晉仁壽殿前，曾有大方銅鏡高五尺餘，廣三尺二寸。㉘茂陵，漢武帝陵。帝崩時，令以雜書三十餘卷隨身斂。此段敘討平侯景，兼傷故都之殘毀。

若夫立德立言①，謨明寅亮②，聲超於繫表③，道高於河上④，更不遇於浮丘⑤，遂無言於師曠⑥，以愛子而託人，知西陵而誰望⑦，非無北闕之兵，猶有雲臺之仗⑧。

①古稱三不朽：太上立德，其次立功，其次立言。②謨明，言謀無不明，見書皋陶謨。寅亮者，敬而明之也，見書周官。③三國魏荀粲有象外之意繫表之言之語。④河上，漢人，文帝時，結草為庵於河之濱，常讀老子，莫知其姓氏，稱河上公。四句稱簡文帝。⑤浮丘，古仙人，接周王子晉上嵩山。⑥師曠，晉樂師，名曠也，字子野。曠往見王子晉，欲與辯言，晉謂曰：「吾後三年，將上賓於帝所，汝慎無言！」曠歸，未及三年，告晉死者至。二句言簡文為賊所制，不遇浮丘，即位二年為景所弒，猶無言於師曠也。⑦臺城陷後，太子（即簡文。）以幼子大圜屬元帝，并剪爪髮寄之。西陵，曹操陵，以喻簡文墓。魏兵至江陵，元帝令大圜充副使請和，元帝降魏，大圜入長安，不得一瞻父之陵寢，故文云。⑧當景率兵外出時，南康王會理等謀在內舉事，為賊臣王偉所知，會理等皆被害，景謂簡文知之，遂懷逆謀。雲臺仗，本天子所主，而王偉等所用防守者，皆為主兵，是雲臺甲仗反為賊也。此言如會理等非無北闕內應之兵，而賊臣守兵，猶有雲臺之仗，以致忠良受戮，帝亦被弒。此段悼簡文帝。

司徒之表裏經綸①，狐偃之惟王實勤②，橫琱戈而對霸主③，執金鼓而問賊臣④，平吳之功，壯於杜元凱⑤，王室是賴，深於溫太眞⑥，始則地名全節⑦，終則山稱枉人⑧，南陽校書，去之已遠⑨，上蔡逐獵，知之何晚⑩！

①司徒，謂王僧辯也，僧辯討平侯景，元帝即位，授為鎮衛將軍司徒。②狐偃，晉大夫。晉文公返國，欲霸諸侯，偃曰：「求諸侯莫如勤王。」時周室方有難也。此言僧辯之師，猶狐偃勤王之舉。③琱，與雕通。晉惠公令韓簡挑戰於秦，秦穆公橫琱戈出見使者。霸主，謂景也。④漢景帝時，膠西王卬附吳王濞反漢，既被擒，韓頹當執金鼓見之，詰問其發兵狀。賊臣，亦謂景。⑤杜元凱，杜預也。晉武帝欲滅吳，惟預意與帝同，後預卒率諸軍平吳。⑥溫太真，溫嶠也，有討王敦平蘇峻之功。四句極稱僧辯。⑦全節，地名，又稱全鳩里，在今河南閿鄉縣東，漢戾太子死處。⑧枉人，山名，在今河南濬縣西北，紂殺比干於此。⑨大夫文種既佐越王句踐滅吳，句踐賜劍令死，種歎曰：「南陽之宰，而為越王之禽！」此言僧辯功成見害，時江陵已亡於魏，僧辯與陳霸先同立元帝子敬帝，既僧辯又自北齊納蕭淵明為梁嗣，霸先因襲執而殺之，及其子頠。⑩秦始皇臣李斯，上蔡人，惑於趙高，與共殺始皇長子扶蘇，而立二世，既高又譖斯謀反，二世收之，斯臨刑，顧謂其子曰：「吾欲與君復牽黃犬出上蔡東

門逐狡兔，其可得乎！」此言僧辯舍內主而立外君，以致如李斯之父子俱戮。此段敘王僧辯。

鎮北之負譽矜前，風飆凜然①，水神遭箭②，山靈見鞭③，是以蟄熊傷馬④，浮蛟沒船⑤，才子併命，俱非百年⑥。

①鎮北，謂邵陵王綸也，綸於武帝大同中，為揚州刺史，揚州在江北，故云；一說，北疑東之譌，以綸在中大同元年為鎮東將軍也。綸於太清二年，曾率大兵發京口，直據鍾山，大破景兵，一時甚著威望，故曰矜前。後綸卒為景所敗。②秦始皇夢與海神戰，占者謂海神不可見，以大魚蛟龍為候，因令人持捕魚具入海，候大魚出射之，至之罘，射殺一魚。③此見前編石成橋注。④綸將兵援臺城，至鍾山，有蟄熊嚙其所乘馬。蟄，藏伏也。⑤綸討景，濟江，中流浪起，有物傷舟，幾覆。四句言綸少時險躁，不為山川之神所祐，故功終不成。⑥高陽氏有才子八人，武帝八子，故以為比。併命者，謂綸後為元帝所逼，見害於魏也。綸既亡滅，江陵亦敗，兄弟忌賊，皆不永年，故云俱非。此段敘邵陵王綸。

中宗之夷凶靖亂，大雪冤恥①，去代邸而承基②，遷唐郊而纂祀③，反舊章於司隸④，歸餘風於正始⑤，沈猜則方逞其欲，藏疾則自矜於己，天下之事沒焉，諸侯之心搖矣⑥。既而齊交北絕⑦，秦患西起⑧，況背關而懷楚，異端委而開吳⑨，驅綠林之散卒，拒驪山之叛徒⑩，營軍梁溠⑪，蒐乘巴渝⑫，問諸淫昏之鬼，求諸厭劾之符⑬，荊門遭廩延之戮⑭，夏口濫逵泉之誅⑮，蔑因親以教愛⑯，忍和樂於彎弧⑰，既無謀於肉食，非所望於論都⑱，未深思於五難⑲，先自擅於三端⑳，登陽城而避險㉑，臥砥柱而求安㉒，既言多於忌刻，實志勇而形殘，但坐觀於時變，本無情於急難㉓，地惟黑子，城猶彈丸㉔，其怨則黷，其盟則寒㉕，豈冤禽之能塞海㉖，非愚叟之可移山㉗。

①中宗，謂元帝也，帝廟號世祖，以其啟中興之業，故曰中宗，以比晉元帝。元帝名繹，字世誠，武帝第七子，始封湘東王，侯景為亂，諸王無奈之何，惟帝卒遣王僧辯等討平之，報萬民之冤，雪武帝、簡文兩君之恥。②漢文帝先為代王，大臣絳、灌等平呂氏，迎入，以天子法駕至代邸請即帝位。③堯先由其異母兄弟帝摯封為唐侯，旋受摯禪為天子。二句言元帝由湘東王為帝也，侯景既平，諸臣勸進，王乃於承聖元年冬十一月即帝位於江陵。④王莽篡漢，更始為帝，將北都洛陽，以光武行司隸校尉，令前整修宮府，光武於是致僚屬，作文移，從事司察，一如舊章　⑤王敦見衛玠，談論彌日，甚歎美之，

言不圖永嘉之中，復聞正始之音；正始為三國魏末年號，其時士大夫競尚清談，世稱正始之風。⑥言元帝性猜忌，好自矜，雖有大勳，卒使臣下離貳，忽焉摧滅也。⑦時東魏已滅，為北齊，與梁常有使命往來，然兵爭不已。⑧秦，謂西魏也，西魏都長安，故稱。承聖三年，魏遣于謹等大舉伐江陵。⑨項羽背楚懷王先入關者王之約，不王高帝於關中，而已又懷鄉土，都於彭城，所謂背關懷楚。泰伯至吳，端委以治周禮，為吳開國之君。端委，禮衣也。此言元帝依戀江陵，不歸都建康。⑩綠林，山名，在今湖北當陽縣，王莽篡漢，王匡等起兵於此，號綠林後因以稱劫盜。驪山，在今陝西臨潼縣東南。英布遣戍驪山，驪山戍徒十數萬，布與相結，亡為群盜，漢興，附漢，後以叛亡。此言武陵王紀引兵自蜀犯江陵，元帝拔任約、謝答仁於獄以拒之，二人皆侯景將也。綠林散卒喻任謝，驪山叛徒喻紀。⑪梁，橋也。溠，音磋（ㄘㄛ），水名，在今湖北隨縣西北。此為楚伐隨之事，見左傳莊公四年。⑫蒐，閱也。乘，兵車也。巴渝，見司馬相如上林賦注。二句言元帝遣兵自楚攻蜀。⑬魯僖公十九年，宋襄公殺鄫國之君以祭社，公子目夷言其用淫昏之鬼以求霸，霸必不成，元帝聞武陵王來，使方士畫其像於版，親釘支體以厭之，故用宋襄事為喻。⑭荆門，山名，在今湖北宜都縣西北，元帝遣將破武陵王，斬之於此。廩延，春秋鄭邑，鄭莊公弟叔段恃母寵，欲自此襲鄭，為莊公所逐，文引此以喻元帝之不兄。⑮夏口，即今漢口，簡文帝大寶二年邵陵王綸在此承制百官，元帝令王僧辯以舟師逼之，綸後遂為西魏所害。魯莊公三十二年，季友使人酖僖叔，僖叔歸及逵泉而卒，僖淑為季友兄，故引此以喻元帝之不弟，綸為武帝第六子，元帝為武帝第七子。⑯因親以教愛，語見孝經。⑰孟子盡心：「其兄關弓而射之。」二句言兄弟不能親愛，而反彎弓以傷和樂也。⑱既，一作慨。魯與齊戰，曹劌請見魯莊公，欲言戰事，其鄉人謂肉食者已謀之，劌言肉食者鄙，未能遠謀，遂入見；肉食，指在位者。後漢杜篤嘗作論都賦奏光武，謂不宜都洛陽，應反關中。此言元帝既在江陵即位，戀土，不還都建康，臣僚多楚人，亦主不動，致魏兵至，不能禦，遂亡其國。⑲楚靈王暴，被弒，子干為王，晉叔向言取國有五難：有寵而無人，一也；有人而無主，二也；有主而無謀，三也；有謀而無民，四也；有民而無德，五也；子干涉五難以弒舊君，必不濟，後子干果又被殺，見左傳昭公十三年。⑳文士筆端，勇士鋒端，辯士舌端，此三端者，君子避之，而元帝與武陵王書，有我韜於文士愧於武夫之語，是自擅三端也。㉑陽城，山名，在今河南登封縣北，左傳昭公四年：「陽城，九州之險也。」㉒砥柱，山名，見賈誼治河議注。二句言元帝苟安荆楚，猶登至險以求安也。㉓兄弟急難，為詩經語。四句言元帝忌克殘忍，當始討侯景時，但坐觀時變，不急加謀，及簡文時出師，不過欲自即尊位，並非欲求簡文也。㉔賈誼有淮南比大諸侯，僅如黑子著面之語。黑子、彈丸，皆言其小，元帝在江陵，文軌所同，千里而近，人戶著籍，不盈三萬。㉕寒，歇也。此言元帝交鄰無道，致起魏師也。㉖赤帝之女，嬉遊東海，溺死，化為寃禽，名曰精衛，常取西山木石以填海，見山海經。㉗北山愚公年九十，以太行、王屋二山方七百里，出入迂曲，欲平之，見列子湯問。二句言元帝以一小國結怨強鄰為不量力。此段言元帝中興後之失德失政。

況以沴氣朝浮①，妖精夜殞②，赤烏則三朝夾日③，蒼雲則七重圍軫④，亡吳之歲既窮⑤，入郢之年斯盡⑥，周含鄭怒⑦，楚結秦冤⑧，有南風之不競⑨，值西鄰之責言⑩。俄而梯衝亂舞⑪，冀馬雲屯⑫，伐秦車於暢轂⑬，沓漢鼓於雷門⑭，下陳倉而連弩⑮，渡臨晉而橫船⑯，雖復楚有七澤，人稱三戶⑰，箭不麗於六麋⑱，雷無驚於九虎⑲，辭洞庭兮落木，去涔陽兮極浦⑳，熾火兮焚旗㉑，貞風兮害蟲㉒，乃使玉軸揚灰，龍文折柱㉓。

①沴，音例（ㄌㄧˋ）：沴氣，惡氣也。元帝承聖三年，六月，有黑氣如龍，見於殿內。②承聖三年，十一月，有流星墜於城中。③魯哀公六年，楚有雲如衆赤烏，夾日以飛，三日。④軫，星宿名，為楚分野。楚有蒼雲如霓，圍軫七蟠，見春秋文耀鉤。四句言元帝即位以來，災異迭見也。⑤魯昭公三十二年，吳伐越，晉史墨謂不及四十年，越將為吳，以越得歲而吳伐之也。⑥謂吳伐楚，入楚郢都也。郢地即當江陵。二句言梁運將終。⑦春秋時周、鄭交惡，以喻魏師之至，蕭詧以元帝殺其兄譽而與會師也。⑧楚結秦冤，謂西魏，謂西魏憾元帝對其使者失禮，因遣于謹率大兵來伐也。⑨南風不競，晉師曠謂楚出師無功語，見左傳襄公十六年。⑩晉獻公筮嫁伯姬於秦遇歸妹之暌，其繇有曰：「西鄰責言，不可償也。」後晉惠公與秦交戰，果為秦獲。二句言梁有可敗之道，故魏得乘機而入也。⑪梯衝，雲

梯及攻城之車也。⑫冀州，北土，產良馬。⑬俴，音前（ㄘㄧㄢ），上聲，淺也，詩秦風：「小戎俴收。」收，軫也，兵車軫較平時車之淺者。暢轂，長轂，兵車轂較平時車之長者。⑭沓，重也。雷門，會稽城門。漢王尊有毋持布鼓過雷門之語，門有大鼓，越擊此鼓，聲聞洛陽。⑮陳倉，秦縣，故城在今陝西寶雞縣東。三國蜀兵伐魏，圍陳倉，諸葛亮損益連弩木牛流馬，皆出其意。⑯臨晉，關名，即今大慶關，在陝西朝邑縣東。韓信擊魏豹，魏塞臨晉，信益為疑兵，陳船欲渡，而伏兵間道直襲豹所，虜之。六句言西魏之兵勢。⑰楚雖三戶，亡秦必楚，為楚南公語，史記於項氏起兵時引用之。⑱晉魏錡如楚致師，楚潘黨逐之，及榮澤，見六麋，射一麋以顧獻，見左傳宣公十二年。⑲王莽末，拜將軍九人，皆以虎為號，後漢書馮衍傳：「皇帝破百萬之陳，摧九虎之軍，雷震四海。」四句言江陵衰弱，不能禦魏師也。⑳洞庭，湖名。在今湖南境。涔陽浦，接於楚都之郢。極，迷也。楚辭：「洞庭波兮木葉下。」又「望涔陽兮極浦。」二句信自敘江陵被兵時，已先使於魏，故曰辭曰去。㉑晉獻公之筮有曰：「火焚其旗，不利行師。」見左傳僖公十五年。㉒秦伐晉，筮之，其卦遇蠱，曰：「千乘三去，三去之餘，獲其雄狐。」狐蠱，其君也，蠱之貞，風也，及戰，遂獲晉惠公。㉓江陵將破，元帝盡焚古今圖書十餘萬卷，以寶劍擊柱折之曰：「文武之道，今夜盡矣！」後出東門降魏。龍文，寶劍名。四句敘江陵之失守。此段敘江陵之亡。

下江餘城①，長林故營②，徒思拑馬之秣③，未見燒牛之兵④，章曼支以轂走⑤，宮之奇以族行⑥，河無冰而馬渡⑦，關未曉而雞鳴⑧，忠臣解骨，君子吞聲，章華望祭之所⑨，雲夢僞遊之地⑩，荒谷縊於莫敖，冶父囚於群帥⑪，硎谷摺拉⑫，鷹鸇批攢⑬，冤霜夏零⑭，憤泉秋沸⑮，城崩杞婦之哭⑯，竹染湘妃之淚⑰。

①王莽時，張霸、陳牧、王匡等起雲杜綠林，號曰下江兵。梁時，其地屬武寧郡。②長林，晉縣，故城在今湖北荊門縣北，亦屬武寧郡。③拑，音箝（ㄑㄧㄢˊ），與鉗箝通。公羊傳宣公十五年：「圍者拑馬而秣之，使肥者應客。」謂以木銜馬口，不令食粟，示有所畜積。魏師至，凡二十八日，徵兵四方，未至而城陷，故曰徒思。④齊田單守即墨，取牛千頭，衣以五采，束矛盾於其角，繫火於其尾，穿城而出，衝突燕兵，燕兵大敗。以上言魏兵直取武寧，遂入江陵。武寧本可固守，惜無良將，因以致敗。⑤晉智伯欲伐仇猶（夷狄國名。）道險不通，乃鑄大鐘遺之，仇猶平險以納之，仇猶臣章曼支諫，不聽，章曼支斷轂而馳逃，至十九日而仇猶亡，見韓非子。⑥晉假道於虞以伐虢，虞臣宮之奇諫不可許，勿聽，宮之奇遂率族去國，晉既滅虢，遂滅虞也，見左傳僖公五年。⑦光武北徇薊，王郎購之十萬戶，光武馳去，至滹沱河，王霸詭稱冰堅可渡，遂前，河冰真合，乃渡，未畢數騎而冰解。⑧齊田文入秦，

秦留之，後幸得脫，夜半至函谷關，關法，雞鳴始出客，文客有善為雞鳴者，群雞聞之，皆鳴，乃出。四句言江陵敗亡之日，去國者多也。⑨章華，楚宮名，楚靈王所建。⑩雲夢，見司馬相如子靈賦。漢高祖疑韓信反，用陳平計，偽遊雲夢，時信為楚王，迎謁，因執之。⑪荒谷、冶父，皆楚地。楚屈瑕伐羅，大敗瑕縊荒谷，群帥囚於冶父以聽刑，見左傳桓公十三年。莫敖，楚官名，即瑕也。⑫硎谷，一名坑儒谷，在今陝西臨潼縣驪山下，秦始皇坑儒生於此。摺拉，摺齒拉脅，魏齊使人辱范雎如此。⑬㩌，音費（ㄈㄟˋ）：批㩌，擊仆也。言殘人如鷹鸇。⑭鄒衍盡忠於燕惠王，王信讒而繫之，衍仰天而哭，時正夏季，天為降霜，見淮南子。⑮後漢耿恭為匈奴圍於疏勒，絕其水道，吏士渴乏，恭向井拜禱，泉水奔出，見後漢書恭傳：事在秋七月，水本應涸，故以秋沸為異也。⑯齊莊公伐魯，齊人杞梁殖戰死，其妻哭於城下，城為之崩，見列女傳。⑰湘妃，堯二女娥皇、女英，皆舜妃也。舜南巡崩，葬於蒼梧之野，二女相與慟哭，淚沾竹，竹文為之斑斑然，見述異記。自章華句至此，言魏兵入江陵後，梁人遭難情形。此段總敘江陵之亡，以著慘痛。

水毒秦涇①，山高趙陘②，十里五里，長亭短亭③，飢隨蟄燕④，暗逐流螢⑤，秦中水黑⑥，關上泥青⑦，於時瓦解冰泮，風飛電散，渾然千里，淄澠一亂⑧，雪暗如沙，冰橫似岸⑨，逢赴洛之陸機⑩，見離家之王粲⑪，莫不聞隴水而掩泣⑫，向關山而長歎；況復君在交河，妾在青波⑬，石望夫而逾遠⑭，山望子而逾多⑮，才人之憶代郡⑯，公主之去青河⑰，栩楊亭有離別之賦⑱，臨江王有愁思之歌⑲。

①晉、鄭伐秦，秦人毒涇上流，師人多死，見左傳襄公十四年。②陘，井陘，趙地，在今河北井陘縣東北井陘山上，險要地也。韓信東下井陘擊趙，未至井陘口三十里，使人潛入趙壁，拔趙幟，立漢幟，趙兵還見之，以為後路為漢所襲取，驚潰，因破趙。③秦法，十里一亭，亭有長；又孔六帖載十里一長亭，五里一短亭；古人送別，常以長短亭為程限。④晉時，中原喪亂，百姓避難於魯，飢不得食，掘野鼠蟄燕而食之。⑤後漢靈帝崩，袁紹等勒兵誅宦官，少帝與陳留王協（即漢獻帝。）等出宮避亂，夜不知路，隨螢光以行。⑥書禹貢：「黑水西河惟雍州。」雍州，秦地也。⑦關上泥青，即指青泥城，在今陝西藍田縣；又秦西有青泥關。以上言梁人被掠入關之苦。⑧淄澠，二水名，通流，在今山東，二水異味，合則難別。二句言貴賤混雜不分，皆被擄辱。⑨魏平江陵，獻俘長安，時方冬季，天寒雪凍，死者填滿溝壑。⑩陸機為吳人，吳亡於晉，遂入洛。⑪王粲為山陽人，避董卓亂，入荆州依劉表，登江陵城樓，因懷歸而作登樓賦。二句信言在長安遇諸被俘之人。⑫隴山在今陝西隴縣，東西

百八十里，登山東望秦川，極目泯然，山東人行役升此而顧瞻者，莫不悲思，故歌曰：「隴頭流水分離四下，念我行役，飄然曠野，登高遠望，涕零雙墮。」⑬交河，故城名，在今新疆吐魯番縣西。青波，楚地，在今河南新蔡縣西南。此言兩地遠隔，夫婦相離，設為閨怨之辭。⑭武昌北山有望夫石，相傳有貞婦送其夫遠役，於此立而望夫，因死，形化為石云。⑮述異記載中山有韓夫人、秋思臺、思子陵。⑯楚漢相爭時，武臣立為趙王，間出，為燕軍所獲，有廝養卒往說燕將而歸之，武臣因以美人妻卒為報，南齊謝朓因有詠邯鄲故才人嫁為廝養卒婦詩。⑰清河，故國，故城在今河北清河縣東。晉臨海公主，先封清河，洛陽之亂為人所略賣，備受困苦，元帝立，主詣縣自言，乃改封臨海，見晉書賈后傳。⑱栩陽亭，不詳。漢書藝文志有別栩陽賦五篇。⑲藝文志又有臨江王及愁思節士歌詩四篇。此段敘梁人被掠入關之苦。

別有飄颻武威①，羇旅金微②，班超生而望返③，溫序死而思歸④，李陵之雙鳧永去⑤，蘇武之一鴈空飛⑥。

①武威，漢郡，今甘肅武威縣。②金微，山名，在漢北。③班超久鎮西域，年老思歸，上疏有不敢望

到酒泉郡，但願生入玉門關之語。④溫序，東漢初時人，為隗囂將所拘，伏劍死，其子夢序告曰：「久客思鄉里。」即棄官歸葬。⑤李陵別蘇武詩曰：「雙鳧俱北飛，一鳧獨南翔。」陵、武皆在匈奴，武後得歸，陵則以降匈奴，終不返漢也。⑥事見江淹恨賦注。此段信自敘為魏所留，不得南歸。

若江陵之中否①，乃金陵之禍始②，雖借人之外力③，實蕭牆之內起④，撥亂之主忽焉，中興之宗不祀，伯兮叔兮，同見戮於猶子⑤，荊山鵲飛而玉碎⑥，隋岸虵生而珠死⑦，鬼火亂於平林，殤魂遊於新市⑧。梁故豐徙，楚實秦亡⑨，不有所廢，其何以昌⑩，有嬀之後，將育於姜⑪，輸我神器，居爲讓王⑫。

①江陵，縣名，在今湖北，元帝以為都，清為荊州府治。否，讀否泰之否；中否，謂被魏所克也。②江陵陷於元帝承聖三年，明年，王僧辯、陳霸先等以元帝子方智即位建康，年十三，為敬帝。未幾，禪位於陳，故曰金陵之禍始。③蕭詧稱藩於魏，魏封為梁王，魏兵至，詧與會師同入江陵，故曰借人外力。④蕭之為言肅也，牆，屏也，君臣相見，至屏而加肅敬，故曰蕭牆，謂至近之地也。蕭詧於元帝為姪，以姪伐叔，故曰蕭牆內起，言禍生於內也。⑤江陵既陷，元帝太子元良及子方略等皆見害。猶子，姪

也，謂詧也。⑥荆山，見春賦注。崑山旁以玉璞抵烏鵲，見鹽鐵論。⑦隋侯見大蛇傷斷，以藥為塗之，後蛇銜大珠為報，因名曰隋侯珠，見淮南子注。玉珠，皆喻帝子，碎死，言皆遭難也。⑧平林，在今湖北隨縣東北。新市，見徐陵至營新咏序注。後漢中興，平林新市皆起兵，二者皆楚地也。鬼火，燐也。殤魂，即傷魂，鳥名，相傳為一冤死婦人之靈。二句傷戰後中興之臣死者多也。⑨戰國時，秦滅魏，遷大梁於豐。秦末，項氏起兵，立楚懷王孫心為楚懷王，終以亡秦；又前三户注，言亡秦必楚。文皆反言之以切時事，梁故豐徙，謂元帝從建業徙都江陵也。楚實秦亡，謂魏自關中滅楚地之江陵也。⑩晉里克有不有廢也，君何以興之語，見左傳僖公十年，文語蓋本此，言梁亡陳始興也。⑪二語為占辭，見左傳莊公二十二年，嬀，陳之姓也，出於虞舜，姜齊，之姓也，春秋時，陳公子完奔齊，及戰國而陳氏代齊。以喻陳霸先將受梁禪也。⑫敬帝在位三年，遜位於陳霸先，於是梁為陳矣。莊子有讓王篇。此段敘江陵之滅，及梁之禪陳。

天地之大德曰生，聖人之大寶曰位①，用無賴之子弟，舉江東而全棄②，惜天下之一家，遭東南之反氣③，以鶉首而賜秦④，天何爲而此醉⑤。

①二語為易繫辭。②江東，指建業一帶地。二句言武帝任用不肖子弟，皆以為州郡，致盡失江東地。③漢高祖問吳王濞，言漢後五十年，東南有反者，豈若耶見，漢書吳王濞傳。二語謂詧與元帝本一家，乃自相殘害，適以啟陳。④鶉首，星次之名，荆州上當天文，自張宿十七度至軫宿十一度為鶉首。魏滅江陵，立詧為梁王，僅資以江陵一州之地，襄陽南郡等鶉首之次，皆歸於魏，故文云。⑤此段言梁亡由於武帝失政，其子孫又自相吞併。

且夫天道迴旋，生民預焉，余烈祖於西晉①，始流播於東川②，洎余身而七葉，又遭時而北遷③，提挈老幼，關河累年，死生契闊④，不可問天；況復零落將盡，靈光巋然⑤。日窮於紀，歲將復始⑥，逼迫危慮，端憂暮齒⑦，踐長樂之神皋⑧，望宣平之貴里⑨，渭水貫於天門⑩，驪山迴於地市⑪，幕府大將軍之愛客，丞相平津侯之待士⑫，見鐘鼎於金張，聞絃歌於許史⑬；豈知灞陵夜獵，猶是故時將軍⑭，咸陽布衣，非獨思歸王子⑮。

①烈祖，謂庾滔也。②言滔過江家江陵。荆山在東北，漳水所出，東至江陵，故曰東川。③信自敘北遷長安也。④死生契闊，見謝朓辭隨王子隆牋注。⑤巋然，獨貌。漢室中微，盜賊蜂起，西京未央、

建章諸殿，皆已墮壞，惟景帝子恭王在魯所建靈光殿，巋然獨存。文引此喻知交將盡，惟己獨存，猶魯靈光殿也。⑥月令十二月，日窮於次，月窮於紀，星周於天，數將終，歲將始。⑦端憂，端然憂慮。暮齒，暮年也。四語言永滯異地而憂煎。⑧長樂，宮名，在長安中，見徐陵玉臺新詠序注。神皋，神明之界局。⑨宣平，長安城東北第一門。貴里，以其里中多貴顯者所居，故稱。⑩秦始皇築咸陽宮，引渭水灌都，以象天漢。⑪驪山始皇陵，作地市。⑫北周明帝宇文毓、武帝宇文邕皆曾為大將軍。漢武帝相公孫弘封為平津侯，宇文護曾為大冢宰，丞相平津侯，即指護。二語信言在周，備蒙恩禮也。⑬金張許史，漢時大臣外戚之貴顯者。二語言與長安貴戚交游，然非所好也。⑭漢名將李廣家居數歲，常射獵藍田山中，一夜從一騎出從人田間飲，還至霸陵亭，尉醉呵止廣，廣騎曰：「故李將軍。」尉曰：「今將軍尚不得夜行，何故也！」止廣宿亭下。此信言己猶梁故右衛將軍也。⑮楚太子質於秦，黃歇說秦相范雎，請歸之，言若不歸，不過咸陽一布衣耳。時梁宗室客長安者甚多，言思歸者不獨諸王，尚有已也。此段先自敘在長安之遭際，結出思歸之本旨。

顏之推家訓論文章①

夫文章者，原出五經②，詔命策檄，生於書者也，序述論議，生於易者也，歌詠賦頌，生於詩者也，祭祀哀誄，生於禮者也，書奏箴銘，生於春秋者也。朝廷憲章，軍旅誓誥，敷顯仁義，發明功德，牧民建國，施用多途。至於陶冶性靈，從容諷諫，入其滋味，亦樂事也；行有餘力，則可習之③。

①顏之推，臨沂人，字介，初仕梁，後仕北齊，齊亡入周，隋開皇中召為文學，深見禮重。有文集及家訓二十篇，此篇為其家訓之一。 ②五經，易、書、詩、禮、春秋也。 ③論語學而：「行有餘力，則以學文。」

然而自古文人，多陷輕薄：屈原露才揚己①，顯暴君過；宋玉體貌容冶，見遇俳優②；東方曼倩滑稽不雅③；司馬長卿竊貲無操④；王褒過章僮約⑤；揚雄德敗美新⑥；李陵降辱夷虜⑦；劉歆反覆莽世⑧；傅毅黨附權門⑨；班固盜竊父史⑩；趙元叔抗竦過度⑪；馮敬通浮華擯壓⑫；馬季長佞媚獲誚⑬；蔡伯喈同惡受誅⑭；吳質詆訶鄉里⑮；曹植悖慢犯法⑯；杜篤乞假無厭⑰；路粹隘狹已甚⑱；陳琳實號麤疎⑲；繁欽性無格檢⑳；劉楨屈強輸作㉑；王粲率躁見嫌㉒；孔融禰衡誕傲致殞㉓；楊修丁廙扇動取斃㉔；阮籍無禮敗俗㉕；嵇康凌物凶終㉖；傅玄忿鬬免官㉗；孫楚矜誇凌上㉘；陸機犯順履險㉙；潘岳乾沒取危㉚；顏延年負氣摧黜㉛；謝靈運空疎亂紀㉜；王元長凶賊自貽㉝；謝玄暉侮慢見及㉞；凡此諸人，皆其翹秀者，不能悉紀，大較如此。

①露才揚己，班固評屈原語。②宋玉，屈原弟子，為楚大夫，體貌豔麗，曾作登徒子好色、神女、高唐諸賦，辭多淫冶，楚襄王乃以俳優待之。俳，音排（ㄆㄞˊ）；俳優，雜戲也。③東方曼倩，即東方朔，見答客難注。漢書朔傳贊：「依隱玩世，詭時不逢，其滑稽之雄乎。」滑稽有三說：一說，滑，亂也，稽，同也，言辨捷之人，言非若是，說是若非，能亂同異也；一說，讀為骨稽，流酒器也，言出口成章，辭不窮竭，如滑稽之吐酒也；一說，猶俳諧也。④司馬長卿竊貲無操，見揚雄解嘲注。⑤王褒僮約，選在前。⑥王莽篡漢，雄為大夫，作劇秦美新，論秦之劇，稱新之美，時論譏之。新，莽國號也。⑦李陵事見司馬遷報任安書注。⑧劉歆，漢宗室，後改名秀，向子，字子駿，官至京兆尹，封紅休侯，王莽少時，與歆俱為黃門郎，及篡位，引為國師。⑨傅毅，見魏文帝典論論文注，毅初為車騎將軍馬

防軍司馬，後為大將軍竇憲司馬也。⑩班固繼其父彪續成漢書，劉勰、劉知幾並譏固盜竊父史。⑪後漢趙壹，字元叔，西縣人，恃才倨傲，不為終身里所容，作窮鳥賦以自遣。抗竦過度，即指壹恃才倨傲也。⑫後漢馮衍，字敬通，杜陵人，幼有大志，嘗作顯志賦以自厲。浮華擯壓，言人多短其文過於實，以致廢棄也。⑬後漢馬融，字季長，茂陵人，著述甚富，為世通儒。融不敢違忤勢家，至為梁冀草奏李固，又作大將軍西第頌，以此頗為正直所羞。⑭蔡伯喈，即蔡邕，以仕董卓，為王允收付廷尉，死於獄中。⑮吳質，見魏文帝與朝歌令吳質書注。詆訶鄉里，謂質為鄉里所毀責也。⑯曹植，見王仲宣誄注。植嘗乘車行馳道中，闢司馬門出，武帝大怒，公車令坐死，由是重諸侯科禁，而植寵日衰。⑰杜篤，後漢杜陵人，字季雅，與美陽令游，數從請託，不諧，頗相恨，令怨，收篤送京師。⑱路粹，三國陳留人，字文蔚，韋誕評其生頗忿鷙，隘狹，即言性情褊窄也。⑲麤疏，韋誕評琳語。⑳繁欽，三國魏潁川人，字休伯。性無格檢，謂不守法，韋誕評之如此。㉑劉楨，見魏文帝典論論文注。輸作，罰其輸力作苦也。魏文帝為太子時，嘗請諸文學，酒酣，命夫人甄氏出拜，坐中衆人咸伏，楨獨平視，武帝聞之，收楨，減死輸作。㉒王粲在荊州依劉表，表以其貌寢而體弱通侻（簡易也。）不甚重也。率躁，即指通侻而言。㉓孔融為曹操所忌而被害。禰衡，見融薦衡表注，以狂傲為黃祖所殺。㉔楊修，後漢華陰人，字德祖，有俊才，為曹操主簿，操有所隱，修輒知而揭之，操忌其才，殺之。廙，音弋（一丶）；丁廙，後漢沛人，字敬禮，博學洽聞，建安中為黃門侍郎，魏文帝即位，以其黨曹植，誅之。

㉕阮籍，見嵇康與山巨源絶交書注。籍嫂歸寧，籍相見與別，或譏之，籍曰：「禮豈為吾設。」㉖康與向秀共鍛大樹下，鍾會往造，康不禮，會譖於司馬昭，被殺東市。㉗傅玄，晉泥陽人，字休弈。玄進皇甫陶，及入而抵，玄以事與陶爭言喧嘩，皆坐免官。㉘孫楚，晉太原人，字子荆。楚參石苞驃騎軍事，負才氣，長揖曰：「天子命我參卿軍事。」苞奏其訕毀朝政，此其矜誇凌上也。㉙陸機委身成都王穎，被害。㉚潘岳性輕躁，趨勢利，諂事賈謐，每候其出，望塵而拜，其母曰：「爾當知足，而乾沒不已乎。」後為孫秀所誣，被誅。乾沒，徼幸取利之義。㉛顏延年每犯機要，權貴以其五君詠辭旨不遜，嘗欲黜為遠郡。㉜謝靈運，見鍾嶸詩品序注。空疎亂紀，謂不合於理而亂法紀也，靈運以謀叛誅。㉝南齊王融，字元長，為竟陵王子良謀主，齊武帝病篤，子良在殿內，太孫未入，融欲矯詔立子良，詔草已立，帝重蘇，俄崩，西昌侯鸞奉太孫登殿，收融賜死，此其凶賊自貽也。自貽，言自取其禍也。㉞謝玄暉，即謝朓。朓常輕江祏，祏不堪，構而害之，下獄死。

至於帝王，亦或未免，自昔天子而有才華者，惟漢武魏太祖文帝明帝宋孝武帝①，皆負世議②，非懿德之君也。自子游子夏荀況孟軻枚乘賈誼蘇武張衡左思之儔③，有盛名而免過患者，時復聞之，但其損敗居多耳。每嘗思之，原其所積，文章之體，標舉興會，發引性靈，使人矜伐，故忽於持操，果於進取，今世文士，此患彌切，一事愜當，一句清巧，神厲九霄④，志凌千載，自吟自賞，不覺更有傍人，加以砂礫所傷，慘於矛戟，諷刺之禍，速乎風塵⑤，深宜防慮，以保元吉⑥！

①漢武名徹，景帝子。魏太祖，即曹操。文帝，即曹丕。明帝，名叡，文帝子。宋孝武帝，姓劉，名駿。

②世議，言為世所譏議也。③子游子夏，皆孔子弟子，列於文學科。荀況，見劉向戰國策序注，著有荀子。孟軻，即孟子，見劉向戰國策序注。枚乘，見上書諫吳王注。賈誼，見過秦論注。蘇武，見庾信小園賦注。張衡，見徐陵玉臺新詠序注。左思，見鍾嶸詩品序注。④九霄猶九天，謂天空極高之處也。

⑤四句言文字每易致禍。⑥元吉，大吉也，易坤卦：「黃裳元吉。」

新人人文庫

漢魏六朝文

選註者◆臧勵龢
發行人◆王學哲
總編輯◆施嘉明
責任編輯◆李俊男
美術設計◆吳郁婷
校對人員◆楊福臨

出版發行：臺灣商務印書館股份有限公司
台北市重慶南路一段三十七號
電話：(02)2371-3712
讀者服務專線：0800056196
郵撥：0000165-1
網路書店：www.cptw.com.tw
E-mail：cptw@cptw.com.tw
網址：www.cptw.com.tw

局版北市業字第 993 號
臺一版一刷：1965 年 1 月
二版一刷：2005 年 12 月
定價：新台幣 350 元

ISBN 957-05-2009-4

漢魏六朝文 ／ 臧勵龢選註. --二版. --臺北
市 ： 臺灣商務, 2005[民 94]
面 ； 公分. --（新人人文庫）

ISBN 957-05-2009-4(平裝)

830.22 94021156

廣　告　回　信
台灣北區郵政管理局登記證
第　6 5 4 0　號

100臺北市重慶南路一段37號

臺灣商務印書館　收

對摺寄回，謝謝！

傳統現代　並翼而翔

Flying with the wings of tradition and modernity.

讀者回函卡

感謝您對本館的支持，為加強對您的服務，請填妥此卡，免付郵資寄回，可隨時收到本館最新出版訊息，及享受各種優惠。

姓名：________________________ 性別：□男 □女

出生日期：_____年_____月_____日

職業：□學生 □公務（含軍警） □家管 □服務 □金融 □製造

□資訊 □大眾傳播 □自由業 □農漁牧 □退休 □其他

學歷：□高中以下（含高中） □大專 □研究所（含以上）

地址：________________________

____

電話：（H）________________（O）________________

E-mail: ________________________

購買書名：________________________

您從何處得知本書？

□書店 □報紙廣告 □報紙專欄 □雜誌廣告 □DM廣告

□傳單 □親友介紹 □電視廣播 □其他

您對本書的意見？（A/滿意 B/尚可 C/需改進）

內容_______ 編輯_______ 校對_______ 翻譯_______

封面設計_______ 價格_______ 其他_______

您的建議：

____

____

____

臺灣商務印書館

台北市重慶南路一段三十七號 電話：（02）23713712轉分機50～57

讀者服務專線：0800056196 傳真：（02）23710274 ·23701091

郵撥：0000165-1號 E-mail：cptw@cptw.com.tw

網址：www.cptw.com.tw

社會／教育／民俗／經濟／政治／法律／歷史／地理／文化／遊記／傳記／考古／語文／文學／新聞／美學／書畫／娛樂

國學／群經／哲學／邏輯／心理／倫理／宗教／神話／數學／天文／物理／化學／地質／動物／植物／家政／農